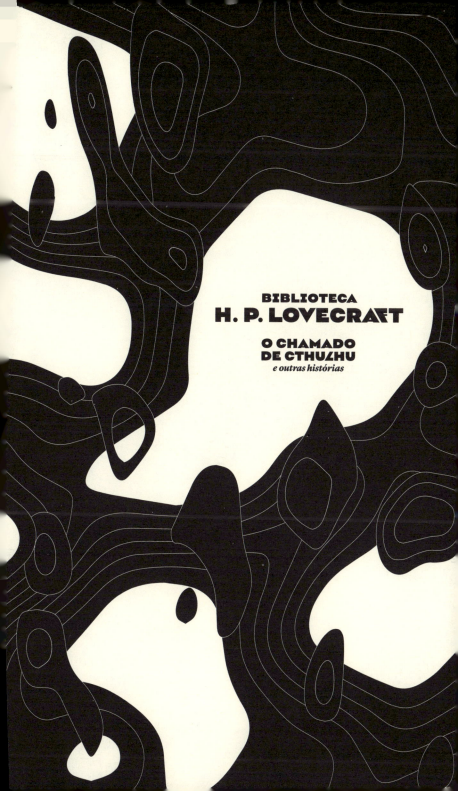

BIBLIOTECA
H. P. LOVECRAFT

O CHAMADO DE CTHULHU
e outras histórias

Tradução e organização
GUILHERME DA SILVA BRAGA

COMPANHIA DAS LETRAS

Copyright da tradução e organização © 2019 by Guilherme da Silva Braga

Grafia atualizada segundo o Acordo Ortográfico da Língua Portuguesa de 1990, que entrou em vigor no Brasil em 2009.

Capa, projeto gráfico e ilustrações de miolo
Rafael Nobre

Ilustração de capa
Carlo Giovani

Foto do autor da p. 445
Alamy/ Fotoarena

Preparação
Cláudia Cantarin

Revisão
Camila Saraiva
Luciane H. Gomide

Dados Internacionais de Catalogação na Publicação (CIP)
(Câmara Brasileira do Livro, SP, Brasil)

Lovecraft, H. P., 1890-1937.
    Biblioteca H. P. Lovecraft : O chamado de Cthulhu e outras histórias /
H. P. Lovecraft ; tradução e organização Guilherme da Silva Braga. —
1ª ed. — São Paulo : Companhia das Letras, 2019. — (Biblioteca Lovecraft ; v. 1)

    ISBN 978-85-359-3284-3

    1. Contos de horror — Coletâneas 2. Literatura americana — Sé-
culo 20 3. Lovecraft, H. P. — (Howard Phillips), 1890-1937 I. Braga,
Guilherme da Silva. II. Título. III. Série.

19-29586   CDD-813

Índice para catálogo sistemático:
1. Contos de horror : Coletâneas : Literatura norte-americana 813

Maria Alice Ferreira — Bibliotecária — CRB-8/7964

[2019]
Todos os direitos desta edição reservados à
EDITORA SCHWARCZ S.A.
Rua Bandeira Paulista, 702, cj. 32
04532-002 — São Paulo — SP
Telefone: (11) 3707-3500
www.companhiadasletras.com.br
www.blogdacompanhia.com.br
facebook.com/companhiadasletras
instagram.com/companhiadasletras
twitter.com/cialetras

SUMÁRIO

Dagon **7**

Ar frio **15**

O modelo de Pickman **29**

A música de Erich Zann **49**

O assombro das trevas **63**

O chamado de Cthulhu **99**

O horror de Dunwich **143**

A sombra vinda do tempo **207**

A casa temida **305**

A sombra de Innsmouth **347**

Fontes dos textos **443**

Sobre o autor **446**

DAGON

Escrevo esta história sob uma pressão mental considerável, uma vez que hoje à noite me apago. Sem dinheiro, com o estoque da droga que torna a vida suportável próximo do fim, não aguento mais essa tortura; estou prestes a me atirar pela janela da água-furtada na desolação da rua lá embaixo. Não entenda minha dependência da morfina como uma fraqueza ou uma perversão. Quando o senhor ler estas páginas rabiscadas às pressas poderá entender, ainda que não por completo, a minha ânsia pelo esquecimento ou pela morte.

    Foi numa das regiões mais abertas e menos frequentadas do enorme Pacífico que o paquete em que eu era supercargo caiu vítima das forças alemãs. Era o início da grande guerra, e as forças oceânicas dos teutos ainda não haviam afundado ao nível da degradação posterior; de modo que nossa embarcação foi capturada como um troféu legítimo, enquanto nós, da tripulação, fomos tratados com toda a justeza e consideração devidas aos prisioneiros navais. A postura de nossos captores, a bem dizer, era tão tolerante que cinco dias após a abordagem consegui escapar sozinho em um pequeno barco, levando comigo água e provisões suficientes para um período considerável.

Quando por fim me vi livre, à deriva, meu conhecimento acerca de minhas coordenadas era parco. Sendo um navegador de poucas habilidades, eu só conseguia ter uma vaga noção, graças ao sol e às estrelas, de que estava ao sul do Equador. Quanto à longitude eu não fazia a menor ideia, e não havia nenhuma ilha ou litoral à vista. O tempo manteve-se bom e, por dias incontáveis, fiquei à deriva sob o sol escaldante; esperando que algum navio passasse ou que as ondas me conduzissem à orla de um lugar habitável. Mas nem o navio nem a costa apareceram, e comecei a entrar em desespero com a solidão em meio à grandeza opressiva do infinito panorama azul.

A mudança operou-se enquanto eu dormia. Jamais conhecerei os detalhes; pois o meu sono, mesmo sendo agitado e cheio de pesadelos, foi ininterrupto. Quando por fim acordei, vi-me parcialmente sugado pelo lodo de um infernal pântano negro, que se estendia à minha volta em ondulações monótonas até onde a vista alcançava, e onde o meu barco estava encalhado a uma certa distância.

Mesmo que se possa imaginar a minha reação de surpresa ante uma transformação tão prodigiosa e súbita no cenário, a verdade é que eu sentia mais terror do que espanto; pois no ar e no solo putrescente havia algo de sinistro que me enregelava até o âmago. O lugar fedia a restos pútridos de peixes em decomposição e de outras coisas indescritíveis que eu via erguerem-se do lodo asqueroso que recobria a infindável planície. Talvez eu não devesse tentar pôr em meras palavras o horror indescritível que o silêncio absoluto e a imensidão estéril podem encerrar. Não se ouvia nada, não se via nada afora a vastíssima extensão de lodo negro; mas eram a perfeição do silêncio e a constância do cenário que me oprimiam com um terror nauseante.

O sol ardia em um céu que parecia quase negro em sua crueldade límpida; como se a refletir o palude escuro como nanquim sob os meus pés. Enquanto eu retornava ao barco, percebi que só havia uma teoria para explicar a minha situação. Por obra de uma erupção vulcânica sem precedentes, uma parte do solo marítimo fora arremessada em direção à superfície, expondo regiões que por incontáveis milhões de anos haviam repousado em silêncio nas insondáveis profundezas oceânicas. Tamanha era a extensão de terra assim surgida que eu não conseguia ouvir o rumor do mar, por mais que tentasse. Tampouco se viam aves marítimas a procurar comida entre as carcaças.

Por longas horas fiquei pensando ou cogitando no barco, que estava de lado a fim de projetar alguma sombra enquanto o sol movia-se no firmamento. À medida que o dia avançava o chão ficava menos pegajoso e dava a impressão de que em pouco tempo estaria seco o suficiente para uma caminhada. Dormi pouco à noite e, no dia seguinte, preparei um suprimento de comida e água, antevendo uma jornada por terra em busca do mar desaparecido e de um possível resgate.

Na terceira manhã o solo estava seco o bastante para que eu pudesse caminhar sem dificuldade. O odor de peixe era enlouquecedor; mas eu estava compenetrado em assuntos muito mais graves para incomodar-me com um mal tão insignificante e, assim, lancei-me rumo ao desconhecido. Andei o dia inteiro em direção ao ocidente, guiado por um outeiro distante que se erguia mais alto do que qualquer outra elevação naquele vasto deserto. Acampei naquela noite e, no dia seguinte, prossegui em direção ao outeiro, que no entanto parecia quase tão distante quanto no momento em que o vi pela primeira vez. Na quarta noite cheguei ao pé da elevação, muito mais alta do que parecera ao longe; um vale destacava seus contornos em meio ao panorama geral. Exausto demais para escalar, dormi à sombra da colina.

Não sei por que meus sonhos foram tão fantásticos naquela noite; mas antes que a formidável lua gibosa subisse às alturas celestes, acordei, suando frio, determinado a não mais dormir. Eu não seria capaz de aguentar mais uma vez aquelas visões. O luar mostrou-me o quão tolo eu fora ao viajar durante o dia. Sem o brilho do sol escaldante, minha jornada teria consumido menos energia; em verdade, naquele instante eu sentia-me apto a empreender a escalada que me vencera ao pôr do sol. De posse dos meus suprimentos, parti em direção ao pico daquela eminência.

Disse eu que a monotonia constante da paisagem inspirava-me um horror vago; mas acredito que meu horror tenha sido ainda maior quando ganhei o cume do outeiro e olhei para o outro lado, em direção a um enorme fosso ou cânion, cujos negros recessos a lua ainda não subira o bastante para iluminar. Senti-me nos limites do mundo, olhando para o caos insondável de uma noite eterna. Meu terror era atravessado por reminiscências do *Paraíso perdido* e da terrível escalada de Satã pelos domínios da escuridão primordial.

À medida que a lua subia, comecei a notar que as encostas do vale não eram tão íngremes quanto eu imaginara a princípio. Saliências e escarpas na rocha proporcionavam uma descida relativamente fácil e, após algumas dezenas de metros, o declive tornava-se bastante gradual. Tomado por um impulso que não sou capaz de explicar, desci pelo caminho de rocha e postei-me na encosta mais suave lá embaixo, observando aquelas profundezas do Estige onde luz alguma jamais havia penetrado.

De repente minha atenção dirigiu-se a um enorme e singular objeto que se erguia a pique na encosta do outro lado, a uns cem metros de distância; um objeto que resplandecia em brancura com os raios recém-chegados da lua ascendente. Logo me convenci de que era uma enorme pedra; mas por algum motivo eu tive a nítida impressão de que aquele contorno e aquela disposição não podiam ser obra da Natureza. Um exame mais atento encheu-me de sensações inexplicáveis; pois, apesar da enorme magnitude e da proximidade ao abismo hiante que repousava no fundo do mar desde que o mundo era jovem, percebi sem a menor dúvida que o estranho objeto era um monólito bem formado, cuja opulência conhecera o trabalho e talvez a adoração de criaturas vivas e pensantes.

Confuso e assustado, mas sentindo o entusiasmo dos cientistas e arqueólogos, examinei meus arredores em maior detalhe. A lua, já próxima ao zênite, resplandeceu com um brilho estranho acima das elevações sobranceiras que circundavam o abismo e revelou um enorme volume de água lá embaixo, que se estendia para os dois lados e quase me batia nos pés enquanto eu permanecia na encosta. No outro lado do pélago, pequenas ondas quebravam junto à base do monólito ciclópico, onde se viam inscrições e esculturas primitivas. A escrita usava um sistema de hieróglifos que eu ignorava, diferente de todos aqueles vistos nos livros, e consistia, na maior parte, de símbolos aquáticos estilizados, como peixes, enguias, polvos, crustáceos, moluscos, baleias e outros. Muitos hieróglifos representavam coisas marinhas desconhecidas ao mundo moderno, mas cujos corpos em decomposição eu avistara na planície que se erguera do mar.

Era o estilo pictórico, no entanto, o que mais me hipnotizava. Claramente visível na água, graças a suas enormes proporções, havia um conjunto de baixos-relevos cujos temas teriam despertado a inveja de um Doré. Acho que as figuras representadas eram homens — ou pelo menos um certo tipo de homem; entretanto, as criaturas apareciam divertindo-se como peixes na água de uma gruta marinha ou rendendo homenagens em um templo monolítico que também parecia estar sob as ondas. Os rostos e as formas eu não ouso descrever em detalhe, pois a simples lembrança faz-me fraquejar. Grotesco além da imaginação de um Poe ou de um Bulwer, o contorno geral das figuras era muito humano, apesar das mãos e pés com membranas natatórias, dos impressionantes lábios carnudos e molengos, dos olhos vidrados, arregalados, e de outros traços de lembrança desagradável. Tive a curiosa impressão de que os desenhos estavam bastante fora de proporção com o cenário ao redor; uma das criaturas aparecia matando uma baleia, representada em tamanho só um pouco maior do que ela própria. Como eu disse, reparei no aspecto grotesco e no tamanho exagerado das figuras; mas no instante seguinte pensei que aqueles seriam apenas os deuses imaginários de alguma tribo primitiva de pescadores ou navegadores; uma tribo cujos últimos descendentes haviam perecido eras antes que o primeiro ancestral do Homem de Piltdown ou do Homem de Neandertal nascesse. Estupefato com o vislumbre de um passado que extrapolava a imaginação do mais ousado antropólogo, pus-me a meditar enquanto a lua projetava reflexos singulares sobre o silencioso canal à minha frente.

Então, de repente eu vi. Com um leve rumor que marcou sua chegada à superfície, a coisa apareceu acima das águas escuras. Vasto como um Polifemo, horrendo, aquilo se lançou como um pavoroso monstro saído de um pesadelo em direção ao monólito, ao redor do qual agitava os braços escamosos ao mesmo tempo que inclinava a cabeça hedionda e emitia sons compassados. Acho que foi naquele instante que perdi a razão.

Em relação à escalada frenética da encosta e da colina e à jornada delirante rumo ao barco, não recordo quase nada. Acho que cantei um bocado e irrompi em gargalhadas estranhas quando não consegui mais cantar. Tenho lembranças difusas de uma forte tempestade um tempo depois de retornar ao barco; de qualquer modo, sei que ouvi trovoadas e outros sons que a Natureza só emite em seus momentos de maior furor.

Quando emergi das trevas eu estava num hospital em San Francisco; quem me levou até lá foi o capitão do navio americano que resgatou meu barco, à deriva no oceano. Falei muito em meu delírio, mas descobri que haviam dado pouca atenção às minhas palavras. Meus benfeitores não sabiam nada a respeito de terras emersas no Pacífico; e não julguei apropriado insistir em um assunto que eu sabia ser inacreditável. Certa vez falei com um etnólogo famoso e diverti-o com perguntas um tanto peculiares sobre a antiga lenda filistina de Dagon, o Deus-Peixe; mas logo, ao perceber que o estudioso era irremediavelmente ordinário, desisti das minhas perguntas.

É à noite, em especial quando a lua está gibosa e minguante, que vejo a coisa. Tentei morfina; mas a droga mostrou-se um alívio apenas temporário e prendeu-me em suas garras como a um escravo desesperançado. Agora, tendo escrito um relato completo para a informação ou para o deleite zombeteiro de meus semelhantes, pretendo pôr um fim a tudo. Muitas vezes pergunto-me se tudo não seria a mais pura ilusão — um simples delírio enquanto eu jazia vociferando durante uma insolação no barco exposto aos elementos, logo após escapar da belonave alemã. Eis o que me pergunto, mas sempre tenho uma visão nítida do terror em resposta. Não consigo pensar nas profundezas oceânicas sem estremecer ao imaginar as coisas inomináveis que neste exato momento podem estar deslizando e arrastando-se pelo fundo viscoso, rendendo homenagens a antigos ídolos de pedra e esculpindo sua execranda imagem em obeliscos submarinos de granito úmido. Sonho com o dia em que possam erguer-se acima das ondas para arrastar ao fundo, em suas garras fétidas, os resquícios dessa humanidade pífia e devastada pela guerra — com o dia em que a terra há de afundar, e o fundo escuro do oceano erguer-se-á em meio ao pandemônio universal.

O fim está próximo. Ouço um barulho na porta, como o de um enorme corpo escorregadio batendo contra a madeira. Jamais vão me encontrar. Meu Deus, aquela mão! A janela! A janela!

AR FRIO

O senhor pede que eu explique por que temo as lufadas de ar frio; por que estremeço mais do que outros ao entrar em um recinto frio e pareço sentir náuseas e repulsa quando o frio noturno sopra em meio ao calor dos dias amenos do outono. Há quem diga que respondo ao frio como outros reagem a um odor desagradável, e a comparação parece-me apropriada. O que me proponho a fazer é relatar a circunstância mais horrenda que jamais presenciei e deixar para o senhor a decisão de aceitá-la ou não como justificativa para a minha excentricidade.

É um erro achar que o horror está necessariamente associado à escuridão, ao silêncio, à solidão. Encontrei-o em pleno sol do meio-dia, no rumor de uma metrópole e em meio a uma pensão rústica e ordinária, com uma senhoria prosaica e dois homens robustos ao meu lado. Na primavera de 1923, consegui um trabalho editorial tedioso e mal remunerado em uma revista de Nova York; sem condições de pagar grandes somas por um aluguel, comecei a vagar de uma pensão barata a outra, em busca de um quarto que combinasse as qualidades de razoável limpeza, móveis duradouros e preço acessível. Logo ficou claro que a única opção viável seria escolher entre os diferentes males, mas, passado um tempo, descobri uma casa na West Fourteenth Street que me desagradava muito menos do que as outras.

Era uma mansão de quatro andares em arenito, construída, a julgar pela aparência, no fim da década de 1840, com detalhes em madeira e mármore cujo esplendor manchado e encardido denunciava a decadência em relação a níveis de opulência outrora elevados. Sobre os quartos, grandes e espaçosos, e decorados com papéis de parede impossíveis e cornijas de estuque com ornamentos ridículos, pairava uma umidade deprimente e um resquício de cozinhas obscuras; mas o piso era limpo, as roupas de cama bastante decentes e a água quente não ficava fria ou desligada com muita frequência, de modo que comecei a encarar a pensão ao menos como um lugar tolerável para hibernar até que eu pudesse voltar de fato à vida. A senhoria, uma espanhola vulgar e quase barbada que atendia pelo nome de Herrero, não me aborrecia com fofocas nem com críticas a respeito da luz que permanecia acesa até o avançado da noite em meu quarto no terceiro andar; e os demais inquilinos eram tão quietos e indiferentes quanto se podia desejar, sendo a maioria deles espanhóis só um pouco acima da maior grosseria e da maior vileza. O único aborrecimento incontornável era o fragor dos bondes na rua lá embaixo.

Eu estava na pensão havia umas três semanas quando ocorreu o primeiro incidente estranho. Pelas oito horas da noite, escutei o barulho de algum líquido espalhando-se no chão e logo senti um cheiro pungente de amônia. Olhando ao redor, percebi que o teto estava úmido e gotejava; o líquido parecia vir de um canto, no lado que dava para a rua. Ansioso por resolver o problema antes que piorasse, apressei-me em falar com a senhoria; e fui informado de que o problema se resolveria logo em breve.

"El senior Munõz", gritou ela, enquanto subia os degraus correndo à minha frente, "derramô algun producto químico. El está mui enfermo para tratarse — cada vez más enfermo — pero no acepta aiúda de ninguiên. Es una enfermidade mui ecsquisita — todos los dias el toma unos bánios con tcheiro ecstránio, pero no consigue merrorar ni calentarse. Todo el trabarro doméstico es el que lo face — el quartito está repleto de garrafas i máquinas, i el no trabarra mas como médico. Pero iá fue famosso — mi pai en Barcelona conocia el nombre — i hace poco le curô el braço a un encanador que se matchucô de repente. El hombre no sale nunca, i mi filho Esteban le lheva comida i ropas i medicamentos i productos químicos para el. Dios mio, la sal amoníaca que el hombre usa para conservar el frio!"

A sra. Herrero desapareceu pela escada em direção ao quarto andar, e eu retornei ao meu quarto. A amônia parou de pingar e, enquanto eu limpava a sujeira e abria a janela para ventilar o quarto, ouvi os pesados passos da senhoria logo acima da minha cabeça. Eu jamais ouvira o dr. Muñoz, salvo por alguns sons como os de uma máquina a gasolina; uma vez que suas passadas eram gentis e suaves. Por um instante perguntei-me que estranha moléstia afligia esse homem, e também se a obstinação em recusar ajuda externa não seria o resultado de uma excentricidade com pouco ou nenhum fundamento. Ocorreu-me o pensamento nada original de que existe um *páthos* incrível na situação de uma pessoa eminente caída em desgraça.

Eu talvez jamais tivesse conhecido o dr. Muñoz se não fosse pelo infarto súbito que me acometeu certa manhã enquanto eu escrevia em meu quarto. Os médicos já me haviam alertado para o perigo desses ataques, e eu sabia que não havia tempo a perder; assim, relembrando as palavras da senhoria a respeito da ajuda oferecida pelo inválido ao encanador ferido, arrastei-me até o quarto andar e bati de leve na porta acima da minha. A batida foi respondida em excelente inglês por uma voz curiosa, à esquerda, que perguntou meu nome e o objetivo da visita; uma vez que os expus, a porta ao lado daquela em que bati se abriu.

Fui recebido por uma rajada de ar frio; e, ainda que o dia fosse um dos mais quentes no final de junho, estremeci ao cruzar o umbral rumo ao interior de um apartamento cuja decoração rica e de bom gosto me surpreendeu naquele antro de imundície e sordidez. Um sofá-cama desempenhava seu papel diurno de sofá, e a mobília em mogno, as tapeçarias suntuosas, as pinturas antigas e as estantes de livros lembravam muito mais o estúdio de um cavalheiro do que o quarto de uma casa de pensão. Percebi que o quarto logo acima do meu — o "quartito" das garrafas e máquinas que a sra. Herrero havia mencionado — era apenas o laboratório do doutor; e que os cômodos onde ele vivia ficavam no espaçoso quarto ao lado, com alcovas e um grande banheiro contíguo que lhe facultavam esconder todas as prateleiras e demais instrumentos. O dr. Muñoz era, sem dúvida, alguém de boa posição social, culto e de bom gosto.

O homem à minha frente era baixo, mas de proporções notáveis, e usava um traje algo formal de corte e caimento perfeitos. Um semblante altivo de expressão dominadora, mas não arrogante, era adornado por uma curta barba grisalha, e um *pince-nez* à moda antiga protegia os penetrantes olhos escuros e apoiava-se em um nariz aquilino, que conferia um toque mouro à fisionomia, ademais um bocado celtibérica. Os cabelos grossos e bem cortados, que denunciavam as tesouradas precisas do barbeiro, apareciam repartidos com graça logo acima da fronte elevada; o aspecto geral era de notável inteligência e de linhagem e educação superiores.

No entanto, ao ver o dr. Munõz em meio à rajada de ar frio, senti uma repulsa que nada em sua aparência poderia justificar. Apenas o tom lívido da pele e a frieza do toque poderiam oferecer alguma base física para o sentimento, e até mesmo essas coisas seriam desculpáveis a levar-se em conta a notória invalidez do médico. Também pode ter sido o frio singular o que me alienou; pois uma rajada como aquela parecia anormal em um dia tão quente, e tudo o que é anormal suscita aversão, desconfiança e medo.

Mas a repulsa logo deu lugar à admiração, pois a perícia do estranho médico ficou evidente mesmo com o toque gélido e os tremores que afligiam suas mãos exangues. O dr. Munõz compreendeu a situação assim que pôs os olhos em mim e, em seguida, administrou-me os medicamentos necessários com a destreza de um mestre; ao mesmo tempo, assegurou-me, com uma voz modulada, ainda que oca e sem timbre, que era o mais ferrenho inimigo da morte e que havia gastado toda a fortuna e perdido todos os amigos ao longo de uma vida de experimentos devotados à sua derrota e aniquilação. Ele tinha algo em comum com os fanáticos benevolentes, e seguiu desfiando uma conversa quase trivial enquanto auscultava o meu peito e preparava uma mistura com drogas retiradas do pequeno quarto onde funcionava o laboratório. Era óbvio que o dr. Muñoz havia encontrado, na companhia de um homem bem-nascido, uma grata surpresa em meio à atmosfera decadente, e assim abandonou-se a um tom incomum na medida em que as lembranças de dias melhores surgiam.

A voz dele, ainda que estranha, era ao menos tranquilizadora; e eu sequer percebia sua respiração enquanto as frases bem articuladas saíam de sua boca. O doutor tentou distrair a atenção que eu dispensava ao meu surto falando de suas teorias e experiências; e lembro-me da maneira gentil como me consolou a respeito do meu coração fraco, insistindo que a força de vontade e a consciência são mais fortes do que a própria vida orgânica, de modo que um corpo mortal saudável e bem preservado, por meio do aprimoramento científico dessas qualidades, é capaz de reter uma certa animação nervosa a despeito de graves problemas, defeitos ou até mesmo ausência de órgãos específicos. Em tom meio jocoso, disse que um dia poderia ensinar-me a viver — ou pelo menos a desfrutar de uma existência consciente — mesmo sem coração! De sua parte, o dr. Muñoz sofria com uma pletora de moléstias que exigiam um tratamento rigoroso à base de frio constante. Qualquer aumento prolongado na temperatura poderia ter consequências fatais; e em seu apartamento gélido — onde fazia 12 ou 13 graus centígrados — havia um sistema de resfriamento por amônia, cujo motor a gasolina eu ouvira repetidas vezes no meu quarto, logo abaixo.

Quando senti o coração aliviado, deixei o gélido recinto na condição de discípulo e devoto do talentoso recluso. A partir de então comecei a fazer-lhe visitas frequentes, sempre encasacado; eu ouvia o doutor falar sobre pesquisas secretas e resultados quase hediondos e estremecia de leve ao examinar os tomos antigos e raros que as estantes guardavam. Devo acrescentar que fui quase curado da minha doença graças à grande habilidade clínica daquele homem. O dr. Muñoz não desprezava os encantamentos dos medievalistas, pois acreditava que aquelas fórmulas crípticas encerravam estímulos psicológicos bastante raros, que poderiam muito bem ter efeitos singulares em um sistema nervoso abandonado pelas pulsações orgânicas. Fiquei comovido com seu relato sobre o dr. Torres, de Valência, que lhe havia acompanhado durante os primeiros experimentos e ficado a seu lado durante uma longa doença dezoito anos atrás, de onde provinham as moléstias ainda presentes. Mas assim que aquele médico idoso salvou o colega, ele próprio sucumbiu ao implacável inimigo que havia combatido. Talvez o esforço tivesse sido grande demais; pois, em um sussurro, o dr. Muñoz deixou claro — mesmo sem dar muitos detalhes — que os métodos usados para a cura haviam sido os mais extraordinários, com expedientes e processos um tanto malvistos pelos Galenos mais velhos e conservadores.

Com o passar das semanas, notei, com grande pesar, que meu novo amigo estava de fato perdendo o vigor físico aos poucos, mas de forma incontestável, como a sra. Herrero havia mencionado. O aspecto lívido em seu semblante intensificara-se, a voz tornara-se mais vazia e indistinta; os movimentos musculares coordenavam-se de maneira cada vez menos perfeita, e a mente e a determinação apresentavam-se menos constantes e menos ativas. O dr. Muñoz não parecia alheio a essas tristes mudanças, e aos poucos seu rosto e sua voz assumiram um tom de terrível ironia, que me fez sentir mais uma vez a leve repulsa que eu sentira de início.

Ele começou a desenvolver estranhos caprichos, adquirindo um gosto tão intenso por especiarias exóticas e incenso egípcio que seu quarto cheirava como a tumba de um faraó sepultado no Vale dos Reis. Ao mesmo tempo a necessidade por ar frio tornou-se mais premente, e com a minha ajuda o doutor aumentou o encanamento de amônia no quarto e modificou as bombas e a alimentação do sistema refrigerador até que conseguisse manter a temperatura do quarto entre um e quatro graus, e finalmente a dois graus negativos; o banheiro e o laboratório, naturalmente, não eram tão frios para evitar que a água congelasse e os processos químicos fossem prejudicados. O inquilino ao lado reclamou do ar frio que vazava pela porta entre os quartos, então ajudei o dr. Muñoz a instalar pesadas tapeçarias a fim de solucionar o problema. Uma espécie de horror crescente, de origem singular e mórbida, dava a impressão de possuí-lo. O inválido discorria sem parar sobre a morte, mas dava gargalhadas ocas quando se falava em enterro ou em procedimentos funerários.

No geral, o dr. Muñoz tornou-se um companheiro desconcertante e até mesmo repelente; mas a gratidão que eu sentia pela cura não me permitia abandoná-lo aos estranhos que o cercavam, e eu espanava seu quarto e cuidava de suas necessidades dia após dia, enrolado em um pesado sobretudo que eu havia comprado especialmente para esse fim. Da mesma forma, eu me encarregava de fazer suas compras, e ficava pasmo com alguns dos produtos químicos que ele encomendava de farmácias e lojas de suprimentos laboratoriais.

Uma atmosfera de pânico cada vez maior e mais inexplicável dava a impressão de pairar sobre o apartamento. Como eu disse, o prédio inteiro tinha um cheiro desagradável; mas naquele quarto era ainda pior — apesar de todas as especiarias e incensos e, também, dos químicos de odor pungente usados pelo doutor nos banhos de imersão, que insistia em tomar sozinho. Percebi que tudo deveria estar relacionado à sua doença e estremeci ao imaginar que doença poderia ser essa. Depois de abandonar o doutor inteiramente aos meus cuidados, a sra. Herrero passou a fazer o sinal da cruz ao vê-lo; não permitia sequer que o filho Esteban continuasse a desempenhar pequenas tarefas para o velho. Quando eu sugeria outros médicos, o doente manifestava toda a raiva de que parecia capaz. Era visível que temia os efeitos físicos dessas emoções violentas, mas sua determinação e seus impulsos cresciam em vez de minguar, e ele recusava-se a ficar de cama. A lassitude da antiga doença deu lugar a um ressurgimento de seu ferrenho propósito, de forma que o dr. Muñoz dava a impressão de estar pronto para enfrentar o demônio da morte no mesmo instante em que esse inimigo ancestral o atacava. O pretexto das refeições, quase sempre uma formalidade, foi praticamente abandonado; e apenas o poder da mente parecia evitar um colapso total.

O dr. Muñoz adquiriu o hábito de escrever longos documentos que eram lacrados com todo o cuidado e entregues a mim, com instruções para que, após sua morte, eu os entregasse a certas pessoas que nomeava — em sua maioria indianos letrados, mas também a um físico francês outrora célebre e dado por morto, a cujo respeito diziam-se as coisas mais inconcebíveis. A verdade é que eu queimei todos esses papéis, sem os entregar a ninguém nem abri-los. O aspecto e a voz do médico tornaram-se horríveis, e sua presença, quase insuportável. Certo dia, em setembro, um relance inesperado do médico provocou um ataque epilético em um homem que viera consertar sua lâmpada de leitura; o dr. Muñoz receitou-lhe a medicação adequada enquanto mantinha-se longe de vista. O mais curioso é que o homem havia enfrentado todos os terrores da Grande Guerra sem sofrer nenhum surto parecido em todo o seu decurso.

Então, no meio de outubro, o horror dos horrores veio com um ímpeto vertiginoso. Uma noite, por volta das onze horas, a bomba do sistema de refrigeração quebrou, de modo que, passadas três horas, o processo de resfriamento por amônia tornou-se impossível. O dr. Muñoz convocou-me por meio de fortes pancadas contra o chão, e eu, desesperado, tentei consertar o estrago enquanto meu companheiro praguejava em um tom de voz cujo caráter estertorante e vazio estaria além de qualquer descrição. Meus débeis esforços, no entanto, mostraram-se inúteis; e quando chamei o mecânico da oficina vinte e quatro horas, descobrimos que nada poderia ser feito antes do amanhecer, quando um novo pistão teria de ser comprado. O medo e a raiva do eremita moribundo, tendo escalado a proporções grotescas, aparentavam estar prestes a estilhaçar o quanto restava de seu físico debilitado; ato contínuo, um espasmo fez com que levasse as mãos aos olhos e corresse até o banheiro. O dr. Muñoz saiu de lá com o rosto coberto por ataduras, e nunca mais vi seus olhos.

A temperatura do apartamento aumentava sensivelmente, e por volta das cinco horas o doutor retirou-se para o banheiro com ordens de que eu lhe fornecesse todo o gelo que pudesse encontrar nas lojas e cafés vinte e quatro horas. Ao retornar dessas jornadas desanimadoras e largar meus espólios em frente à porta fechada do banheiro, eu escutava um chapinhar incansável lá dentro e uma voz encorpada grasnando "Mais — mais!". Por fim o dia raiou, e as lojas abriram uma após a outra. Pedi a Esteban que me ajudasse a providenciar o gelo enquanto eu procurava o pistão da bomba ou que comprasse o pistão enquanto eu continuava com o gelo; instruído pela mãe, no entanto, o garoto recusou com veemência.

Por fim paguei um vagabundo sórdido que encontrei na esquina da Eighth Avenue para fornecer ao paciente o gelo disponível em uma lojinha, onde o apresentei, e empenhei toda a minha diligência na tarefa de encontrar um pistão novo para a bomba e contratar mecânicos competentes para instalá-lo. A tarefa parecia interminável, e tive um surto de raiva quase como o do eremita ao perceber que as horas passavam num ciclo frenético e incansável de telefonemas inúteis e buscas de um lugar a outro, para lá e para cá no metrô e no bonde. Próximo ao meio-dia encontrei uma loja de peças no centro da cidade e, por volta da uma e meia, cheguei de volta à casa de pensão com a parafernália necessária e dois mecânicos robustos e inteligentes. Eu fiz tudo o que pude, e tinha a esperança de que ainda houvesse tempo.

O terror negro, no entanto, havia chegado mais depressa. A casa estava em pandemônio, e acima das vozes exaltadas escutei alguém rezando em uma voz de baixo profundo. Havia algo demoníaco no ar, e os inquilinos rezavam as contas de seus rosários enquanto sentiam o cheiro fétido que saía por baixo da porta fechada do médico. O desocupado que eu arranjara havia fugido em meio a gritos e com o olhar vidrado logo após a segunda remessa de gelo; talvez como resultado de uma curiosidade excessiva. É claro que não poderia ter chaveado a porta atrás de si; mas nesse instante ela estava trancada, provavelmente pelo lado de dentro. Não se ouvia som algum exceto um inominável gotejar, lento e viscoso.

Depois de uma breve consulta à sra. Herrero e aos mecânicos, apesar do temor que me corroía a alma, decidi pelo arrombamento da porta; mas a senhoria deu um jeito de girar a chave pelo lado de fora usando um pedaço de arame. Já havíamos aberto as portas de todos os outros quartos no andar e escancarado todas as janelas ao máximo. Nesse instante, com os narizes protegidos por lenços, adentramos, trêmulos, o amaldiçoado aposento sul, que resplandecia com o sol da tarde que começava.

Uma espécie de rastro escuro e viscoso se alastrava desde a porta aberta do banheiro até a porta do corredor, e de lá para a escrivaninha, onde uma terrível poça havia se acumulado. Lá encontrei algo escrito a lápis, com uma caligrafia tenebrosa e cega, numa folha horrivelmente manchada como que pelas mesmas garras que às pressas haviam traçado as últimas linhas. Então o rastro seguia até o sofá e acabava de forma indizível.

O que estava ou havia estado no sofá é algo que não consigo e não ouso descrever. Mas aqui relato o que, com as mãos trêmulas, decifrei no papel coberto por manchas grudentas antes de puxar um fósforo e reduzi-lo a cinzas; o que decifrei horrorizado enquanto a senhoria e os dois mecânicos corriam em pânico daquele aposento infernal para balbuciar suas histórias incoerentes na delegacia mais próxima. As palavras nauseantes pareciam inacreditáveis sob o brilho dourado do sol, em meio ao rumor dos carros e caminhões vindos da movimentada Fourteenth Street, mas confesso que lhes dei crédito naquele instante. Se ainda lhes dou crédito agora, honestamente não sei. Existem coisas sobre as quais é melhor não especular, e tudo o que posso dizer é que odeio o cheiro de amônia e sinto-me prestes a desmaiar com uma lufada de ar um pouco mais frio.

"O fim", dizia o rabisco abjeto, "é aqui. Não há mais gelo — o homem olhou e fugiu. O calor aumenta a cada instante e os tecidos não têm como aguentar. Imagino que o senhor saiba — o que falei sobre a vontade e os nervos e o corpo preservado depois que os órgãos param de funcionar. A teoria era boa, mas na prática não tinha como durar para sempre. Houve uma deterioração gradual que eu não havia previsto. O dr. Torres sabia, mas o choque matou-o. Ele não suportou o que tinha de fazer — precisou levar-me a um lugar estranho e escuro quando deu atenção à minha carta e me trouxe de volta. Porém os órgãos jamais voltaram a funcionar. Tinha de ser feito à minha moda — preservação — *pois saiba que morri dezoito anos atrás.*"

O MODELO DE PICKMAN

Você não precisa achar que sou louco, Eliot — muitas pessoas têm superstições ainda mais estranhas. Por que você não ri do avô de Oliver, que se recusa a andar de carro? Se eu não gosto daquele maldito metrô, o problema é meu; e além disso chegamos mais depressa de táxi. Com o metrô, precisaríamos ter subido o morro desde a Park Street.

Eu sei que estou mais nervoso do que estava quando você me viu ano passado, mas você também não precisa criar caso. Tenho bons motivos, só Deus sabe, e considero-me um homem de sorte por não ter enlouquecido. Mas afinal, por que esse interrogatório? Você não era tão inquisitivo.

Bem, se você quer saber, não vejo por que não contar. Talvez você deva mesmo saber, pois me escreveu como um pai preocupado quando soube que eu havia deixado o Art Club e me afastado de Pickman. Agora que ele sumiu eu apareço no clube de vez em quando, mas os meus nervos já não são mais os mesmos.

Não, não sei que fim levou Pickman, e não gosto sequer de imaginar. Você deve ter concluído que eu tinha alguma informação privilegiada quando o abandonei — e é por isso que não quero nem imaginar para onde ele foi. A polícia que trate de descobrir o quanto puder — não vai ser muita coisa, visto que até agora ainda não sabem de nada a respeito do velho estúdio que Pickman alugava em North End sob o nome de Peters.

Nem eu sei se saberia voltar lá — e de qualquer forma não pretendo tentar, nem mesmo à luz do dia!

Sim, eu sei, ou temo saber, por que ele o alugava. Estou chegando lá. E acho que antes de eu acabar você vai entender por que não comunico a polícia. Eles me pediriam para guiá-los, mas eu não conseguiria voltar lá nem que soubesse o caminho. Havia alguma coisa lá — e agora não consigo mais andar de metrô nem (fique à vontade para rir disto também) descer a porão algum.

Achei que você saberia que eu não me afastei de Pickman pelas mesmas razões estúpidas que levaram velhas caprichosas como o dr. Reid ou Joe Minot ou Rosworth a abandoná-lo. A arte mórbida não me choca, e quando um homem tem o gênio de Pickman eu me sinto honrado ao conhecê-lo, independentemente do caráter de sua arte. Boston jamais teve um pintor maior do que Richard Upton Pickman. Eu disse e repito, e não mudei em nada a minha opinião quando ele me mostrou aquele "Ghoul se alimentando". Você lembra? Foi naquela época que Minot o cortou.

Sabe, é necessário ter um profundo talento e uma profunda compreensão da Natureza para produzir obras como as de Pickman. Qualquer amador que desenhe capas de revistas pode espalhar a tinta de um jeito qualquer e chamar o resultado de pesadelo ou de sabá das bruxas ou de retrato do demônio, mas só um grande pintor consegue fazer uma coisa dessas parecer realmente assustadora ou convincente. É por isso que só um artista de verdade conhece a fundo a anatomia do terror ou a psicologia do medo — o tipo exato de linhas e proporções que se ligam a instintos latentes ou memórias hereditárias de pavor, e os contrastes e a iluminação que despertam o sentimento de estranheza adormecido. Não preciso dizer a você por que um Fuseli faz nossos ossos literalmente se enregelarem, enquanto um frontispício de história de terror só nos faz rir. Existe alguma coisa que esses sujeitos captam — algo além da vida — que também conseguem nos fazer captar por um breve instante. Com Doré era assim. Com Sime é assim. Com Angarola, de Chicago, é assim. E quanto a Pickman — nenhum homem jamais foi como ele e, por Deus, espero que jamais seja outra vez.

Não me pergunte o que eles veem. Você sabe, na arte convencional existe uma enorme diferença entre as coisas vivas, de verdade, criadas a partir da natureza ou de modelos, e o lixo artificial que os peixes pequenos em geral produzem num estúdio precário. Bem, devo dizer que um artista realmente excêntrico tem um tipo de visão que cria modelos, ou invoca alguma coisa equivalente a cenas reais do mundo espectral em que vive. Seja como for, Pickman consegue resultados que se distinguem dos sonhos alucinados de um impostor mais ou menos como os resultados obtidos por um pintor da natureza se distinguem das garatujas de um cartunista formado por correspondência. Se eu alguma vez tivesse visto o que Pickman via — mas não! Escute, vamos beber alguma coisa antes de continuar o assunto. Meu Deus, eu não estaria vivo hoje se tivesse visto o que aquele homem — se é que era um homem — via!

Você lembra que o forte de Pickman eram os rostos. Acho que ninguém, desde Goya, foi capaz de representar o inferno em estado bruto nos traços de um rosto ou em uma expressão contorcida. E antes de Goya você precisa voltar até os sujeitos medievais que fizeram as gárgulas e as quimeras em Notre-Dame e em Mont Saint-Michel. Eles acreditavam em todo tipo de coisa — e talvez também vissem todo tipo de coisa, afinal a Idade Média teve umas fases bem curiosas. Eu lembro que uma vez, um ano antes da sua partida, você perguntou a Pickman de onde raios ele tirava aquelas ideias e visões. Foi bem macabra a risada que ele deu, não? Em parte foi por causa daquela risada que Reid se afastou dele. Reid, você sabe, recém havia começado a estudar patologia comparada e estava cheio de "conhecimentos especializados" pomposos sobre a importância biológica ou evolutiva deste ou daquele sintoma mental ou físico. Ele disse que Pickman o repelia mais a cada dia, e que nos últimos tempos quase o assustava — que os traços e a expressão no rosto dele aos poucos se desenvolviam de um modo que não o agradava; de um modo que não era humano. Reid veio cheio de conversas sobre alimentação e disse que Pickman deveria ser anormal e excêntrico ao extremo. Imagino que você tenha dito a Reid, se vocês trocaram alguma correspondência a respeito, que os nervos ou a imaginação dele ficavam muito abalados com as pinturas de Pickman. Eu ao menos disse — na época.

Mas lembre que eu não me afastei de Pickman por nada disso. Pelo contrário, minha admiração por ele só aumentava; aquele "Ghoul se alimentando" era uma obra magnífica. Como você sabe, o clube se recusou a exibi-lo, e o Museu de Belas Artes não o aceitou nem de presente; além do mais, ninguém queria comprá-lo, então o quadro ficou pendurado na casa de Pickman até o dia em que ele sumiu. Agora está com o pai dele em Salem — você sabe que Pickman vem de uma antiga família de Salem, e que algum antepassado dele foi enforcado por bruxaria em 1692.

Habituei-me a visitar Pickman com certa frequência, em especial depois que comecei a tomar notas para escrever uma monografia sobre arte fantástica. Foi provavelmente o trabalho dele que enfiou essa ideia na minha cabeça e, de qualquer modo, ele se revelou uma verdadeira mina de informações e sugestões quando resolvi levar o projeto adiante. Pickman me mostrou todas as pinturas e desenhos que tinha; inclusive alguns rascunhos em bico de pena que, acredito, teriam rendido uma expulsão do clube se os outros membros tivessem-nos visto. Logo eu tinha virado quase um seguidor, e ficava como um colegial, escutando, por horas a fio, teorias estéticas e especulações filosóficas loucas o bastante para que o internassem no hospício de Danvers. Essa devoção ao meu herói, somada ao fato de que em geral as pessoas tinham cada vez menos contato com ele, levaram-no a depositar muita confiança em mim; e em uma certa noite ele insinuou que se eu ficasse de bico fechado e não fizesse alarde, ele me mostraria algo um tanto incomum — algo um pouco mais forte do que qualquer outra coisa na casa.

"Você sabe", disse ele, "certas coisas não foram feitas para a Newbury Street — coisas que ficam fora de lugar e que de qualquer modo são impensáveis aqui. O meu interesse é captar as sutilezas da alma, e você não vai achar nada parecido com isso em um conjunto de ruas cheias de novos-ricos em um aterro. A Back Bay não é Boston — ainda não é nada, porque não teve tempo de guardar memórias e atrair espíritos locais. Se existem fantasmas aqui, são os fantasmas mansos de um pântano salgado e de uma pequena gruta; mas eu quero fantasmas humanos — fantasmas de seres inteligentes o bastante para terem visto o inferno e compreendido o que viram.

"O lugar ideal para um artista morar é o North End. Se os estetas fossem sinceros, aguentariam os bairros pobres em nome das tradições acumuladas. Por Deus! Você não vê que lugares como aquele não foram simplesmente *construídos*, mas *cresceram* de verdade? Gerações e mais gerações viveram e sofreram e morreram por lá, e numa época em que as pessoas não tinham medo de viver e sofrer e morrer. Você não sabe que havia um moinho em Copp's Hill em 1632, e que metade das ruas atuais já existia em 1650? Posso mostrar para você casas que estão de pé há mais de dois séculos e meio; casas que presenciaram coisas que fariam uma casa moderna desabar em ruínas. O que os modernos entendem sobre a vida e as forças que se escondem por trás dela? Você diz que a bruxaria de Salem é mera superstição, mas eu aposto que a avó da minha bisavó teria histórias para contar. Ela morreu enforcada em Gallows Hill, sob o olhar farisaico de Cotton Mather. Mather, que o diabo o carregue, temia que alguém conseguisse escapar dessa maldita prisão de monotonia — como eu queria que alguém o tivesse enfeitiçado ou chupado seu sangue à noite!

"Posso mostrar a você a casa onde ele morava e também uma outra em que tinha medo de entrar, apesar de todo aquele falatório destemido. Ele sabia de coisas que não ousou escrever naquela estupidez de *Magnalia* ou nos deslumbres pueris de *Wonders of the Invisible World*. Escute, você sabia que por todo o North End havia um conjunto de túneis que ligava as casas umas às outras, e também ao cemitério e ao mar? Os caçadores de bruxas podiam procurar à vontade na superfície — dia após dia aconteciam coisas fora do alcance deles, e vozes indefiníveis riam à noite!

"Ah, pegue dez casas construídas antes de 1700 ainda no terreno original e aposto que em oito delas eu descubro alguma coisa estranha no porão. É raro passar um mês sem que você leia uma notícia sobre trabalhadores que, ao demolir construções antigas, descobrem arcadas fechadas com tijolos e poços que não levam a lugar nenhum — no ano passado dava para ver uma casa assim quando o trem elevado passava pela Henchman Street. Havia bruxas e o que os feitiços delas invocavam; piratas e o que traziam do mar; corsários — é o que eu digo, antigamente as pessoas sabiam viver e ampliar os horizontes da vida! Esse não era o único mundo que um homem sábio e destemido podia conhecer — pfui! E pensar nos dias de hoje, com intelectos tão apagados que até mesmo um clube de supostos artistas sente calafrios e convulsões se uma pintura ofende a sensibilidade de uma mesa de chá na Beacon Street!

"O único aspecto positivo do presente é que ele é estúpido demais para fazer perguntas detalhadas acerca do passado. O que os mapas e registros e guias de viagem nos informam a respeito do North End? Ha! Eu garanto que vou levá-lo a trinta ou quarenta vielas e emaranhados de vielas ao norte da Prince Street que não são conhecidos por mais de dez pessoas além dos estrangeiros que se amontoam por lá. E o que aqueles carcamanos entendem disso? Não, Thurber, esses lugares antigos têm sonhos maravilhosos e transbordam enlevo e horror e fugas dos lugares-comuns, mas nem assim aparece uma vivalma que os compreenda ou se beneficie deles. Ou melhor, existe uma alma — afinal, não estive revirando o passado a troco de nada!

"Quem diria, você se interessa por essas coisas. E se eu dissesse que tenho um outro estúdio por lá, onde posso captar o espírito noturno de horrores ancestrais e pintar coisas que eu não conseguiria sequer imaginar na Newbury Street? Claro que as velhas titias do clube não sabem disso — com Reid, maldito seja, espalhando boatos de que sou algum tipo de monstro descendo o tobogã da evolução reversa! É, Thurber, há muito tempo eu decidi que, assim como a beleza, também se deve pintar o terror a partir da observação, então explorei lugares onde eu tinha motivos para acreditar que o terror habitava.

"Além de mim, não mais do que três homens nórdicos devem ter visto o lugar. Não fica muito longe do trem elevado, mas em relação à alma são séculos de distância. Escolhi ficar lá por causa do velho poço de tijolos no porão — um dos que mencionei há pouco. A construção está prestes a cair, então ninguém quer morar por lá, e eu detestaria contar a você a bagatela que estou pagando. As janelas estão fechadas com tábuas, mas isso é ainda melhor para mim, já que não preciso de luz solar para o meu trabalho. Eu pinto no porão, onde a inspiração atinge o grau máximo, embora também disponha de outras salas no térreo. O proprietário é siciliano, e aluguei o estúdio sob o nome Peters.

"Se você estiver a fim, posso levá-lo hoje à noite até lá. Acho que você ia gostar dos quadros, pois, como eu disse, deixei a imaginação correr solta. Não é longe — às vezes faço o trajeto a pé, porque não quero chamar atenção aparecendo de táxi num lugar daqueles. Podemos pegar o trem na South Station em direção à Battery Street, e de lá é só uma caminhada curta."

Bem, Eliot, não me restou muita coisa a fazer depois de todo esse falatório senão conter a vontade de sair correndo e pegar o primeiro táxi livre que aparecesse na nossa frente. Trocamos para o trem elevado na South Station e, por volta do meio-dia, já tínhamos descido a escadaria da Battery Street e chegado ao antigo porto depois de Constitution Wharf. Eu não prestei atenção às ruas transversais e não saberia dizer em qual delas entramos, mas sei que não foi em Greenough Lane.

Quando dobramos, foi para subir pela desolação da viela mais antiga e mais imunda que eu já vi em toda a minha vida, cheia de empenas que pareciam prestes a desmoronar, janelinhas quebradas e chaminés arcaicas que se erguiam meio decrépitas contra o céu enluarado. Acho que eu não vi nem três casas construídas depois da época de Cotton Mather — tenho certeza de que avistei pelo menos duas com beirais, e lá pelas tantas tive a impressão de ver um telhado de duas águas anterior às mansardas, embora os antiquários digam que não restou nenhuma casa assim em Boston.

Ao sair dessa viela, que tinha iluminação tênue, dobramos à esquerda em direção a uma outra viela tão silenciosa quanto e ainda mais estreita, sem iluminação alguma: e em seguida, no escuro, fizemos o que eu acredito ter sido uma curva em ângulo obtuso à direita. Logo Pickman sacou uma lanterna e revelou uma porta antediluviana de dez painéis que parecia devastada pelos cupins. Depois de abri-la, ele me levou por um corredor vazio guarnecido com o que em outras épocas tinham sido lambris de carvalho escuro — um mero detalhe,

O MODELO DE PICKMAN

que no entanto fazia pensar em Andros e em Phipps e na bruxaria. Então passamos por uma porta à esquerda, ele acendeu uma lamparina a óleo e disse que eu podia ficar à vontade.

Eliot, você sabe que eu sou o tipo de sujeito que costumam chamar de "durão", mas confesso que fiquei perturbado com o que vi nas paredes daquele cômodo. Eram as pinturas — as pinturas que Pickman não podia pintar nem exibir na Newbury Street —, e ele tinha toda a razão quando disse que havia deixado a imaginação "correr solta". Vamos — peça outra bebida — eu, ao menos, preciso de mais uma!

Nem adianta eu tentar descrever os quadros para você, porque o horror blasfemo e a inacreditável repulsa e decadência moral vinham de toques discretos, muito além do poder descritivo das palavras. Não havia nenhum elemento da técnica exótica que se vê nas obras de Sidney Sime, nada parecido com os cenários trans-saturnianos e fungos lunares que Clark Ashton Smith usa para nos gelar o sangue. Os cenários eram em grande parte igrejas antigas, bosques densos, escarpas à beira-mar, túneis de cimento, antigos corredores com lambril ou simples arcadas em cantaria. O cemitério de Copp's Hill, que não podia ficar muito longe daquela casa, era um dos cenários mais frequentes.

A loucura e a monstruosidade ficavam por conta das figuras em primeiro plano — pois a arte mórbida de Pickman consistia acima de tudo em retratos demoníacos. As figuras raramente eram humanas, porém muitas vezes apresentavam traços humanoides. Os corpos, apesar de bípedes, em sua maioria eram curvados para a frente e tinham uma constituição vagamente canina. A textura parecia algo borrachuda e era um tanto desagradável. Ugh! É como se eu os estivesse vendo neste instante! As ocupações deles — bem, não me peça para entrar em detalhes. Em geral estavam se alimentando — não vou dizer do quê. De vez em quando apareciam aos bandos em cemitérios ou passagens subterrâneas, e muitas vezes pareciam disputar uma presa — ou, melhor dizendo, um tesouro. E que expressividade incrível Pickman dava aos rostos inertes daqueles espólios macabros! Às vezes as criaturas apareciam saltando por janelas abertas à noite, ou agachadas sobre o peito de pessoas adormecidas, observando suas gargantas. Uma tela mostrava as criaturas latindo em volta de uma bruxa enforcada em Gallows Hill, cuja expressão cadavérica guardava estreita semelhança com a expressão delas.

Mas não ache que foi a escolha dos temas e cenários tétricos o que me levou a fraquejar. Não sou nenhuma criança, e já vi muita coisa assim antes. Eram os rostos, Eliot, aqueles malditos rostos com sorrisos de escárnio e fios de baba pendente que pareciam sair da tela com o sopro da vida! Por Deus, eu pensei que estivessem *vivos*! Aquele mago repulsivo tinha despertado os fogos do inferno em pigmento, e o pincel dele conjurou terríveis pesadelos. Passe-me a garrafa, Eliot!

Havia um quadro chamado *A lição* — Deus me perdoe por ter visto aquilo! Escute — você consegue imaginar um grupo de seres caninos inomináveis, agachados em círculo num cemitério, ensinando uma criança a se alimentar como eles? O preço de uma criança trocada, imagino — você conhece a velha lenda sobre criaturas estranhas que deixavam suas crias nos berços em troca dos bebês humanos que raptavam. Pickman estava mostrando o que acontece às crianças raptadas — como é a vida delas — e então eu comecei a ver uma semelhança pavorosa entre os rostos humanos e os inumanos. Pickman, com todas as gradações de morbidez entre o manifestamente inumano e a humanidade degradada, estabelecia uma linhagem e uma evolução sardônica. As criaturas caninas descendiam de humanos!

Eu mal havia me perguntado o que aconteceria às crias daqueles seres deixadas ao cuidado de humanos quando avistei uma pintura que materializava esse mesmo pensamento. Era o interior de uma antiga casa puritana — um cômodo com inúmeras vigas e gelosias, um arquibanco e outros móveis desengonçados do século XVII, com toda a família sentada enquanto o pai lia uma passagem da Bíblia. Todos os rostos, com a exceção de um, tinham uma expressão nobre e reverente, mas aquele um refletia o escárnio das profundezas. Era o rosto de um garoto, sem dúvida tido por filho daquele pai tão devoto, mas na verdade um parente dos seres impuros. Era a outra criança trocada — e, num espírito de suprema ironia, Pickman havia pintado o rosto do garoto com notável semelhança ao seu próprio.

Nesse ponto Pickman já havia acendido uma lamparina no cômodo ao lado e, com excelentes modos, segurou a porta aberta para que eu passasse; perguntou se eu gostaria de ver seus "estudos modernos". Eu não tinha conseguido comunicar a ele as minhas impressões — o pavor e a repulsa me emudeciam —, mas acho que ele entendeu o que se passava e considerou tudo aquilo um grande elogio. E mais uma vez, Eliot, faço questão de repetir que não sou nenhum maricas que sai gritando ao ver qualquer coisa que se afaste um pouco do trivial. Sou um homem de meia-idade, sofisticado, e você me viu na França e sabe que não me deixo afetar por qualquer coisa. Também não esqueça que eu recém havia recuperado o fôlego e me acostumado àquelas figuras pavorosas que transformavam a Nova Inglaterra colonial em um anexo do inferno. Bem, apesar de tudo isso, o cômodo seguinte me fez soltar um grito, e precisei me agarrar ao vão da porta para não cair. O primeiro aposento mostrava grupos de ghouls e de bruxas à solta no mundo de nossos antepassados, mas esse outro trazia o horror para a nossa vida cotidiana!

Meu Deus, como aquele homem pintava! Ele tinha um estudo chamado "Acidente no metrô" em que um bando das criaturas vis saía de uma catacumba desconhecida por uma rachadura no piso da estação na Boston Street e atacava a multidão de pessoas que aguardava na plataforma. Um outro mostrava um baile entre os túmulos de Copp's Hill, com uma paisagem contemporânea ao fundo. Além disso, havia inúmeras cenas em porões, com monstros passando através de buracos e frestas na cantaria e rindo agachados atrás de barris ou fornalhas enquanto esperavam a primeira vítima descer as escadas.

Uma tela repugnante parecia mostrar uma parte de Beacon Hill tomada por exércitos de monstros mefíticos enfiados em inúmeras tocas que conferiam ao chão o aspecto de um favo de mel. Bailes nos cemitérios de hoje eram temas recorrentes, e uma outra composição me chocou mais do que todas as outras — uma cena no interior de uma arcada desconhecida, onde inúmeras criaturas se amontoavam em torno de uma outra, que tinha nas mãos um famoso guia de Boston e estava sem dúvida lendo em voz alta. Todos apontavam para uma certa passagem, e cada um daqueles rostos parecia tão desfigurado pelas risadas epilépticas e reverberantes que eu quase pude ouvir os ecos demoníacos. O título da obra era "Holmes, Lowell e Longfellow enterrados em Mount Auburn".

Enquanto aos poucos eu me recompunha e me habituava ao segundo aposento de crueldade e morbidez, comecei a analisar algumas características da minha repulsa. Em primeiro lugar, disse eu para mim mesmo, aquelas coisas me repeliam devido ao caráter absolutamente inumano e à crueza impiedosa que revelavam em Pickman. O sujeito deveria ser um inimigo ferrenho de toda a humanidade para sentir tamanho júbilo com a tortura de carnes e miolos e a degradação do invólucro mortal. Em segundo lugar, me aterrorizavam justamente por causa de sua grandeza. Aquele era o tipo de arte que convence — ao ver as pinturas, víamos os próprios demônios e sentíamos medo. E o mais estranho era que Pickman não obtinha esse efeito com requintes fantásticos ou bizarrias. Não havia elementos borrados, distorcidos ou estilizados; os contornos eram nítidos e realistas, e os detalhes, executados à perfeição. E os rostos!

Não era a simples interpretação de um artista o que víamos; era o pandemônio encarnado, claro e objetivo como um cristal. Céus! Aquele homem não era um romântico ou um fantasista, não! Ele sequer tentava representar o caráter inquieto, prismático e efêmero dos sonhos; em vez disso, com frieza e sarcasmo, refletia um mundo de horror perene, mecanístico e bem estabelecido, que ele enxergava com abrangência, brilhantismo, objetividade e decisão. Só Deus sabe onde aquele mundo poderia estar, ou onde Pickman teria vislumbrado as formas blasfemas que andavam, corriam e arrastavam-se por lá; mas qualquer que fosse a assombrosa origem das imagens, uma coisa estava clara. Pickman era, em todos os sentidos — na composição e na execução —, um realista talentoso, esmerado e quase científico.

Meu anfitrião conduziu-me pelas escadas até o porão onde ficava o estúdio propriamente dito, e eu me preparei para mais cenas demoníacas em meio às telas inacabadas.

Quando chegamos ao fim da úmida escadaria ele virou a lanterna para um canto do amplo espaço à nossa frente, revelando um contorno circular de tijolos que sem dúvida era um grande poço no chão de terra batida. Chegamos mais perto e eu vi que o poço deveria ter um metro e meio de diâmetro, com paredes de uns trinta centímetros de espessura a cerca de quinze centímetros do chão — uma sólida construção do século XVII, a não ser que eu estivesse muito enganado. Aquilo, disse Pickman, era o tipo de coisa sobre as quais vinha falando — um acesso ao sistema de túneis que existia sob o morro. Percebi quase sem querer que a abertura do poço não estava cimentada, e que um disco de madeira fazia as vezes de tampa. Ao pensar nas coisas que aquele poço evocava se os comentários de Pickman não fossem pura retórica, estremeci de leve; então me virei para subir mais um degrau e atravessar uma porta estreita que conduzia a um aposento bastante grande, com piso de madeira e equipado como estúdio. Uma lamparina a acetileno providenciava a iluminação necessária para o trabalho.

As telas inacabadas sobre os cavaletes ou apoiadas de encontro à parede eram tão macabras quanto as do andar superior, e demonstravam a apurada técnica do artista. As cenas pareciam esboçadas com extremo cuidado, e os contornos a lápis denunciavam a técnica minuciosa que Pickman usava para obter a perspectiva e as proporções corretas. O homem era genial — e digo isso agora, mesmo sabendo de tudo o que eu sei. Uma enorme câmera fotográfica em cima de uma mesa chamou a minha atenção, e Pickman me disse que a usava para fotografar os cenários e pintá-los a partir das fotografias, no estúdio, em vez de sair carregando toda a sua parafernália pela cidade. Ele achava que uma fotografia servia tão bem quanto um cenário ou um modelo real, e declarou que as usava com bastante frequência.

Havia algo de muito perturbador naqueles esboços nauseantes e monstruosidades inacabadas que escarneciam ao nosso redor, e quando Pickman de repente levantou o pano que cobria uma enorme tela no lado mais afastado da luz eu não consegui evitar um grito — o segundo que soltei naquela noite. O grito ecoou e ecoou pelas arcadas tenebrosas do antigo e nitroso porão, e precisei sufocar uma reação impetuosa que ameaçava irromper como um surto de gargalhadas histéricas. Misericórdia! Eliot, eu não sei o quanto era real e o quanto era delírio. Não me parece possível que a Terra abrigue um sonho como aquele!

Era uma blasfêmia colossal, inominável, com olhos em brasa, e trazia nas garras ossudas algo que podia ser um homem ao mesmo tempo que lhe roía a cabeça como uma criança mordisca um doce. A criatura estava meio agachada, e dava a impressão de que a qualquer momento poderia largar a presa em busca de uma refeição mais suculenta. Mas para o inferno com tudo, não era o tema demoníaco o que fazia daquela pintura uma fonte imortal de pavor — nem sequer o rosto canino com orelhas pontudas, olhos injetados, nariz achatado e lábios salivantes. Não eram as garras escamosas nem o corpo recoberto de mofo nem os cascos — não, mesmo que alguns desses elementos pudessem ter levado um homem impressionável à loucura.

Era a técnica, Eliot — aquela técnica ímpia, maldita, sobrenatural! Assim como eu estou vivo, em nenhuma outra ocasião vi o sopro da vida tão presente em uma tela. O monstro estava lá — roendo com raiva e com raiva roendo — e eu sabia que só uma suspensão das leis da Natureza poderia facultar a um homem pintar uma coisa daquelas sem ter um modelo — sem vislumbrar o mundo das profundezas jamais vislumbrado pelos mortais que não venderam a alma ao Diabo.

Preso com um percevejo a um canto vazio da tela havia um papel enrolado — provavelmente, imaginei, uma fotografia que Pickman estava usando a fim de pintar um cenário tão hediondo quanto o pesadelo que deveria incrementar. Estendi a mão para desenrolá-lo e ver do que se tratava quando, de repente, vi Pickman dar um sobressalto tão grande como se houvesse levado um tiro. Ele vinha prestando muita atenção aos sons ambientes desde que o meu grito de horror despertara ecos estranhos no porão escuro, e naquele instante pareceu levar um susto que, embora pequeno em relação ao meu, era de natureza muito mais física do que espiritual. Pickman sacou um revólver e fez um gesto pedindo silêncio, então deixou o aposento rumo ao porão principal e fechou a porta atrás de si.

Acho que fiquei paralisado por um instante. Atento aos sons, como Pickman, julguei ter ouvido um leve rumor em algum lugar, e uma série de grunhidos ou batidas em uma direção que eu não conseguia determinar. Pensei em ratos gigantes e estremeci. Então sobreveio um ruído que me deu calafrios pelo corpo inteiro — um ruído furtivo, incerto, embora nem eu saiba ao certo como pôr isso em palavras. Era como o som de madeira caindo na pedra ou em tijolos — madeira em tijolos — no que isso me fez pensar?

O ruído voltou, mais alto. Na segunda vez tive a impressão de que a madeira havia caído um pouco mais longe do que na primeira. Logo depois ouvi um rangido estridente, uma frase incompreensível de Pickman e a descarga ensurdecedora dos seis cartuchos do revólver, deflagrados de modo espetacular, como um domador de leões atira para o alto a fim de impressionar a plateia. Um grunhido ou um chiado e a seguir uma batida. Então mais uma vez o atrito de madeira contra tijolos, uma pausa, e a porta se abriu — e nesse ponto eu confesso que tive um sobressalto violento. Pickman reapareceu com o revólver fumegante, amaldiçoando os ratos inchados que infestavam o antigo poço.

"Nem o diabo sabe o que eles comem, Thurber", disse ele, sorrindo, "afinal esses túneis arcaicos se ligavam a cemitérios e covis de bruxas e orlas marítimas. Mas, seja o que for, deve ter acabado, porque eles estavam loucos para sair. Acho que o seu grito os deixou agitados. É melhor tomar cuidado nesses lugares antigos — nossos amigos roedores são a única desvantagem, mesmo que às vezes eu os considere úteis para criar a atmosfera ideal."

Bem, Eliot, esse foi o fim da minha aventura noturna. Pickman tinha prometido me mostrar o estúdio, e Deus sabe que ele cumpriu a promessa. Tenho a impressão de que depois ele me conduziu para longe daquele emaranhado de vielas por um outro caminho, pois quando avistamos um poste de iluminação estávamos numa rua meio familiar com fileiras monótonas de condomínios e casas antigas. Era a Charter Street, mas eu ainda estava muito impressionado para notar a altura exata. Já era tarde demais para pegar o trem elevado, e assim caminhamos até o centro pela Hanover Street. Lembro bem daquele muro. Da Tremont pegamos a Beacon, e Pickman me deixou na esquina com a Joy, onde nos separamos. Nunca mais falei com ele.

Por que eu me afastei? Não seja tão impaciente. Espere até eu pedir um café. Já bebemos um bocado, mas eu ainda preciso tomar alguma coisa. Não — não foi por causa das pinturas que vi naquele lugar; embora eu jure que seriam o suficiente para causar o ostracismo de Pickman em nove de cada dez lares e clubes de Boston, e acho que agora você deve entender por que não entro mais em metrôs nem em porões. Foi — foi por causa de uma coisa que achei no bolso do meu casaco pela manhã seguinte. Era o papel enrolado que estava preso àquela horrível tela no porão, sabe; a coisa que eu imaginei ser uma fotografia de alguma cena que ele pretendesse usar como cenário para o monstro. O último susto veio quando eu estava estendendo a mão para desenrolá-lo, e acho que inadvertidamente o coloquei no bolso. Ah, aqui está o café — tome-o puro, Eliot, se você for capaz.

Sim, foi por causa daquele papel que eu me afastei de Pickman; Richard Upton Pickman, o maior artista que eu conheci — e o ser mais asqueroso a ultrapassar os limites da vida rumo às profundezas do mito e da loucura. Eliot — o velho Reid tinha razão. Pickman não era humano. Ou nasceu em uma estranha região sombria, ou então descobriu um jeito de abrir os portais secretos. Mas agora não vem ao caso; Pickman desapareceu — em meio às trevas fabulosas que tanto gostava de frequentar. Escute, vamos acender o lustre.

Não me pergunte ou sequer faça conjecturas a respeito do que eu queimei. Também não me pergunte o que havia por trás daqueles ruídos parecidos com os de toupeiras que Pickman fez questão de atribuir aos ratos. Você sabe, existem segredos que podem ter sobrevivido desde os antigos tempos de Salem, e Cotton Mather fala sobre coisas ainda mais estranhas. E você se lembra de como as pinturas de Pickman eram realistas — de como todos nós nos perguntávamos de onde ele tirava aqueles rostos.

Bem — aquele papel não era a fotografia de um cenário. Mostrava simplesmente o ser monstruoso que ele estava pintando naquela tela horrenda. Era o modelo de Pickman — e o cenário ao fundo era apenas a parede do estúdio no porão. Mas por Deus, Eliot, *era uma fotografia*!

A MÚSICA DE ERICH ZANN

Examinei diversos mapas da cidade com o maior cuidado, mas jamais reencontrei a Rue d'Auseil. Não foram apenas mapas modernos, pois eu sei que os nomes mudam. Pelo contrário, investiguei a fundo a antiguidade do lugar e explorei pessoalmente todas as regiões, independentemente do nome, que pudessem corresponder à rua que conheci como Rue d'Auseil. Mas, apesar de todo o esforço, persiste o fato humilhante de que não consigo encontrar a casa, a rua ou mesmo a localidade onde, durante os últimos meses da minha vida humilde como estudante de metafísica na universidade, ouvi a música de Erich Zann.

Que a memória esteja fraca não me espanta; pois a minha saúde física e mental sofreu um grave abalo durante o período em que morei na Rue d'Auseil, e lembro que não levei nenhum de meus conhecidos até lá. Mas que eu não consiga reencontrar o local é ao mesmo tempo singular e espantoso; pois ficava a meia hora a pé da universidade e destacava-se por características que dificilmente seriam esquecidas por alguém que lá houvesse estado. Jamais encontrei outra pessoa que tenha visto a Rue d'Auseil.

A Rue d'Auseil ficava de frente para um rio escuro, bordejado por altíssimos depósitos de tijolo à vista com janelas embaçadas e atravessado por uma opressiva ponte em pedra escura. O caminho ao longo do rio ficava sempre à sombra, como se a fumaça das fábricas vizinhas fosse uma barreira perpétua contra o sol. O rio também era malcheiroso, com odores fétidos que jamais senti em outra parte e que, algum dia, talvez me ajudem a encontrá-lo, visto que eu os reconheceria de imediato. Além da ponte ficavam as estreitas ruelas calçadas com seus trilhos; e então vinha a subida, a princípio suave, mas de um aclive vertiginoso na altura da Rue d'Auseil.

Nunca vi outra rua tão estreita e tão íngreme como a Rue d'Auseil. Era quase um penhasco, fechada aos veículos, consistindo, em boa parte, de lances de escada, e terminando, no cume, em um alto muro tomado por hera. A pavimentação era irregular; ora lajes, ora paralelepípedos e, às vezes, terra batida com uma resistente vegetação verde-acinzentada. As casas eram altas, com telhados triangulares, antiquíssimas, e inclinavam-se de maneira bizarra para trás, para a frente e para os lados. Às vezes casas opostas, ambas inclinadas para a frente, quase se tocavam por sobre a rua, como um arco; e sem dúvida evitavam que a luz chegasse até o solo. Havia algumas pontes entre as casas nos dois lados da rua.

Os habitantes da Rue d'Auseil me impressionaram de forma bastante peculiar; no início, pensei que era por serem silenciosos e reticentes; mas depois descobri que era por serem todos muito velhos. Não sei como fui parar em uma rua como aquela, mas decerto eu estava fora de mim ao me mudar para lá. Eu havia morado em muitos lugares pobres, sendo sempre despejado por falta de pagamento; até que enfim cheguei à casa inclinada mantida por Blandot, o paralítico, na Rue d'Auseil. Era a terceira casa a partir do alto da rua e, por uma boa margem, a mais alta de todas.

Meu quarto ficava no quinto andar; a única habitação ocupada, uma vez que a casa estava quase vazia. Na noite em que cheguei ouvi uma estranha música no sótão logo acima e, no dia seguinte, perguntei ao velho Blandot do que se tratava. Ele explicou-me que era um velho violista da gamba alemão, um homem estranho e mudo que assinava como Erich Zann e que à noite tocava na humilde orquestra de algum teatro; e acrescentou que o gosto de Zann por tocar à noite após voltar das apresentações era o motivo por que havia escolhido o isolamento do quartinho no sótão, cuja trapeira solitária era o único ponto em toda a rua de onde se podia enxergar por cima do muro em direção ao declive e ao panorama além.

A partir de então eu ouvia Zann todas as noites e, ainda que ele mantivesse-me desperto, eu me sentia assombrado pela estranheza daquela música. Mesmo com meus parcos conhecimentos de arte, eu tinha certeza de que nenhuma daquelas harmonias tinha relação alguma com as músicas que eu ouvira antes; e concluí que Zann era um compositor de gênio altamente original. Quanto mais eu escutava, mais crescia o meu fascínio, até que, passada uma semana, resolvi conhecer o velho.

Certa noite, quando Zann retornava do trabalho, interceptei-o ainda no corredor e disse que gostaria de conhecê-lo e de estar em sua companhia enquanto tocasse. Ele era um homenzinho magro, encurvado, com trajes puídos, olhos azuis, um rosto grotesco, de sátiro, e quase careca; diante das minhas palavras, pareceu a um só tempo irritado e assustado. Meus modos afáveis, no entanto, terminaram por vencê-lo; mesmo um pouco contrariado, Zann gesticulou para que eu o seguisse pelas escadarias escuras, rangentes e decrépitas. Seu quarto, um de apenas dois na íngreme água-furtada, dava para o Oeste, em direção ao alto muro que demarcava o fim da rua. O cômodo era muito amplo e parecia ainda maior devido à austeridade e ao abandono extremos. A mobília consistia apenas em uma estreita cama de ferro, uma pia imunda, uma pequena mesa, uma grande estante de livros, uma estante de música em ferro e três cadeiras à moda antiga. No chão, partituras amontoavam-se sem nenhuma ordem aparente. As paredes eram de tábuas cruas e davam a impressão de jamais terem recebido uma camada de reboco; enquanto a abundância de pó e teias de aranha fazia o lugar parecer mais deserto do que habitado. Era evidente que o belo mundo de Erich Zann situava-se em um cosmo longínquo da imaginação.

Apontando para uma cadeira, o mudo cerrou a porta, fechou a enorme trava de madeira e acendeu uma outra vela além da que trazia consigo. A seguir tirou a viola de uma capa roída pelas traças e, com o instrumento em mãos, sentou-se na cadeira menos desconfortável. Zann não usou a estante de música, mas, sem oferecer nenhuma alternativa e tocando de memória, encantou-me por mais de uma hora com melodias que eu jamais ouvira; melodias que devem ter sido sua própria criação. Descrever a natureza exata daquelas composições é impossível para alguém ignorante em música. Eram uma espécie de fuga, com passagens recorrentes das mais cativantes, mas chamaram-me a atenção pela ausência daquelas estranhas notas que eu ouvira do meu quarto em outras ocasiões.

Eu lembrava daquelas notas assombrosas, que amiúde tentei cantarolar e assobiar para mim mesmo, de modo que, por fim, quando o violista largou o arco, perguntei se poderia executar algumas delas. Assim que comecei meu pedido, o rosto enrugado de sátiro perdeu a tranquilidade enfadonha que mantivera durante a apresentação e pareceu exibir aquela mesma mistura de susto e irritação que percebi na primeira vez em que abordei o velho. Por um instante senti-me inclinado a usar da persuasão, sem levar muito em conta os caprichos da senilidade; e tentei despertar a veia mais excêntrica de meu anfitrião assobiando algumas das melodias que eu havia escutado na noite anterior. Mas não insisti por mais do que um instante; pois quando o violista mudo reconheceu a ária que eu assobiava, seu rosto crispou-se de repente em uma expressão que transcende qualquer análise, e sua mão direita, esguia, fria e ossuda, estendeu-se para tapar a minha boca e silenciar aquela imitação grosseira. Quando fez esse gesto, Zann demonstrou mais uma vez sua excentricidade ao olhar de relance para a janela solitária, com a cortina fechada, como se temesse algum invasor — um olhar duplamente absurdo, uma vez que a água-furtada pairava alta e inacessível acima de todos os demais telhados, sendo o único ponto em toda a extensão da rua, segundo o zelador havia me dito, de onde era possível ver além do muro em seu ponto mais alto.

O olhar do velho fez-me recordar o comentário de Blandot, e, por puro capricho, senti o desejo de olhar para fora,

A MÚSICA DE ERICH ZANN

em direção ao amplo e vertiginoso panorama de telhados ao luar e luzes citadinas além do alto da montanha, que, de todos os moradores da Rue d'Auseil, apenas o músico irritadiço podia ver. Fiz um movimento em direção à janela e teria aberto as cortinas ordinárias quando, com uma raiva assustada ainda maior, o inquilino mudo lançou-se outra vez sobre mim; dessa vez, apontando a porta com a cabeça, enquanto insistia em me arrastar para fora com ambas as mãos. Sentindo repulsa do meu anfitrião, ordenei que me soltasse e disse que eu partiria de imediato. Zann afrouxou a mão, e, quando percebeu a minha repulsa e o meu desgosto, sua própria raiva pareceu atenuar-se um pouco. Logo ele voltou a apertar os dedos que se haviam relaxado, mas dessa vez com modos amistosos, e pôs-me sentado em uma cadeira; então dirigiu-se com um aspecto melancólico até a mesa abarrotada, onde escreveu umas quantas palavras a lápis, no francês canhestro dos estrangeiros.

O bilhete que por fim entregou-me era um apelo à tolerância e ao perdão. Zann explicava que era velho, solitário e perturbado por medos e transtornos nervosos ligados à música e a outras coisas. Tinha apreciado minha companhia e gostaria que eu o visitasse mais vezes, sem reparar nessas excentricidades. Mas ele não conseguia tocar suas estranhas melodias para os outros nem aguentava ouvi-las dos outros; tampouco aguentava que os outros encostassem nos objetos de seu quarto. Antes de nossa conversa no corredor, Zann não sabia que suas melodias eram audíveis do meu quarto e, no bilhete, perguntou se eu poderia solicitar a Blandot que me acomodasse em um andar mais baixo, onde eu não pudesse ouvi-las à noite. O músico prontificava-se a pagar a diferença no valor do aluguel.

Enquanto fiquei sentado decifrando aquele francês execrável, senti-me um pouco mais tolerante em relação ao velho. Ele era vítima de moléstias físicas e nervosas, assim como eu; e meus estudos metafísicos haviam me ensinado a bondade. Em meio ao silêncio, ouvi um som discreto na janela — como se a veneziana houvesse sacudido com o vento noturno, e por algum motivo tive um sobressalto quase tão violento como o de Erich Zann. Então, quando terminei de ler, apertei a mão de meu anfitrião e despedi-me como amigo.

No dia seguinte Blandot providenciou-me um quarto mais caro no terceiro piso, entre o apartamento de um velho agiota e o quarto de um estofador muito respeitável. O quarto andar estava vazio.

Não custou muito para eu descobrir que o entusiasmo de Zann em relação à minha companhia não era tão grande como parecera de início, enquanto tentava persuadir-me a morar em um apartamento mais baixo. Ele não solicitava nenhuma visita e, quando mesmo assim eu o visitava, parecia irrequieto e tocava sem atenção. As sessões ocorriam sempre à noite — durante o dia ele dormia e não recebia ninguém. Minha simpatia pelo violista mudo não aumentou, ainda que o quarto na água-furtada e a estranha música continuassem me inspirando um singular fascínio. Eu sentia o vivo desejo de olhar por aquela janela, por cima do muro, e avistar o declive oculto com os telhados esplendorosos e os coruchéus que deviam se estender por lá. Certa vez, subi até a água-furtada enquanto Zann tocava no teatro, mas a porta estava trancada.

Tive de me contentar em escutar a música noturna do velho mudo. No início eu subia, pé ante pé, até o meu antigo quinto andar, mas logo tomei coragem suficiente para subir o último lance de escadas decrépitas que conduzia ao sótão. No estreito corredor, junto à porta trancada e à fechadura coberta, muitas vezes eu ouvia sons que me infundiam um temor indefinível — o temor de prodígios vagos e mistérios ameaçadores. Não que os sons fossem terríveis, pois não era esse o caso; mas vinham carregados de vibrações que não sugeriam nada existente nesse mundo e, em certos momentos, assumiam uma qualidade sinfônica que eu relutava em atribuir a um único instrumentista. Sem dúvida, Erich Zann era um gênio de talento inigualável. À medida que as semanas passavam, a música tornava-se mais frenética, enquanto o velho músico exibia um esgotamento e uma furtividade cada vez mais pronunciados, dignos de compaixão. A essa altura Zann recusava-se a me receber em quaisquer circunstâncias, e evitava-me sempre que nos víamos nas escadas.

Então, certa noite, enquanto eu ouvia junto à porta, escutei a viola estridente irromper em uma babel de sons caóticos; um pandemônio que me teria levado a duvidar da minha própria sanidade frágil se, de trás do intransponível portal, não viesse uma prova lamentável de que o horror era real — o grito terrível e desarticulado que só os mudos conseguem proferir e que surge apenas nos momentos de mais intenso temor e angústia. Bati várias vezes na porta, mas não obtive resposta. Fiquei esperando no corredor escuro, tremendo de frio e de medo, até escutar os débeis esforços empreendidos pelo pobre músico a fim de se reerguer com a ajuda de uma cadeira. Acreditando que Zann houvesse recuperado a consciência após um breve desmaio, voltei a bater na porta, ao mesmo tempo que exclamava o meu nome para tranquilizá-lo. Escutei-o cambalear até a janela, fechar os caixilhos e as venezianas e então cambalear até a porta, que abriu com certa dificuldade. Dessa vez, o prazer que sentiu em me ver era legítimo; pois aquele rosto distorcido irradiou alívio quando o pobre homem se agarrou ao meu casaco como uma criança se agarra à saia da mãe.

Tremendo de forma patética, o velho fez-me sentar em uma cadeira ao mesmo tempo que se deixou cair sobre outra, junto à qual se viam a viola e o arco atirados no piso. Zann ficou sentado por um tempo sem esboçar reação, meneando a cabeça, mas aparentando, de maneira paradoxal, uma concentração intensa e apreensiva. Logo ele pareceu dar-se por satisfeito e, dirigindo-se a uma cadeira junto à mesa, escreveu um bilhete, entregou-mo e retornou à mesa, onde começou a escrever sem parar com grande rapidez. O bilhete implorava, em nome da compaixão e também da minha curiosidade, que eu ficasse onde estava enquanto ele escrevia, em alemão, um relato completo de todos os terrores que o afligiam. Esperei enquanto o lápis do mudo corria sobre a página.

Foi talvez uma hora mais tarde, enquanto eu seguia esperando e as folhas escritas às pressas pelo velho músico continuavam a acumular-se sobre a escrivaninha, que vi Zann sobressaltar-se diante do que parecia ser a insinuação de um choque horrendo. Sem dúvida ele estava olhando para a janela de cortinas fechadas e escutando, ao mesmo tempo que tremia. Então eu também tive a impressão de ouvir um som; ainda que não fosse um som horrível, mas antes uma nota musical extremamente grave e infinitamente distante, que sugeria um músico em alguma das casas vizinhas ou em alguma habitação para além do elevado muro sobre o qual eu jamais conseguira olhar. O efeito sobre Zann foi terrível, pois, deixando o lápis cair, de repente ele se levantou, pegou a viola e começou a rasgar a noite com a execução mais arrebatada que eu jamais ouvira de seu arco, salvo as vezes em que eu escutara do outro lado da porta.

Seria inútil tentar descrever o modo como Erich Zann tocou naquela noite pavorosa. Foi mais terrível do que qualquer coisa que eu jamais tivesse ouvido, porque dessa vez eu podia ver a expressão no rosto dele e ter certeza de que sua motivação era o medo em estado bruto. Zann tentava fazer barulho; afastar alguma coisa ou abafar alguma outra — o quê, eu não era capaz de imaginar, por mais prodigioso que me parecesse. A execução tornou-se fantástica, delirante e histérica, porém manteve todas as qualidades do gênio supremo que aquele estranho senhor possuía. Eu reconhecia a ária — era uma animada dança húngara, bastante popular nos teatros, e pensei por um instante que aquela era a primeira vez que eu ouvia Zann tocar a obra de outro compositor.

Cada vez mais altos, cada vez mais frenéticos soavam os gritos e os resmungos da viola desesperada. O músico pingava uma quantidade extravagante de suor e retorcia-se como um macaco, sempre com o olhar fixo na janela de cortinas fechadas. Naquele esforço insano eu quase distinguia a sombra de sátiros e bacantes dançando e rodando ensandecidos por entre abismos de nuvens e fumaça e relâmpagos. Então pensei ouvir uma nota mais estridente, mais constante, que não emanava da viola; uma nota calma, ponderada, resoluta e zombeteira vinda de algum ponto longínquo no ocidente.

Nesse instante a veneziana começou a chacoalhar com os uivos de um vento noturno que soprava do lado de fora como se respondesse à música insana que soava no lado de dentro. A estridente viola de Zann superava a si mesma, emitindo sons que eu jamais imaginei saídos de um instrumento musical. A veneziana chacoalhou com mais força, abriu-se e começou a bater contra a janela. Então o vidro quebrou com os impactos persistentes e o vento gélido entrou no quarto, fazendo as velas bruxulearem e agitando as folhas de papel na mesa onde Zann havia começado a escrever seu terrível segredo. Olhei para o músico e percebi que ele estava além de qualquer observação consciente. Seus olhos estavam esbugalhados, vidrados e baços, e a execução frenética havia se transformado em uma orgia cega, mecânica e irreconhecível, que nenhuma pena seria capaz de sugerir.

Uma rajada súbita, mais forte do que as anteriores, arrastou o manuscrito em direção à janela. Desesperado, segui as folhas esvoaçantes, mas elas se foram antes que eu pudesse alcançar as vidraças estilhaçadas. Então me lembrei do antigo desejo de olhar por essa janela, a única em toda a Rue d'Auseil de onde se podiam ver o declive além do muro e a cidade que se estendia mais abaixo. Estava muito escuro, mas as luzes da cidade ardiam, e eu esperava vê-las em meio ao vento e à chuva. Porém, quando olhei através daquela que era a mais alta dentre todas as trapeiras, enquanto as velas bruxuleavam e a viola insana ululava com o vento noturno, não enxerguei cidade alguma lá embaixo, nem as luzes amigáveis das ruas que eu conhecia, mas apenas a escuridão do espaço infinito; um espaço jamais imaginado, vivo graças ao movimento e à música, sem nenhuma semelhança com qualquer coisa terrena. E enquanto fiquei olhando, aterrorizado, o vento apagou as duas velas no interior do antigo sótão, deixando-me em uma escuridão selvagem e impenetrável com o caos e o pandemônio diante de mim e a loucura endemoniada da viola que ladrava às minhas costas.

Sem ter como acender um lume, cambaleei para trás na escuridão, esbarrando na mesa, virando uma cadeira e por fim tateando até chegar ao ponto onde a escuridão gritava uma música impressionante. Eu poderia ao menos tentar salvar a mim mesmo e a Erich Zann, quaisquer que fossem os poderes contra mim. A certa altura senti alguma coisa gelada roçar em mim e gritei, mas o meu grito foi abafado pelo som da hedionda viola. De repente, na escuridão, o arco enlouquecido atingiu-me, e então eu soube que estava próximo ao músico. Estendi a mão e descobri o espaldar da cadeira de Zann; logo encontrei e sacudi seu ombro, em um esforço por trazê-lo de volta à razão.

Ele não reagiu, e a viola continuou a gritar sem trégua. Levei as mãos à cabeça, cujos acenos mecânicos logrei deter, e gritei em seu ouvido que precisávamos fugir dos inexplicáveis mistérios da noite. Mas Zann não respondeu nem diminuiu o ardor de sua música inefável, enquanto por toda a água-furtada estranhas correntes de vento pareciam dançar na escuridão e no caos. Quando minha mão encostou em sua orelha, estremeci, mesmo sem saber por quê — só descobri quando toquei seu rosto imóvel; o rosto gélido, fixo, estático, cujos olhos vidrados esbugalhavam-se em vão no meio do nada. Então, depois de encontrar a porta e a enorme trava de madeira como que por milagre, precipitei-me para longe daquela coisa de olhos vidrados na escuridão e para longe dos uivos fantasmáticos da viola amaldiçoada cuja fúria seguia aumentando mesmo enquanto eu me afastava.

Saltar, flutuar, voar pelas intermináveis escadarias da casa escura; correr sem pensar em direção à estreita, íngreme e antiga rua das escadarias e das casas inclinadas; estrondear pelos degraus e pelo calçamento até as ruas mais baixas e o rio pútrido junto ao vale; arquejar ao longo da grande ponte escura até as ruas mais largas, mais felizes, e até os *boulevards* que todos conhecemos; eis as horríveis lembranças que trago comigo. E lembro-me de que o vento não soprava, não havia lua e todas as luzes da cidade cintilavam.

Apesar das minhas buscas e investigações minuciosas, desde então fui incapaz de reencontrar a Rue d'Auseil. Mas talvez não haja apenas motivos para lastimar; nem esse fato nem a perda, em abismos insondáveis, das folhas escritas em caligrafia miúda que traziam a única explicação possível para a música de Erich Zann.

O ASSOMBRO DAS TREVAS

(Dedicado a Robert Bloch)

*Vi o abismo do negro universo
Onde os astros vagueiam no escuro,
Onde vagam em horror indizível,
Sem passado, presente ou futuro.*
NÊMESIS

Investigadores cautelosos hesitarão em questionar a crença popular de que Robert Blake foi morto por um raio ou por um profundo choque nervoso proveniente de uma descarga elétrica. É verdade que a janela para a qual estava voltado encontrava-se intacta, mas a natureza já se mostrou capaz de muitos feitos extraordinários. A expressão em seu rosto poderia muito bem ter origem em um estímulo muscular obscuro sem relação alguma com o que viu, enquanto as anotações em seu diário são claramente o resultado de uma imaginação fantasiosa excitada por certas superstições locais e certos assuntos obscuros nos quais se aprofundara. Quanto às condições anômalas na igreja abandonada de Federal Hill — o investigador perspicaz não tarda em atribuí-las a um certo charlatanismo, consciente ou inconsciente, com o qual Blake ao menos em parte mantinha relações secretas.

Afinal de contas, a vítima foi um escritor e pintor devotado ao campo da mitologia, do sonho, do terror e da superstição, ávido em sua busca por cenas e efeitos de natureza bizarra e espectral. Sua primeira estada na cidade — em visita a um estranho homem tão interessado em ocultismo e sabedoria secreta quanto o próprio Blake — acabara em meio ao fogo e à morte, e algum instinto mórbido deve tê-lo atraído novamente desde o lar em Milwaukee. Apesar das negativas no diário, Blake devia conhecer as velhas histórias, e sua morte pode ter cortado pela raiz uma farsa de proporções gigantescas, destinada a ter reflexos literários.

Contudo, entre os que examinaram e correlacionaram todas as evidências, há muitos que defendem teorias menos racionais e menos triviais. Estes tendem a interpretar literalmente o conteúdo do diário de Blake e apontam fatos relevantes como a autenticidade indubitável do antigo registro da igreja, a existência comprovada da malquista e pouco ortodoxa seita da Sabedoria Estrelada antes de 1877, o sumiço documentado de um repórter investigativo chamado Edwin M. Lillibridge em 1893 e — acima de tudo — a expressão de pânico monstruoso e transfigurador no rosto do jovem escritor quando seu corpo foi encontrado. Foi um adepto dessa versão que, levado ao extremo do fanatismo, atirou na baía a singular pedra angulosa e a estranha caixa lavrada em metal encontradas no velho coruchéu da igreja — no escuro coruchéu sem janelas, e não na torre onde o diário de Blake afirma que essas coisas foram originalmente encontradas. Mesmo tendo recebido inúmeras censuras oficiais e extraoficiais, esse homem — um físico renomado com um gosto por lendas inusitadas — asseverou ter livrado a Terra de algo perigoso demais para habitá-la.

Entre as duas escolas opinativas, o leitor deve escolher a de sua filiação. Os documentos relatam os detalhes tangíveis de maneira cética, deixando a outros a tarefa de pintar o quadro tal como Robert Blake o via — ou imaginava ver — ou fingia ver. Façamos então um resumo atento, desapaixonado e sem pressa da nefasta cadeia de eventos segundo as opiniões expressas por seu principal ator.

O jovem Blake voltou a Providence no inverno de 1934-5, quando ocupou o piso superior de um venerando prédio em um gramado próximo à College Street — no alto do enorme morro a oeste junto ao campus da Brown University e atrás do prédio de mármore da John Hay Library. Era um lugar agradável e fascinante em um pequeno oásis paisagístico que lembrava os vilarejos antigos, onde enormes gatos amistosos tomavam sol no alto de um conveniente galpão. A quadrada casa georgiana tinha trapeiras no telhado, vão da porta em estilo clássico, com entalhes em leque, janelas pequenas e todas as outras características típicas das casas do início do século XIX. Dentro havia portas de seis painéis, pisos de tabuão, uma escadaria curva em estilo colonial, consolos brancos do período adâmico e, aos fundos, alguns cômodos três degraus abaixo do nível da casa.

O estúdio de Blake, de orientação sudoeste, dava para o jardim da frente em um lado, enquanto as janelas a oeste — diante das quais ficava a sua escrivaninha — revelavam o alto do morro e comandavam um esplêndido panorama dos telhados por toda a cidade baixa e também dos pores do sol místicos que lhes chamejavam por detrás. No horizonte longínquo ficavam as colinas púrpura do campo aberto. Mais atrás, a uns três quilômetros de distância, erguia-se o vulto espectral de Federal Hill, salpicado com aglomerações de telhados e coruchéus cujas silhuetas remotas oscilavam cheias de mistério, assumindo formas incríveis enquanto a fumaça da cidade espiralava em direção ao céu e as envolvia. Blake tinha a curiosa impressão de estar olhando para um mundo desconhecido, etéreo, que poderia ou não se refugiar em sonhos caso um dia resolvesse procurá-lo e desvendá-lo pessoalmente.

Após solicitar o envio da maioria dos livros que tinha em casa, Blake comprou móveis antigos de acordo com a nova morada e dedicou-se a escrever e a pintar — morando sozinho e cuidando ele próprio dos simples afazeres domésticos. O estúdio ficava em um quarto voltado para o norte, no sótão, onde as trapeiras propiciavam uma iluminação admirável. Durante aquele primeiro inverno Blake escreveu cinco de suas mais célebres histórias — "O escavador subterrâneo", "A escadaria da cripta", "Shaggai", "No vale de Pnath" e "O devorador estelar" — e pintou sete telas; estudos de monstros inomináveis, inumanos, e cenários estranhos e extraterrenos.

Ao pôr do sol, muitas vezes sentava-se à escrivaninha e ficava olhando como que num sonho em direção ao ocidente — as torres negras do Memorial Hall logo abaixo, o campanário do tribunal geórgico, os sobranceiros pináculos do centro da cidade e, ao longe, o difuso outeiro rematado pelos coruchéus, cujas ruas desconhecidas e empenas labirínticas exerciam tamanha influência sobre sua imaginação. Dos poucos conhecidos na região, aprendeu que a colina mais distante era o bairro italiano, ainda que a maioria das casas fosse herança de antigos americanos e irlandeses. De tempos em tempos Blake apontava o binóculo para aquele mundo espectral e inalcançável além da fumaça; escolhia telhados e chaminés e coruchéus individuais e especulava sobre os mistérios curiosos e bizarros que poderiam abrigar. Mesmo com o instrumento óptico, Federal Hill parecia de alguma forma alienígena, meio fabulosa e ligada aos portentos irreais e intangíveis nas histórias e telas do próprio Blake. A sensação persistia por muito tempo depois que o morro desaparecia no crepúsculo violeta, salpicado de lâmpadas, e as luzes do tribunal e o holofote vermelho do Industrial Trust iluminavam-se para tornar a noite grotesca.

De todos os objetos distantes em Federal Hill, uma certa igreja enorme e escura era o que mais fascinava Blake. A construção ficava muito visível durante certas horas do dia, e ao pôr do sol a enorme torre e o coruchéu pontiagudo erguiam-se como sombras contra o céu chamejante. A igreja parecia ficar em terreno elevado; pois a fachada encardida e a lateral norte, avistada de viés com o telhado oblíquo e o alto de enormes frestões, dominavam orgulhosas as inúmeras cumeeiras e chaminés ao redor. De aspecto particularmente tétrico e austero, o templo parecia ser construído em pedra manchada e desgastada pela fumaça e pelas tempestades de mais de um século. O estilo, pelo que se via com o binóculo, era remanescente dos primórdios do neogótico que precedera o opulento período Upjohn e mantinha algumas das silhuetas e proporções da época georgiana. Talvez datasse de 1810 ou 1815.

À medida que os meses passavam, Blake observava a severa estrutura distante com crescente interesse. Como as enormes janelas jamais se acendessem, ele sabia que a construção devia estar abandonada. Quanto mais observava, mais sua fantasia se excitava, até que por fim começou a imaginar coisas um tanto curiosas. Blake acreditava que uma aura vaga e singular de sordidez pairava sobre a igreja, de modo que os pombos e andorinhas evitavam-lhe os beirais esfumaçados. Ao redor de outras torres e campanários o binóculo revelava grandes revoadas de pássaros, mas na igreja eles não pousavam nunca. Enfim, foi isso o que Blake pensou e anotou em seu diário. Ele mostrou o lugar a vários amigos, mas nenhum deles jamais estivera em Federal Hill ou tinha a mais remota ideia sobre o que a igreja era ou havia sido.

Na primavera uma grande inquietude apossou-se de Blake. Ele havia começado seu tão planejado romance — baseado na suposta sobrevivência do culto às bruxas no Maine —, mas, por algum estranho motivo, não conseguiu levar a ideia adiante. Com frequência cada vez maior, sentava-se à janela oeste e punha-se a observar o morro longínquo e o austero coruchéu negro evitado pelos pássaros. Quando as delicadas folhas surgiram nos galhos do jardim, o mundo foi tomado por uma nova beleza, mas a inquietação de Blake só fez aumentar. Foi então que pensou pela primeira vez em atravessar a cidade e escalar aquela fabulosa colina em direção ao mundo de sonhos envolto em fumaça.

No fim de abril, logo antes do Walpurgis à sombra dos éons, Blake fez sua primeira incursão rumo ao desconhecido. Depois de avançar pelas intermináveis ruas do centro e pelos ermos quarteirões decrépitos mais além, enfim chegou até a avenida ascendente com a escadaria de degraus gastos pelo século, os pórticos dóricos abaulados e as cúpulas de vidros baços que, segundo imaginava, conduziriam ao inalcançável mundo além da névoa que de longa data conhecia. Havia imundas placas brancas e azuis com nomes de ruas que não significavam nada para ele, e nesse instante Blake percebeu os rostos estranhos e sombrios da multidão de passantes e os símbolos estrangeiros acima de curiosas lojas em construções marrons desgastadas pelo tempo. Em nenhuma parte ele encontrou os objetos que avistara de longe; assim, mais de uma vez imaginou que a Federal Hill daquele vislumbre longínquo era um mundo de sonho que jamais seria galgado em vida por pés humanos.

De vez em quando surgia a fachada de uma igreja em ruínas ou de um coruchéu prestes a desmoronar, mas nunca o vulto obscuro que ele procurava. Quando perguntou a um lojista pela enorme igreja de pedra, o homem sorriu e sacudiu a cabeça, ainda que falasse inglês de bom grado. À medida que Blake subia, a região tornava-se cada vez mais estranha, com intrincados labirintos de agourentas ruelas marrons que conduziam eternamente ao sul. Ele atravessou duas ou três avenidas largas e, a certa altura, imaginou ter vislumbrado uma torre familiar. Mais uma vez perguntou a um comerciante pela imponente igreja de pedra, e nessa segunda tentativa ele poderia jurar que a alegação de ignorância era falsa. O rosto bronzeado do homem tinha uma expressão de medo que ele tentava ocultar, e Blake o viu fazer um curioso gesto com a mão direita.

Então, de repente, um coruchéu negro delineou-se contra o céu anuviado à sua esquerda, acima dos incontáveis telhados marrons que ladeavam as emaranhadas ruelas ao sul. Blake soube no mesmo instante do que se tratava e apressou-se pelas vielas sórdidas e sem pavimentação que subiam a partir da avenida. Por duas vezes perdeu o caminho, mas por algum motivo não ousou fazer perguntas aos patriarcas e donas de casa que estavam sentados na soleira das portas nem às crianças que gritavam e brincavam no barro das vielas sombrias.

Enfim avistou a torre a sudoeste, e um enorme vulto de pedra ergueu-se, sinistro, no fim de uma ruela. Nesse instante Blake estava em uma praça aberta, de pavimentação esquisita, com um elevado muro de arrimo no extremo oposto. Esse era o fim de sua busca; pois sobre o vasto platô com grades de ferro e coberto de hera que a muralha sustentava — um mundo à parte, menor, dois metros acima das ruas em volta — assomava um vulto titânico e nefasto cuja identidade, apesar da nova perspectiva de Blake, estava além de qualquer dúvida.

A igreja deserta apresentava sinais de profunda decrepitude. Alguns dos altos contrafortes de pedra haviam desabado, e muitos remates frágeis jaziam meio perdidos entre ervas daninhas e gramas marrons e negligenciadas. As fuliginosas janelas góticas estavam em boa parte intactas, embora vários mainéis de pedra estivessem faltando. Blake perguntou-se como as vidraças pintadas com tamanha negrura poderiam ter resistido tão bem aos conhecidos hábitos dos garotos mundo afora. As portas maciças estavam em excelentes condições e firmemente trancadas. Em torno do espigão da muralha, cercando todo o terreno, havia uma cerca de ferro cujo portão — no alto do lance de escadas que subia desde a praça — estava fechado a cadeado. O caminho do portão até a igreja estava coberto por mato. A desolação e a decadência estendiam-se como uma mortalha sobre o lugar, e nos beirais vazios de pássaros e nas muralhas negras, despidas de hera, Blake sentiu um toque sinistro que não seria capaz de definir.

Havia pouquíssimas pessoas na praça, mas Blake viu um policial no lado norte e aproximou-se dele com perguntas acerca da igreja. O homem era um irlandês robusto, e a Blake pareceu estranho que não fizesse muito mais do que se persignar e balbuciar coisas sobre as pessoas jamais falarem a respeito daquela construção. Quando Blake o pressionou, o policial irlandês disse às pressas que o padre italiano advertia a todos contra a igreja, jurando que outrora um mal monstruoso havia habitado o lugar e lá deixado sua marca. O próprio irlandês ouvira histórias lúgubres contadas à meia-voz por seu pai, que relembrava certos sons e rumores da infância.

Nos velhos tempos uma seita vil reunia-se lá — uma seita clandestina que invocava coisas terríveis dos ignotos abismos da noite. Fora preciso um excelente padre para exorcizar o que então surgiu, embora algumas pessoas dissessem que apenas a luz poderia bani-lo. Se o padre O'Malley estivesse vivo, teria muitas histórias para contar. Mas naquele ponto não havia mais nada a fazer, salvo esquecer a igreja. Ela já não prejudicava ninguém, e seus proprietários estavam mortos ou vivendo em lugares distantes. Todos haviam fugido como ratos após os ameaçadores boatos de 1877, quando as pessoas começaram a notar que de tempos em tempos alguém sumia da vizinhança. Um dia a cidade tomaria a frente e assumiria a posse da construção devido à inexistência de herdeiros, mas essa medida não resultaria em nada de bom. O melhor seria deixá-la ruir com o passar dos anos e não mexer com coisas que devem descansar para sempre em abismos sombrios.

Depois que o policial afastou-se, Blake ficou contemplando o soturno monte dos coruchéus. Ficou empolgado com a ideia de que aos outros a estrutura parecesse tão sinistra quanto para si, e assim passou a imaginar que verdade esconder-se-ia por trás das velhas histórias contadas pelo policial. O mais provável era que fossem meras lendas motivadas pelo aspecto maléfico da construção, mas as semelhanças com uma de suas próprias histórias eram incríveis.

O sol da tarde emergiu de trás das nuvens que se dispersavam, mas pareceu incapaz de iluminar as paredes manchadas e fuliginosas do velho templo que assomava no altaneiro platô. Era estranho que o verde primaveril não houvesse tocado as ervas marrons e secas daquele pátio cercado. Aos poucos Blake aproximou-se do terreno elevado e começou a examinar o muro e a cerca enferrujada em busca de uma via de ingresso. Sobre o templo obscuro pairava um fascínio terrível, a que não se podia resistir. A cerca não tinha nenhuma abertura próxima aos degraus, mas no lado norte algumas barras estavam faltando. Blake subiu os degraus e caminhou pelo estreito espigão da muralha, por fora da cerca, até alcançar a passagem. Se as pessoas nutriam um temor tão intenso pela construção ele não haveria de encontrar nenhum obstáculo.

Blake estava no aterro e já quase no interior da cerca antes que alguém o notasse. Então, olhando para baixo, viu as poucas pessoas que estavam na praça se afastarem e fazer o mesmo gesto que o lojista da avenida fizera com a mão direita. Muitas janelas fecharam-se, e uma mulher gorda disparou em direção à rua e arrastou algumas crianças pequenas para dentro de uma casa decrépita e sem pintura. A falha no cercado não oferecia dificuldades à passagem, e sem demora Blake estava a desbravar o emaranhado de mato putrescente no terreno abandonado. Aqui e acolá o fragmento desgastado de uma lápide indicava que o local era um antigo cemitério; mas isso deveria ter sido em épocas remotas. O vulto descomunal da igreja pareceu-lhe ainda mais opressivo de perto, mas Blake logo se recompôs e aproximou-se para tentar abrir as enormes portas da fachada. Todas estavam trancadas a chave, e assim ele começou a rodar o perímetro da construção ciclópica em busca de uma entrada secundária mais acessível. Sequer nesse instante Blake poderia dizer ao certo se desejava entrar naquele covil de abandono e escuridão, mas a estranheza do lugar impelia-o adiante.

Uma janela aberta e desprotegida que dava para o porão ofereceu-lhe a passagem necessária. Ao perscrutar o interior, Blake viu um abismo subterrâneo de teias de aranha e poeira, iluminado pelos tênues raios de sol que filtravam pela janela a oeste. Destroços, barris velhos, caixas arruinadas e várias peças de mobiliário surgiram diante de seus olhos, embora tudo estivesse coberto por uma mortalha de poeira que abrandava todos os contornos salientes. As ruínas enferrujadas de uma fornalha de ar quente indicavam que o prédio estivera em uso e em boas condições até a metade do período vitoriano.

Agindo quase por instinto, Blake deslizou o corpo pela janela e desceu do outro lado, no chão de concreto forrado de pó e obstruído pelos destroços. O porão abobadado era amplo e não tinha repartições; em um canto à direita, envolto em densas trevas, havia uma arcada sombria que sem dúvida conduzia ao andar superior. Blake foi acometido por um peculiar sentimento de opressão por estar de fato no interior da igreja espectral, mas logrou contê-lo enquanto procedia a uma cautelosa exploração — encontrando em seguida um barril intacto em meio ao pó e rolando-o até a janela aberta para assim garantir seu egresso. Então, tomando coragem, atravessou o amplo espaço festoado por teias de aranha em direção à arcada. Meio sufocado pela onipresença do pó e coberto por diáfanas fibras fantasmáticas, Blake ganhou e começou a galgar os degraus carcomidos que se erguiam rumo às trevas. Não havia iluminação alguma, mas ele prosseguia às apalpadelas. Passada uma curva acentuada, encostou numa porta logo à frente e, depois de tatear mais um pouco, encontrou sua antiga trava. A porta abriu para dentro, e além do umbral Blake percebeu um corredor iluminado, com painéis roídos pelos vermes em ambos os lados.

Depois de chegar ao térreo, Blake começou uma rápida exploração. Todas as portas internas estavam destrancadas, de modo que lhe foi possível transitar à vontade entre os vários ambientes. A gigantesca nave era um lugar quase preternatural com os aglomerados e as montanhas de pó que recobriam os bancos, o altar, o púlpito e o dossel, e também com as titânicas cordas de teia de aranha que se estendiam em meio aos arcos pontiagudos da galeria e envolviam o conjunto das colunas góticas. No geral, aquela desolação silenciosa irradiava uma horripilante luz plúmbea, enquanto os raios do sol poente filtravam pelos estranhos vitrais enegrecidos das enormes janelas absidais.

Os vitrais nessas janelas estavam tão obscurecidos pela fuligem que Blake mal pôde decifrar o que representavam, mas o pouco que conseguiu identificar não lhe agradou em nada. Os desenhos eram em grande parte convencionais, e o conhecimento de Blake acerca de símbolos obscuros revelou-lhe um bocado sobre alguns dos vetustos motivos. Os poucos santos representados traziam no semblante expressões visivelmente criticáveis, ao passo que um dos vitrais parecia trazer simples espirais de peculiar luminosidade. Afastando-se das janelas, Blake notou que a cruz envolta por teias de aranha logo acima do altar não era uma cruz convencional, mas representava o *ankh* primitivo ou a *crux ansata* do Egito umbroso.

Nos fundos, em uma sacristia junto à abside, Blake descobriu uma escrivaninha podre e estantes que se erguiam até o teto, repletas de livros bolorentos e rotos. A essa altura ele recebeu o primeiro choque de horror objetivo, pois os títulos dos livros disseram-lhe um bocado. Eram as coisas negras e proibidas sobre as quais a maioria das pessoas em sã consciência jamais ouviu falar, ou então ouviu falar apenas em sussurros furtivos e temerosos; os repositórios proscritos e temidos de ambíguas fórmulas secretas e imemoriais que haviam acompanhado o fluxo do tempo desde a juventude dos homens e das eras difusas e fabulosas anteriores ao nascimento do primeiro homem. O próprio Blake lera uns quantos deles — uma versão latina do execrando *Necronomicon*, o sinistro *Liber Ivonis*, o infame *Cultes des Goules* do Comte d'Erlette, o *Unassprechlichen Kulten* de Von Juntz e o infernal *De Vermis Mysteriis* do velho Ludvig Prinn. Mas havia outros que conhecia apenas de nome, ou sequer assim — os *Manuscritos pnakóticos*, o *Livro de Dzyan* e um volume caindo aos pedaços com caracteres absolutamente indecifráveis, que no entanto trazia certos símbolos e diagramas pavorosamente familiares aos iniciados nas ciências ocultas. Ficou evidente que os rumores locais não eram infundados. O lugar outrora havia sediado uma ordem maléfica mais antiga do que a humanidade e maior do que o universo conhecido.

Na escrivaninha decrépita havia um pequeno registro encadernado em couro que continha estranhos apontamentos em algum sistema criptográfico. As anotações no manuscrito consistiam nos símbolos tradicionais usados hoje na astronomia e em tempos remotos na alquimia, na astrologia e em outras artes duvidosas — figuras representando o sol, a lua, os planetas, os aspectos e os signos zodiacais —, amontoados em páginas inteiras de texto, com divisões e quebras de parágrafo que sugeriam que cada símbolo correspondia a uma letra do alfabeto.

Na esperança de mais tarde resolver o criptograma, Blake pôs o volume no bolso do casaco. Muitos dos enormes tomos nas estantes fascinavam-no a extremos inefáveis, e ele sentiu-se tentado a tomá-los de empréstimo em um momento oportuno. Imaginou como os livros poderiam ter permanecido lá por tanto tempo sem que ninguém os perturbasse. Seria ele o primeiro a vencer o medo implacável e dominador que por quase sessenta anos havia protegido aquele lugar deserto contra os visitantes?

Ao dar por encerrada a exploração no piso térreo, Blake mais uma vez atravessou a poeira da nave espectral em direção ao vestíbulo, onde avistara uma porta e uma escadaria que julgava conduzir à torre e ao coruchéu enegrecidos — objetos que conhecia de longe havia muito tempo. A subida foi uma experiência sufocante, visto que o pó se acumulava em grossas camadas enquanto as aranhas mostravam do que eram realmente capazes naquele espaço exíguo. A escada era uma espiral com degraus altos e estreitos, e a espaços Blake passava por uma janela baça que oferecia um vertiginoso panorama da cidade. Mesmo sem ter visto corda alguma no andar de baixo, esperava descobrir um sino ou um carrilhão na torre cujos frestões e adufas seu binóculo amiúde examinara. Porém ele estava fadado à decepção; pois, quando ganhou o alto da escadaria, encontrou o interior da torre vazio de sinos e visivelmente equipado para fins muito diferentes.

O aposento quadrado, com cerca de cinco metros de lado, recebia a iluminação tênue de quatro frestões, um em cada extremo, cobertos pela proteção das adufas decrépitas. Estas, por sua vez, haviam sido guarnecidas com telas firmes e opacas, que no entanto já estavam em boa parte apodrecidas. No centro do chão poeirento erguia-se um pilar de pedra estranhamente anguloso com cerca de um metro e vinte de altura e sessenta centímetros de diâmetro, coberto em ambos os lados por hieróglifos bizarros, de execução primitiva e absolutamente irreconhecíveis. No pilar repousava uma caixa metálica de peculiar formato assimétrico; a tampa estava aberta para trás e o interior abrigava o que, sob o denso pó das décadas, parecia ser um objeto oval ou uma esfera irregular com cerca de dez centímetros de comprimento. Ao redor do pilar, quase em círculo, estavam dispostas sete cadeiras góticas de espaldar alto e muito bem conservadas, enquanto atrás delas, ao longo dos painéis escuros que revestiam as paredes, viam-se sete imagens colossais de estuque arruinado, pintadas de preto, que lembravam acima de tudo os crípticos megálitos entalhados da misteriosa Ilha de Páscoa. Em um dos cantos da câmara recoberta por teias de aranha havia uma escada incrustada na parede, conduzindo a um alçapão fechado que dava acesso ao coruchéu sem janelas logo acima.

Quando Blake acostumou-se à iluminação tênue, percebeu os peculiares baixos-relevos na estranha caixa de material amarelado. Ao aproximar-se, tentou limpar a poeira com as mãos e com um lenço, e notou que as figuras eram de uma raça monstruosa e inteiramente alienígena; representações de entidades que, embora parecessem vivas, não guardavam semelhança alguma com as formas de vida que evoluíram em nosso planeta. A esfera de dez centímetros revelou-se na verdade um poliedro quase negro com veios rubros e inúmeras superfícies planas irregulares; ou uma notável espécie de cristal, ou um objeto factício entalhado em rocha de alto polimento. O poliedro não tocava no fundo da caixa; mantinha-se suspenso por meio de uma cinta de metal ao redor do centro, com sete apoios de formato inusitado que se estendiam na horizontal até os ângulos da parede interna da caixa, na altura do topo. A pedra, uma vez percebida, exerceu sobre Blake um fascínio quase alarmante. Ele mal conseguia desgrudar os olhos do objeto e, enquanto observava as superfícies brilhosas, por pouco não o imaginava transparente, com difusos universos fabulosos no interior. Em sua imaginação flutuavam cenas de orbes alienígenas com enormes torres de pedra e de outros orbes com montanhas titânicas sem nenhum sinal de vida, e de espaços ainda mais remotos onde apenas uma agitação na negrura indefinível indicava a presença de consciência e de vontade.

Quando por fim desviou o olhar, foi para notar um peculiar amontoado de pó no canto mais distante, próximo à escada que dava acesso ao coruchéu. Blake não saberia dizer por que motivo aquilo chamou sua atenção, mas algo na silhueta transmitiu-lhe uma mensagem inconsciente. Enquanto caminhava com dificuldade naquela direção e desvencilhava-se das teias de aranha à medida que avançava, começou a perceber alguma coisa funesta. A mão e o lenço não tardaram em revelar a verdade, e Blake arquejou com uma atordoante mistura de emoções. Era um esqueleto humano, que deveria estar lá desde muito tempo. As roupas estavam viradas em andrajos, mas alguns botões e fragmentos de tecido indicavam um terno masculino cinza. Havia mais evidências — sapatos, fivelas de metal, enormes abotoaduras de punhos duplos, um alfinete de gravata à moda antiga, um crachá de repórter com o nome do antigo *Providence Telegram* e uma carteira de couro caindo aos pedaços. Blake examinou atentamente esta última, descobrindo em seu interior diversas cédulas antigas, um calendário promocional de celuloide de 1893 com o nome "Edwin M. Lillibridge" e um papel coberto de apontamentos a lápis.

Esse papel era de natureza um tanto críptica, e Blake o leu com muita atenção junto à baça janela oeste. O texto desconexo incluía frases como as que seguem:

Prof. Enoch Bowen volta do Egito em maio de 1844 — compra a antiga Igreja do Livre-Arbítrio em julho — autor de célebres trabalhos arqueológicos & ocultistas.

Dr. Drowne da 4ª Batista alerta contra a Sabedoria Estrelada no sermão de 29 dez. 1844.

Congregação 97 no fim de 1845.

1846 — 3 desaparecimentos — primeira menção ao Trapezoedro Reluzente.

7 desaparecimentos 1848 — começam as histórias de sacrifício de sangue.

Investigação 1853 não dá em nada — histórias de sons.

Pe. O'Malley fala em adoração ao demônio com a caixa encontrada entre as grandes ruínas egípcias — afirma que eles invocam uma coisa incapaz de existir na luz. Foge da luz fraca e é banido pela luz forte. Então precisa ser invocado outra vez. Provavelmente recebeu a informação no leito de morte de Francis X. Feeney, que se converteu à Sabedoria Estrelada em 1849. Segundo dizem essas pessoas o Trapezoedro Reluzente mostra-lhes o céu & outros mundos, & o Assombro das Trevas de algum modo lhes conta segredos.

História de Orrin B. Eddy 1857. Invocam-no olhando para o cristal & falam em uma língua que lhes é própria.

200 ou mais na cong. 1863, sem contar os homens na frente de batalha.

Garotos irlandeses reúnem-se em frente à igreja após o desaparecimento de Patrick Regan em 1869.

Artigo velado no J. de 14 de março de 1872, mas as pessoas não comentam.

6 desaparecimentos 1876 — comitê secreto convoca o prefeito Doyle.

Providências prometidas para fev. 1877 — a igreja fecha em abril.

Gangue — garotos de Federal Hill — ameaçam o dr. — e os sacristãos em maio.

181 pessoas deixam a cidade ainda em 1877 — sem menção de nomes.

Histórias de fantasmas começam por 1880 — confirmar relatos de que ninguém entra na igreja desde 1877.

Pedir a Lanigan a fotografia do lugar tirada em 1851...

Após recolocar o papel na carteira e guardar esta última no bolso, Blake virou-se para examinar o esqueleto empoeirado. As implicações desses apontamentos eram claras, e não havia dúvida de que aquele homem havia chegado ao edifício deserto quarenta e dois anos atrás em busca de um furo de reportagem que ninguém mais fora destemido o suficiente para investigar. Talvez ninguém mais conhecesse o plano — como saber? Mas o homem jamais voltou à redação. Teria algum medo enfrentado com bravura conseguido vencê-lo e assim provocado um ataque cardíaco? Blake debruçou-se sobre os ossos brilhantes e estudou seu peculiar aspecto.

Alguns estavam espalhados, e uns poucos pareciam ter se dissolvido nas extremidades. Outros haviam adquirido um estranho tom amarelo, que de certo modo sugeria um chamuscamento. Alguns retalhos de tecido também estavam chamuscados. O crânio estava em condições um tanto peculiares — manchado de amarelo e com um orifício chamuscado na calota, como se um ácido poderoso houvesse corroído a ossatura sólida. O que teria acontecido ao esqueleto durante as quatro décadas passadas no silencioso mausoléu estava além da imaginação de Blake.

Antes que desse por si, ele estava mais uma vez olhando em direção à pedra e deixando que aquela curiosa influência conjurasse um desfile nebuloso em sua imaginação. Viu procissões de silhuetas inumanas cobertas por mantos e capuzes e avistou quilômetros intermináveis de deserto marcado por monólitos lavrados que alcançavam o céu. Viu torres e muralhas nas profundezas noturnas sob o mar e redemoinhos siderais em que rastros de névoa sombria pairavam ante o brilho diáfano da fria neblina grená. E ainda mais adiante vislumbrou um abismo infinito de escuridão, onde vultos sólidos e semissólidos eram percebidos apenas pelas agitações do vento e forças nebulosas pareciam impor ordem ao caos e estender uma chave para todos os paradoxos e arcanos dos universos conhecidos.

Então de repente o encanto foi quebrado por um surto de medo obstinado, indefinível. Sufocado, Blake afastou-se da pedra, ciente de que uma invisível presença alienígena vigiava-o de perto com terrível atenção. Ele sentiu-se ligado a algo — algo que não estava na pedra, mas que havia olhado através dela em sua direção — algo que haveria de segui-lo incansavelmente graças a uma percepção além da visão física.

Sem dúvida o lugar estava irritando seus nervos — como não poderia deixar de ser em vista de um achado tão macabro. A luz também se extinguia, e, como não tivesse uma lanterna ou fósforos consigo, Blake sabia que logo teria de ir embora.

Foi nesse instante de crepúsculo iminente que julgou ter visto uma luminosidade tênue na esquisita pedra angulosa. Tentou olhar para outro lado, mas alguma compulsão obscura atraiu-lhe novamente o olhar. Será que não havia uma sutil fosforescência radioativa em torno daquela coisa? O que os apontamentos do morto haviam dito sobre um Trapezoedro Reluzente? O que, afinal de contas, seria aquele covil abandonado de maldade cósmica? O que acontecera naquele lugar, e o que ainda poderia estar à espreita por trás das sombras evitadas pelos pássaros? Um miasma furtivo parecia haver surgido em algum local próximo, ainda que sua origem não fosse evidente. Blake pôs a mão sobre a caixa aberta havia tanto tempo e cerrou-a. A tampa moveu-se com facilidade sobre as dobradiças alienígenas e fechou-se sobre a pedra, que cintilava a olhos vistos.

Com o distinto clique da caixa fechando, um rumor discreto fez-se ouvir na escuridão eterna do coruchéu mais acima, no outro lado do alçapão. Ratos, sem dúvida — os únicos seres vivos a revelarem sua presença naquele vulto amaldiçoado desde o momento em que entrara. Mesmo assim o rumor no coruchéu assustou Blake a tal ponto que, às raias do desespero, arrojou-se escadaria abaixo, atravessou a nave espectral, adentrou o porão abobadado, saiu em meio ao acúmulo de pó na praça deserta e desceu as ruelas fervilhantes e assombradas de Federal Hill em direção à normalidade das ruas centrais e das familiares calçadas de tijolo no distrito universitário.

Nos dias a seguir, Blake não contou a ninguém sobre a expedição. Em vez disso, leu uma porção de coisas em certos livros, examinou jornais antigos no arquivo central e laborou com ardor no criptograma daquele volume encadernado em couro descoberto entre as teias da sacristia. O código, ele logo percebeu, não era nada simples; e após reiterados esforços Blake convenceu-se de que a língua não era inglês, latim, grego, francês, espanhol, alemão ou italiano. Estava claro que teria de beber nas fontes mais profundas de sua estranha erudição.

Todas as noites o velho impulso de olhar para o ocidente retornava, e ele via o coruchéu negro como outrora, em meio aos telhados eriçados de um mundo distante, meio fabuloso. Mas agora havia outra nota de terror. Blake conhecia a herança maligna que lá se escondia e, de posse desse conhecimento, sua visão exacerbava-se de maneiras um tanto bizarras. Os pássaros da primavera aos poucos retornavam e, enquanto Blake observava seus voos ao pôr do sol, desviavam do coruchéu macabro e solitário com uma intensidade até então jamais vista. Quando uma revoada chegava perto, os pássaros rodopiavam e dispersavam-se em um pânico confuso — e não era difícil imaginar seus chilreios desesperados, incapazes de alcançá-lo a tantos quilômetros.

Foi naquele junho que o diário de Blake registrou sua vitória sobre o criptograma. O texto, segundo pôde averiguar, estava escrito na obscura língua Aklo, usada por certos cultos malignos ancestrais e conhecida por Blake graças a pesquisas anteriores. O diário guarda uma estranha reticência em relação ao conteúdo da mensagem, mas é evidente que Blake ficou assombrado e desconcertado. Há referências a um Assombro das Trevas que desperta quando alguém olha para o Trapezoedro Reluzente, além de conjecturas insanas acerca dos negros abismos de caos de onde fora invocado. Esse ser caracteriza-se por deter todo o conhecimento e exigir sacrifícios monstruosos. Algumas das anotações de Blake demonstram um temor de que a coisa, a seu ver já conjurada, pudesse espreitar livremente; embora afirme que a iluminação pública funciona como uma muralha intransponível.

Em relação ao Trapezoedro Reluzente as referências são fartas; Blake trata-o como uma janela que se abre ao tempo e ao espaço e descreve sua trajetória desde a época em que foi criado no sombrio planeta Yuggoth, antes mesmo que os Anciões trouxessem-no à Terra. O artefato foi preservado e posto em sua curiosa caixa pelas coisas crinoides da Antártida, salvo das ruínas pelos homens-serpente de Valúsia e admirado éons mais tarde em Lemúria pelos primeiros humanos. Atravessou terras e mares estranhos e afundou com Atlântis antes que um pescador minoano capturasse-o em sua rede e o vendesse a mercadores de tez escura vindos da umbrosa Khem. O faraó Nephren-Ka construiu ao redor do Trapezoedro um templo com uma cripta fechada e a seguir fez aquilo que levou seu nome a ser apagado de todos os monumentos e registros. Então o objeto dormiu nas ruínas daquele mausoléu destruído pelos sacerdotes e pelo novo faraó, até que a pá dos escavadores mais uma vez restaurasse-o à luz do dia para amaldiçoar a humanidade.

Por estranho que seja, no início de julho os jornais corroboraram as anotações de Blake, porém de modo tão sumário e casual que só mesmo o diário chamou atenção para essas contribuições. Parece que um novo terror vinha pairando sobre Federal Hill desde que um forasteiro adentrara a temível igreja. Aos sussurros, os italianos comentavam estranhas movimentações e estrondos e arranhões vindos do sombrio coruchéu sem janelas e pediam aos padres que banissem a entidade que assombrava seus sonhos. Alguma coisa, diziam, estava de guarda dia e noite na porta, esperando um momento escuro o suficiente para se aventurar mais longe. Os jornais faziam menção às antigas superstições locais, mas não esclareciam muita coisa a respeito dos motivos para tamanho horror. Evidente que os repórteres de hoje não são antiquários. Ao escrever essas coisas no diário, Blake expressa uma curiosa espécie de remorso e fala sobre o dever de enterrar o Trapezoedro Reluzente e banir a entidade que havia conjurado, deixando que a luz do dia invadisse o proeminente coruchéu nefando. Ao mesmo tempo, no entanto, demonstra a perigosa dimensão de seu fascínio e admite um desejo mórbido — presente até mesmo em sonhos — de visitar a torre amaldiçoada e mais uma vez contemplar os segredos cósmicos da pedra cintilante.

Então, na manhã de 17 de julho, alguma notícia do *Journal* despertou no diarista um grave surto de horror. Não passava de uma variante sobre o tema algo jocoso da inquietude em Federal Hill, mas para Blake a notícia era terrível ao extremo. À noite uma tempestade comprometera o sistema de iluminação da cidade por uma hora inteira, e nesse interlúdio escuro os italianos haviam quase enlouquecido de pavor. Os que moravam próximo à temível igreja juravam que a coisa no coruchéu aproveitara-se da ausência de iluminação pública para descer até a nave da igreja, cambaleando e debatendo-se de maneira viscosa, absolutamente horripilante. Após algum tempo, subiu cambaleante até a torre, onde ouviram-se sons de vidro quebrando. Aquele ser poderia ir até onde as trevas alcançassem, mas a luz sempre o poria em fuga.

Quando a corrente elétrica voltou houve uma terrível comoção na torre, pois até mesmo a tênue iluminação que filtrava pelas janelas fuliginosas e protegidas por adufas era demais para a coisa. Ela cambaleou e deslizou até o coruchéu envolto em trevas bem a tempo — pois uma exposição prolongada à luz tê-la-ia mandado de volta ao abismo de onde o forasteiro louco a invocara. Durante aquela hora no escuro, sob a chuva, multidões reuniram suas preces ao redor da igreja com velas acesas protegidas por papéis dobrados e guarda-chuvas — uma vigília de luz para salvar a cidade do pesadelo que espreita nas trevas. Segundo os que estavam mais próximos à igreja, em um dado momento a porta externa chacoalhou de maneira horripilante.

Mas o pior ainda estava por vir. Aquela noite, no *Bulletin*, Blake leu sobre o que os repórteres haviam encontrado. Enfim cientes do inusitado valor jornalístico daquele desespero, dois deles resolveram desafiar as multidões frenéticas de italianos e esgueirar-se igreja adentro pela janela do porão, após uma tentativa frustrada de entrar pelas portas. Descobriram que a poeira do vestíbulo e da nave espectral havia sido revirada de forma bastante peculiar, com almofadas rotas e o forro dos bancos de cetim atirados por toda parte. Um odor envolvia toda a construção, e aqui e acolá surgiam manchas amarelas e retalhos que pareciam chamuscados. Ao abrir a porta de acesso à torre depois de uma pausa momentânea por conta de um ruído suspeito no andar superior, encontraram o estreito lance de escadas em espiral quase limpo por algo que se arrastara ao passar.

No interior da torre, a cena era bastante similar. Os repórteres mencionavam o pilar de pedra heptagonal, as cadeiras góticas viradas e as bizarras imagens de estuque; mas era estranho que não constasse nada acerca da caixa metálica e do velho esqueleto mutilado. O que mais perturbava Blake — afora as menções de manchas e chamuscados e odores pungentes — era o detalhe final que explicava o estilhaçamento das vidraças. Todas as vidraças dos frestões estavam quebradas, e dois deles haviam sido obscurecidos de maneira primitiva e apressada com o forro dos bancos de cetim e da crina das almofadas, socados no espaço entre as lâminas das adufas externas. Outros fragmentos de cetim e tufos de crina estavam jogados pelo chão recém-pisado, como se alguém tivesse sido interrompido no ato de restaurar a torre ao estado de escuridão absoluta em que outrora se encontrava.

Manchas amarelas e retalhos chamuscados apareceram na escada que conduzia ao coruchéu sem janelas, mas quando um dos repórteres subiu, abriu o alçapão horizontal e direcionou o facho da lanterna para dentro daquele espaço negro e fétido, não viu nada além de trevas e de um amontoado heterogêneo de fragmentos disformes próximo à entrada. O veredicto, claro, era charlatanismo. Alguém havia pregado uma peça nos supersticiosos habitantes do morro, ou então algum fanático tentara incitar o medo tendo o bem da população em vista. Ou talvez alguns dos moradores mais jovens e mais sofisticados tivessem armado uma farsa complexa para enganar o mundo lá fora. Houve um desdobramento divertido quando um policial foi enviado para averiguar os relatos. Três policiais em sequência arranjaram pretextos para se furtar à tarefa, e o quarto foi contrariado e voltou em pouco tempo sem nenhuma informação a acrescentar.

Desse ponto em diante o diário de Blake registra uma maré crescente de horror insidioso e apreensão nervosa. Ele se censura por não tomar uma atitude e faz especulações mirabolantes sobre as consequências de outro colapso na rede elétrica. Já se verificou que em três ocasiões — sempre durante tempestades — Blake telefonou para a companhia elétrica em uma veia frenética e pediu que se tomassem medidas desesperadas para evitar uma pane no fornecimento de luz. Vez por outra seus apontamentos demonstram preocupação com o fato de os repórteres não terem encontrado a caixa metálica com a pedra nem o esqueleto profanado ao explorar a torre. Blake supôs que esses objetos houvessem sido removidos — mas sequer imaginava para onde, por quem ou pelo quê. Seus maiores medos, no entanto, diziam respeito a si próprio e à ligação profana que julgava existir entre a sua mente e a do horror que espreitava no coruchéu longínquo — aquela coisa monstruosa da noite, invocada por sua imprudência do supremo espaço obscuro. Blake parecia sentir constantes impulsos contrários à sua vontade, e os visitantes lembram que, na época, ficava absorto junto à escrivaninha, observando pela janela oeste o longínquo outeiro do proeminente coruchéu além da fumaça citadina. Seus monótonos apontamentos concentram-se em pesadelos e no fortalecimento da ligação profana durante o sono. Há menção a uma noite em que despertou completamente vestido, na rua, enquanto caminhava rumo ao oeste, na direção de College Hill. Muitas e muitas vezes ele reafirma que a coisa no coruchéu sabe onde encontrá-lo.

A semana após o dia 30 de julho é relembrada como a época de seu colapso parcial. Blake sequer se vestia, e solicitava a comida por telefone. Os visitantes perceberam as cordas que mantinha junto à cama, e Blake afirmava que o sonambulismo o forçara a amarrar os tornozelos à noite com nós que provavelmente o manteriam preso ou então fariam com que acordasse durante o esforço para desatar as amarras. No diário ele relatava a assombrosa experiência que precipitara o colapso. Após recolher-se na noite do dia 30, Blake de repente viu-se às apalpadelas em um recinto quase tomado pela escuridão. Tudo o que via eram fachos curtos, tênues e horizontais de luz azulada, mas ao mesmo tempo percebia um miasma pungente e escutava uma mistura de sons abafados e furtivos acima de sua cabeça. Ao menor movimento ele esbarrava em alguma coisa, e a cada ruído ouvia-se um som como que em resposta vindo de cima — uma movimentação vaga, somada ao discreto ruído de madeira roçando contra madeira.

Em dado momento suas mãos tateantes encontraram um pilar de pedra sem nada no topo, e a seguir ele viu-se agarrado aos degraus de uma escada incrustada na parede e então subiu indeciso por aquele caminho em direção a um fedor ainda mais intenso, quando uma súbita rajada quente e escaldante veio a seu encontro. Diante de seus olhos surgiu uma gama caleidoscópica de imagens espectrais, todas elas desaparecendo a intervalos na figura de um vasto abismo insondável da noite, onde giravam sóis e planetas de negrura ainda mais profunda. Blake pensou nas lendas ancestrais do Caos Supremo, em cujo centro estende-se Azathoth, o deus cego e idiota, Senhor de Todas as Coisas, rodeado por sua horda convulsa de dançarinos irracionais e amorfos e embalado pelos suaves trenos de uma flauta demoníaca tocada por mãos inomináveis.

Então uma súbita percepção do mundo exterior atravessou o transe e despertou-o para o horror inefável da situação. O que foi, ele jamais ficou sabendo — talvez uma explosão tardia dos fogos de artifício que se fazem ouvir por todo o verão em

Federal Hill quando os habitantes saúdam seus vários santos padroeiros, ou os santos de seus vilarejos nativos na Itália. O fato é que ele gritou, caiu da escada em desespero e, cambaleando, atravessou às cegas o chão obstruído da câmara escura onde se encontrava.

Blake reconheceu de imediato o lugar e precipitou-se de qualquer jeito pela estreita escada em espiral, tropeçando e batendo-se a cada curva. Houve uma fuga excruciante através de uma vasta nave tomada por teias de aranha cujas arcadas fantasmáticas erguiam-se aos reinos das sombras zombeteiras, uma agitação às cegas através de um porão cheio de entulho, uma escalada até as regiões de ar fresco e iluminação pública do lado de fora e uma corrida desesperada em que desceu um morro espectral de empenas balbuciantes, atravessou uma cidade mórbida e silente com torres negras e subiu o íngreme precipício a oeste até chegar a sua antiga morada.

Ao recobrar a consciência pela manhã, notou que estava deitado no chão do estúdio e vestido dos pés à cabeça. Sujeira e teias de aranha cobriam-lhe as vestes, e cada centímetro de seu corpo apresentava inchaços e contusões. Ao encarar o espelho, Blake notou que seu cabelo estava todo chamuscado, e um odor vil parecia exalar de seu casaco. Foi nesse instante que seus nervos sucumbiram. A partir de então, passando os dias exausto em seu roupão, Blake fez pouco mais além de olhar pela janela oeste, estremecer com a ameaça dos trovões e fazer anotações delirantes em seu diário.

A grande tempestade começou pouco antes da meia-noite no dia 8 de agosto. Raios caíam sem parar nos mais diversos pontos da cidade, e houve relatos de duas impressionantes bolas de fogo. A chuva era torrencial, e ao mesmo tempo uma salva de trovões impedia o sono de milhares de habitantes.

Blake encontrava-se num estado de frenesi absoluto devido à preocupação com o sistema elétrico, e tentou telefonar para a companhia de energia perto da uma hora da manhã, ainda que nesse horário o fornecimento de luz já estivesse temporariamente suspenso por razões de segurança. Ele registrou tudo no diário — os grandes hieróglifos nervosos e amiúde indecifráveis contam sua própria história de angústia e desespero crescente e de apontamentos rabiscados às cegas, no escuro.

Blake teve de manter a casa às escuras para conseguir enxergar a rua, e parece que durante a maior parte do tempo permaneceu junto à escrivaninha, espiando ansioso através da chuva e seguindo os quilômetros cintilantes de telhados no centro da cidade até a constelação de luzes distantes que assinalava Federal Hill. De tempo em tempo fazia anotações canhestras no diário, e assim frases desconexas como "As luzes não podem se apagar"; "Ele sabe onde estou"; "Preciso destruí-lo" e "Ele está me chamando, mas talvez não queira o meu mal desta vez" encontram-se espalhadas por duas páginas.

Então as luzes de toda a cidade se apagaram. Foi exatamente às 2h12 da manhã, de acordo com os registros da companhia elétrica, mas o diário de Blake não faz menção à hora. A entrada diz apenas "As luzes se foram — que Deus me ajude". Em Federal Hill estavam outros observadores tão ansiosos quanto ele, e grupos de homens encharcados desfilavam pela praça e pelas ruelas em torno da igreja com velas protegidas por guarda-chuvas, lanternas elétricas, lampiões a óleo, crucifixos e todo tipo de amuletos obscuros comuns ao sul da Itália. Abençoaram cada novo relâmpago e fizeram gestos crípticos de temor com a mão direita quando algo na tempestade fez com que os relâmpagos diminuíssem e por fim cessassem. Um vento repentino apagou a maioria das velas, de modo que toda a cena ficou envolta em trevas ameaçadoras. Alguém chamou o padre Merluzzo, da Spirito Santo Church, que se apressou até a fatídica praça a fim de pronunciar quaisquer sílabas de ajuda que pudesse. Quanto aos incansáveis e curiosos sons no interior da torre negra, não podia haver a menor dúvida.

Em relação ao que ocorreu às 2h35, temos o testemunho do padre, um homem jovem, inteligente e culto; do patrulheiro William J. Monohan da Estação Central, um policial da mais alta confiança que havia parado naquele ponto do trajeto para averiguar a multidão; e da maioria dos setenta e oito homens que se haviam reunido em volta do enorme muro da igreja — em particular daqueles que estavam no quarteirão de onde a fachada leste era visível. Claro, não havia nada que se pudesse atribuir em caráter definitivo a reinos externos à Natureza. As possíveis causas de um acontecimento assim são várias. Ninguém é capaz de falar com autoridade sobre os obscuros processos químicos que operam no interior de uma igreja vasta, antiga, mal ventilada e deserta que abriga os objetos mais heterogêneos. Vapores mefíticos — combustão espontânea — pressão de gases resultantes de uma longa putrefação — qualquer um desses incontáveis fenômenos pode ter sido o causador. Além do mais, a possibilidade de charlatanismo intencional não pode ser excluída sob hipótese alguma. A coisa em si foi um bocado simples e durou menos de três minutos. O padre Merluzzo, homem devotado à exatidão, olhava constantemente para o relógio.

Começou com o sensível aumento dos sons desordenados no interior da torre negra. Já havia algum tempo que a igreja emanava odores estranhos e vis, mas naquele instante as exalações tornaram-se intensas e repulsivas. Por fim vieram sons de madeira despedaçando-se e de um objeto grande e pesado caindo no pátio contíguo à sobranceira fachada leste. A torre ficou invisível sem o lume das candeias, mas à medida que o objeto se aproximava do chão as pessoas compreenderam que se tratava da fuliginosa adufa do frestão leste.

Imediatamente a seguir um miasma insuportável emanou das alturas ocultas, provocando sufocamentos e náuseas entre os observadores trêmulos e quase prostrando aqueles que estavam na praça. No mesmo instante o ar tremeu com a vibração de um ruflar de asas, e um repentino vento leste que ultrapassou em força todas as rajadas anteriores levou os chapéus e arrastou os guarda-chuvas gotejantes da multidão. Não se podia ver nada com muita clareza, embora alguns espectadores que estavam olhando para cima imaginem ter visto uma enorme mancha de negrura ainda mais profunda espalhar-se contra o breu do céu — algo como uma nuvem de fumaça amorfa que disparou com a velocidade de um meteoro rumo ao leste.

Isso foi tudo. Os observadores estavam atônitos com o susto, o pavor e o desconforto, e mal sabiam o que fazer, ou mesmo se deviam fazer alguma coisa. Sem saber o que tinha acontecido, mantiveram a vigília; e passado um instante uniram-se em uma prece coletiva quando o clarão súbito de um relâmpago tardio, seguido por um estrondo ensurdecedor, rasgou os céus chuvosos. Meia hora depois a chuva parou, e passados mais quinze minutos a iluminação pública voltou a funcionar, mandando para casa os vigilantes encharcados e exaustos, mas também aliviados.

Os jornais do dia seguinte, ao noticiar a tempestade, dedicaram pouca atenção a esses incidentes. Parece que o clarão súbito e a ruidosa explosão que sucederam os acontecimentos em Federal Hill foram ainda mais assombrosos em direção ao leste, onde o surgimento do miasma singular também foi noticiado. O fenômeno atingiu seu ápice em College Hill, onde o estrondo despertou todos os habitantes adormecidos e deu azo às especulações mais fabulosas. Dentre os que estavam despertos, poucos avistaram o fulgor anômalo próximo ao cume do morro ou perceberam a inexplicável rajada de vento que quase desfolhou as árvores da rua e arrancou as plantas dos jardins. Todos concordavam em que o raio súbito e solitário deveria ter caído em algum lugar da vizinhança, embora o local exato da queda não tenha sido encontrado. Um jovem membro da fraternidade Tau Omega pensou ter visto uma grotesca e horrenda nuvem de fumaça no ar assim que o fulgor preliminar iluminou o céu, mas esse relato não foi confirmado. Os poucos observadores, no entanto, estavam todos de acordo em relação à violenta rajada do oeste e ao fedor insuportável que precedeu o trovão a seguir, e os testemunhos acerca do momentâneo odor de queimado após o som do trovão são igualmente unânimes.

Esses detalhes foram discutidos a fundo devido à sua provável ligação com a morte de Robert Blake. Estudantes no prédio Psi Delta, cujas janelas superiores nos fundos dão para o estúdio de Blake, perceberam o semblante difuso na janela oeste pela manhã do dia 9 e perguntaram-se o que estaria errado com aquela expressão. Quando à noite viram o rosto ainda na mesma posição, ficaram preocupados e esperaram para ver se as luzes do apartamento seriam acesas. Mais tarde tocaram a campainha do apartamento escuro e, por fim, chamaram um policial para arrombar a porta.

O corpo enrijecido estava sentado junto à escrivaninha, em frente à janela, e quando os invasores viram os olhos fixos, vidrados, e as marcas de horripilante e convulsivo pavor naquela fisionomia contorcida, desviaram o olhar em uma consternação nauseante. Logo em seguida o corpo foi encaminhado à autópsia e, apesar da janela intacta, o legista deu como causa da morte choque elétrico, ou tensão nervosa induzida por descarga elétrica. A expressão horrenda no rosto de Blake foi ignorada como um possível resultado do espanto profundo que acomete pessoas de imaginação fértil e emoções descontroladas. Essas qualidades o legista deduziu a partir dos livros, pinturas e manuscritos encontrados no apartamento, e também das entradas rabiscadas às cegas no diário sobre a escrivaninha. Blake havia persistido em seus apontamentos até o último instante, e o lápis de ponta quebrada foi descoberto no rigor espasmódico de sua mão direita.

As anotações feitas após a queda de luz eram altamente desconexas e legíveis apenas em parte. A partir delas alguns investigadores tiraram conclusões bastante incompatíveis com o materialismo do veredicto oficial, mas especulações como essas têm pouca chance de persuadir os conservadores. A tese defendida por esses teóricos imaginativos tampouco se beneficiou da ação do supersticioso dr. Dexter, que atirou a curiosa caixa e a pedra angulosa — um objeto sem dúvida dotado de luz própria, como se viu no sombrio coruchéu desprovido de janelas onde foi encontrado — no canal mais profundo de Narragansett Bay. O excesso de imaginação e o desequilíbrio neurótico por parte de Blake, agravados pelo conhecimento do antigo culto ao mal cujos resquícios havia descoberto, compõem a interpretação mais aceita de seus frenéticos apontamentos finais. Eis aqui suas notas — ou tudo o que se pode apreender delas:

Ainda sem luz — já deve fazer cinco minutos. Tudo depende da iluminação. Yaddith faça com que resista...! Alguma influência parece estar atravessando... A chuva e o trovão e o vento ensurdecem... A coisa está controlando a minha mente...

Problemas de memória. Vejo coisas que jamais conheci. Outros mundos e outras galáxias... O escuro... A luz parece escura e a escuridão parece iluminada...

Não podem ser o morro e a igreja de verdade o que vejo na escuridão de breu. Deve ser uma impressão retiniana provocada pelos relâmpagos. Deus queira que os italianos estejam nas ruas com velas se os relâmpagos cessarem!

Do que estou com medo? Não seria um avatar de Nyarlathotep, que na umbrosa Khem ancestral assumiu a forma de um homem? Lembro-me de Yuggoth, e do longínquo Shaggai, e do vazio supremo dos planetas negros...

O longo voo alado através do vazio... incapaz de atravessar o universo de luz... recriado pelos pensamentos aprisionados no Trapezoedro Reluzente... mande-o através de horríveis abismos cintilantes...

Meu nome é Blake — Robert Harrison Blake e moro na East Knapp Street, 620, em Milwaukee, Wisconsin... Estou neste planeta...

Azathoth tende piedade! O relâmpago já não brilha — que horror — vejo tudo com a sensação monstruosa de que não está à vista — o claro é escuro e o escuro é claro... as pessoas na montanha... guardam... velas e amuletos... os padres...

Sem percepção da distância — o longe é perto e o perto é longe. Sem luz — sem binóculo — vejo o coruchéu — a torre — janela — ouço — Roderick Usher — louco ou enlouquecendo — a coisa se mexe e se agita na torre.

Eu sou a coisa e a coisa é eu — quero sair... preciso sair e unificar as forças... a coisa sabe onde estou...

Sou Robert Blake, mas vejo a torre no escuro. Um odor monstruoso... sentidos transfigurados... as tábuas do frestão cedendo e quebrando... Iä... ngai... ygg...

Estou vendo — cada vez mais perto — vento infernal — azul titânico — asa negra — Yog Sothoth salve-me — o olho abrasador de três lóbulos...

O CHAMADO DE CTHULHU

(Encontrado entre os papéis do falecido Francis Wayland Thurston, de Boston)

No que tange a estes vastos poderes ou seres é possível conceber uma sobrevivência... a sobrevivência de um período infinitamente remoto, em que a consciência talvez se manifestasse através de linhas e formas desaparecidas há muito tempo ante a maré crescente da humanidade... formas das quais apenas a poesia e a lenda guardaram lembranças fugazes, chamando-as de deuses, monstros, criaturas míticas de todos os tipos e espécies...

ALGERNON BLACKWOOD

I. O HORROR NO BARRO

A coisa mais misericordiosa do mundo é, segundo penso, a incapacidade da mente humana em correlacionar tudo o que sabe. Vivemos em uma plácida ilha de ignorância em meio a mares negros de infinitude, e não fomos feitos para ir longe. As ciências, cada uma empenhando-se em seus próprios desígnios, até agora nos prejudicaram pouco; mas um dia a compreensão ampla de todo esse conhecimento dissociado revelará terríveis panoramas da realidade e do pavoroso lugar que nela ocupamos, de modo que ou enlouqueceremos com a revelação ou então fugiremos dessa luz fatal em direção à paz e ao sossego de uma nova idade das trevas.

Os teosofistas especularam a respeito da incrível magnitude do ciclo cósmico, em que o nosso universo e a raça humana não passam de breves incidentes. Sugeriram estranhas permanências em termos que fariam o sangue gelar se não estivessem mascaradas por um otimismo brando. Mas os teosofistas não foram os responsáveis pelo singular relance de éons proibidos que me dá calafrios em pensamento e enlouquece-me no sonho. Esse relance, como todos os temíveis relances da verdade, foi um lampejo decorrente de uma conjunção acidental de coisas separadas — no caso, uma notícia de jornal e uma anotação de um professor universitário já falecido. Espero que ninguém mais logre correlatar esses itens; não há dúvida de que, se eu viver, jamais contribuirei com elo algum a tão horrenda corrente. Creio que o professor também pretendia manter-se calado a respeito do que sabia e destruir as anotações, caso não houvesse sucumbido a uma morte súbita.

Meu conhecimento sobre o assunto começa no inverno de 1926-7, com a morte do meu tio-avô George Gammell Angell, professor emérito de línguas semíticas na Brown University, em Providence, Rhode Island. O professor Angell era um grande especialista em inscrições antigas e muitas vezes havia prestado serviços a museus famosos; de modo que seu falecimento, aos noventa e dois anos, é um fato lembrado por muitos. Na região onde morava, o interesse foi ainda maior em vista das circunstâncias obscuras ligadas à sua morte. O professor havia tombado enquanto retornava do barco de Newport; conforme o relato de testemunhas, caiu de repente, após receber um encontrão de um negro com ares de marinheiro saído de um dos estranhos pátios sombrios na encosta íngreme que servia de atalho entre a zona portuária e a casa do falecido, na Williams Street. Os médicos não conseguiram detectar nenhuma disfunção aparente, mas após um debate concluíram, perplexos, que alguma lesão cardíaca obscura, decorrente da escalada de um morro tão íngreme por um senhor de idade tão avançada, fora responsável pelo fim. Na época eu não vi motivos para discordar do veredicto, mas ultimamente ando propenso a imaginar — e a mais do que imaginar.

Na condição de herdeiro e executor do meu tio-avô, que morreu viúvo e sem filhos, eu deveria analisar seus papéis com particular atenção; e, com esse propósito em mente, levei todos os arquivos e caixas que a ele pertenciam para a minha residência em Boston. Grande parte do material que relacionei será publicada mais tarde pela American Archaeological Society, mas há uma caixa que considero demasiado enigmática e cujo conteúdo me sinto pouco à vontade para mostrar a outras pessoas. A caixa estava trancada, e não encontrei a chave até que tive a ideia de examinar o chaveiro que o professor levava sempre no bolso. Foi assim que logrei abri-la, porém logo me vi confrontado por uma barreira maior e de transposição mais difícil. Afinal, qual seria o significado daqueles estranhos baixos-relevos em barro, dos rabiscos, devaneios e recortes que encontrei? Será que meu tio, na idade avançada, ter-se-ia interessado por essas imposturas levianas? Decidi sair em busca do excêntrico escultor que, ao que tudo indicava, transtornara a paz de espírito do pobre velho.

O baixo-relevo era um retângulo áspero, com menos de três centímetros de espessura e cerca de treze por quinze centímetros de área; sem dúvida, uma peça moderna. Os entalhes, porém, não tinham nada de moderno em termos de ambiência e sugestão; pois, ainda que as variações cubistas e futuristas sejam frequentes e radicais, via de regra não reproduzem a regularidade críptica que se esconde nas escritas pré-históricas. E boa parte dos entalhes parecia ser algum tipo de escrita; mas a minha lembrança, apesar da grande familiaridade com os papéis e coleções do meu tio, não conseguia identificar esse espécime em particular nem mesmo aventar hipóteses sobre suas mais remotas afinidades.

Acima dos hieróglifos havia um entalhe sem dúvida figurativo, ainda que a execução impressionista não permitisse uma ideia muito exata a respeito de sua natureza. Parecia algum tipo de monstro, ou de símbolo representando um monstro, tal como apenas um intelecto perturbado poderia conceber. Se eu disser que minha fantasia extravagante conjurava ao mesmo tempo as imagens de um polvo, de um dragão e de uma caricatura humana, não incorro em nenhum tipo de infidelidade ao espírito da coisa. Uma cabeça polpuda, com tentáculos, colmava um corpo grotesco e escamoso com asas rudimentares; mas era a *silhueta* da figura o que a tornava ainda mais horrenda. Atrás da figura aparecia a vaga sugestão de um cenário arquitetônico ciclópico.

As anotações que acompanhavam o curioso artefato, à exceção de alguns recortes de jornal, estavam escritas na caligrafia tardia do professor Angell; e não tinham nenhuma pretensão literária. O que aparentava ser o documento principal trazia o título de "O CULTO A CTHULHU" em letras desenhadas com todo o cuidado necessário para evitar dificuldades na leitura de uma palavra tão esdrúxula. O manuscrito era dividido em duas seções, a primeira delas intitulada "1925 — O Sonho e a Obra Onírica de H. A. Wilcox, 7 Thomas St., Providence, R.I.", e a segunda, "Relato do Inspetor John R. Legrasse, 121 Bienville St., New Orleans, La., no Cong. da A.A.S. em 1908 — Notas sobre o Insp. e Depoimento do Prof. Webb". Os outros papéis que compunham o manuscrito eram anotações breves, algumas delas relatos dos estranhos sonhos de diferentes pessoas, outras citações de livros e periódicos teosóficos (em especial de *Atlântida e Lemúria*, de W. Scott-Elliot) e o restante comentários a respeito de sociedades secretas e cultos misteriosos que sobrevivem há séculos, com referências a passagens em fontes mitológicas e antropológicas como *O ramo de ouro* de Frazer e *O culto das bruxas na Europa Ocidental* da srta. Murray. Os recortes referiam-se, na maior parte, a distúrbios mentais bizarros e a surtos de loucura e histeria coletiva na primavera de 1925.

A primeira metade do manuscrito principal trazia um relato bastante peculiar. Parece que, no dia 1º de março de 1925, um jovem magro, taciturno, de aspecto neurótico e eufórico havia procurado o professor Angell, trazendo nas mãos o singular baixo-relevo em barro, que na ocasião ainda estava úmido e fresco. O cartão dele trazia o nome de Henry

Anthony Wilcox, e meu tio reconheceu-o como o filho mais moço de uma excelente família, que estudava escultura na Rhode Island School of Design e morava sozinho no prédio Fleur-de-Lys próximo a essa instituição. Wilcox era um jovem precoce célebre por seu gênio, mas também pela personalidade excêntrica, e desde a mais tenra infância chamava atenção graças às estranhas histórias e sonhos inusitados que habitualmente narrava. O jovem descrevia sua condição como "hipersensibilidade psíquica", mas para os dignos habitantes da antiga cidade comercial aquilo não passava de uma certa "esquisitice". Sempre evitando a companhia de seus semelhantes, Wilcox aos poucos afastara-se de todos os círculos sociais e só era conhecido por um seleto grupo de estetas que moravam em outras cidades. Até mesmo o Providence Art Club, ávido por preservar seu conservadorismo, havia-o considerado um caso perdido.

Segundo o manuscrito do professor, na ocasião da primeira visita o jovem artista recorreu ao conhecimento arqueológico do anfitrião para identificar os hieróglifos no baixo-relevo. Ele falava de maneira rebuscada e sonhadora, o que sugeria afetação e afastava a simpatia; e meu tio foi um pouco rude ao responder, pois o barro ainda fresco do baixo-relevo indicava uma total ausência de relação com a arqueologia. A réplica do jovem Wilcox, que impressionou meu tio o suficiente para que mais tarde a recordasse *verbatim*, foi uma incrível argumentação poética que deve ter permeado toda a conversa e que, mais tarde, descobri ser uma de suas características mais marcantes. Ele disse: "De fato, é recente, pois eu terminei a escultura noite passada, sonhando com estranhas cidades; e sonhos são diferentes da Tiro penserosa, ou da Esfinge contemplativa, ou da Babilônia cingida por jardins".

Nesse ponto começou o interminável relato que de repente soou a nota de uma lembrança adormecida e conquistou o vivo interesse do meu tio. Na noite anterior ocorrera um leve tremor sísmico, que ainda assim fora o mais intenso em toda a Nova Inglaterra por alguns anos; e a imaginação de Wilcox foi profundamente afetada. Depois de recolher-se, o escultor teve um sonho sem precedentes de enormes cidades ciclópicas erguidas com blocos titânicos e monólitos altaneiros, tudo vertendo uma gosma verde e sinistro com o horror latente. Hieróglifos cobriam os muros e pilastras, e de algum lugar lá embaixo vinha uma voz que não era uma voz; uma sensação caótica que apenas a fantasia seria capaz de transmutar em som, mas que Wilcox tentou capturar no quase impronunciável amontoado de letras "*Cthulhu fhtagn*".

Essa aberração verbal foi a chave para a lembrança que empolgou e perturbou o professor Angell. O mestre questionou o escultor com rigor científico; e estudou com atenção quase frenética o baixo-relevo em que o jovem trabalhara, passando frio e vestindo apenas um pijama, até que a vigília o pegasse de surpresa. Mais tarde Wilcox afirmou que meu tio culpou a idade avançada por sua demora em reconhecer tanto os hieróglifos como o padrão pictórico. Muitos dos questionamentos pareciam um tanto descabidos ao visitante, em especial os que o presumiam membro de estranhos cultos e sociedades; Wilcox não conseguia entender as reiteradas promessas de silêncio que recebia em troca da admissão no seio de alguma seita mística ou pagã. Quando o professor Angell convenceu-se de que o escultor de fato ignorava os cultos e todo o sistema de sabedoria críptica, impôs um cerco ao visitante, exigindo que no futuro fizesse relatórios de seus sonhos. O método rendeu bons frutos, pois após a primeira entrevista o manuscrito registra visitas diárias feitas pelo jovem Wilcox, durante as quais relatava fragmentos assombrosos de paisagens noturnas cujo tema era sempre um terrível panorama ciclópico de pedra escura e gotejante, com uma voz ou uma inteligência subterrânea gritando, cheia de monotonia, impactos sensoriais irreproduzíveis, salvo na forma de algaravia. Os dois sons repetidos com maior frequência eram aqueles representados pelas letras "*Cthulhu*" e "*R'lyeh*".

No dia 23 de março, continuava o manuscrito, Wilcox não apareceu; e uma busca em seus aposentos revelou que fora acometido por uma febre obscura e levado à casa de sua família na Waterman Street. Naquela noite ele havia gritado, alarmando muitos outros artistas no prédio, e desde então passou a alternar entre a inconsciência e o delírio. Meu tio telefonou de imediato à família Wilcox e, a partir de então, começou a acompanhar de perto o caso, fazendo telefonemas frequentes para o consultório da Thayer Street, onde trabalhava o dr. Tobey, responsável pelo doente. A mente febril do jovem, ao que tudo indicava, meditava sobre coisas estranhas; e de vez em quando o doutor estremecia ao relatá-las. Não se tratava apenas de repetições de antigos sonhos, mas também de coisas gigantes "com quilômetros de altura", que caminhavam ou se arrastavam ao redor. Esse ser não foi descrito por inteiro nenhuma vez, mas o desespero nas palavras ocasionais repetidas pelo dr. Tobey bastou para convencer o professor de que aquela era a monstruosidade inominável que Wilcox tentara representar na escultura enquanto sonhava. Qualquer referência a esse ser, acrescentou o doutor, servia de prelúdio a um novo episódio de letargia por parte do jovem. Sua temperatura não estava muito acima do normal, o que era um tanto singular; mas a condição geral do paciente era mais típica de febre do que de distúrbios mentais.

No dia 2 de abril, às três horas da tarde, todos os sintomas da moléstia de Wilcox sumiram de repente. Ele se endireitou na cama, surpreso ao ver-se em casa e alheio a tudo o que havia acontecido em sonho ou realidade desde a noite de 22 de março. Depois de receber alta do médico, voltou a seus aposentos no terceiro dia; porém não pôde mais ajudar o professor Angell. Todos os resquícios dos estranhos sonhos haviam desaparecido com a melhora, e meu tio parou de registrar os pensamentos noturnos de Wilcox após uma semana de relatos pífios e irrelevantes de visões absolutamente corriqueiras.

Nesse ponto acabava a primeira parte do manuscrito, mas referências a certas anotações esparsas deram-me farto material para reflexão — tão farto, na verdade, que apenas o ceticismo inato da minha filosofia incipiente poderia explicar a desconfiança que eu nutria em relação ao artista. As anotações a que me refiro traziam descrições dos sonhos de várias pessoas durante o mesmo período em que o jovem Wilcox relatou suas estranhas visões. Parece que meu tio não tardou a começar uma investigação abrangente entre todos os amigos a quem poderia, sem parecer inoportuno, solicitar relatos diários de sonhos e as datas precisas de quaisquer visões notáveis surgidas por volta daquela época. As reações ao pedido parecem ter sido as mais diversas; mesmo assim, o professor Angell deve ter recebido mais respostas do que qualquer um seria capaz de arquivar sem a ajuda de um secretário. As correspondências originais não foram preservadas, mas as anotações do professor traziam resumos completos e esclarecedores. Pessoas envolvidas em assuntos sociais e negócios — o "sal da terra" da Nova Inglaterra — quase sempre davam resultados negativos, apesar de alguns relatos esparsos de impressões noturnas inquietantes, mas difusas, sempre entre 23 de março e 2 de abril — o período que o jovem Wilcox passou delirando. Homens ligados à ciência também se mostraram pouco suscetíveis, ainda que quatro descrições vagas sugiram relances de estranhas paisagens e um relato mencione o temor de alguma coisa sobrenatural.

Foi dos artistas e dos poetas que as respostas pertinentes surgiram, e sem dúvida o pânico ter-se-ia alastrado caso houvessem tido a chance de comparar suas anotações. Na falta das correspondências originais, suspeitei de que o compilador houvesse feito perguntas tendenciosas ou editado toda a correspondência de modo a confirmar o que, na época, estava determinado a ver. Assim continuei a acreditar que Wilcox, a par dos velhos dados coletados por meu tio, estivesse a aproveitar-se do cientista veterano. As respostas dos estetas contavam uma história bastante perturbadora. De 28 de fevereiro a 2 de abril, a maioria deles havia sonhado as coisas mais bizarras, sendo que a intensidade dos sonhos teve um aumento descomunal durante o delírio do escultor. Mais de um quarto dos estetas relatava cenas e sons de algum modo semelhantes aos que Wilcox havia descrito; e alguns dos sonhadores manifestavam verdadeiro pavor da enorme coisa inominável surgida nos últimos episódios. Um dos casos, descrito com riqueza de detalhes nas anotações, foi bastante triste. A vítima, um arquiteto célebre com inclinações à teosofia e ao ocultismo, perdeu completamente a razão no dia em que Wilcox adoeceu e, por fim, sucumbiu depois de vários meses, gritando para que o salvassem de alguma hoste infernal. Se meu tio houvesse feito referências aos casos por meio de nomes em vez de números, eu teria buscado provas e começado uma investigação pessoal; mas, da forma como tudo aconteceu, só consegui rastrear uns poucos missivistas. Todos, no entanto, corroboravam a íntegra das anotações. Muitas vezes perguntei-me se todas as pessoas questionadas pelo professor sentiam-se tão desorientadas quanto esse grupo. É bom que nenhuma explicação jamais os alcance.

Os recortes, conforme já expliquei, discutiam casos de pânico, mania e excentricidade durante o mesmo período. O professor Angell deve ter contratado algum serviço de recortes, pois a quantidade de notícias era imensa, e as fontes espalhavam-se por todos os cantos do mundo. Eis aqui um suicídio noturno em Londres, em que um homem adormecido atirou-se da janela após soltar um grito horripilante. Eis aqui, da mesma forma, uma carta divagante ao editor de um jornal na América do Sul, em que um fanático anuncia o futuro horrendo que lhe foi revelado em uma visão. Uma notícia da Califórnia descreve uma colônia de teosofistas vestidos de branco à espera de um "acontecimento glorioso" que não chega nunca, enquanto os recortes da Índia discutem com cautela as tensões entre os nativos do país durante o fim de março. Orgias vodu multiplicam-se pelo Haiti, e os postos avançados na África noticiam balbucios nefastos. Na mesma época, os oficiais americanos nas Filipinas relatam problemas com certas tribos, e os policiais de Nova York veem-se atacados por levantinos histéricos na noite de 22-3 de março. O oeste da Irlanda também sente a influência de rumores e lendas, e um pintor fantástico chamado Ardois-Bonnot expõe uma "Paisagem de Sonho" blasfema no salão de Paris durante a primavera de 1926. Os problemas noticiados nos asilos para loucos são tão numerosos que só um milagre pode ter impedido a classe médica de notar os estranhos paralelismos e tirar conclusões enigmáticas. No geral, um amontoado de recortes um tanto esquisitos; hoje mal posso conceber o racionalismo convicto com que os pus de lado. Mas na época eu estava convencido de que o jovem Wilcox conhecia os velhos assuntos mencionados pelo professor.

II. O RELATO DO INSPETOR LEGRASSE

Os velhos assuntos que haviam justificado toda a importância dada ao sonho e ao baixo-relevo do escultor eram o tema abordado na segunda parte do longo manuscrito. Parece que em uma ocasião anterior o professor Angell tinha visto a silhueta infernal daquela monstruosidade inominável, indagado sobre a natureza dos hieróglifos desconhecidos e ouvido como resposta as sílabas nefastas que só se deixam reproduzir como "*Cthulhu*"; tudo de forma tão perturbadora e horrível que não surpreende o fato de o acadêmico ter perseguido o jovem Wilcox com perguntas e pedidos de informação.

Essa primeira experiência ocorreu em 1908, dezessete anos atrás, durante o congresso anual da American Archaeological Society em St. Louis. O professor Angell, como convinha a alguém de seu renome, ocupou uma posição de destaque em todas as deliberações; e foi uma das primeiras pessoas a serem abordadas por vários estranhos que aproveitavam o evento para fazer perguntas e expor problemas aos especialistas.

O líder desses forasteiros, e logo o principal foco de atenção durante todo o congresso, era um homem de meia-idade, com aparência comum, que tinha viajado desde New Orleans em busca de algumas informações específicas que não se podiam obter em nenhuma fonte de pesquisa local. Seu nome era John Raymond Legrasse, e ele trabalhava como inspetor de polícia. O homem trazia consigo o motivo da visita: uma grotesca e repulsiva estatueta em pedra, que aparentava ser muito antiga, e cuja origem ele não conseguia determinar. Não se deve supor que o inspetor Legrasse tivesse o mais remoto interesse por arqueologia. Pelo contrário; buscava esclarecimentos por razões puramente profissionais. A estatueta, ídolo, fetiche ou o que fosse fora encontrado meses atrás nos pântanos ao sul de New Orleans durante uma operação policial em um suposto ritual vodu; e os rituais de adoração à imagem eram tão singulares e tão hediondos que os policiais acreditavam ter encontrado um culto nefasto até então desconhecido, infinitamente mais diabólico do que os mais obscuros círculos vodu de toda a África. Sobre a origem do culto, afora as histórias erráticas e absurdas contadas pelos membros capturados, não se descobriu nada; o que explicava a ânsia da polícia em ter acesso à sabedoria dos antiquários, que poderiam ajudá-los a compreender o tenebroso ícone e, assim, rastrear o culto até sua origem.

O inspetor Legrasse não estava preparado para a comoção gerada por seu relato. Bastou um relance do objeto para que os homens de ciência lá reunidos fossem tomados pela euforia e logo estivessem se acotovelando ao redor do inspetor a fim de ver a diminuta figura cuja absoluta estranheza e cujos ares de antiguidade abismal traziam fortes indícios de panoramas desconhecidos e arcaicos. Nenhuma escola conhecida de escultura havia animado aquele terrível objeto, mas o passar de séculos e talvez milênios parecia estar registrado na superfície opaca e esverdeada da pedra indefinível.

A imagem, que aos poucos foi passada de mão em mão a fim de propiciar um exame mais detido e minucioso por parte dos especialistas, tinha entre dezoito e vinte centímetros de altura e ostentava uma técnica artística notável. Representava um monstro de traços vagamente antropoides, mas com uma cabeça de polvo cujo rosto era um amontoado de tentáculos, um corpo escamoso, prodigiosas garras nas patas dianteiras e traseiras e longas asas estreitas nas costas. A coisa, que transpirava uma terrível malevolência sobrenatural, tinha um aspecto inchado e sentava-se em uma pose vil sobre um bloco ou pedestal retangular coberto por caracteres indecifráveis. A ponta das asas tocava a borda traseira do bloco e o corpo ocupava o centro, enquanto as longas garras curvas das pernas traseiras, que estavam dobradas, agarravam-se à borda frontal e estendiam-se para baixo em direção à base do pedestal. A cabeça do cefalópode projetava-se para a frente, de maneira que a ponta dos tentáculos faciais tocava o dorso das enormes garras dianteiras, que cingiam os joelhos da criatura sentada. O aspecto da figura era de um realismo anormal, tornado ainda mais temível porque nada se sabia a respeito de sua origem. Não havia dúvida quanto à antiguidade vasta, assombrosa e incalculável do artefato; no entanto, não se percebia elo algum com a arte do nascimento da civilização — nem com a de qualquer outra época. O próprio material era um mistério insondável; a rocha preto-esverdeada, com veios e listras dourados ou iridescentes, não se assemelhava a nada conhecido pela geologia ou pela mineralogia. Os caracteres em torno da base eram igualmente desorientadores; e, ainda que o evento reunisse a metade dos especialistas mundiais no assunto, nenhum participante foi capaz de sugerir qualquer afinidade linguística. Assim como o tema e o material, os hieróglifos pertenciam a alguma coisa terrivelmente remota e distinta da humanidade tal como a conhecemos; algo que sugeria antigos ciclos profanos da vida, em que o nosso mundo e os nossos conceitos não têm lugar.

Contudo, enquanto os participantes sacudiam a cabeça um após o outro e declaravam-se vencidos pelo desafio do inspetor, um homem percebeu um bizarro toque familiar na escultura e na escrita monstruosas e declarou, com certa hesitação, o pouco que sabia. Esse homem era o falecido William Channing Webb, professor de antropologia na Princeton University e notável explorador. Quarenta e oito anos antes, o professor Webb havia participado de uma excursão à Groenlândia e à Islândia em busca de inscrições rúnicas que não foram encontradas; e, nos picos do oeste da Groenlândia, descobriu uma tribo ou um culto singular de esquimós degenerados cuja religião, uma forma curiosa de adoração ao demônio, enregelou-lhe os ossos com a sanguinolência e o horror deliberados. Era uma crença sobre a qual os outros esquimós pouco sabiam, mencionada sempre em meio a calafrios; diziam que se originara em éons pavorosamente remotos, quando o mundo sequer existia. Além de ritos indescritíveis e sacrifícios humanos, havia sinistros rituais hereditários que rendiam homenagem a um demônio supremo e ancestral, ou *tornasuk*; e o professor Webb fez uma transcrição fonética minuciosa ao ouvir a palavra de um velho *angekok*, ou feiticeiro-sacerdote, registrando os sons em alfabeto romano da maneira mais clara possível. Mas naquele instante o ponto central era o fetiche que esse culto adorava, e ao redor do qual os esquimós dançavam quando a aurora boreal surgia no alto das escarpas geladas. Tratava-se, afirmou o professor, de um baixo-relevo primitivo, em pedra, com uma figura execranda e inscrições crípticas. Segundo acreditava, em todas as características essenciais era um paralelo rústico do artefato bestial que naquele instante era discutido no congresso.

Essas informações, recebidas com suspense e espanto pela assembleia de especialistas, pareceram ainda mais instigantes ao inspetor Legrasse; e logo ele começou a pressionar o informante com outras perguntas. Tendo transcrito e copiado um rito de tradição oral praticado pelos adoradores que a polícia havia prendido nos pântanos, o inspetor solicitou ao acadêmico que tentasse relembrar as sílabas colhidas em meio aos esquimós diabolistas. Começou então uma minuciosa comparação de detalhes, e fez-se um instante do mais espantoso silêncio quando o detetive e o cientista concordaram na identidade da frase comum a dois rituais infernais situados em mundos tão diversos. O que tanto os feiticeiros esquimós quanto os sacerdotes do pântano de Louisiana cantavam a seus ídolos era algo como o que segue, sendo as divisões entre as palavras meras suposições baseadas nas pausas feitas durante a entoação das frases:

"Ph'nglui mglw'nafh Cthulhu R'lyeh wgah'nagl fhtagn".

Legrasse estava um passo adiante do professor Webb, pois muitos dos prisioneiros mestiços haviam-lhe repetido o significado que os adoradores mais velhos atribuíam a essas palavras. A tradução era algo como:

"Na casa em R'lyeh, Cthulhu, morto, aguarda sonhando."

Nesse instante, em resposta ao clamor e à impaciência gerais, o inspetor Legrasse relatou em detalhe sua experiência com os adoradores do pântano; e contou uma história à qual percebo que meu tio atribuiu grande importância. A narrativa tinha o sabor dos sonhos mais loucos dos mitômanos e teosofistas e revelava um grau impressionante de imaginação cósmica em meio aos mestiços e párias que seriam os menos propensos a desenvolvê-la.

No dia 1º de novembro de 1907, a polícia de New Orleans recebeu um chamado urgente para comparecer aos pântanos e lagoas no Sul. Os posseiros que lá habitavam, em sua maioria descendentes primitivos mas bondosos dos homens de Lafitte, estavam desesperados por conta de uma coisa desconhecida que havia surgido à noite. Era algum tipo de magia vodu, porém o vodu mais terrível que jamais haviam visto; e algumas das mulheres e crianças estavam desaparecidas desde que os tamborins haviam começado o incessante rufar malévolo em meio aos longínquos bosques escuros e assombrados onde nenhum morador se aventurava. Havia gritos ensandecidos e berros aterrorizantes, cânticos de enregelar a alma e demoníacas chamas dançantes; e, segundo o relato do mensageiro desesperado, os habitantes não aguentavam mais.

Então um destacamento de vinte policiais, em duas carruagens e uma viatura, dirigiu-se até o local, tendo por guia o trêmulo posseiro. O grupo parou no final da estrada e, a pé, avançou chapinhando em meio ao silêncio dos terríveis bosques de cipreste onde o sol jamais resplandecia. Raízes abomináveis e forcas malévolas de barba-de-pau assediavam os homens por todos os lados e, de quando em quando, um amontoado de pedras úmidas ou o fragmento de um muro pútrido, ao sugerir uma habitação mórbida, intensificava a atmosfera depressiva que cada árvore disforme e cada ilhota infestada de fungos ajudava a criar. Por fim o vilarejo dos posseiros, um lamentável amontoado de casebres, descortinou-se logo adiante; e os habitantes histéricos vieram correndo amontoar-se em volta do grupo de lanternas errantes. O rufar abafado dos tamborins podia ser ouvido ao longe, muito ao longe; e um grito apavorante ressoava a intervalos irregulares, sempre que o vento mudava. Um clarão avermelhado também parecia filtrar através da pálida vegetação rasteira para além dos intermináveis caminhos da noite na floresta. Relutantes em ficar sozinhos, os posseiros recusaram-se terminantemente a dar mais um passo sequer em direção ao local do culto profano, e assim o inspetor Legrasse e seus dezenove colegas avançaram sem ter quem os guiasse rumo às arcadas de horror que nenhum deles jamais havia cruzado.

A região explorada pela polícia tinha fama de ser amaldiçoada, e era em boa parte desconhecida e inexplorada pelos brancos. Havia lendas a respeito de um lago secreto jamais visto por olhos mortais, onde habita uma coisa branca, informe, cheia de pólipos e com olhos luminosos; e em voz baixa os posseiros contavam histórias sobre demônios com asas de morcego que, à meia-noite, saíam de cavernas subterrâneas para adorá-la. Diziam que já estava lá antes de d'Iberville, antes de La Salle, antes dos índios e até mesmo antes das bestas enérgicas e dos pássaros do bosque. Era um pesadelo encarnado, e vê-lo era morrer. Mas o monstro fazia os homens sonharem, então eles mantinham-se afastados. A orgia vodu era celebrada, de fato, na periferia daquela área execranda, mas ainda assim o local era ruim o bastante; talvez o próprio lugar do culto houvesse assustado os posseiros mais do que os terríveis sons e incidentes.

Só a poesia ou a loucura poderiam fazer justiça aos clamores ouvidos pelos homens de Legrasse enquanto abriam caminho através do negro lodaçal em direção ao fulgor rubro e ao som dos tamborins. Existem certas qualidades vocais particulares aos homens, e outras particulares às bestas; e é terrível escutar uma sair da garganta da outra. A fúria animal e a libertinagem orgíaca incitavam paroxismos demoníacos por meio de gritos e êxtases ruidosos que explodiam e reverberavam pelos bosques noturnos como tempestades pestilentas das profundezas do inferno. De vez em quando os uivos discordantes cessavam e, do que parecia ser um coro bem treinado de vozes ríspidas, erguia-se em um cântico aquela terrível frase ou feitiço:

"Ph'nglui mglw'nafh Cthulhu R'lyeh wgah'nagl fhtagn."

Foi quando os homens, depois de chegar a um ponto onde o bosque era menos denso, conseguiram divisar o espetáculo. Quatro deles sentiram vertigens, um desmaiou e dois foram acometidos por gritos frenéticos, que a cacofonia delirante da orgia por sorte abafou. Legrasse jogou água do pântano no rosto do policial desmaiado, e todos começaram a tremer, quase hipnotizados por aquele horror.

Uma clareira natural do pântano abrigava uma ilha coberta de grama, com talvez um acre de extensão, sem nenhuma árvore e razoavelmente seca. Lá saltava e contorcia-se uma horda indescritível de aberrações humanas que apenas um Sime ou um Angarola seriam capazes de pintar. Despidos, aqueles seres híbridos zurravam, mugiam e convulsionavam-se ao redor de uma colossal fogueira circular, em cujo centro, visível por entre as frestas ocasionais que se abriam na cortina de fogo, erguia-se um enorme monólito granítico com dois metros e meio de altura; e no topo deste, em sua contrastante estatura diminuta, repousava o odioso ídolo entalhado em pedra. De um amplo círculo composto por dez patíbulos montados a intervalos regulares ao redor do monólito envolto em fogo pendiam, de cabeça para baixo, os corpos terrivelmente mutilados dos posseiros indefesos que haviam desaparecido. Era no interior do círculo que a roda de adoradores saltava e rugia, movendo-se da esquerda para a direita em bacanais intermináveis entre o círculo de corpos e o círculo de fogo.

Pode ter sido apenas a imaginação ou apenas um eco o que levou um dos homens, um espanhol de sangue quente, a imaginar que ouvia respostas antifônicas ao ritual vindas de algum ponto longínquo e escuro nas profundezas daquele bosque de lenda e horror ancestrais. O homem, Joseph D. Galvez, eu mais tarde encontrei e questionei; e ele mostrou ter a imaginação um tanto fértil. Chegou até mesmo a insinuar o leve bater de enormes asas, um relance de olhos brilhantes e um descomunal vulto branco além das árvores mais remotas — mas desconfio que estivesse muito impressionado pelas superstições locais.

De fato, a pausa horrorizada feita pelos homens durou pouco tempo. O dever vinha em primeiro lugar; e ainda que houvesse quase cem mestiços naquela multidão, os policiais recorreram às armas de fogo e arrojaram-se cheios de determinação em meio ao caos nauseante. Durante os cinco minutos seguintes o alarde e a confusão foram indescritíveis. Golpes foram desferidos, tiros foram disparados e fugas foram efetuadas; mas no fim Legrasse pôde contar quarenta e sete prisioneiros carrancudos, que foram obrigados a vestir-se de imediato e a fazer uma fila entre duas outras de policiais. Cinco dos celebrantes jaziam mortos, e dois feridos graves foram removidos em macas improvisadas por seus colegas de crime. A imagem do monólito, é claro, foi removida e transportada com todo o cuidado por Legrasse.

Examinados na delegacia após uma viagem muito tensa e cansativa, todos os prisioneiros revelaram-se homens vis, mestiços e mentalmente perturbados. Muitos eram marinheiros, e alguns negros e mulatos, na maior parte caribenhos ou portugueses de Brava, no Cabo Verde, davam a cor do vodu àquele culto heterogêneo. Mas logo após as primeiras perguntas ficou evidente que a descoberta envolvia algo muito mais profundo e antigo do que o fetichismo negro. Degradados e ignorantes como eram, aquelas criaturas atinham-se com surpreendente obstinação à ideia central de sua odiosa fé.

Disseram ser adoradores dos Grandes Anciões que viveram eras antes do primeiro homem nascer e chegaram a um mundo ainda jovem vindos do céu. Os Anciões já haviam sucumbido, no interior da Terra e no fundo do mar; mas seus corpos mortos haviam revelado segredos nos sonhos dos primeiros homens, que iniciaram um culto imortal. Esse era o culto que seguiam, e os prisioneiros afirmaram que sempre havia existido e sempre haveria de existir, escondido em longínquas regiões inóspitas e em lugares sombrios por todo o mundo, até que o alto sacerdote Cthulhu, de sua casa sinistra na grandiosa cidade submersa de R'lyeh, caminhasse mais uma vez sobre a Terra e voltasse a impor seu jugo. Um dia Cthulhu lançaria seu chamado, quando as estrelas estivessem alinhadas; e o culto secreto estaria sempre esperando para libertá-lo.

Até lá não se deveria dizer mais nada. Havia um segredo que não se obtinha nem mediante tortura. A humanidade não estava sozinha entre os seres conscientes da Terra, pois formas surgiam da escuridão para visitar os fiéis. Mas estes não eram os Grandes Anciões. Ninguém jamais vira os Anciões. O ídolo entalhado em pedra era o grande Cthulhu, mas ninguém saberia dizer se os outros eram parecidos com ele. Ninguém mais sabia ler a antiga escrita, porém a sabedoria conservava-se na tradição oral. Os cânticos rituais não eram o segredo — este não era dito jamais em voz alta, apenas em sussurros. O cântico significava apenas: "Na casa em R'lyeh, Cthulhu, morto, aguarda sonhando".

Apenas dois prisioneiros mostraram-se sãos o bastante para merecerem a forca, enquanto os outros ficaram aos cuidados de várias instituições. Todos negaram participação nos assassinatos rituais e alegaram que as mortes eram obra de Alados Negros que haviam deixado sua assembleia imemorial no bosque assombrado. No entanto, jamais se obteve um depoimento coerente sobre esses misteriosos aliados. O que a polícia conseguiu descobrir veio em grande parte de um *mestizo* muito velho chamado Castro, que disse ter navegado a estranhos portos e conversado com os líderes imortais do culto nas montanhas da China.

O velho Castro citou fragmentos de antigas lendas horrendas que deitavam por terra as especulações dos teosofistas e faziam o homem e o mundo parecerem coisas muitíssimo recentes e efêmeras. Houve éons em que outras Coisas reinaram sobre a Terra, e Elas construíram cidades esplendorosas. Suas ruínas, teria dito o chinês imortal, ainda podiam ser vistas como pedras ciclópicas nas ilhas do Pacífico. Todas essas Coisas morreram em épocas ancestrais, muito antes de o primeiro homem nascer, mas havia uma arte capaz de trazê-Las de volta quando as estrelas tornassem a se alinhar no ciclo da eternidade. De fato, Elas próprias tinham vindo das estrelas e trazido Suas imagens Consigo.

Os Anciões, prosseguiu Castro, não eram feitos de carne e osso. Eles tinham forma — não era o que provava aquela imagem em forma de estrela? —, mas essa forma não era constituída de matéria. Quando as estrelas estavam alinhadas, Eles podiam viajar ao mundo através dos céus; mas quando as estrelas estavam desalinhadas, Eles não conseguiam viver. Mas, ainda que não vivessem, Eles não morreriam jamais. Todos jaziam em casas de pedra na grande cidade de R'lyeh, preservados graças aos feitiços do poderoso Cthulhu enquanto esperavam o dia da ressurreição gloriosa quando as estrelas e a Terra mais uma vez estivessem prontas. Mas ao mesmo tempo alguma força externa deveria ajudá-Los a libertar Seus corpos. Os feitiços que Os preservavam ao mesmo tempo Os impediam de fazer o gesto inicial, e Eles só conseguiam ficar acordados no escuro e pensar enquanto incontáveis milhões de anos passavam. Sabiam de tudo o que acontecia no universo, pois a língua Deles era o pensamento telepático. Naquele exato instante Eles estavam falando em Seus túmulos. Quando, passadas eras infinitas, surgiram os primeiros homens, os Grandes Anciões falaram com os mais sensatos dentre eles através de sonhos; pois só assim a Sua língua poderia alcançar o mundo carnal dos mamíferos.

Então, sussurrou Castro, os primeiros homens formaram o culto aos pequenos ídolos que os Grandes Anciões lhes haviam mostrado; ídolos trazidos em épocas imemoriais das estrelas sombrias. O culto não morreria enquanto as estrelas não se alinhassem uma vez mais, e os sacerdotes retirariam o grande Cthulhu de Seu túmulo para restituí-Lo a Seus súditos e dar continuidade a Seu legado sobre a Terra. Seria fácil identificar o momento oportuno, pois então a humanidade estaria como os Grandes Anciões; livre e descontrolada e além do bem e do mal, com todas as leis e tábuas deixadas de lado e todos os homens gritando e matando e rejubilando-se em êxtase. Então os Anciões libertos haveriam de ensinar novas formas de gritar e matar e rejubilar-se em êxtase, e toda a Terra explodiria em um holocausto de arrebatamento e liberdade. Até lá, por meio dos ritos apropriados, o culto deveria manter viva a memória desses costumes antigos e profetizar o retorno dos Grandes Anciões.

Em tempos passados, os escolhidos falavam com os Anciões sepultados através de sonhos, mas então algo aconteceu. R'lyeh, a grande cidade de pedra com monólitos e sepulcros, foi engolida pelas ondas; e as águas profundas, repletas do mistério primevo que nem mesmo o pensamento consegue atravessar, cortaram toda a comunicação espectral. Mas a lembrança não morreu, e os altos sacerdotes diziam que a cidade ressurgiria quando as estrelas estivessem alinhadas. Então os espíritos negros surgiram da terra, bolorentos e ensombrecidos, e com rumores abafados juntaram-se em cavernas ignotas no fundo do mar. Mas a esse respeito Castro falou pouco — o homem interrompeu-se de repente e não houve persuasão ou artimanha que o fizesse dizer mais uma palavra sobre o assunto. Também se recusou a comentar o *tamanho* dos Anciões. Em relação à sede do culto, disse acreditar que ficasse no insondável deserto da Arábia, onde Irem, a Cidade dos Pilares, sonha oculta e intocada. O culto não tinha relação alguma com a bruxaria europeia e era praticamente desconhecido para além de seus membros. Não era mencionado em livro algum, ainda que o chinês imortal houvesse afirmado que havia passagens alegóricas no *Necronomicon* do árabe louco Abdul Alhazred que os iniciados podiam ler como quisessem, em especial o controverso dístico:

Não está morto o que eterno jaz;
No tempo a morte é de morrer capaz.

Legrasse, muito impressionado e não menos perplexo, havia feito várias perguntas infrutíferas sobre as afiliações históricas do culto. Ao que tudo indicava, Castro dissera a verdade ao afirmar que a seita era absolutamente secreta. Os especialistas da Tulane University não conseguiram esclarecer nada a respeito do culto ou da imagem, e assim o detetive saiu à procura dos maiores especialistas do país e deparou-se com nada menos do que a história do professor Webb sobre a expedição à Groenlândia.

O vivo interesse que o relato de Legrasse despertou durante o encontro, corroborado pela estatueta, subsistiu nas correspondências trocadas mais tarde entre os presentes, embora as menções nas publicações oficiais da sociedade sejam esparsas. A desconfiança é a primeira reação de quem está acostumado à charlatanice e à impostura. Por um tempo, Legrasse emprestou a imagem ao professor Webb, mas quando este faleceu a estátua foi devolvida ao detetive e permanece até hoje em seu poder, como a vi um tempo atrás. É um artefato terrível que sem dúvida tem afinidades com a escultura do jovem Wilcox.

Não me surpreendeu a empolgação com que meu tio recebeu a história do escultor; afinal, para quem já conhecia o relato de Legrasse sobre o culto, que fantasias não devem ter se excitado com a história de um jovem sensitivo que havia *sonhado* não só com a figura e com hieróglifos idênticos àqueles presentes na imagem do pântano e na tábua demoníaca da Groenlândia, mas que *nos sonhos* havia escutado pelo menos três das exatas palavras entoadas pelos diabolistas esquimós e pelos mestiços de Louisiana? A prontidão com que o professor Angell empenhou-se em uma investigação minuciosa foi absolutamente natural; ainda que, de minha parte, eu suspeitasse que o jovem Wilcox tivesse obtido informações sobre o culto de maneira indireta e também inventado uma série de sonhos para aumentar e fazer perdurar o mistério às custas de meu tio. Claro, os relatos dos sonhos e os recortes coligidos pelo professor eram fortes evidências; mas a minha natureza racional e a extravagância do tema levaram-me a tirar as conclusões que eu julgava mais sensatas. Assim, depois de estudar a fundo o manuscrito e de relacionar as anotações teosóficas e antropológicas à narrativa de Legrasse sobre o culto, viajei a Providence para encontrar o escultor e fazer-lhe as censuras que eu considerava justas por ter se aproveitado com tamanha desfaçatez de um homem culto e idoso.

Wilcox ainda morava no prédio Fleur-de-Lys na Thomas Street, uma pavorosa imitação vitoriana da arquitetura bretã do século XVII que ostenta sua fachada de estuque em meio às adoráveis casas coloniais naquele antigo morro, e à sombra do mais perfeito coruchéu georgiano nos Estados Unidos encontrei-o em um de seus aposentos e, de imediato, deduzi a partir dos objetos espalhados no recinto que o gênio do homem era de fato profundo e autêntico. Acredito que um dia ele venha a ser considerado um dos grandes decadentistas; pois cristalizou no barro e um dia ainda há de espelhar no mármore os pesadelos e fantasias que Arthur Machen evoca em prosa e que Clark Ashton Smith materializa em versos e pinturas.

Com um aspecto sombrio, frágil e algo desleixado, Wilcox virou-se em minha direção ao ouvir a batida e perguntou o que eu desejava sem levantar-se. Quando me identifiquei, o escultor demonstrou algum interesse; pois meu tio havia despertado sua curiosidade ao sondar-lhe os sonhos, porém sem nunca explicar o objetivo do estudo. Não lhe ofereci mais informações a esse respeito, mas usei alguns ardis para ganhar sua confiança. Logo me convenci da absoluta sinceridade do jovem, pois ele falava de seus sonhos com inelutável convicção. Os sonhos e seus resíduos inconscientes tiveram uma profunda influência em sua arte, e Wilcox mostrou-me uma estátua mórbida cuja silhueta fez-me estremecer com a impressão macabra que produzia. Ele não se lembrava de ter visto o original dessa criatura em nenhum outro lugar que não o seu próprio baixo-relevo, mas a silhueta havia se formado de maneira imperceptível sob suas mãos. Era, sem dúvida, a forma gigante que ele havia mencionado no delírio. Logo ficou claro que, em relação ao culto secreto, Wilcox não sabia nada além do que o catequismo incansável de meu tio permitiria supor; e mais uma vez renovei meus esforços em imaginar de onde ele poderia ter recebido aquelas impressões singulares.

O artista relatava seus sonhos em um tom de estranho lirismo; fez-me ver com terrível clareza a gotejante Cidade Ciclópica de pedras verdes e musgosas — cuja *geometria*, disse ele com uma nota estranha na voz, era *toda errada* — e ouvir em trêmula expectativa o chamado, em parte mental, que emergia das profundezas: "*Cthulhu fhtagn*", "*Cthulhu fhtagn*". Essas palavras eram parte do terrível ritual que narrava a vigília em sonho empreendida por Cthulhu, morto no túmulo de pedra em R'lyeh; apesar de minhas crenças racionais, fiquei muito abalado. Eu achava que Wilcox teria ouvido algum comentário vago acerca do ritual, logo esquecido em meio ao caos de suas leituras e fantasias igualmente estranhas.

Mais tarde, em virtude de seu caráter impressionante, o ritual ter-se-ia expressado de maneira inconsciente em sonhos, no baixo-relevo e na temível estátua que naquele instante eu tinha diante dos meus olhos; de modo que a impostura do artista para com meu tio fora um tanto inocente. O jovem era o tipo de pessoa a um só tempo afetada e algo insolente que eu jamais consegui apreciar, mas naquela altura eu já era capaz de admitir o gênio e a honestidade dele. Despedimo-nos em termos cordiais, e desejei-lhe todo o sucesso que seu talento promete.

O culto continuou a exercer um poderoso fascínio sobre mim, e às vezes eu me imaginava famoso por ter pesquisado sua origem e suas relações. Fiz uma visita a New Orleans, conversei com Legrasse e os outros integrantes do grupo de busca, vi a terrível imagem e pude até mesmo interrogar os prisioneiros mestiços sobreviventes. O velho Castro, infelizmente, havia falecido alguns anos atrás. Os vívidos relatos que escutei em primeira mão, ainda que não passassem de confirmações mais detalhadas dos apontamentos feitos por meu tio, voltaram a despertar meu interesse; pois eu tinha certeza de estar na pista de uma religião muito real, muito secreta e muito antiga, cuja descoberta haveria de tornar-me um antropólogo notável. Minha atitude foi de absoluto materialismo, *como eu gostaria que ainda fosse*, e descartei com uma teimosia quase inexplicável a coincidência entre os relatos de sonhos e os singulares recortes coligidos pelo professor Angell.

Comecei a suspeitar, e agora temo *saber*, que a morte de meu tio não foi nada natural — ele caiu na estreita ruela que vai da zona portuária infestada de estrangeiros mestiços até o alto do morro depois de ser empurrado por um marinheiro negro. Eu não havia esquecido o sangue misturado e as ligações marítimas entre os adoradores de Louisiana, e não me surpreenderia ao descobrir métodos e ritos e crenças secretas. É verdade que Legrasse e seus homens foram deixados em paz; mas na Noruega um marujo que viu certas coisas morreu. Será que as buscas de meu tio, enriquecidas com a descoberta do escultor, haviam chegado a ouvidos sinistros? Creio que o professor Angell morreu por saber demais, ou por estar na iminência de saber demais. Resta saber se vou ter o mesmo fim, pois agora eu também sei muito.

III. A LOUCURA QUE VEIO DO MAR

Se o céu algum dia quiser conceder-me uma bênção, esta será o esquecimento absoluto do acaso que dirigiu meu olhar a um pedaço de papel usado para forrar uma estante. Não era nada que eu fosse perceber durante a minha rotina normal, pois tratava-se de um velho exemplar do periódico australiano *Sydney Bulletin* de 18 de abril de 1925. O material havia escapado até mesmo à empresa de recortes que, na época da impressão, buscava material para a pesquisa de meu tio.

Para todos os efeitos eu havia abandonado minhas buscas relativas ao que o professor Angell chamava de "Culto a Cthulhu" e estava visitando um amigo em Paterson, Nova Jersey, que era o curador do museu local e um mineralogista de renome. Certo dia, ao examinar os espécimes armazenados em uma sala nos fundos do museu, chamou-me a atenção a estranha figura estampada em um dos velhos jornais sob as pedras. Era o *Sydney Bulletin* que mencionei, pois meu amigo tinha contatos com todos os países estrangeiros imagináveis; e a gravura mostrava uma odiosa imagem de pedra quase idêntica à que Legrasse havia encontrado no pântano.

Depois de remover o precioso conteúdo das estantes, examinei atentamente a ilustração; e fiquei desapontado com seu pequeno tamanho. A sugestão que trazia, no entanto, era de vital importância para a minha busca negligenciada; e, com todo o cuidado, arranquei-a do jornal para tomar providências imediatas. O texto dizia:

ENCONTRADO MISTERIOSO NAVIO À DERIVA

O Vigilant *Atracou com um Iate Armado de Bandeira Neozelandesa a Reboque. Um Sobrevivente e uma Vítima Foram Encontrados a Bordo. Relato de uma Batalha Desesperada e de Mortes em Alto-Mar. O Marujo Resgatado Recusa-se a Falar sobre o Estranho Acontecimento. Um Estranho Ídolo Foi Encontrado em Sua Posse. O Caso Será Investigado.*

O cargueiro Vigilant, *da Morrison Co., ao retornar de Valparaíso, atracou esta manhã no cais de Darling Harbour, trazendo a reboque o iate armado* Alert, *de Dunedin, N.Z., avistado com avarias no dia 12 de abril na latitude Sul 34º21', longitude Oeste 152º17' com um sobrevivente e uma vítima fatal a bordo.*

O Vigilant *deixou Valparaíso em 25 de março e, no dia 2 de abril, teve a rota desviada em direção ao Sul por conta de fortes tormentas e ondas gigantes. No dia 12 de abril o navio à deriva foi avistado; e, ainda que à primeira vista parecesse deserto, na verdade trazia um sobrevivente acometido por delírios e outro homem que sem dúvida estava morto havia mais de uma semana. O sobrevivente estava agarrado a uma terrível escultura em pedra, de origem desconhecida e com cerca de trinta centímetros de altura, que deixou perplexos os especialistas da Sydney University, da Royal Society e do museu na College Street; o sobrevivente afirma tê-la encontrado na cabine do iate em uma pequena caixa de madeira lavrada.*

Depois de voltar a si, o homem contou uma estranha história de pirataria e morticínio. Seu nome é Gustaf Johansen, um norueguês inteligente que fora segundo imediato da escuna de dois mastros Emma, *de Auckland, que zarpou de Callao no dia 20 de fevereiro com uma tripulação de onze homens. O* Emma, *segundo o norueguês, sofreu um atraso e foi arrastado muito ao sul da rota original durante a tempestade em 1º de março, e, no dia 22 de março, na latitude Sul 49º51', longitude Oeste 128º34', encontrou o* Alert, *tripulado por canacas de aspecto vil e outros mestiços. O capitão Collins recusou-se a acatar ordens expressas para recuar; foi quando, sem aviso prévio, a estranha tripulação abriu fogo contra a escuna, usando uma pesada bateria de canhões que integrava o equipamento do iate. Os homens do* Emma *deram combate, afirma o sobrevivente, e, mesmo com a embarcação a pique em decorrência de tiros recebidos abaixo da linha-d'água, conseguiram aproximar-se do navio inimigo e abordá-lo, lutando contra a tripulação selvagem no convés do iate e vendo-se obrigados a matá-los todos, por estarem os inimigos em vantagem numérica e também em decorrência da maneira odiosa e desesperada, embora canhestra, como lutavam.*

Três tripulantes do Emma, *entre eles o capitão Collins e o primeiro imediato Green, foram mortos; e os oito homens restantes, comandados pelo segundo imediato Johansen, puseram-se a governar o iate capturado, seguindo a rota original para descobrir o que teria motivado as ordens para voltar atrás. No dia seguinte a tripulação aportou em uma pequena ilha, ainda que não se conheça nenhum acidente geográfico do tipo naquela parte do oceano; e seis homens morreram em terra, embora Johansen seja um tanto reticente no que tange a essa parte da história e limite-se a dizer que todos caíram num precipício rochoso. Ao que parece, mais tarde ele e o companheiro restante tripularam o iate e tentaram governá-lo, mas foram derrotados pela tormenta do dia 2 de abril. O homem não recorda quase nada do que se passou entre essa data e o dia 12, quando foi salvo, tendo esquecido até mesmo o dia em que William Briden, seu último companheiro, veio a falecer. Não há nenhuma causa aparente para a morte de Briden, provavelmente motivada por uma crise nervosa ou por uma insolação. Telegramas de Dunedin indicam que o Alert era bem conhecido como navio mercante e que tinha má fama em toda a zona portuária. A embarcação pertencia a um curioso grupo de mestiços, cujos frequentes encontros e incursões noturnas aos bosques despertavam muitas suspeitas; e havia zarpado com grande pressa logo depois da tempestade e dos tremores de terra em 1º de março. Nosso correspondente em Auckland atribui ao Emma e a seus homens uma excelente reputação, e Johansen é descrito como um homem equilibrado e valoroso. Amanhã o almirantado abrirá um inquérito para investigar o caso, e espera-se que Johansen forneça mais detalhes do que revelou até o presente momento.*

Além da imagem infernal que a acompanhava, essa era a íntegra da notícia; mas que turbilhão de ideias provocou em minha fantasia! Ali estava um verdadeiro tesouro de informações acerca do Culto a Cthulhu, com indícios de que seus estranhos interesses manifestavam-se não apenas em terra, mas também no mar. Que motivo teria levado a tripulação mestiça a ordenar o retorno do *Emma* enquanto navegavam com o ídolo pavoroso? Qual seria a misteriosa ilha onde seis homens do *Emma* pereceram e sobre a qual o segundo imediato Johansen preferiu guardar silêncio? O que a investigação do vice-almirantado teria descoberto, e o que se sabia a respeito do culto maléfico em Dunedin? E, acima de tudo, que profunda e terrível relação entre as datas seria essa, que conferia uma relevância maligna e incontestável aos vários acontecimentos registrados com tanto desvelo pelo meu tio?

O dia 1º de março — nosso 28 de fevereiro, segundo a Linha Internacional de Data — trouxe o sismo e a tempestade. Em Dunedin, o *Alert* zarpou apressado com sua tripulação abjeta, como se atendesse a um chamado urgente, e no outro lado da Terra poetas e artistas sonharam com uma estranha e úmida cidade ciclópica enquanto um jovem escultor, em um acesso de sonambulismo, moldou as formas do temível Cthulhu. Em 23 de março a tripulação do *Emma* desembarcou em uma ilha desconhecida onde seis homens pereceram; e naquela noite os sonhos de um homem sensível adquiriram uma vividez ainda maior e obscureceram-se com o terror inspirado pela busca maligna de um monstro gigante, enquanto um arquiteto enlouqueceu e um escultor de repente sucumbiu ao delírio! E o que dizer da tempestade em 2 de abril — a data em que todos os sonhos relativos à cidade úmida cessaram e Wilcox libertou-se dos grilhões de sua estranha febre? O que dizer de tudo isso — das insinuações do velho Castro sobre os Anciões, vindos das estrelas e enterrados no mar, e de seu reinado futuro? O que dizer de seus fiéis adoradores e do *poder que exercem sobre os sonhos*? Será que eu estava prestes a descobrir horrores cósmicos além da compreensão humana? Em caso afirmativo, esses horrores deveriam ser apenas quimeras, pois de alguma forma o dia 2 de abril havia posto um fim à ameaça monstruosa que preparava um cerco às almas de toda a humanidade.

Naquela noite, depois de mandar alguns telegramas às pressas e de fazer alguns planos, despedi-me do meu anfitrião e tomei um trem para San Francisco. Em menos de um mês eu estava em Dunedin; onde, no entanto, descobri que pouco se sabia em relação aos adeptos do culto que haviam ficado pelas antigas tavernas portuárias. A escória do porto era demasiado ordinária para merecer atenção; mesmo assim, ouviam-se menções a uma viagem empreendida pelos mestiços, durante a qual o som abafado de tambores e uma chama rubra foram percebidos nas montanhas mais distantes. Em Auckland descobri que Johansen, outrora loiro, havia voltado com os cabelos *completamente brancos* de um interrogatório rotineiro e inconclusivo em Sydney, depois do que vendeu sua cabana na West Street e tomou um navio com a esposa a fim de voltar à sua velha casa em Oslo. Aos amigos, não dizia nada além do que revelara aos oficiais do almirantado sobre a sua impressionante vivência no mar, e tudo o que pude conseguir deles foi o endereço do segundo imediato em Oslo.

A seguir viajei a Sydney e tive conversas improdutivas com marujos e membros do tribunal do vice-almirantado. Vi o *Alert*, que foi vendido para uso comercial, no Circular Quay em Sydney Cove, mas não descobri mais nada ao contemplar aquele vulto indefinido. A imagem sentada, com cabeça de cefalópode, corpo de dragão, asas escamosas e pedestal hieroglífico estava preservada no museu do Hyde Park; e depois de um exame aprofundado e minucioso, considerei-a um exemplar sinistro de grande habilidade artística, que mantinha o mistério absoluto, a antiguidade inefável e a estranheza sobrenatural que eu já notara no pequeno exemplar de Legrasse. Para os geólogos, a peça era um enigma monstruoso, disse-me o curador; pois asseguraram-me que não havia, em lugar algum do mundo, outra rocha como aquela. Então lembrei com um calafrio do que o velho Castro havia dito a Legrasse sobre os Grandes Anciões: "Eles vieram das estrelas e trouxeram Suas imagens Consigo".

Abalado por essa revolução mental sem precedentes, decidi visitar o segundo imediato Johansen em Oslo. Ao chegar em Londres, reembarquei sem demora rumo à capital norueguesa; e aportei em um dia de outono nos charmosos cais à sombra da Egeberg. Logo descobri que o endereço de Johansen ficava na antiga cidade do rei Harald Hardråde, que manteve vivo o nome de Oslo durante os séculos em que a cidade maior passou disfarçada de "Christiania". Fiz o breve percurso de táxi e, com o coração aos sobressaltos, bati na porta de uma construção antiga com a fachada em estuque. Uma senhora de preto com olhar triste abriu a porta, e fui tomado pela decepção quando, num inglês hesitante, ela me explicou que Gustaf Johansen havia falecido.

Disse que o marido morrera logo após voltar à Noruega, pois os acontecimentos no mar em 1925 haviam acabado com sua fibra. Johansen não lhe havia dito nada além do que revelara ao público, mas deixara um longo manuscrito — nas palavras dele, relativo a "questões técnicas" — escrito em inglês, sem dúvida para salvaguardar a esposa de uma leitura casual. Durante uma caminhada por uma ruela estreita nas docas de Gotemburgo, um fardo de papéis jogado de uma trapeira atingiu o segundo imediato. Dois marinheiros lascares prontamente ajudaram-no a se levantar, mas o homem morreu antes que o socorro chegasse. Os médicos não encontraram nenhuma causa plausível para o óbito, e atribuíram-no a problemas cardíacos e a uma constituição frágil.

Neste ponto eu senti em minhas entranhas o terror negro que só me deixará no dia em que eu também descansar; seja por "acidente" ou de outra forma. Após convencer a viúva de que meu interesse nas "questões técnicas" de seu marido era suficiente para assegurar-me a posse do manuscrito, levei o documento embora e comecei a lê-lo no barco de volta a Londres. Era um relato simples e divagante — uma tentativa de diário *post factum* por um marinheiro humilde — que buscava relembrar, dia após dia, os terrores daquela última viagem fatídica. Não ensejarei uma transcrição integral das inúmeras obscuridades e redundâncias do diário, mas faço aqui um resumo dos pontos centrais que bastará para demonstrar por que o som da água batendo no costado do navio pareceu-me tão insuportável que precisei tapar os ouvidos com algodão.

Johansen, graças a Deus, não sabia de tudo, mesmo depois de ver a cidade e a Coisa, mais eu jamais dormirei tranquilo outra vez ao pensar nos horrores constantes que nos espreitam por trás da vida, no espaço e no tempo, e nas blasfêmias profanas das estrelas ancestrais que sonham no fundo do mar, conhecidas e adoradas por um culto infernal ávido por lançá-las sobre a Terra assim que outro sismo trouxer a monstruosa cidade de pedra mais uma vez à superfície e à luz do sol.

A viagem de Johansen começara tal como em seu testemunho ao vice-almirantado. O *Emma*, carregado com lastro, zarpou de Auckland no dia 20 de fevereiro e sentiu toda a força da tempestade provocada pelo terremoto, que deve ter arrancado do fundo do mar os horrores que infestaram os sonhos dos homens. Mais uma vez sob controle, o navio avançava em condições normais quando foi confrontado pelo *Alert* em 22 de março; e senti o pesar do imediato ao descrever o bombardeio e o posterior naufrágio da embarcação. Os satanistas de tez escura a bordo do *Alert* são descritos com um sentimento de profunda aversão. Havia algo de abominável naqueles homens, que fez com que sua aniquilação parecesse quase um dever, e Johansen demonstra legítima surpresa com a acusação de crueldade feita contra sua tripulação durante o inquérito judicial. Em seguida, movida pela curiosidade no iate recém-capturado sob o comando de Johansen, a tripulação avistou um enorme pilar rochoso que se erguia do oceano e, na latitude Sul 47º9', longitude Oeste 126º43', encontrou um litoral composto por uma mistura de barro, gosma e pedras ciclópicas recobertas por algas que não poderiam ser nada menos do que a substância palpável que compunha o terror supremo da Terra — o cadáver da apavorante cidade de R'lyeh, construída incontáveis éons antes da história por formas vastas e odiosas vindas de estrelas sombrias. Lá estavam o grande Cthulhu e suas hordas, ocultos sob as catacumbas viscosas e enfim transmitindo, depois de eras incalculáveis, os pensamentos que semeavam o medo nos sonhos dos homens sensíveis e os clamores imperiosos que incitavam os fiéis a partir em uma jornada de libertação e restauração. Johansen não suspeitava de tudo isso, mas Deus sabe que ele viu o suficiente!

Acredito que um único cume montanhoso — a horrenda cidadela encimada pelo monólito, onde o grande Cthulhu estava enterrado — tenha surgido das águas. Quando penso nas *dimensões* de tudo o que pode estar acontecendo nas profundezas, quase tenho vontade de suicidar-me no mesmo instante. Johansen e seus homens ficaram estarrecidos com a opulência visual da Babilônia gotejante onde os antigos demônios habitavam e, mesmo sem nenhum conhecimento prévio, devem ter intuído que aquilo não poderia ser normal ou terreno. O pavor ante os colossais blocos de pedra esverdeada, a altura vertiginosa do enorme monólito entalhado e a semelhança assombrosa das estátuas e baixos-relevos colossais que representavam a mesma imagem singular descoberta no *Alert* ficam patentes em todas as descrições do pobre imediato.

Sem saber o que era o futurismo, Johansen chegou muito perto de descobri-lo ao falar da cidade; pois, em vez de descrever estruturas e construções individuais, ateve-se à impressão geral de ângulos vastos e superfícies rochosas, grandes demais para pertencer a qualquer coisa própria ou típica deste mundo — um panorama impiedoso coberto por terríveis imagens e hieróglifos. Faço menção aos *ângulos* descritos por Johansen porque se relacionam a algo que Wilcox havia me dito a respeito de seus abomináveis sonhos. O jovem afirmou que a *geometria* do cenário que avistara tinha algo de anormal, de não euclidiano, que sugeria esferas e dimensões abjetas muito além das que conhecemos. No diário, um marujo semianalfabeto registrara a mesma impressão ao contemplar a terrível realidade.

Johansen e seus homens atracaram em um barranco lodoso naquela Acrópole monstruosa e escalaram os titânicos blocos viscosos que não poderiam ser obra de nenhum mortal. O próprio sol do firmamento parecia distorcido quando visto através do miasma polarizante que emanava daquele naufrágio perverso, e um suspense deformante pairava zombeteiro nos insanos ângulos furtivos da pedra lavrada, em que um segundo relance mostrava uma superfície côncava logo depois de havê-la mostrado convexa.

Algo muito similar ao pânico apoderou-se de todos os exploradores mesmo antes que encontrassem qualquer coisa além de gosma e algas. Todos os homens teriam fugido se não temessem a chacota dos companheiros, e assim procuraram sem muito entusiasmo — e em vão — por algum suvenir que pudessem levar consigo.

Foi Rodriguez, o português, que escalou até o sopé do monólito e aos gritos anunciou sua descoberta. Os outros seguiram-no e viram, com o olhar cheio de curiosidade, uma enorme porta decorada com o já familiar baixo-relevo do dragão com cabeça de lula. Era como uma enorme porta de galpão, segundo Johansen; e todos os exploradores acreditaram tratar-se de uma porta por causa do lintel decorado, do umbral e das jambas que a emolduravam, ainda que fossem incapazes de decidir se a porta era horizontal como um alçapão ou inclinada como a porta externa de um porão. Conforme Wilcox dissera, a geometria do lugar era toda errada. Não se podia afirmar com certeza que o mar e o chão estivessem na horizontal, e assim a posição relativa de todo o resto adquiria uma instabilidade fantasmática.

Briden forçou a pedra em diversos pontos sem obter nenhum resultado. Então Donovan passou as mãos por toda a extensão das bordas, apertando cada ponto à medida que prosseguia. Escalou por um tempo interminável a grotesca muralha de pedra lavrada — ou melhor, teria escalado se o objeto não estivesse em um plano horizontal — enquanto os outros se perguntavam como poderia existir uma porta tão vasta no universo. Então, aos poucos, o painel de um acre começou a ceder na parte superior; e os homens perceberam que estava equilibrado. Donovan deslizou ou de alguma outra forma impulsionou-se para baixo ou ao longo da jamba e reuniu-se a seus companheiros, e todos observaram o singular movimento para trás do monstruoso portal esculpido. Nessa fantasia de distorção prismática, o portal moveu-se de modo anômalo em um plano diagonal, violando todas as leis da física e da perspectiva.

A brecha estava escura, envolta em trevas quase tangíveis. Essa tenebrosidade era de fato uma *qualidade positiva*; pois ocultava paredes internas que deveriam estar visíveis, e chegava a espalhar-se como fumaça para fora do claustro onde havia passado éons aprisionada, obscurecendo o sol a olhos vistos enquanto se afastava em direção ao céu murcho e distorcido no ruflar de asas membranosas. O odor que recendia do sarcófago recém-aberto era intolerável, e passado algum tempo Hawkins, que tinha uma audição notável, julgou ter escutado um terrível chapinhar naquelas profundezas. Todos se puseram a escutar, e seguiam escutando quando a Coisa emergiu diante de todos e, babando, espremeu Sua imensidão gelatinosa através do portal negro em direção ao ar conspurcado que então pairava no exterior sobre a venenosa cidade da loucura.

Neste ponto a caligrafia do pobre Johansen quase sofria um colapso. Dos seis homens que jamais retornaram ao navio, o imediato acredita que dois tenham morrido de susto naquele mesmo instante. A Coisa era indescritível — não há idioma em que se possam expressar tais abismos de angústia e loucura imemorial, tais contradições preternaturais da matéria, da força e de toda a ordem cósmica. Uma montanha caminhava ou se arrastava. Meu Deus! Será mesmo surpreendente que no outro lado do mundo um grande arquiteto tenha enlouquecido e o pobre Wilcox tenha delirado de febre naquele instante telepático? A Coisa dos ídolos, o rebento verde e viscoso das estrelas havia despertado para reivindicar o que era seu. As estrelas haviam se alinhado, e o que os adoradores ancestrais não foram capazes de fazer, por mais que tentassem, um grupo de marinheiros inocentes conseguiu por acaso. Passados vigintilhões de anos, o grande Cthulhu caminhava mais uma vez sobre o mundo, ávido por prazer.

Três homens foram abalroados pelas garras flácidas antes que tivessem tempo de se virar. Que descansem em paz, se existe alguma paz no universo! Eram Donovan, Guerrera a Ångström. Parker escorregou enquanto os três homens restantes corriam desesperados em meio a panoramas intermináveis de rocha coberta por algas para chegar ao barco, e Johansen jura que foi engolido por um ângulo de pedra lavrada que surgiu à sua frente; um ângulo agudo, que no entanto se comportava como se fosse obtuso. Assim, apenas Briden e Johansen alcançaram o barco e zarparam sem perder mais um instante na direção do *Alert* enquanto a monstruosidade montanhosa debatia-se sobre as pedras viscosas e cambaleava hesitante à beira d'água.

Ainda restava algum vapor na caldeira, mesmo que toda a tripulação estivesse em terra; e bastaram alguns instantes de labuta febril entre o leme e os motores para que o *Alert* deslizasse sobre as águas. Devagar, em meio aos horrores disformes daquela cena indescritível, a embarcação começou a desbravar as águas funestas; enquanto sobre a pedra lavrada nas tétricas margens extraterrenas a monstruosa Coisa estelar babava e urrava como Polifemo ao amaldiçoar o barco de Odisseu. Então, com mais ousadia do que o lendário ciclope, o grande Cthulhu deslizou envolto em gosma para dentro d'água e começou a perseguição, erguendo ondas com suas descomunais braçadas de poderio cósmico. Briden olhou para trás e enlouqueceu, soltando as gargalhadas estridentes que o acompanharam até que a morte o levasse certa noite na cabine, enquanto Johansen delirava pelo navio.

Mas Johansen ainda não havia sucumbido. Sabendo que a Coisa poderia muito bem alcançar o *Alert* enquanto a caldeira não estivesse a todo vapor, o imediato fez uma aposta desesperada; e, depois de acelerar o navio ao máximo, correu como um raio pelo convés e virou a roda do leme. Um poderoso redemoinho espumante formou-se na pestilência daquelas águas salgadas e, enquanto a pressão do vapor subia a níveis cada vez mais altos, o bravo norueguês pôs o navio em rota de colisão com a criatura gelatinosa que se erguia acima da escuma impura como a popa de um galeão demoníaco. A terrível cabeça de lula e os tentáculos convulsos por pouco não tocaram o gurupés do robusto iate, mas Johansen seguiu em frente sem a menor hesitação. Sobreveio um estrondo como o de uma bexiga explodindo, uma massa viscosa como a de um peixe-lua cortado ao meio, um fedor como o de mil covas abertas e um som que o cronista foi incapaz de registrar no papel. Naquele instante o navio foi envolvido por uma acre e cegante nuvem verde, e logo não havia mais do que uma convulsão peçonhenta a ré; onde — Deus do céu! — os fragmentos espalhados daquele rebento celestial inominável estavam se *recombinando* para voltar à odiosa forma original, ao passo que a distância aumentava a cada segundo enquanto o *Alert* ganhava mais ímpeto com o aumento do vapor na caldeira.

Isso foi tudo. Passado o pior, Johansen não fez mais do que meditar sobre o ídolo na cabine e cuidar de assuntos relativos às provisões para si e para o maníaco gargalhante que o acompanhava. O homem não tentou navegar depois dessa fuga heroica, pois a reação lhe arrancara um pedaço à alma. Então veio a tempestade do dia 2 de abril, e as nuvens toldaram-lhe a razão. Nesse ponto há uma sensação de vertigem espectral por entre abismos líquidos de infinitude, de passagens atordoantes por universos giratórios na cauda de um cometa e de investidas histéricas do precipício à lua e da lua de volta ao precipício, sensações tornadas ainda mais pungentes pelo coro de escárnio formado pelos disformes e grotescos deuses ancestrais e pelos verdes demônios zombeteiros com asas de morcego que habitam o Tártaro.

Mas desse sonho veio o socorro — o *Vigilant*, o tribunal do vice-almirantado, as ruas de Dunedin e a longa viagem de volta à Noruega, até a antiga casa junto a Egeberg. Mas não havia como contar — Johansen seria tido por louco. Assim, decidiu escrever o que sabia antes de morrer, mas sua esposa não deveria saber de nada. A morte seria uma bênção se pudesse apagar as memórias.

Foi esse o documento que li e depois guardei na caixa de latão junto ao baixo-relevo e aos demais papéis do professor Angell. O mesmo fim deve ter meu relato — essa provação à minha sanidade que correlaciona o que eu espero que jamais seja correlacionado outra vez. Vi tudo o que o universo abriga em termos de horror, e desde então até mesmo os céus da primavera e as flores do verão são veneno para mim. Mas creio que viverei pouco. Assim como meu tio se foi, como o pobre Johansen se foi, eu também irei. Sei demais, e o culto ainda vive.

Imagino que Cthulhu também ainda esteja vivo naquele abismo de pedra que o abriga desde a época em que o sol era jovem. A cidade maldita afundou outra vez, pois o *Vigilant* singrou aquelas águas depois da tormenta de abril; mas os mensageiros de Cthulhu na Terra ainda bradam e desfilam e matam ao redor de monólitos coroados por ídolos em lugares ermos. A criatura deve ter ficado presa em seu abismo negro durante o naufrágio, pois de outra forma hoje o mundo estaria mergulhado no pavor e na loucura. Que fim terá essa história? O que emergiu pode afundar, e o que afundou pode emergir. A repulsa aguarda e sonha nas profundezas, e a decadência espalha-se pelas frágeis cidades dos homens. O momento chegará — mas não devo e não posso pensar! Rezo para que, se eu não sobreviver a este manuscrito, meus executores ponham a cautela antes da ousadia e cuidem para que ninguém mais lhe ponha os olhos.

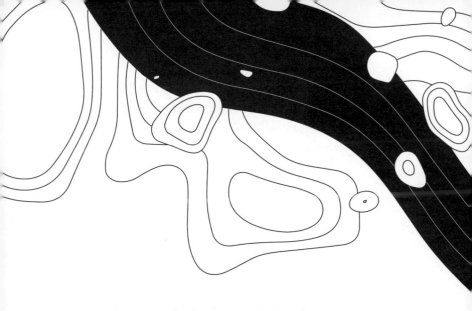

O HORROR DE DUNWICH

Górgonas e Hidras e Quimeras — histórias terríveis sobre Celeno e as Harpias — talvez se reproduzam no imaginário da superstição — mas já existiam antes. Essas criaturas são transcrições, tipos — os arquétipos estão em nós e são eternos. De que outra forma a narrativa daquilo que em vigília sabemos ser falso seria capaz de nos causar temor? Será que concebemos um terror natural a partir destes objetos devido à capacidade que têm de nos causar danos físicos? De maneira alguma! Esses terrores são mais antigos. Encontram-se além do corpo — ou, na ausência do corpo, seriam os mesmos... Que o tipo de medo tratado aqui seja puramente espiritual — que ganhe força na medida em que se apresenta desprovido de um objeto na Terra, que predomine no período da nossa infância livre de pecado — eis as dificuldades cuja solução pode nos facultar um possível entendimento da nossa condição antemundana e enfim um vislumbre nas sombras da preexistência.

CHARLES LAMB, "BRUXAS E OUTROS TEMORES NOTURNOS"

I.

Se ao passar a norte da região central de Massachusetts um viajante toma o acesso errado na bifurcação da estrada de Aylesbury logo depois de Dean's Corners, ele chega a um lugar solitário e curioso. A vegetação do solo fica mais alta, e os muros de pedra ladeados por espinheiros amontoam-se cada vez mais perto dos sulcos na estrada poeirenta e sinuosa. As árvores das várias faixas de floresta parecem grandes demais, e as ervas selvagens, arbustos e gramas atingem uma exuberância raramente vista em regiões habitadas. Ao mesmo tempo, os campos plantados parecem singularmente escassos e estéreis, enquanto as casas ostentam um aspecto surpreendentemente uniforme de antiguidade, sordidez e dilapidação. Sem saber por quê, o viajante hesita em pedir informações às figuras retorcidas e solitárias vislumbradas de vez em quando em soleiras decrépitas ou nas pradarias inclinadas e salpicadas de rochas. Essas figuras são a tal ponto silenciosas e furtivas que o viajante sente estar diante de coisas proibidas, com as quais seria melhor não ter nenhum contato. Quando uma elevação na estrada descortina as montanhas acima dos profundos bosques, a inquietação do forasteiro aumenta. Os cumes são demasiado curvos e simétricos para transmitir uma sensação de conforto e naturalidade, e às vezes o céu delineia com particular vividez os círculos dos altos pilares de pedra que coroam a maioria deles.

Vales e desfiladeiros de profundezas enigmáticas cruzam-se naquela direção, e as rústicas pontes de madeira parecem oferecer uma segurança duvidosa. Quando a estrada torna a descer surgem trechos pantanosos que causam uma aversão instintiva, e por vezes temores ao cair da noite, quando bacuraus invisíveis tagarelam e os vaga-lumes saem em uma profusão anormal para dançar ao ritmo estridente e obstinado dos sapos-boi coaxantes. A linha estreita e cintilante dos pontos mais altos do Miskatonic sugere os movimentos de uma serpente à medida que se aproxima dos sopés das colinas abobadadas em meio às quais se ergue.

À medida que as colinas se aproximam, o viajante percebe mais as encostas verdejantes do que os cumes coroados pelas rochas. Essas encostas são tão escuras e tão íngremes que o forasteiro deseja que se mantivessem ao longe, mas não há outra estrada por onde escapar. Do outro lado de uma ponte coberta, encontra um pequeno vilarejo aninhado entre o rio e a encosta vertical da Round Mountain e percebe um amontoado de mansardas apodrecidas que indicam um período arquitetônico anterior ao de toda a região circunjacente. Não é nada reconfortante ver, ao chegar mais perto, que a maioria das casas encontra-se abandonada e em ruínas, e que a igreja de coruchéu desabado abriga o único estabelecimento comercial decrépito do vilarejo. O túnel da ponte inspira o terror da incerteza, mas não há como evitá-lo. Ao chegar do outro lado, é difícil conter a impressão de um discreto odor maligno na rua do vilarejo, que parece resultar do mofo e da decadência de séculos. É sempre um alívio sair desse lugar e seguir estrada afora, contornando os sopés das colinas e atravessando o terreno plano mais além até retornar à estrada de Aylesbury. Depois, às vezes o viajante descobre que passou por Dunwich.

Os forasteiros visitam Dunwich com a menor frequência possível, e desde uma certa estação de horror toda a sinalização que apontava para o vilarejo foi retirada. O cenário, considerado segundo os ditames do cânone estético vulgar, é mais bonito do que o normal; mesmo assim, não há influxo de artistas ou turistas de verão. Dois séculos atrás, quando boatos sobre o sangue de bruxas, rituais de adoração a Satanás e estranhas presenças na floresta eram levados a sério, em geral se ofereciam motivos para evitar o local. Na época sensata em que vivemos — desde que o horror de Dunwich em 1928 foi silenciado por aqueles que tinham o bem-estar do vilarejo e do mundo no coração — as pessoas evitam-no sem saber ao certo por quê. Talvez o motivo — embora não possa causar efeito em forasteiros desinformados — seja que os nativos agora se encontram em um estado repulsivo de decadência, uma vez que seguiram pelo caminho do retrocesso comum a vários recantos da Nova Inglaterra. Acabaram formando uma raça própria, com os estigmas bem definidos da degeneração mental e física provocada por casamentos consanguíneos. A inteligência média da população é pavorosamente baixa, e os anais da história cheiram a vícios em excesso e ao abafamento de assassinatos, incestos e atos de violência e perversidade quase inefáveis. A antiga aristocracia, representada pelas duas ou três famílias blasonadas que chegaram de Salem em 1692, manteve-se um pouco acima do nível geral de decadência, embora muitas linhagens tenham afundado a tal ponto no meio do populacho sórdido que certos nomes permanecem apenas como uma chave para revelar a origem que desgraçam. Alguns dos Whateley e dos Bishop ainda mandam os filhos mais velhos para Harvard e para a Universidade do Miskatonic, embora esses filhos poucas vezes retornem às mansardas emboloradas sob as quais nasceram como tantos outros ancestrais.

Ninguém, nem mesmo as pessoas que conhecem os fatos pertinentes ao recente horror, sabem dizer ao certo qual é o problema com Dunwich, embora antigas lendas versem sobre rituais profanos e conclaves de índios acompanhados pela invocação de sombras proscritas nas grandes colinas abobadadas e por desvairadas preces orgiásticas respondidas por estalos e rumores vindos da terra. Em 1747 o reverendo Abijah Hoadley, recém-chegado à Igreja Congregacional em Dunwich Village, deu um sermão memorável sobre a proximidade de Satã e de uma hoste de diabretes, no qual disse:

"Devemos admitir que essas Blasphêmias de hum Séquito de Demônios infernaes são Assumptos de Conhecimento demasiado comum para que sejão negadas; tendo as vozes abafadas de Azazel *e* Buzrael, *de* Belzebu *e* Belial *sido ouvidas nos Subterrâneos por mais de uma Vintena de Testemunhas vivas. Eu mesmo, pouco mais de duas semanas atrás, flagrei o inconfundível Discurso dos Poderes do Mal na Collina atrás da minha Casa; o qual se fez acompanhar de Pancadas e Rumores, Gemidos, Arranhões e Sibilos, taes como não existem Cousas nessa Terra capazes de provocar, e que decerto vieram das Grutas que somente a Magia negra consegue descobrir, e somente o Demônio destranca".*

O sr. Hoadley desapareceu logo depois de dar esse sermão; mas o texto, impresso em Springfield, chegou até nós.

Barulhos nas colinas ainda são relatados ano após ano, e permanecem como um enigma para geólogos e fisiógrafos.

Outras tradições fazem menção a odores fétidos próximo aos pilares de pedra que coroam as colinas e a presenças aéreas que podem ser ouvidas a certas horas em determinados pontos no fundo dos enormes vales; enquanto ainda outras tentam explicar o Canteiro do Diabo — uma encosta estéril e maldita onde nenhuma árvore, arbusto ou grama cresce. Além do mais, os nativos têm um medo mortal dos numerosos bacuraus que erguem a voz nas noites quentes. Alguns juram que os pássaros são psicopompos à espera da alma dos moribundos, e que emitem os gritos horripilantes em uníssono com os estertores dos que agonizam. Se capturam a alma ao sair do corpo, no mesmo instante alçam voo, pipilando risadas demoníacas; mas, se fracassam, aos poucos sucumbem a um silêncio decepcionado.

Essas histórias, é claro, parecem obsoletas e ridículas porque remontam a épocas demasiado antigas. A bem dizer, Dunwich é um lugar ridiculamente antigo — muito mais antigo do que qualquer outra comunidade em um raio de cinquenta quilômetros. Ao sul do vilarejo ainda se podem ver as paredes do porão e a chaminé da antiga casa dos Bishop, construída antes de 1700, enquanto as ruínas do moinho na queda-d'água, construído em 1806, representam o espécime arquitetônico mais moderno que se pode encontrar. A indústria não prosperou por aqui, e o impulso industrial do século XIX mostrou-se passageiro. Mais velhos do que todo o restante são os enormes círculos de pedra rústica no alto das colinas, mas estes em geral são atribuídos aos índios, e não aos colonos. Depósitos de crânios e ossadas descobertos nesses círculos e ao redor da grande rocha retangular na Sentinel Hill reforçam a crença popular de que esses lugares foram outrora cemitérios dos Pocumtuck, ainda que muitos etnólogos, rejeitando a improbabilidade absurda dessa teoria, continuem associando os restos mortais a pessoas de origem caucasiana.

II.

Foi no vilarejo de Dunwich, em uma grande casa rural parcialmente desabitada e construída junto de uma encosta a seis quilômetros do vilarejo e a dois quilômetros e meio de qualquer outra residência, que Wilbur Whateley nasceu às cinco horas da manhã de domingo, 2 de fevereiro de 1913. A data era lembrada porque era Candelária, uma celebração que as pessoas de Dunwich curiosamente chamam por outro nome; e porque os rumores haviam soado nas colinas e os cachorros tinham latido sem parar no campo durante toda a noite anterior. Menos digno de nota era o fato de que a mãe era uma das Whateley decadentes, uma mulher de 35 anos, albina, com leves deformações e desprovida de qualquer encanto, que vivia com o pai idoso e meio ensandecido, a respeito de quem as mais terríveis histórias de bruxaria haviam sido sussurradas na época da juventude. Lavinia Whateley não tinha nenhum esposo conhecido, mas como era costume na região não fez nenhuma tentativa de abandonar a criança; quanto à linhagem paterna, as pessoas do campo podiam especular — e de fato especularam — à vontade. Muito pelo contrário: ela parecia nutrir um estranho orgulho em relação ao menino de tez escura e com feições de bode que contrastava com o albinismo enfermiço e os olhos rosados da mãe e balbuciava estranhas profecias sobre os raros poderes e o espantoso futuro do menino.

Lavinia tinha uma certa predisposição a balbuciar essas coisas, pois era uma criatura solitária dada a andar em meio a tempestades elétricas nas colinas e a ler os grandes livros malcheirosos que o pai herdara após dois séculos da família Whateley e que se deterioravam muito depressa por conta da idade e das traças. Nunca tinha frequentado a escola, mas conhecia inúmeros fragmentos desconexos de sabedoria antiga que o Velho Whateley lhe havia ensinado. A propriedade remota sempre fora temida por causa do suposto envolvimento do Velho Whateley com magia negra, e a morte inexplicável e violenta da sra. Whateley quando Lavinia tinha doze anos não contribuiu em nada para a popularidade do lugar. Isolada em meio a estranhas influências, Lavinia entregava-se a devaneios elaborados e grandiosos e a ocupações um tanto singulares; o lazer não era muito prejudicado pelos afazeres domésticos em uma casa onde todos os critérios de ordem e de limpeza haviam desaparecido muito tempo atrás.

Houve um grito horrendo que ecoou mais alto que os rumores das colinas e os latidos dos cachorros na noite em que Wilbur veio ao mundo, mas nenhum médico e nenhuma parteira assistiu o nascimento. Os vizinhos receberam a primeira notícia sobre o garoto uma semana mais tarde, quando o Velho Whateley conduziu o trenó pela neve até Dunwich Village e fez um discurso incoerente para o grupo de desocupados no armazém de secos e molhados de Osborn. Parecia haver uma mudança nos modos do velho — um elemento extra de furtividade no intelecto confuso, que sutilmente o havia transformado de objeto em sujeito do medo —, embora não fosse o tipo de pessoa que se preocupasse com ocorrências familiares ordinárias. Apesar de tudo, demonstrou uma ponta de orgulho, mais tarde percebida na filha, e o que disse sobre a paternidade do menino ainda era lembrado pelos ouvintes muitos anos mais tarde.

"Poco me importa o que as pessoa dize — se o minino da Lavinny fosse paricido co'o pai, ele seria bem diferente do que vocês imagino. Não ache que as única pessoa que existe são as pessoa daqui! A Lavinny leu e viu cousas que a maioria de vocês só conhece de ovi falá. Na mi'a opinião o esposo dela é um marido tão bom como qualqué otro que se possa arranjá aqui pelas banda de Aylesbury; e se vocês conhecesse as colina tão bem quanto eu, saberio que nenhum casamento na igreja sairia melhor que o dela. Escute bem o que eu vô dizê — *um dia vocês ainda vão ovi o filho da Lavinny gritá o nome do pai no alto da Sentinel Hill!*"

As únicas pessoas que viram Wilbur durante o primeiro mês de vida foram o velho Zechariah Whateley, um dos Whateley ainda íntegros, e Mamie Bishop, a esposa de Earl Sawyer. A visita de Mamie deveu-se à curiosidade, e as histórias que contou mais tarde fizeram justiça ao que viu; mas Zechariah apareceu para entregar uma parelha de vacas Alderney que o Velho Whateley havia comprado de Curtis, seu filho. Esse acontecimento marcou o início da aquisição de cabeças de gado pela pequena família de Wilbur que acabou em 1928, quando o horror de Dunwich apareceu e desapareceu; porém em nenhum momento o deplorável estábulo dos Whateley pareceu abrigar um rebanho numeroso. Houve uma época em que a curiosidade levou certas pessoas a se esgueirar até a propriedade e contar o rebanho que pastava na encosta íngreme junto da velha casa, mas nunca se viam mais do que dez ou doze animais anêmicos e de aspecto exangue. Sem dúvida algum malogro, talvez causado pelo pasto insalubre ou por fungos e tábuas apodrecidas no estábulo imundo, era o causador da grande mortandade entre os animais dos Whateley. Estranhas feridas e machucados que sugeriam o aspecto de incisões pareciam afligir o gado; e em uma ou duas ocasiões durante os primeiros meses, certos visitantes imaginaram ter visto feridas similares na garganta do velho grisalho e barbado e da albina vulgar de cabelo ondulado.

Na primavera após o nascimento de Wilbur, Lavinia retomou os passeios habituais pelas colinas, carregando nos braços desproporcionados o menino de tez escura. O interesse público pelos Whateley diminuiu depois que a maioria dos habitantes viu o bebê, e ninguém se preocupou em comentar o desenvolvimento assombroso que o recém-nascido parecia exibir dia após dia. O crescimento de Wilbur era de fato espantoso; três meses depois de nascer, o menino tinha um tamanho e uma força muscular poucas vezes observáveis em crianças com menos de um ano de idade. Os movimentos e até mesmo os sons vocais evidenciavam um controle e uma deliberação muito singulares em uma criança tão pequena, e ninguém se surpreendeu quando, aos sete meses, ele começou a caminhar sozinho, com pequenos tropeções que o passar de mais um mês eliminou por completo.

Foi um pouco mais tarde — no Dia das Bruxas — que um grande clarão foi visto à meia-noite no alto da Sentinel Hill onde a velha pedra retangular se ergue em meio a um túmulo de ossos antigos. Houve um rebuliço considerável quando Silas Bishop — dos Bishop íntegros — mencionou ter visto o garoto subir a colina correndo à frente da mãe cerca de uma hora antes que o clarão fosse percebido. Silas estava laçando uma novilha fugida, mas quase se esqueceu da missão quando teve um vislumbre fugaz daquelas duas figuras à tênue luz da lanterna. Corriam quase sem fazer barulho em meio aos arbustos, e o observador atônito teve a impressão de que estavam completamente nus. Mais tarde demonstrou incerteza em relação ao garoto, que talvez estivesse usando uma espécie de cinto com franjas e um par de calças ou calções. Wilbur nunca mais foi visto enquanto vivo e consciente sem estar usando trajes abotoados completos, cujo desalinho ou princípio de desalinho sempre parecia enchê-lo de raiva e de apreensão. O contraste com a penúria da mãe e do avô foi notado com certa estranheza até que o horror de 1928 sugerisse razões bastante convincentes para esse comportamento.

Segundo os boatos de janeiro seguinte, o "fedelho moreno" de Lavinny havia começado a falar com a idade de apenas onze meses. A fala do garoto chamava atenção não apenas por apresentar diferenças consideráveis em relação ao sotaque típico do vilarejo, mas também porque apresentava um grau de articulação que seria motivo de orgulho para muitas crianças de três ou quatro anos. O garoto não era muito prolixo, embora ao falar desse a impressão de refletir um elemento totalmente estranho a Dunwich e aos habitantes da região. Essa estranheza não estava no que costumava dizer, nem nas expressões que usava; mas parecia estar vagamente relacionada à entonação ou aos órgãos internos que produziam os sons falados. O aspecto facial também era notável pela maturidade; pois, embora tivesse herdado o queixo quase inexistente da mãe e do avô, o nariz firme e bem talhado de Wilbur unia-se à expressão dos olhos grandes e escuros, quase latinos, para conferir-lhe certo ar de maturidade e de inteligência quase sobrenatural. Apesar da aparência brilhante, no entanto, era feio ao extremo; havia algo que sugeria um bode ou algum outro animal nos lábios grossos, na pele amarela de poros dilatados, no grosso cabelo ondulado e nas estranhas orelhas alongadas. Logo passou a sofrer uma rejeição ainda mais forte do que a mãe e o avô, e todas as conjecturas a respeito do garoto eram temperadas com alusões aos feitiços lançados outrora pelo Velho Whateley e à vez em que as colinas estremeceram quando gritou o pavoroso nome de *Yog-Sothoth* no interior de um círculo de pedras com um grande livro aberto nos braços. Os cães detestavam o garoto, que assim se via obrigado a tomar várias medidas defensivas contra essas ruidosas ameaças.

III.

Nesse meio-tempo o Velho Whateley continuou a comprar reses sem aumentar o rebanho de qualquer maneira perceptível. Também começou a cortar lenha para reparar as partes não utilizadas da casa — uma construção espaçosa com um telhado de duas águas e os fundos escavados diretamente na encosta rochosa, cujos três aposentos térreos menos arruinados sempre tinham sido suficientes para si e para a filha. O velho devia ter reservas prodigiosas de energia para executar todo aquele trabalho pesado; e, mesmo que às vezes ainda balbuciasse frases desconexas, os trabalhos de carpintaria evidenciavam uma capacidade indubitável de fazer cálculos precisos. Começou assim que Wilbur nasceu, quando um dos inúmeros armazéns de ferramentas foi organizado, revestido com ripas de madeira e equipado com uma nova e robusta fechadura. Durante a reforma do andar superior da casa, o talento do Velho Wilbur como artesão não esmoreceu. Os indícios de demência manifestaram-se apenas quando pregou tábuas em todas as janelas da área reocupada — embora muitos achassem que já era loucura o bastante promover a reocupação. Menos explicável ainda foi a construção de um novo cômodo no térreo para o neto — um cômodo visto por muitos visitantes, ainda que ninguém jamais fosse recebido no andar superior pregado com tábuas. A alcova teve as paredes cobertas por estantes altas e robustas, ao longo das quais o velho aos poucos começou a dispor, de maneira organizada, todos os antigos livros e fragmentos de livros apodrecidos que na época da própria juventude haviam ficado dispostos em pilhas negligenciadas nos cantos de aposentos variados.

"Eu usei alguns", disse enquanto tentava consertar uma página arrancada escrita em letras góticas com uma cola preparada no fogão da cozinha, "mas o minino com certeza há de fazê uso bem melhor. Ele deve de se familiarizá co'esses livro o mais dipressa possívio, porque essa vai sê a única educação que vai recebê."

Quando Wilbur tinha um ano e sete meses — em setembro de 1914 —, o tamanho e a evolução do garoto eram quase alarmantes. Tinha a altura de uma criança de quatro anos, falava com fluência e exibia uma inteligência nada menos do que espantosa. Corria solto pelos campos e colinas e acompanhava todas as andanças da mãe. Em casa, examinava atentamente as estranhas figuras e mapas nos livros do avô, enquanto o Velho Whateley o instruía e catequizava durante longas tardes silenciosas. Nesse ponto a reforma da casa estava concluída, e as pessoas que a viram perguntaram-se por que uma das janelas superiores tinha sido transformada em uma sólida porta de tábuas. Era uma janela nos fundos da empena que dava para o leste, perto da colina; e ninguém conseguia imaginar por que uma rampa de madeira fora construída desde o chão até lá. Quando a reforma estava prestes a ser concluída, as pessoas notaram que o armazém de ferramentas, trancado e totalmente revestido por ripas de madeira desde o nascimento de Wilbur, tinha sido abandonado mais uma vez. A porta abriu-se sem que ninguém percebesse, e, ao entrar no armazém certa vez durante uma visita relativa à venda de gado para o Velho Whateley, Earl Sawyer ficou impressionado com o singular odor que encontrou — segundo disse, um fedor mais intenso do que qualquer outro cheiro que tivesse sentido ao longo de toda a vida, à exceção do fedor que pairava sobre os círculos indígenas no alto das colinas e que não poderia vir de qualquer coisa salubre desse mundo. Mesmo assim, as casas e os galpões de Dunwich nunca ganharam fama por conta do asseio olfatório.

Nos meses seguintes não houve nenhum evento visível, mas todos juravam que os misteriosos barulhos nas colinas aos poucos ficavam mais audíveis. Na Noite de Walpurgis de 1915 tremores foram sentidos até mesmo em Aylesbury, e o Dia das Bruxas subsequente trouxe um rumor subterrâneo acompanhado por estranhas irrupções de chamas — "bruxaria dos Whateley" — no pico da Sentinel Hill. Wilbur crescia de maneira assombrosa, e aos quatro anos parecia um rapaz. Era um leitor ávido, mas falava ainda menos do que antes. Uma taciturnidade permanente o absorvia, e pela primeira vez as pessoas começaram a falar sobre o olhar de maldade cada vez mais evidente naquela expressão de bode. Às vezes Wilbur balbuciava em um jargão desconhecido e entoava ritmos bizarros que enregelavam o ouvinte com uma sensação de terror inexplicável. A aversão demonstrada pelos cães tornou-se um fenômeno de conhecimento público, e o garoto era obrigado a andar sempre armado com uma pistola para garantir a própria segurança no campo. O uso ocasional da arma pouco serviu para aumentar sua popularidade entre os proprietários dos guardiões caninos.

Os poucos visitantes em geral encontravam Lavinia sozinha no térreo, enquanto estranhos gritos e passadas soavam no segundo andar pregado com tábuas. Ela negava-se a revelar o que o pai e o garoto faziam lá em cima, mas certa vez empalideceu e demonstrou um medo fora do comum quando um vendedor de peixe itinerante tentou abrir a porta trancada que dava para os degraus em uma brincadeira. O vendedor contou para os desocupados na loja de Dunwich Village que imaginou ter ouvido os cascos de um cavalo no andar de cima. Os desocupados refletiram sobre a porta e a rampa e o gado que desaparecia com tamanha celeridade. Logo estremeceram ao relembrar as histórias sobre a juventude do Velho Whateley e as estranhas coisas invocadas da terra quando um novilho é sacrificado no momento oportuno a certas divindades pagãs. As pessoas notaram que os cachorros haviam passado a temer e a odiar toda a propriedade dos Whateley com o mesmo temor e o mesmo ódio que demonstravam em relação ao jovem Wilbur.

Em 1917 veio a guerra, e Sawyer Whateley, proprietário de terras e presidente da junta de recrutamento local, teve bastante trabalho para encontrar uma cota de jovens de Dunwich em condições de serem enviados para um campo de treinamento. O governo, alarmado por esses sinais de decadência regional generalizada, mandou vários oficiais e médicos para investigar a situação; e o resultado foi um estudo que muitos leitores de jornais da Nova Inglaterra ainda devem recordar. A publicidade que acompanhou essa investigação despertou a atenção dos repórteres para os Whateley, e levou o *Boston Globe* e o *Arkham Advertiser* a imprimir reportagens de domingo sobre a precocidade do jovem Wilbur, a magia negra do Velho Whateley, as estantes de livros estranhos, o segundo andar fechado da antiga casa rural e a estranheza de toda a região e dos barulhos nas colinas. Wilbur tinha quatro anos e meio na época, mas parecia um rapaz de quinze. Tinha os lábios e o rosto cobertos por uma penugem grossa e escura e havia começado a mudar de voz.

Earl Sawyer foi à residência dos Whateley com dois grupos de repórteres e operadores de câmera, e chamou a atenção de todos para o estranho fedor que parecia emanar dos cômodos fechados no andar de cima. Segundo disse, era exatamente o mesmo cheiro que tinha sentido no armazém de ferramentas abandonado após a reforma da casa; e também como os discretos odores que por vezes imaginava captar próximo aos círculos de pedras nas montanhas. Os habitantes de Dunwich leram essas histórias quando elas saíram nos jornais e sorriram ao constatar os equívocos patentes. Ninguém entendeu por que os autores haviam chamado tanta atenção para o fato de que o Velho Whateley sempre pagava pelo gado com moedas de ouro antigas ao extremo. Os Whateley receberam os visitantes com evidente desgosto, mas não se atreveram a atrair mais publicidade ainda recusando-se a falar ou resistindo com violência.

IV.

Por uma década os anais da família Whateley desaparecem em meio à vida cotidiana de uma comunidade mórbida habituada aos próprios costumes estranhos e endurecida em relação às orgias na Noite de Walpurgis e no Dia das Bruxas. Duas vezes por ano fogueiras eram acesas no alto da Sentinel Hill, e por volta dessas épocas os rumores da montanha retornavam com violência cada vez maior; e em todas as estações havia uma movimentação estranha e aziaga na casa solitária. Com o passar do tempo os visitantes começaram a relatar sons ouvidos no andar superior mesmo quando toda a família estava no térreo e a fazer questionamentos acerca da rapidez ou da lentidão com que as vacas e os novilhos eram oferecidos em sacrifício. Cogitou-se fazer uma queixa na Sociedade Protetora dos Animais; mas a ideia não foi adiante, uma vez que os habitantes de Dunwich em geral não têm interesse em chamar a atenção do mundo para si.

Por volta de 1923, quando Wilbur era um garoto de dez anos com uma voz, uma estatura e uma barba que davam a mais perfeita impressão de maturidade, houve um segundo cerco de carpintaria na antiga casa. Tudo aconteceu no andar superior, que seguia trancado, e a partir dos fragmentos de lenha descartados as pessoas concluíram que o jovem e o avô tinham derrubado todas as partições internas e arrancado até mesmo o piso do sótão, deixando um único vão livre entre o térreo e as duas águas do telhado. Também haviam derrubado a grande chaminé central e equipado o velho fogão enferrujado com uma frágil chaminé externa de latão.

Na primavera após esses acontecimentos o Velho Whateley percebeu um aumento no número de bacuraus que vinham de Cold Spring Glen cantar sob a janela do quarto à noite. Parecia atribuir um significado profundo a essa circunstância e disse aos desocupados no armazém de secos e molhados de Osborn que sua hora estava chegando.

"Agora eles assovio em sintonia co'a mi'a respiração", disse, "e eu acho que 'stão se preparano pra pegá a minh'alma. Eles sabe que ela 'stá saino pra fora e não têm a menor intenção de dexá ela escapá. Vocês vão sabê se eles me pegaro ou não depois que eu me for. Se me pegare, vão ficá cantano e rino até o dia raiá. Se não, vão se aquetá um poco. Acho que eles e as alma que andam caçano por aí deve de tê uns belo duns entrevero de vez em quano."

Na Noite de Lammas de 1924, o dr. Houghton, de Aylesbury, foi chamado às pressas por Wilbur Whateley, que tinha vergastado o último cavalo remanescente através da escuridão e telefonado do armazém de Osborn no vilarejo. O médico encontrou o Velho Whateley em estado grave, com palpitações e uma respiração estertorante que anunciavam a proximidade do fim. A filha albina disforme e o estranho neto barbado permaneceram ao lado da cabeceira, enquanto inquietantes sugestões de um escorrer ou de um chapinhar como as ondas em uma orla plana vinham do abismo logo acima. O médico, no entanto, manifestou singular preocupação com o alarido dos pássaros noturnos lá fora — uma legião aparentemente sem fim de bacuraus que cantavam mensagens infinitas em repetições diabolicamente sincronizadas com os arquejos estertorantes do velho moribundo. Era uma cena espantosa e sobrenatural — parecida, pensou o dr. Houghton, com toda a região que a contragosto havia adentrado para atender à ocorrência urgente.

Por volta da uma hora o Velho Whateley recobrou a consciência e interrompeu os estertores para tossir algumas palavras ao neto.

"Mais espaço, Willy, mais espaço em breve. Você 'stá cresceno — mas aquilo cresce dipressa. Logo vai 'star pronto pra servi você. Abra o caminho para Yog-Sothoth com o longo cântico que 'stá na página 751 *da edição completa,* e *depois* toque fogo na prisão co'um fósforo. Nenhum fogo da terra pode queimá aquilo."

Sem dúvida o velho estava louco. Depois de um intervalo em que a revoada de bacuraus ajustou os gritos ao novo ritmo enquanto certos indícios dos estranhos barulhos nas colinas se ouviam ao longe, acrescentou mais uma ou duas frases.

"Dê de cumê pr'ele, Willy, e atente pra quantidade; mas não dexe que cresça rápido dimais pro lugar, porque se ele arrombá o escondirijo ou saí pra rua antes de você abri caminho pra Yog-Sothoth, não vai resolvê nada. Só as criatura do além pode fazê aquilo se multiplicá e dá certo... Só as criatura do além, os ancião que quere voltá...."

Mas logo a fala deu lugar a novos arquejos, e Lavinia gritou ao perceber que os bacuraus acompanharam a mudança. A situação continuou assim por mais uma hora, quando veio o estertor final. O dr. Houghton fechou as pálpebras enrugadas por sobre os olhos cinzentos e vidrados enquanto o tumulto dos pássaros aos poucos se dissipou em silêncio. Lavinia chorou, mas Wilbur apenas conteve uma risada quando um leve rumor fez-se ouvir mais uma vez nas colinas.

"Não pegaro ele", balbuciou com o vozeirão grave.

Por essa época Wilbur era um especialista de tremenda erudição no campo a que se dedicava, e graças às correspondências que trocava era conhecido por vários bibliotecários em lugares distantes onde os livros raros e proscritos de outrora se encontram guardados. Era cada vez mais odiado e temido nos arredores de Dunwich por conta de certos desaparecimentos de crianças atribuídos a si de maneira vaga; porém sempre foi capaz de silenciar as investigações valendo-se do medo ou da reserva de ouro antigo que, como na época dos avós, continuava a ser enviada com regularidade e em quantidades cada vez maiores para a aquisição de cabeças de gado. Wilbur tinha um aspecto incrivelmente maduro nesse ponto, e a altura, tendo alcançado o limite máximo da idade adulta, dava a impressão de que diminuiria a partir de então. Em 1925, quando um correspondente erudito da Universidade do Miskatonic visitou-o e foi embora pálido e intrigado, media exatos dois metros e cinco centímetros.

Ao longo dos anos, Wilbur vinha tratando a mãe deformada e albina com um desprezo cada vez mais intenso e por fim a proibiu de acompanhá-lo até as colinas na Noite de Walpurgis e no Dia das Bruxas; e no ano de 1926 a pobre criatura admitiu para Mamie Bishop que sentia medo do filho.

"Ele tem mais mistérios do que eu saberia explicá, Mamie", disse. "E nesses últimos tempo têm acontecido cousas que nem eu sei. Juro por Deus, eu não sei o que ele qué nem o que tá tentano fazê."

Naquele Dia das Bruxas os barulhos da colina soaram mais altos do que nunca, e o fogo ardeu no alto da Sentinel Hill como de costume; mas a pessoas de Dunwich prestaram mais atenção aos gritos rítmicos das enormes revoadas de bacuraus tardios que pareciam ter se reunido nas proximidades da escura propriedade dos Whateley. Depois da meia-noite as notas estridentes transformaram-se em uma espécie de cachinada demoníaca que tomou conta de todo o campo e silenciou apenas com o raiar do dia. Então os pássaros desapareceram voando em direção ao sul, que os aguardava havia mais de um mês. O significado de tudo isso ficou claro apenas mais tarde. Não houve nenhum relato de camponeses mortos — mas a pobre Lavinia Whateley, a albina disforme, nunca mais foi vista.

No verão de 1927 Wilbur consertou dois galpões no pátio e começou a enchê-los de livros e objetos pessoais. Logo em seguida, Earl Sawyer contou aos desocupados no armazém de secos e molhados de Osborn que os trabalhos de carpintaria haviam recomeçado na propriedade dos Whateley. Wilbur estava fechando todas as portas e janelas do térreo, e parecia estar removendo partições como já havia feito em companhia do avô quatro anos antes. Estava morando em um dos galpões, e Sawyer achou que parecia trêmulo e preocupado. As pessoas em geral desconfiavam de que soubesse alguma coisa sobre o desaparecimento da mãe, e poucos atreviam-se a chegar perto da propriedade. Wilbur havia crescido até a altura de dois metros e quinze centímetros, e esse desenvolvimento não dava sinais de que pudesse cessar.

V.

O inverno seguinte trouxe um acontecimento não menos estranho do que a primeira viagem de Wilbur para fora da região de Dunwich. As correspondências com a Widener Library em Harvard, a Bibliothèque Nationale em Paris, o Museu Britânico, a Universidade de Buenos Aires e a Biblioteca da Universidade do Miskatonic em Arkham não foram o bastante para conseguir o empréstimo de um livro que buscava desesperadamente; de modo que no fim Wilbur resolveu ir pessoalmente — desleixado, sujo, com a barba por fazer e o dialeto grosseiro — consultar o exemplar na Universidade do Miskatonic, que era o mais próximo em termos geográficos. Com quase dois metros e meio de altura, depois de comprar uma valise barata no armazém de secos e molhados de Osborn, essa gárgula sombria e com feições de bode apareceu certo dia em Arkham em busca do temível volume guardado a sete chaves na biblioteca da universidade — o pavoroso *Necronomicon* do árabe louco Abdul Alhazred, na edição latina de Olaus Wormius, impressa na Espanha durante o século XVII. Wilbur nunca havia estado na cidade antes, mas não tinha nada em mente a não ser chegar ao *campus* da universidade; onde, a bem dizer, passou sem dar atenção pelo enorme cão de guarda com afiados dentes brancos que latiu com uma fúria e uma inimizade sobrenaturais e puxou a correia em um verdadeiro frenesi.

Wilbur tinha consigo um exemplar inestimável mas imperfeito com a versão inglesa do dr. Dee, deixada de herança pelo avô, e ao obter acesso ao exemplar latino começou de imediato a cotejar os dois textos no intuito de encontrar uma certa passagem que deveria estar na 751ª página do volume defeituoso. As boas maneiras obrigaram-no a revelar esse tanto ao bibliotecário — o mesmo erudito Henry Armitage (Mestre em Ciências Humanas pela Universidade do Miskatonic, Ph.D. pela Universidade de Princeton, Dr. em Lit. pela Universidade Johns Hopkins) que em outra ocasião tinha visitado a fazenda e que naquele instante o atormentava com perguntas. Admitiu que estava procurando uma espécie de fórmula ou de encantamento que contivesse o medonho nome *Yog-Sothoth*, e que havia ficado surpreso ao encontrar discrepâncias, repetições e ambiguidades que tornavam a tarefa um tanto difícil. Enquanto copiava a fórmula que finalmente havia escolhido, o dr. Armitage olhou involuntariamente por cima do ombro em direção às páginas abertas; e a da esquerda continha — em versão latina — ameaças monstruosas à paz e à sanidade do mundo.

"Não se deve pensar", dizia o texto enquanto Armitage traduzia-o mentalmente, "que o homem seja o mais antigo ou o último dentre os mestres da Terra nem que as formas vulgares da vida e da substância andem desacompanhadas. Os Anciões foram, os Anciões são e os Anciões serão. Não nos espaços que conhecemos, mas *entre* um e outro. Os Anciões caminham, serenos e primevos, adimensionais e invisíveis para nós. *Yog-Sothoth* conhece a passagem. *Yog-Sothoth* é a passagem. *Yog-Sothoth* é a chave e o guardião da passagem. O passado, o presente e o futuro encontram-se em *Yog-Sothoth*. *Yog-Sothoth* sabe onde os Anciões ressurgiram da antiguidade, e onde Eles hão de ressurgir outra vez. Sabe por onde Eles caminharam nos campos da Terra e por onde Eles ainda caminham, e por que ninguém consegue vê-Los enquanto caminham. Pelo cheiro, os homens às vezes sentem a presença dos Anciões, porém a aparência Deles permanece oculta aos homens, *salvo pelos traços das proles que geraram com a humanidade*; e dentre essas existem diversos tipos, tão variados entre si quanto o mais genuíno *eídolon* humano e a forma sem aspecto nem substância que é *Eles*. Os Anciões caminham invisíveis e torpes em lugares ermos onde as Palavras foram ditas e os Ritos uivados nas respectivas Estações. O vento sussurra com as vozes Deles, e a terra murmura com a consciência Deles. Eles derrubam a floresta e destroem a cidade, contudo nenhuma floresta e nenhuma cidade pode ver a mão que golpeia. Kadath na desolação gelada conheceu-Os, mas que homem conhece Kadath? O deserto de gelo ao sul e as ilhas submersas no Oceano abrigam pedras que trazem o símbolo Deles gravado, mas quem viu a cidade sob o manto de gelo ou a torre inviolável há tanto tempo ornada por algas e cracas? O Grande Cthulhu é primo Deles, porém consegue vê-Los somente através de uma névoa difusa. *Iä! Shub-Niggurath!* Haveis de conhecê-Los como torpitude. A mão Deles está em vossa garganta, e no entanto não Os vedes; e a morada Deles é o vosso bem guardado limiar. *Yog-Sothoth* é a chave da passagem através do qual as esferas se encontram. O Homem reina hoje como Eles reinaram outrora; mas logo Eles hão de reinar tal como o Homem reina hoje. Depois do verão vem o inverno, e depois do inverno, o verão. Os Anciões esperam, pacientes e poderosos, pois é aqui que Eles hão de reinar outra vez."

O dr. Armitage, associando a leitura ao que tinha ouvido a respeito de Dunwich e das agourentas presenças no lugar, bem como a respeito de Wilbur Whateley e da obscura e horrenda aura do rapaz, que o acompanhava desde o nascimento suspeito até a nuvem de um provável matricídio, sentiu uma onda de pavor tangível como o gélido sopro do túmulo. O gigante curvo e com feições de bode que tinha diante de si parecia a prole de outro planeta ou de outra dimensão; uma criatura apenas parcialmente humana, que remontava aos abismos negros de essência e entidade que se estendem como espectros titânicos para além de todas as esferas da força e da matéria, do espaço e do tempo. No mesmo instante, Wilbur ergueu a cabeça e começou a falar com uma voz estranha e ribombante que sugeria órgãos fonadores diferentes dos que se observam nos homens comuns.

"Sr. Armitage", disse, "acho que eu vô tê que levá esse livro pra casa. Tem u'as cousa aqui que eu priciso expermentá nu'as condições impossíveis de consegui aqui dentro, e seria um pecado dexá a burocracia me impedi. Dexe eu levá o livro e eu juro que ninguém nunca vai ficá sabeno. Nem priciso dizê que vô tomá o maior cuidado. Não fui eu que dexei esse meu exemplar no estado que 'stá..."

Wilbur se interrompeu ao ver a recusa no rosto do bibliotecário e em seguida adotou uma expressão arguta no semblante de bode. Armitage, prestes a sugerir que o consulente tirasse cópias dos trechos desejados, deteve-se ao pensar de repente nas possíveis consequências. Era responsabilidade demais entregar a uma criatura daquelas a chave de acesso a esferas de tamanha blasfêmia. Whateley percebeu o que estava acontecendo e tentou responder de maneira casual.

"Então tudo bem, se é isso que o sior pensa. Talvez em Harvard os bibliotecário não sejo tão cheio de nove-horas quanto o sior." E, sem dizer mais nada, ergueu-se e saiu do prédio, sempre se abaixando ao atravessar o vão das portas.

Armitage ouviu os latidos selvagens do enorme cão de guarda e examinou o caminhar simiesco de Whateley enquanto este atravessava o trecho do *campus* visível a partir da janela. Lembrou-se dos relatos fantásticos que havia escutado e recordou-se das velhas histórias dominicais no *Advertiser*, bem como do folclore que havia escutado de rústicos e moradores de Dunwich durante a visita ao vilarejo. Coisas invisíveis que não pertenciam à Terra — ao menos não às três dimensões terrestres que conhecemos — corriam fétidas e horrendas pelos vales da Nova Inglaterra e espreitavam de maneira obscena no alto das montanhas. Quanto a isso o bibliotecário estava convencido de longa data. Mas naquele instante teve a impressão de sentir a presença imediata de uma parte terrível desse horror insidioso e de vislumbrar um movimento demoníaco nos domínios do pesadelo ancestral e outrora inerte. Trancou o *Necronomicon* com um calafrio de desgosto, mas na biblioteca ainda pairava um fedor blasfemo e ignoto. "Haveis de conhecê-los como torpitude", disse. Claro — o fedor era o mesmo que o havia nauseado na fazenda dos Whateley menos de três anos atrás. Armitage pensou mais uma vez em Wilbur, com o aspecto de bode e de maus agouros, e riu com escárnio ao relembrar os boatos sobre a paternidade do rapaz.

"Casamentos consanguíneos?", balbuciou à meia-voz para si mesmo. "Meu Deus, que simplórios! Se alguém lhes mostrasse *O grande deus Pã* de Arthur Machen, todos achariam que se trata de um mero escândalo de Dunwich! Mas o que — que influência maldita e amorfa dessa Terra tridimensional ou do além — era o pai de Wilbur? Nascido na Candelária — nove meses depois da Noite de Walpurgis de 1912, quando boatos sobre os estranhos barulhos subterrâneos chegaram até Arkham — o que caminhou sobre as montanhas naquela Noite de Walpurgis? Que horror de Roodmas aferrou-se ao mundo na substância da carne e do sangue?"

Durante as semanas a seguir o dr. Armitage tentou colher a maior quantidade possível de informações a respeito de Wilbur Whateley e das presenças amorfas nos arredores de Dunwich. Entrou em contato com o dr. Houghton, de Aylesbury, que havia cuidado do Velho Whateley durante a última doença, e ficou muito intrigado pelas últimas palavras do avô tal como foram citadas pelo médico. Uma nova visita a Dunwich Village trouxe poucas novidades; mas um exame atento do *Necronomicon*, nas partes que Wilbur havia procurado com tanta avidez, parecia fornecer pistas terríveis sobre a natureza, os métodos e os desejos desse estranho mal que constituía uma insidiosa ameaça ao planeta. Conversas com vários estudiosos de sabedoria arcaica em Boston e correspondências enviadas a diversas pessoas em outros lugares foram motivo de um espanto cada vez maior, que passou por vários níveis de alarme antes de chegar ao nível de genuíno temor espiritual agudo. À medida que o verão passava ele tinha a ligeira impressão de que seria necessário tomar uma providência a respeito dos terrores à espreita no vale superior do Miskatonic e da criatura monstruosa conhecida pelo mundo humano como Wilbur Whateley.

VI.

O horror de Dunwich ocorreu entre Lammas e o equinócio de 1928, e o dr. Armitage foi um dos que testemunharam o monstruoso prólogo do evento. No meio-tempo ele ouviu relatos sobre a grotesca viagem de Whateley a Cambridge e sobre os esforços frenéticos do rapaz para retirar ou copiar trechos do *Necronomicon* guardado na Widener Library. Os esforços foram todos em vão, pois Armitage tinha enviado alertas urgentes para todos os bibliotecários encarregados do temível volume. Wilbur havia demonstrado um nervosismo espantoso em Cambridge — ansioso pelo livro, mas quase tão ansioso por estar de volta em casa, como se temesse os resultados de um afastamento prolongado.

No início de agosto veio o desfecho não muito surpreendente, e às três horas da madrugada do dia 3 o dr. Armitage foi acordado de repente pelos gritos desvairados e ferozes do selvagem cão de guarda do *campus* universitário. Profundos e terríveis, os rosnados e latidos ensandecidos não deram trégua e continuaram cada vez mais altos, porém com horrendas pausas repletas de significado. Logo soou o grito de uma outra garganta — um grito que acordou metade das pessoas adormecidas em Arkham e assombrou os sonhos da população para sempre — um grito que não poderia ter vindo de nenhum ser terrestre ou completamente terrestre.

Depois de vestir-se às pressas e atravessar correndo a rua e o gramado próximo aos prédios universitários, Armitage percebeu que havia outras pessoas mais à frente; e ouviu os ecos do alarme contra roubo que ainda soava na biblioteca. Uma janela aberta surgia negra e vazia ao luar. O que quer que houvesse entrado tinha conseguido sair; pois os latidos e os gritos, que enfim deram lugar a um misto de rosnados e gemidos, vinham sem dúvida do interior da biblioteca. O instinto avisou Armitage de que aquele não era um acontecimento para ser visto por olhos despreparados, e por esse motivo o bibliotecário empurrou a multidão para longe com autoridade enquanto destrancava a porta do vestíbulo. Entre os presentes encontravam-se o professor Warren Rice e o dr. Francis Morgan, homens a quem havia confiado algumas conjecturas e temores; e os dois foram convidados com um gesto a acompanhá-lo rumo ao interior da biblioteca. A não ser pelo choro vigilante e monótono do cachorro, nesse ponto os sons que vinham lá de dentro haviam cessado; mas Armitage logo percebeu, com um sobressalto repentino, que um alto coro de bacuraus havia começado uma cantoria rítmica e demoníaca nos arbustos, como se estivessem em uníssono com os últimos suspiros de um moribundo.

O prédio estava tomado por um pavoroso fedor que o dr. Armitage conhecia muito bem, e os três homens atravessaram o corredor às pressas em direção à sala de leitura de genealogia, de onde vinha o choro. Por um instante ninguém se atreveu a acender a luz, mas logo o dr. Armitage reuniu toda a coragem e acionou o interruptor. Um dos homens — não se sabe ao certo quem — deixou escapar um grito ao ver o que se espalhava diante dos três em meio às mesas viradas e às cadeiras derrubadas. O professor Rice afirma ter perdido a consciência por um instante, embora não tenha caído nem tropeçado.

A coisa que estava recurvada de lado em meio a uma poça de sânie amarelo-esverdeada e muco pegajoso tinha quase três metros de altura, e o cachorro havia lhe arrancado quase todas as roupas e parte da pele. A criatura ainda não estava morta, mas sofria espasmos silenciosos enquanto o peito arquejava em um monstruoso uníssono com a cantoria dos bacuraus no lado de fora. Restos de sapatos e fragmentos de vestuário estavam espalhados pelo recinto, e próximo à janela um saco de lona permanecia onde sem dúvida havia sido jogado. Perto da escrivaninha central havia um revólver caído no chão com uma cápsula percutida mas não deflagrada, que mais tarde explicou a ausência de um tiro. A coisa, no entanto, suprimia todas as outras imagens no instante da descoberta. Seria trivial e inexato dizer que nenhuma pena humana seria capaz de descrevê-la; contudo, pode-se dizer com propriedade que não poderia ser visualizada a contento por nenhuma pessoa cujas ideias sobre aspectos e contornos estejam demasiadamente atreladas às formas de vida encontráveis neste planeta e às três dimensões conhecidas. Sem dúvida a criatura era em parte humana, com as mãos e a cabeça muito reconhecíveis, e tinha o semblante de queixo pequeno e feições de bode que era a marca dos Whateley. Apesar disso, o tronco e as partes inferiores eram uma incrível aberração teratológica, e apenas grossas vestes permitiriam que caminhasse sobre a Terra sem se expor a confrontos ou à aniquilação.

Da cintura para cima a criatura era semiantropomórfica; embora o peito, onde as garras afiadas do cachorro permaneciam de guarda, tivesse o aspecto coriáceo e reticulado de um jacaré ou de um crocodilo. O dorso era sarapintado de amarelo e preto, e sugeria vagamente a pele escamosa de certas cobras. O que vinha abaixo da cintura, no entanto, era o pior; pois desse ponto em diante toda semelhança humana desaparecia e uma fantasia desvairada começava. A pele era coberta por uma grossa pelagem negra, e do abdômen pendia uma vintena de compridos tentáculos cinza-esverdeados com bocas vermelhas na ponta. A disposição desses órgãos era muito peculiar e parecia sugerir as simetrias de uma geometria cósmica desconhecida à Terra ou mesmo ao sistema solar. Em ambos os lados do quadril, no fundo de uma espécie de órbita rosada e ciliada, estava o que se imaginou ser um olho rudimentar; e no lugar de uma cauda havia uma espécie de tromba ou tentáculo com marcações aneliformes roxas e vários indícios de que fosse uma boca ou uma garganta vestigial. As pernas, à exceção da pelagem negra, lembravam de maneira grosseira os membros posteriores dos sáurios gigantes que viveram na pré-história da Terra, e terminavam em patas de veias salientes que não eram nem cascos nem garras. Quando a coisa respirava, a cauda e os tentáculos mudavam de cor, como se esse fosse um fenômeno normal no sistema circulatório do ancestral inumano. Nos tentáculos observava-se um escurecimento do matiz verde, enquanto na cauda a alteração manifestava-se como um surgimento amarelo que se alternava com um tom branco-esverdeado doentio nos espaços entre os anéis roxos. Quanto a sangue genuíno, não havia nenhum; apenas a sânie fétida amarelo-esverdeada que pintava o chão para além do raio do muco pegajoso e deixava estranhas manchas atrás de si.

A presença dos três homens pareceu dar novo ânimo à criatura moribunda, que começou a emitir balbucios sem se virar nem erguer a cabeça. O dr. Armitage não fez nenhum registro escrito desses sussurros, mas afirma com convicção que nenhuma palavra em inglês foi proferida. A princípio as sílabas desafiavam o estabelecimento de qualquer relação com outras línguas terrestres, porém mais para o fim surgiram fragmentos desconexos sem dúvida alguma retirados do *Necronomicon*, a monstruosidade blasfema em cuja busca aquela coisa havia perecido. Esses fragmentos, tal como Armitage os recorda, soavam mais ou menos como *"N'gai, n'gha'ghaa, bugg-shoggog, y'hah; Yog-Sothoth, Yog-Sothoth..."*. Depois perderam-se no vazio enquanto os bacuraus gritavam em crescendos rítmicos de antecipação blasfema.

Então fez-se uma pausa nos arquejos e o cachorro ergueu a cabeça em um longo e lúgubre uivo. Uma mudança se operou no semblante amarelo e com feições de bode daquela coisa prostrada, e os grandes olhos negros afundaram de maneira horrível. Do outro lado da janela os gritos estridentes dos bacuraus haviam cessado, e acima dos murmúrios da multidão que começava a se juntar ouviram-se os rumores e as batidas de asas em pânico. Com a lua ao fundo, enormes nuvens de observadores emplumados alçaram um voo frenético no encalço da presa.

De repente o cachorro teve um sobressalto, deu um latido repentino e saltou nervoso pela janela por onde havia entrado. Um grito veio da multidão, e o dr. Armitage disse aos homens do lado de fora que ninguém seria admitido até que a polícia ou o legista chegasse. Armitage sentiu-se aliviado ao perceber que as janelas eram altas demais para que fosse possível espiar e, com todo cuidado, fechou as cortinas escuras de cada uma. A essa altura dois policiais haviam chegado; e o sr. Morgan, depois de recebê-los no vestíbulo, insistiu para que postergassem a entrada na fétida sala de leitura até que o legista viesse e aquela coisa prostrada fosse coberta.

Nesse meio-tempo, mudanças apavorantes estavam ocorrendo no assoalho. Não seria necessário descrever o tipo e a rapidez do encolhimento e da decomposição que se operaram diante dos olhos do dr. Armitage e do professor Rice; mas pode-se dizer que, a não ser pela aparência externa do rosto e das mãos, o elemento genuinamente humano em Wilbur Whateley devia ser muito pequeno. Quando o legista chegou, restava apenas uma massa esbranquiçada nas tábuas pintadas, e o fedor monstruoso havia quase desaparecido. Ao que tudo indicava, Whateley não tinha crânio nem esqueleto; pelo menos não no sentido verdadeiro ou estável dessas palavras. De alguma forma, assemelhava-se ao pai desconhecido.

VII.

Mesmo assim, esse foi apenas o prólogo do verdadeiro horror de Dunwich. As formalidades foram cumpridas por oficiais perplexos, detalhes anormais foram devidamente mantidos longe da imprensa e do público e homens foram mandados a Dunwich e a Aylesbury em busca de propriedades e dos eventuais herdeiros do falecido Wilbur Whateley. A gente do campo estava muito agitada, não apenas por causa dos rumores cada vez mais intensos sob as colinas abobadadas, mas também por causa do fedor excepcional e do escorrer ou do chapinhar cada vez mais intenso na grande concha vazia formada pela casa pregada com tábuas de Whateley. Earl Sawyer, que ficou encarregado do cavalo e do gado durante a ausência de Wilbur, estava com os nervos em pandarecos. Os oficiais inventaram desculpas para não entrar naquele lugar abjeto e alegraram-se ao ver que poderiam terminar as buscas nos aposentos do finado — os galpões reformados — em uma única visita. Enviaram um extenso relatório ao tribunal de Aylesbury, e correm boatos de que o litígio relativo à herança ainda está em curso entre os incontáveis Whateley, íntegros e decadentes, que habitam o vale superior do Miskatonic.

Um manuscrito quase interminável em estranhos caracteres em um grande caderno de contabilidade e considerado uma espécie de diário em virtude dos espaçamentos e das variações na tinta e na caligrafia revelou-se um quebra-cabeça para aqueles que o encontraram na velha cômoda que fazia as vezes de escrivaninha. Após uma semana de debates ele foi mandado para a Universidade do Miskatonic, junto com a estranha biblioteca do finado, para estudo e possível tradução; porém logo os melhores linguistas perceberam que não seria fácil decifrá-lo. Nenhum vestígio do ouro antigo com que Wilbur e o Velho Whateley costumavam pagar as contas foi encontrado.

Foi na escuridão de 9 de setembro que o horror se abateu sobre o vilarejo. Os barulhos nas colinas foram muito pronunciados durante o entardecer, e os cachorros latiram desesperados por toda a noite. Os madrugadores do dia 10 notaram um fedor estranho no ar. Por volta das sete horas Luther Brown, o garoto que trabalhava para George Corey, entre Cold Spring Glen e o vilarejo, voltou correndo em um frenesi da ida matinal a Ten-Acre Meadow com as vacas. Estava quase desesperado de medo quando adentrou a cozinha; e no pátio lá fora o rebanho apavorado escarvava e mugia depois de fazer o caminho de volta no mesmo estado de pânico em que o garoto se encontrava. Entre um e outro arquejo, Luther tentou balbuciar um relato para a sra. Corey.

"A estrada no fim do vale! Siora Corey — alguma cousa andô por lá! O lugar 'stá co'um chero de trovão, e tudo quanto é arbusto e arvorezinha foro arrancado como se uma casa tivesse passado por cima. E isso nem é o pior. Tem u'as *pegada* no chão. Siora Corey — são u'as pegada enorme, do tamanho dum barril, como se um elefante tivesse andado por lá, *mas parece que a cousa tinha bem mais do que quatro pata!* Olhei pr'uma ou duas antes de saí correno, e vi que elas 'stavo tudo coberta por umas linha que saío do meso lugar, como se o chão tivesse sido batido co'u'as enorme folha de palmera, duas ou três vez maior do que as maior que existe — e o cheiro era horrívio, que nem perto da velha casa do Bruxo Whateley..."

Nesse ponto o garoto hesitou e mais uma vez estremeceu com o pavor que o tinha mandado correndo de volta para casa. A sra. Corey, ao ver que não conseguiria obter informações mais detalhadas, começou a telefonar para os vizinhos, e assim teve início a abertura de pânico que prenunciou os maiores terrores. Quando entrou em contato com Sally Sawyer, criada de Seth Bishop, o vizinho mais próximo da propriedade de Whateley, a sra. Corey parou de falar para começar a ouvir; pois Chauncey, o filho de Sally, que dormia mal, tinha estado no alto da colina próxima à propriedade de Whateley e voltado correndo aterrorizado depois de olhar para a casa e o pasto onde as vacas do sr. Bishop estavam passando a noite.

"É verdade, siora Corey", disse a voz trêmula de Sally através do fio. "O Cha'ncey, ele voltô correno e não consiguia falá de tão apavorado! Disse que a casa do Velho Whateley 'stá toda arrebentada, co'as tábua jogada ao redor como se alguém tivesse estorado dinamite lá dentro; só restô o assoalho, que 'stá todo coberto por uma espécie de piche co'um chero horrívio que fica pingano das borda pro chão onde as tábua das parede foro explodida. E parece que tem umas marca terrívio no pátio, tamém — umas enorme dumas marca redonda, maior do que um barril, cheia da mesma cousa pegajosa que 'stá dentro da casa explodida. O Cha'ncey disse que elas segue na direção do pasto, onde uma trecho maior do que um galpão 'stá afundado, e os muro de pedra desabaro pra tudo quanto é lado por toda parte.

"E ele disse, siora Corey, ele disse que meso assustado ele foi vê como 'stavo as vaca do Seth; e encontrô elas no alto do pasto perto do Cantero do Diabo num estado terrívio. A metade simplismente sumiu, e a otra metade 'stava lá com boa parte do sangue chupado e u'as ferida igual às que aflige o gado do Whateley dês que aquele fedelho moreno da Lavinny nasceu. O Seth, agora ele saiu pra vê como 'stão os bicho, mas aposto que não vai chegá muito perto da casa do Bruxo Whateley! O Cha'ncey não tomô o cuidado de vê pr'onde io os rasto da grama amassada depois que saío do pasto, mas ele acha que o caminho apontava em direção à estrada do vilarejo.

"Escute o que eu 'stô dizeno, siora Corey, tem alguma cousa à solta que não devia 'stá, e eu acho que aquele Wilbur Whateley, que teve o fim que merecia, 'stá por trás do surgimento dessa cousa. Ele meso tampoco era humano. Eu sempre digo isso pra todo mundo; e acho que ele e o Velho Whateley deve de tê criado naquela casa pregada co'as tábua uma otra cousa menos humana ainda. Sempre existiro essas cousa invisívio em Dunwich — essas cousa viva que não são humana e não fazem bem pras gente humana.

"A terra passô a noite intera murmurano, e já pela manhã o Cha'ncey, ele escutô os bacurau cantá tão alto em Col' Spring Glen que não consiguiu nem pregá os olho. Depois ele imaginô tê ovido um otro som mais fraco em direção à casa do Bruxo Whateley — madera seno quebrada ou rachada, como se u'a

O HORROR DE DUNWICH   **177**

grande caxa 'stivesse seno aberta em algum lugar ao longe. Ora, com tudo isso ele não consiguiu durmi antes do dia raiá, e assim que levantô hoje de manhã precisô ir até a casa do Whateley pra vê qual era o problema. Ele viu o suficente, siora Corey! Essa cousa não 'stá bem-intencionada, e eu acho que os home devio de juntá um grupo e tomá u'a providência. Sei que algu'a cousa terrível 'stá à solta e sinto que a mi'a hora 'stá chegano, mas só Deus sabe o que é.

"O Luther viu pr'onde io essas trilha enorme? Não? Bom, siora Corey, se elas 'stavo pro lado do vale e inda não chegaro até a casa da siora, acho que essa cousa deve de tê ido pra den'do vale. Pelo menos era pr'onde os rasto 'stavo apontano. Eu sempre disse que Col' Spring Glen não é um lugar salubre nem decente. Os bacurau e os vaga-lume de lá nunca agiro como se fosse as criatura de Deus, e eu sempre ovi u'as história sobre 'stranhas cousas que corre e converso no ar por aquela região num lugar entre a queda-d'água e Bear's Den."

Por volta do meio-dia três quartos dos homens e rapazes de Dunwich estavam andando pelas estradas e pastagens entre as recém-formadas ruínas da propriedade de Whateley e Cold Spring Glen, examinando horrorizados as enormes pegadas monstruosas, as vacas mutiladas de Bishop, a estranha destruição fétida da casa e a vegetação quebrada e amassada nos campos e na beira da estrada. Qualquer que fosse a natureza da criatura à solta no mundo, não havia dúvidas de que tinha adentrado o vale sinistro; pois todas as árvores da colina estavam tortas e quebradas, e uma grande avenida tinha sido aberta em meio aos arbustos que se dependuravam no precipício. Era como se uma casa, arrastada por uma avalanche, tivesse deslizado pela densa vegetação da encosta quase vertical. Lá de baixo não vinha nenhum som — apenas um fedor distante e indefinível; e não causa nenhuma surpresa descobrir que os homens preferiram ficar na borda discutindo em vez de descer e confrontar o horror ciclópico no próprio covil. Três cães que acompanhavam o grupo haviam latido furiosamente a princípio, mas pareciam relutantes e arredios próximo ao vale. Alguém repassou a notícia por telefone à redação do *Aylesbury Transcript*; mas o editor, habituado às histórias fantásticas sobre Dunwich, não fez mais do que escrever um parágrafo humorístico a respeito, logo reproduzido pela Associated Press.

Naquela noite todos foram para casa, e residências e galpões foram protegidos com robustas barricadas. Seria desnecessário dizer que ninguém permitiu que o gado ficasse no pasto aberto. Por volta das duas da manhã um fedor terrível e os latidos ferozes dos cachorros acordaram os ocupantes da casa de Elmer Frye, no leste de Cold Spring Glen, e todos puderam ouvir um zunido ou um chapinhar abafado vindo de algum lugar lá fora. A sra. Frye sugeriu telefonar para os vizinhos, e Elmer estava prestes a concordar quando o barulho de lenha rachando interrompeu a deliberação. Tudo indicava que viesse do galpão; e logo foi seguido por gritos terríveis e pelo som de passos em meio ao gado. Os cachorros começaram a babar e encolheram-se aos pés da família paralisada pelo medo. Frye acendeu uma lanterna por força do hábito, mas sabia que encontraria a morte se saísse para o escuro pátio da fazenda. As crianças e as mulheres choramingavam, mas eram impedidas de gritar por um instinto obscuro e vestigial de sobrevivência que mantinha todos em silêncio. Por fim os sons do gado deram lugar a gemidos, e a seguir vieram estalos, estrondos e estrépitos. Os Frye, abraçados na sala de estar, não se atreveram a fazer nenhum movimento antes que os últimos ecos desaparecessem nas profundezas de Cold Spring Glen. Então, em meio aos gemidos lamuriosos que vinham do estábulo e à cantoria demoníaca dos bacuraus temporões no vale, Selina Frye cambaleou até o telefone e espalhou as notícias que tinha sobre a segunda fase do horror.

No dia seguinte todo o campo estava em pânico; e grupos tímidos e lacônicos foram visitar o local daquela ocorrência demoníaca. Dois rastros titânicos de destruição iam do vale até a propriedade dos Frye; pegadas monstruosas cobriam a terra nua, e uma lateral do galpão vermelho havia desabado por completo. Quanto ao gado, apenas um quarto do rebanho pôde ser encontrado e identificado. Algumas reses estavam dilaceradas em curiosos fragmentos, e todas as sobreviventes tiveram de ser sacrificadas. Earl Sawyer sugeriu que buscassem ajuda em Aylesbury ou em Arkham, mas outros insistiram em dizer que não adiantaria. O velho Zebulon Whateley, de uma linhagem que pairava entre a integridade e a decadência, fez alusões obscuras a rituais praticados no alto das colinas. Ele vinha de uma família marcada pela tradição, e as lembranças de cânticos entoados em meio aos círculos de pedra não estavam totalmente relacionadas a Wilbur e ao avô.

A escuridão se abateu sobre um vilarejo demasiado passivo para organizar uma estratégia de defesa eficaz. Em certos casos, famílias próximas reuniram-se e fizeram vigílias na escuridão sob o mesmo teto; mas em geral o que se viu foi uma simples repetição das barricadas da noite anterior e do gesto fútil e ocioso de carregar mosquetes e deixar forcados em lugares de fácil acesso. No entanto, nada aconteceu, à exceção de alguns barulhos nas colinas; e quando o dia raiou muitos nutriam a esperança de que o horror tivesse ido embora tão depressa quanto havia chegado. Certos espíritos destemidos sugeriram uma expedição de ofensiva ao fundo do vale, porém não se atreveram a dar um exemplo à maioria ainda recalcitrante.

Quando a noite caiu mais uma vez, as barricadas se repetiram, embora menos famílias estivessem reunidas. Pela manhã, tanto a casa dos Frye como a de Seth Bishop relataram agitação entre os cachorros e vagos sons e fedores distantes, enquanto os exploradores matinais descobriram horrorizados um novo grupo de marcas na estrada que dava a volta na Sentinel Hill. Como antes, as beiras da estrada apresentavam danos que indicavam a blasfema ponderosidade daquele horror, ao passo que a configuração das marcas parecia sugerir uma passagem em ambas direções, como se a montanha ambulante tivesse vindo de Cold Spring Glen e retornado pelo mesmo caminho. No pé da colina, um trecho de nove metros de arbustos esmagados subia de repente, e os exploradores prenderam a respiração ao ver que nem mesmo os recantos mais perpendiculares desviavam a trilha inexorável. O que quer que fosse aquele horror, era capaz de escalar um vertiginoso penhasco quase vertical; e quando os investigadores subiram até o alto da colina por rotas mais seguras perceberam que a trilha acabava — ou melhor, se invertia — naquele ponto.

Era lá que os Whateley costumavam acender as malditas fogueiras e entoar os cânticos dos rituais demoníacos junto à pedra retangular na Noite de Walpurgis e no Dia das Bruxas. Naquele instante, a pedra estava no centro de uma vasta área devastada pelo horror montanhoso, enquanto a superfície levemente côncava revelava o depósito fétido de um muco pegajoso idêntico ao observado no chão da arruinada residência dos Whateley quando o horror escapou. Os homens se encararam e balbuciaram alguma coisa. Então olharam para baixo da colina. Tudo indicava que o horror tivesse descido por uma rota muito similar à da subida. Quaisquer especulações seriam fúteis. A razão, a lógica e as ideias normais quanto à motivação estavam confusas. Apenas o velho Zebulon, que não estava com o grupo, poderia ter feito justiça à situação ou apresentado uma explicação plausível.

A noite de quinta-feira começou como as outras, mas terminou de maneira mais trágica. Os bacuraus no vale gritaram com tanta persistência que muitos não conseguiram dormir, e por volta das três horas da manhã todos os telefones nos arredores tocaram. Os que atenderam a ligação ouviram uma voz desesperada gritar "Meu Deus, socorro...!", e algumas pessoas ouviram um estrondo interromper a exclamação. Não se ouviu mais nada. Ninguém se atreveu a tomar qualquer atitude, e ninguém sabia quem havia telefonado. Os que ouviram o apelo ligaram para toda a vizinhança e descobriram que apenas os Frye não atendiam. A verdade veio à tona uma hora mais tarde, quando um grupo de homens armados que se reuniram às pressas avançou até a residência dos Frye, na cabeceira do vale. Foi uma cena horrível, mas não muito surpreendente. Mais pegadas e rastros monstruosos foram encontrados — no entanto, a casa havia desaparecido. Tinha cedido como uma casca de ovo, e entre as ruínas nenhuma criatura viva ou morta foi encontrada. Apenas fedor e um muco pegajoso. Os Frye tinham sido apagados de Dunwich.

VIII.

Nesse meio-tempo uma fase mais silenciosa porém ainda mais pungente do horror desenrolava-se por trás da porta fechada de um cômodo forrado de livros em Arkham. O curioso relato ou diário manuscrito de Wilbur Whateley, entregue à Universidade do Miskatonic para tradução, havia causado muita preocupação e perplexidade entre os especialistas em línguas antigas e modernas; o próprio alfabeto em que o texto vinha escrito, a despeito de certa semelhança com o árabe usado na Mesopotâmia, era absolutamente desconhecido a todos os especialistas disponíveis. A derradeira conclusão dos linguistas foi que se tratava de um alfabeto artificial, com os mesmos efeitos práticos de uma cifra, embora nenhum dos métodos em geral empregados no deciframento criptográfico conseguissem fornecer qualquer pista, nem mesmo quando aplicados aos diversos idiomas que o autor pudesse ter usado. Os livros antigos encontrados nas habitações de Whateley, mesmo que despertassem profundo interesse e por vezes prometessem abrir novas e terríveis linhas de pesquisa para os filósofos e demais homens de ciência, não ofereceram nenhum auxílio. Um dos exemplares, um tomo pesado com uma fivela de ferro, era escrito em outro alfabeto desconhecido de moldes totalmente diferentes, que acima de tudo lembrava o alfabeto sânscrito. O velho caderno foi enfim entregue aos cuidados do dr. Armitage, não apenas por conta do peculiar interesse que nutria em relação aos assuntos ligados a Whateley, mas também por conta da ampla formação linguística e dos conhecimentos que detinha sobre as fórmulas místicas da Antiguidade e da Idade Média.

Armitage imaginava que o alfabeto usado pudesse ser um artifício esotérico empregado por certos cultos proscritos que remontam a tempos antigos e mantêm diversas formas e tradições dos magos que habitavam o mundo sarraceno. Essa questão, no entanto, não era considerada vital, uma vez que seria desnecessário conhecer a origem dos símbolos se, conforme imaginava, estivessem sendo empregados como uma cifra em uma língua moderna. Armitage acreditava que, em virtude do grande volume de texto envolvido, o escritor dificilmente teria se dado o trabalho de usar um idioma que não fosse o próprio, a não ser talvez em certas fórmulas e encantamentos. Assim, atacou o manuscrito com a suposição preliminar de que a maior parte do texto estaria em inglês.

Devido ao fracasso dos colegas, o dr. Armitage sabia que a charada era profunda e complexa, e que nenhuma resolução simples devia ser tentada. Durante todo o fim de agosto, preparou-se com a sabedoria acumulada sobre criptografia, explorando todos os recursos da própria biblioteca e penetrando noite após noite nos segredos arcanos do *Poligraphia* de Trithemius, do *De Furtivis Literarum Notis* de Giambattista Porta, do *Traité des Chiffres* de De Vigenère, do *Cryptomenysis Patefacta* de Falconer, dos tratados do século XVIII escritos por Davy e Thicknesse e de obras escritas por autoridades modernas no assunto, como Blair, Von Marten e o *Kryptographik* de Klüber. Intercalou o estudo desses livros com os ataques ao manuscrito, e passado algum tempo convenceu-se de que estava lidando com o mais sutil e o mais engenhoso de todos os criptogramas, em que diversas listas separadas de caracteres correspondentes são dispostas como em uma tabela de multiplicação e a mensagem constrói-se a partir de palavras-chave conhecidas somente pelos iniciados. Os especialistas antigos mostraram-se bastante mais úteis do que os modernos, e Armitage chegou à conclusão de que o código do manuscrito era de uma antiguidade tremenda, sem dúvida transmitida graças a uma longa tradição de exploradores místicos. Por muitas vezes tinha a impressão de estar prestes a pôr tudo em claro, mas de repente via-se frustrado por algum obstáculo imprevisto. Então, com a chegada de setembro, as nuvens dispersaram-se. Certas letras usadas em certas partes do manuscrito se revelaram de maneira definida e inconfundível; e tornou-se evidente que o texto era de fato em inglês.

No entardecer do dia 2 de setembro o último grande obstáculo foi transposto, e o dr. Armitage pôde ler pela primeira vez uma passagem completa dos anais de Wilbur Whateley. Era na verdade um diário, como todos haviam imaginado; e estava vazado em um estilo que evidenciava a mistura de erudição oculta e analfabetismo do estranho ser que o havia escrito. Uma das primeiras passagens longas a serem decifradas — uma anotação feita no dia 26 de novembro de 1916 — revelou-se muito surpreendente e inquietante. Armitage lembrou que tinha sido escrita por uma criança de três anos e meio que mais parecia um rapazote de doze ou treze.

"Hoje aprendi o Aklo para o Sabaoth", dizia, "mas não gostei, porque é respondido a partir da colina e não do céu. A coisa no andar de cima está mais à minha frente do que eu tinha imaginado e não deve ter muito cérebro da Terra. Atirei em Jack, o *collie* de Elam Hutchin quando ele tentou me morder, e Elam disse que me mataria se tivesse a coragem. Acho que não. O vô me fez repetir a fórmula de Dho na noite passada, e acho que vi a cidade interior e os dois polos magnéticos. Pretendo ir para esses polos quando a Terra estiver limpa se eu não conseguir fazer a fórmula de Dho-Hna funcionar. As criaturas do ar me disseram no Sabá que ainda faltam anos para que eu possa limpar a Terra, e acho que o vô já vai estar morto, então eu preciso aprender todos os ângulos dos planos e todas as fórmulas entre Yr e Nhhngr. As criaturas siderais vão me ajudar, mas não podem assumir um corpo físico sem sangue humano. A coisa no andar de cima parece que vai ser do tipo certo. Eu consigo ver um pouco quando faço o sinal voorishiano ou sopro o pó de Ibn Ghazi, é parecido com as criaturas da Noite de Walpurgis na Colina. O outro rosto pode esmaecer um pouco. Tenho curiosidade de saber qual vai ser a minha aparência quando a Terra estiver limpa e não houver mais nenhum ser vivo. A criatura que veio com o Aklo Sabaoth disse que eu posso ser transfigurado e que ainda resta muito trabalho a fazer."

Pela manhã o dr. Armitage estava suando frio de terror, em um verdadeiro frenesi de concentração. Não havia abandonado o manuscrito por um instante; passou a noite inteira sentado à mesa sob a luz elétrica, virando página atrás de página com as mãos trêmulas o mais rápido que conseguia decifrar o texto críptico. Telefonou nervoso para dizer à esposa que não iria para casa, e quando ela levou-lhe o café da manhã ele mal conseguiu engolir um bocado. Durante o dia inteiro o dr. Armitage leu, às vezes fazendo pausas enlouquecedoras quando a reaplicação da complexa chave do criptograma se fazia necessária. Levaram-lhe o almoço e o jantar, porém não conseguiu comer mais do que uma fração ínfima de cada um. No meio da noite seguinte, tirou um cochilo na cadeira, mas logo acordou de uma teia de pesadelos quase tão horrenda quanto as verdades e ameaças à existência da humanidade que havia descoberto.

Na manhã do dia 4 de setembro o professor Rice e o dr. Morgan insistiram em vê-lo e em seguida saíram pálidos e trêmulos. Naquela noite o dr. Armitage foi para a cama, mas dormiu um sono intranquilo. Na quarta-feira — o dia seguinte —, voltou ao manuscrito e começou a tomar notas copiosas, tanto do trecho em que trabalhava quanto dos trechos já decifrados. Durante a madrugada, dormiu um pouco em uma poltrona no escritório, porém mais uma vez tornou ao manuscrito antes do amanhecer. Pouco antes do meio-dia o dr. Hartwell fez-lhe uma visita e insistiu em que parasse de trabalhar. Armitage se recusou, alegando que terminar a leitura do diário era de suma importância e prometendo que no momento oportuno haveria de explicar tudo.

Naquela noite, assim que escureceu, terminou o exame do terrível volume e deixou-se afundar na cadeira, exausto. A esposa, ao servir o jantar, encontrou-o em estado semi-comatoso; porém Armitage estava consciente o bastante para alertá-la com um grito estridente quando viu seu olhar correr na direção das notas que havia tomado. Depois de se erguer, juntou os papéis rabiscados e selou-os em um grande envelope, que no mesmo instante guardou no bolso interno do casaco. Teve forças suficientes para voltar para casa, mas a necessidade de assistência médica era tanta que o dr. Hartwell foi chamado no mesmo instante. Quando o médico o pôs na cama, o paciente conseguia apenas repetir *"Mas o que podemos fazer, em nome de Deus?"*.

O dr. Armitage dormiu, porém sofreu com delírios intermitentes no dia seguinte. Não ofereceu nenhuma explicação a Hartwell, porém nos momentos de maior lucidez falava sobre a necessidade absoluta de uma longa conferência com Rice e Morgan. Os devaneios mais fantasiosos eram muito impressionantes e incluíam apelos frenéticos para que se destruísse alguma coisa no interior de uma casa pregada com tábuas e referências fantásticas a um plano de extermínio de toda a raça humana e de todas as formas de vida animal e vegetal da Terra por parte de terríveis seres ancestrais de outra dimensão. Gritou que o mundo estava em perigo, uma vez que as Coisas Ancestrais desejavam arrancá-lo da órbita e arrastá-lo para longe do sistema solar e do cosmo material em direção a outro plano ou outra fase da entidade de onde havia se afastado vigintilhões de éons atrás. Em outros momentos, pedia que lhe trouxessem o temível *Necronomicon* e o *Daemonolatreia* de Remigius, nos quais tinha a esperança de encontrar alguma fórmula para conter o perigo conjurado.

"Precisamos detê-los, precisamos detê-los!", gritava. "Os Whateley queriam abrir a passagem para eles, e o pior ainda está por vir! Diga a Rice e a Morgan que precisamos tomar alguma providência — é um tiro no escuro, mas eu sei preparar o pó... A coisa não se alimenta desde o dia 2 de agosto, quando Wilbur veio morrer aqui, e nesse ritmo..."

Mesmo aos 73 anos, Armitage tinha um físico robusto e curou o distúrbio com uma boa noite de sono, sem apresentar nenhum sintoma de febre. Acordou tarde na sexta-feira, com os pensamentos lúcidos, mas também estava sóbrio por conta de um medo insidioso e de um tremendo sentimento de responsabilidade. Na tarde de sábado sentiu-se apto a ir até a biblioteca e a chamar Rice e Morgan para uma conferência, e pelo restante do dia e da noite os três homens torturaram os próprios pensamentos com as mais desvairadas especulações e o mais desesperado debate. Livros estranhos e terríveis foram retirados às pilhas de estantes e depósitos seguros; e fórmulas e diagramas foram copiados com uma pressa febril em quantidade espantosa. Não se percebia ceticismo algum. Todos os três tinham visto o corpo de Wilbur Whateley estirado no chão em uma sala daquele mesmo prédio, e após essa experiência nenhum deles tinha a menor inclinação para tratar o diário como o simples delírio de um louco.

Não houve acordo quanto à notificação da polícia de Massachusetts, e por fim a negativa prevaleceu. Havia coisas que simplesmente não podiam ser aceitas por aqueles que não tivessem visto uma amostra, como de fato ficou claro durante certas investigações subsequentes. Tarde da noite a conferência chegou ao fim sem ter estabelecido um plano claro, mas Armitage passou o domingo inteiro comparando fórmulas e misturando substâncias químicas obtidas no laboratório da universidade. Quanto mais refletia sobre o diário infernal, mais se via inclinado a duvidar da eficácia de qualquer agente material na supressão da entidade que Wilbur Whateley havia deixado para trás — a entidade que ameaçava toda a Terra e que, sem que tomasse ciência, estava prestes a ressurgir dentro de algumas horas e a tornar-se o memorável horror de Dunwich.

A segunda-feira foi uma repetição do domingo para o dr. Armitage, pois a tarefa a que se dedicava exigia uma infinitude de pesquisas e experimentos. Consultas mais aprofundadas ao monstruoso diário provocaram diversas mudanças no plano, mas ele sabia que mesmo assim haveria uma enorme margem de incerteza. Na quinta-feira já havia estabelecido uma linha de ação bem definida e planejava fazer uma viagem a Dunwich dentro de uma semana. Porém na quarta-feira veio o grande choque. Escondido em um canto do *Arkham Advertiser* havia uma pequena peça satírica da Associated Press falando sobre o monstro colossal que o uísque destilado ilegalmente em Dunwich havia criado. Armitage, estupefato, conseguiu apenas telefonar para Rice e para Morgan. Os três discutiram noite adentro, e o dia seguinte foi um redemoinho de preparativos. Armitage sabia que estava se envolvendo com poderes terríveis, mas não via outro modo de cancelar o envolvimento ainda mais profundo e maligno a que outros haviam se prestado antes dele.

IX.

Na manhã de sexta-feira, Armitage, Rice e Morgan foram de carro até Dunwich e chegaram ao vilarejo por volta da uma hora da tarde. Fazia um dia agradável, porém até mesmo nos lugares ensolarados uma espécie de temor e portento silencioso dava a impressão de pairar sobre as estranhas colinas abobadadas e os sombrios e profundos vales da região maldita. De vez em quando, no topo de alguma montanha, divisava-se um desolado círculo de pedras com o céu ao fundo. Pelo ar de espanto no armazém de secos e molhados de Osborn, os três perceberam que algo horrendo tinha acontecido, e logo ficaram sabendo da aniquilação da casa e da família de Elmer Frye. Passaram a tarde inteira andando por Dunwich, questionando os nativos sobre tudo o que havia ocorrido e vendo com os próprios olhos, e com aguilhoadas de horror cada vez mais intenso, as ruínas desoladas da residência dos Frye com vestígios de muco pegajoso, as marcas blasfemas no pátio, o gado ferido de Seth Bishop e os enormes trechos de vegetação destruída em vários locais. A trilha que subia e descia de Sentinel Hill despertou em Armitage um pressentimento quase cataclísmico, e o bibliotecário olhou por um longo tempo em direção ao sinistro altar de pedras no topo da colina.

Por fim, ao descobrir que um grupo de policiais havia chegado de Aylesbury naquela manhã para averiguar os relatos telefônicos relativos à tragédia dos Frye, os visitantes resolveram procurar os oficiais para trocar informações sobre o ocorrido. A execução da tarefa, no entanto, foi muito mais difícil do que o planejado, uma vez que os policiais não estavam em parte alguma. Os cinco haviam chegado em um carro, mas naquele instante o carro vazio encontrava-se próximo das ruínas no pátio de Frye. Os nativos, que haviam todos conversado com a polícia, de início ficaram tão perplexos quanto Armitage e seus companheiros. Então o velho Sam Hutchins pensou em alguma coisa e empalideceu, cutucando Fred Farr e apontando para o úmido e profundo vazio que se abria logo à frente.

"Meu Deus", disse, "eu falei pr'eles não descere o vale, e nunca achei que ninguém fosse fazê isso co'as marca e aquele chero e os bacurau gritano lá embaixo na escuridão do meio-dia..."

Um calafrio varou os nativos e os visitantes, e todos pareceram apurar o ouvido em uma espécie de audição instintiva e inconsciente. Armitage, depois de presenciar o horror e a destruição monstruosa que fora causada, estremeceu ao pensar na responsabilidade que pesava em seus ombros. Logo a noite cairia, e foi então que a blasfêmia montanhosa arrastou-se pela trilha quimérica. *Negotium perambulans in tenebris...* O velho bibliotecário ensaiou a fórmula que havia memorizado e agarrou-se ao papel que trazia a alternativa que não havia memorizado. Conferiu se a lanterna elétrica estava em ordem. Rice, que estava ao lado, retirou da valise uma lata de aerossol do mesmo tipo usado no combate aos insetos enquanto Morgan desempacotou o rifle para caça de grande porte em que tanto confiava, mesmo depois de ouvir os companheiros dizerem que nenhuma arma material surtiria efeito.

Armitage, depois de ler o abominável diário, sabia muito bem que tipo de manifestação esperar; mas não quis aumentar o pavor dos habitantes de Dunwich fornecendo pistas ou insinuações. Esperava que o horror pudesse ser vencido sem que revelasse ao mundo a monstruosidade de que havia escapado. As sombras se adensaram e os nativos começaram a se dispersar, ansiosos por trancarem-se em casa apesar da evidência de que as fechaduras e os ferrolhos humanos seriam inúteis diante de uma força capaz de entortar árvores e esmagar casas quando bem entendesse. Balançaram a cabeça ao ouvir o plano dos visitantes, que pretendiam montar guarda nas ruínas da casa dos Frye, perto do vale; e ao saírem tinham pouca esperança de tornar a vê-los.

Ouviram-se rumores sob as colinas naquela noite, e os bacuraus cantaram de maneira ameaçadora. De vez em quando um vento soprava de Cold Spring Glen e trazia um toque de fedor inefável à atmosfera opressiva da noite; um fedor que os três observadores já haviam sentido antes, quando presenciaram a morte de uma coisa que por quinze anos e meio havia se passado por um ser humano. No entanto, o terror esperado não apareceu. O que quer que estivesse à espreita no vale estava ganhando tempo, e Armitage disse aos colegas que seria suicídio tentar uma ofensiva no escuro.

A manhã chegou pálida, e os sons noturnos cessaram. Era um dia cinza e desalentado, com pancadas de chuva ocasionais; e nuvens cada vez mais escuras pareciam acumular-se para além das colinas a noroeste. Os homens de Arkham não sabiam o que fazer. Depois de procurar abrigo contra a chuva sob uma das construções externas remanescentes na propriedade dos Frye, debateram se seria mais conveniente esperar ou tomar a iniciativa da agressão e descer ao vale em busca da monstruosa presa inominada. A chuva amainou, e os estrondos longínquos do trovão soaram em horizontes distantes. As nuvens relampejaram e logo um raio bífido fulgurou, como se estivesse descendo rumo ao próprio vale maldito. O céu ficou muito escuro, e os observadores torceram para que a tempestade fosse intensa e curta para que o tempo clareasse.

Ainda estava pavorosamente escuro quando, pouco mais de uma hora depois, uma babel de vozes soou na estrada. O instante seguinte revelou um grupo de mais de uma dúzia de homens assustados, correndo e gritando, e até mesmo chorando em um surto de histeria. Alguém que vinha à frente começou a balbuciar, e os homens de Arkham tiveram um violento sobressalto quando as palavras assumiram uma forma coerente.

"Meu Deus, Meu Deus", tossiu a voz. "Aquela cousa 'stá andano de novo, *e dessa vez à luz do dia!* 'stá à solta — à solta e agora meso vino nessa direção, e só Deus sabe quano vai nos alcançá!"

O interlocutor deu mais um arquejo e calou-se, porém outro homem deu prosseguimento à mensagem.

"Uma meia hora atrás o telefone do Zeb Whateley tocô e era a siora Corey, esposa do George, que mora perto da bifurcação. Ela disse que o Luther 'stava trazeno o gado pra longe da tempestade depois daquele grande relâmpago quano viu as árvore tudo se entortano na cabicera do vale — no outro lado — e sintiu o meso chero horrívio que sintiu quano encontrô aquelas marca na manhã de segunda. E ela contô que ele disse que tamém oviu um zunido mais alto do que as árvore e os arbusto podio fazê, e de repente as árvore ao longo da estrada começaro a se curvá pro lado e ele oviu u'as pancada e um chapinhá terrívio no barro. Mas preste atenção, o Luther não viu nada, só as árvore e os arbusto se entortano.

"Depois mais adiante onde o Bishop's Brook passa por baxo da estrada ele oviu uns estalo e uns rangido terrívio na ponte e disse que o som era de madera rachano e quebrano. E todo esse tempo ele não viu nada, só as árvore e os arbusto se entortano. E quano o zunido se afastô pela estrada em direção à casa do Bruxo Whateley e da Sentinel Hill, o Luther, ele teve a corage de subi até o lugar onde tinha ovido os barulho pela primera vez e de olhá pro chão. 'stava tudo virado em água e lama, e o céu 'stava escuro, e a chuva 'stava apagano as trilha dipressa, mas na cabicera do vale, onde as árvore tinho se mexido, ele inda consiguiu vê algumas daquelas pegada medonha do tamanho dum barril que nem ele tinha visto na segunda."

Nesse ponto o primeiro interlocutor o interrompeu, visivelmente nervoso.

"Mas agora o problema não é esse — isso foi só o começo. O Zeb aqui 'stava chamano as pessoa e todo mundo 'stava escutano quano um telefonema do Seth Bishop nos interrompeu. A Sally, a criada dele, 'stava quase teno um troço — ela tinha acabado de vê as árvore se entortá na bera da estrada, e disse que 'stava ovino um som pastoso, que nem a respiração e os passo dum elefante ino em direção à casa. Aí ela se levantô e de repente sintiu um chero horrívio, e disse que o Cha'necy começô a gritá que era o mesmo chero que tinha sintido nas ruína da casa dos Whateley na manhã de segunda. E os cachorro 'stavo tudo dano uns latido e uns ganido pavoroso.

"E depois ela soltô um grito horrívio e disse que o galpão na bera da estrada tinha arrecém desmoronado, só que o vento da tempestade não tinha força suficente pra fazê aquilo. Todo mundo ficô escutano, e deu pra ovi várias pessoa assustada na linha. E de repente a Sally, ela gritô de novo e disse que a cerca da frente tinha se espatifado, mas não se via nenhum sinal do que podia tê feito aquilo. Aí todo mundo na linha pôde escutá o Cha'ncey e o velho Seth Bishop gritano tamém, e a Sally começou a dizê que alguma cousa pesada tinha acertado a casa — não um raio nem nada paricido, mas alguma cousa pesada que 'stava bateno sem pará na frente da casa, meso que não desse pra vê nada pelas janela. E aí... aí..."

As linhas do desespero ficaram mais profundas em todos os rostos; e Armitage, abalado como estava, mal tinha a compostura necessária para solicitar ao interlocutor que prosseguisse.

"Aí... A Sally, ela gritô, 'Socorro, a casa 'stá disabano'... e na linha a gente pôde ovi o estrondo dum disabamento e um enorme dum gritedo... que nem na casa do Elmer Frye, só que pior..."

O homem fez uma pausa, e outro integrante do grupo tomou a palavra.

"Isso é tudo — não se oviu mais nenhum pio no telefone depois disso. Ficô tudo em silêncio. Nós que ovimo tudo entramo nos Ford e nas carreta e juntamo o maior número de homes capazes que a gente consiguiu na casa dos Corey e viemo pra cá vê o que os siores acho melhor a gente fazê. Mas eu acho que esse é o julgamento do Senhor pras nossa iniquidade, que nenhuma criatura mortal é capaz de detê."

Armitage percebeu que o momento de tomar a iniciativa havia chegado e falou de maneira decidida para o grupo de rústicos assustados.

"Precisamos seguir essa coisa, rapazes." Tentou fazer com que a voz soasse da maneira mais confiante possível. "Acredito que nós podemos tirá-la de ação. Os senhores sabem que os Whateley eram bruxos — bem, essa coisa é fruto de uma bruxaria, e precisamos acabar com ela da mesma forma. Eu vi os diários de Wilbur Whateley e li alguns dos estranhos livros que ele costumava ler; e acho que posso recitar um encantamento para fazer essa coisa sumir. Claro que eu não posso dar nenhuma certeza, mas podemos ao menos tentar. A criatura é invisível, como eu imaginava, mas esse aerossol de longa distância contém um pó capaz de revelá-la por alguns instantes. Mais tarde podemos experimentar. É terrível ver uma coisa dessas à solta, mas teria sido ainda pior se Wilbur tivesse vivido por mais tempo. Os senhores nem imaginam do que o mundo escapou. Agora precisamos apenas enfrentar essa coisa, e ela não tem como se multiplicar. Mesmo assim, pode fazer grandes estragos; então não podemos hesitar em salvar a comunidade.

"Precisamos segui-la — e a melhor maneira de começar é indo até o lugar que acabou de ser destruído. Peço que alguém nos guie até lá — eu não conheço muito bem as estradas por aqui, mas acredito que exista um atalho por entre as propriedades. Que tal?"

Uma certa agitação tomou conta dos homens por alguns instantes, e por fim Earl Sawyer falou com uma voz mansa, apontando o dedo imundo em meio à chuva cada vez mais fraca.

"Eu acho que o sior pode chegá até a casa do Seth Bishop mais dipressa cortano caminho pelos pasto mais baixo aqui, passano o riacho a vau e subino as terra do Carrier e o pátio de lenha mais adiante. Assim o sior vai saí na estrada bem perto do terreno do Seth — é só caminhá mais um poco pro otro lado."

Armitage, na companhia de Rice e de Morgan, pôs-se a caminhar na direção indicada; e a maioria dos nativos acompanhou-os a passos lentos. O céu começou a clarear, e havia sinais de que a tempestade estava chegando ao fim. Quando Armitage inadvertidamente tomou o caminho errado, Joe Osborn alertou-o e tomou a dianteira para mostrar a rota correta. A coragem e a confiança aumentaram, embora a escuridão na colina arborizada quase perpendicular que ficava próxima ao fim do atalho e em meio às fantásticas árvores ancestrais a que tiveram de se agarrar como se fossem corrimãos pusesse essas qualidades à prova.

Após um certo tempo o grupo chegou a uma estrada lamacenta e deparou-se com o nascer do sol. Estavam um pouco além da propriedade de Seth Bishop, porém as árvores entortadas e as pavorosas e inconfundíveis marcas não deixavam nenhuma dúvida quanto ao que havia passado por lá. Apenas breves momentos foram empregados no exame das ruínas logo depois da curva. Era uma repetição do incidente na casa dos Frye, e nada vivo ou morto foi encontrado nas estruturas em ruínas da casa e do galpão dos Bishop. Ninguém quis ficar por lá em meio ao fedor e ao muco pegajoso; em vez disso, todos se dirigiram como que por instinto rumo às horrendas pegadas que levavam em direção à propriedade destruída de Whateley e às encostas coroadas pelo altar da Sentinel Hill.

Enquanto passavam em frente à antiga morada de Wilbur Whateley, os homens estremeceram e pareceram mais uma vez misturar hesitação ao fervor que demonstravam. Não seria nada fácil seguir uma criatura do tamanho de uma casa que ninguém era capaz de ver e ao mesmo tempo era imbuída de toda a malevolência de um demônio. Em frente à base da Sentinel Hill a trilha afastava-se da estrada, e havia novas árvores entortadas e arbustos amassados ao longo do trecho que demarcava a rota tomada pelo monstro ao subir e descer a colina.

Armitage pegou um telescópio portátil de potência considerável e examinou a encosta íngreme e verdejante da colina. A seguir entregou o instrumento para Morgan, que enxergava melhor. Depois de olhar por um instante Morgan soltou um grito estridente e entregou o telescópio a Earl Sawyer enquanto apontava para um certo ponto da encosta. Sawyer, com a falta de jeito típica das pessoas desacostumadas a usar instrumentos ópticos, atrapalhou-se um pouco; mas por fim ajustou as lentes com o auxílio de Armitage. Em seguida soltou um grito ainda menos contido que o de Morgan.

"Deus todo-poderoso, a grama e os arbusto 'stão se mexeno! Aquilo 'stá subino — devagar — se arrastano até o topo nesse exato instante, e só Deus sabe pra quê!"

Foi então que a semente do pânico espalhou-se entre os exploradores. Procurar a entidade inominável era uma coisa, porém encontrá-la era um tanto diferente. Os encantamentos podiam funcionar — mas e se falhassem? As vozes começaram a questionar Armitage sobre o quanto sabia a respeito daquela coisa, e nenhuma resposta parecia satisfatória. Todos pareciam sentir-se próximos a fases proibidas da Natureza e do ser e completamente fora da esfera de experiências humanas salubres.

X.

No fim, os três homens de Arkham — o velho e barbado dr. Armitage, o atarracado e grisalho professor Rice e o magro e jovem dr. Morgan — subiram a montanha sozinhos. Depois de muitas instruções pacientes sobre a utilização e o ajuste do foco, deixaram o telescópio com o assustado grupo que permaneceu na estrada; e enquanto subiam eram vigiados de perto pelos homens encarregados do instrumento. A subida era difícil, e mais de uma vez Armitage precisou de ajuda. Muito acima do grupo uma grande área estremeceu quando a criatura infernal tornou a mover-se com a deliberação de uma lesma. Ficou evidente que os perseguidores estavam mais perto.

Curtis Whateley — da linhagem íntegra — estava de posse do telescópio quando o grupo de Arkham desviou radicalmente da trilha. Disse que sem dúvida os homens estavam tentando chegar a uma elevação secundária que sobranceava a trilha em um ponto à frente do local onde naquele instante os arbustos se dobravam. O palpite estava correto; e o grupo foi avistado na elevação secundária pouco tempo após a passagem da blasfêmia invisível.

Então Wesley Corey, que havia pegado o telescópio, gritou que Armitage estava preparando o aerossol que Rice tinha na mão, e que algo estava prestes a acontecer. A multidão agitou-se ao lembrar que o aerossol daria ao horror invisível uma forma visível por um breve momento. Dois ou três homens fecharam os olhos, mas Curtis Whateley voltou a atenção ao telescópio e forçou a vista ao máximo. Notou que Rice, daquele local favorável acima e atrás da entidade, teria uma excelente chance de espalhar o poderoso pó com o efeito desejado.

Os que não tinham acesso ao telescópio viram apenas o lampejo momentâneo de uma nuvem cinzenta — uma nuvem do tamanho de uma construção razoavelmente grande —

próximo ao cume da montanha. Curtis, que estava segurando o instrumento, deixou-o cair com um grito cortante no barro que cobria a estrada até a altura dos tornozelos. Cambaleou e teria caído no chão se dois ou três homens não houvessem aparado a queda. Tudo o que pôde fazer foi murmurar à meia-voz, "Ah, meu Deus... *aquela cousa...*".

Houve um pandemônio de perguntas, e apenas Henry Wheeler lembrou-se de resgatar o telescópio caído e limpar o barro que o cobria. Curtis estava além de toda a coerência, e mesmo respostas isoladas pareciam ser demais para ele.

"Maior do que um galpão... todo feito dumas corda se retorceno... com o formato dum ovo de galinha maior do que qualqué otra cousa, com várias dúzia de perna, como barris que se fecho a cada passo... nada de sólido — todo gelatinoso, feito dumas corda que se agito bem junto umas das otra... co'uns olhos enorme e esbugalhado por toda parte... dez ou vinte boca ou tromba saino de toda parte nos lado, co'o tamanho duma chaminé cada, e todas se mexeno e se abrino e fechano... todo cinza, com uns anel roxo ou azul... *e meu Deus do céu — aquele rosto pela metade em cima...!*

Essa memória final, o que quer que fosse, foi demais para o pobre Curtis, que caiu desmaiado antes que pudesse dizer mais uma palavra. Fred Fair e Will Hutchins levaram-no até a beira da estrada e o puseram deitado na grama úmida. Henry Wheeler, com as mãos trêmulas, apontou o telescópio resgatado em direção à montanha para ver o quanto pudesse. Através das lentes discerniu três figuras diminutas, que pareciam subir a encosta íngreme rumo ao topo o mais depressa possível. Foi só isso — nada mais. Então todos perceberam um estranho barulho nas profundezas do vale, e até mesmo na vegetação rasteira da própria Sentinel Hill. Era o canto de incontáveis bacuraus, e nesse coro estridente uma nota de tensão e de maus agouros parecia espreitar.

Earl Sawyer pegou o telescópio e relatou que as três figuras estavam de pé no alto da colina, no mesmo nível do altar de pedra, embora a uma distância considerável. Uma figura, disse, parecia erguer as mãos acima da cabeça a intervalos rítmicos; e quando Sawyer mencionou essa circunstância a multidão acreditou ter ouvido um som fraco e semimusical ao longe, como se um cântico estivesse sendo entoado para acompanhar os gestos. A bizarra silhueta no pico distante deve ter sido um espetáculo grotesco e impressionante ao extremo, mas nenhum observador demonstrava inclinações à apreciação estética naquele instante. "Acho que ele 'stá proferino o encanto", sussurrou Wheeler enquanto retomava o telescópio. Os bacuraus cantavam desesperados e em um curioso ritmo irregular muito diferente daquele que acompanhava o ritual visível.

De repente os raios do sol pareceram enfraquecer sem a interferência de qualquer nuvem. Foi um fenômeno muito peculiar notado por todos. Um rumor parecia soar por baixo das colinas, estranhamente misturado a um rumor no mesmo ritmo que sem dúvida vinha do céu. O céu relampejou, e a multidão estarrecida procurou em vão os sinais da tempestade. Logo os cânticos dos homens de Arkham puderam ser ouvidos com clareza, e Wheeler viu através do telescópio que estavam todos erguendo os braços no ritmo de um encantamento. De alguma propriedade longínqua veio o latido frenético de cães.

A mudança na qualidade da luz do dia tornou-se ainda mais acentuada, e a multidão olhou para o horizonte tomada de espanto. Uma escuridão arroxeada, nascida de um escurecimento fantasmagórico no azul do céu, abateu-se sobre as colinas rumorejantes. Então o céu relampejou mais uma vez, com ainda mais intensidade, e a multidão imaginou ter visto uma certa nebulosidade em volta do altar de pedra nas alturas distantes. Ninguém, contudo, estava usando o telescópio naquele momento. Os bacuraus continuaram com a pulsação irregular, e os tensos homens de Dunwich prepararam-se para enfrentar a ameaça imponderável com que a própria atmosfera parecia estar saturada.

Sem nenhum aviso vieram os sons profundos, ribombantes e fragorosos que jamais hão de abandonar a lembrança do fatídico grupo que os ouviu. Não vinham de nenhuma garganta humana, pois os órgãos do homem não são capazes de tais perversões acústicas. Pareceriam ter vindo do próprio abismo se não fosse tão evidente que a fonte dos estrondos era o altar de pedra no alto da colina. Seria quase um equívoco chamar aquilo de som, uma vez que o timbre espectral e infragrave falava mais a sedes nebulosas da consciência e do terror do que propriamente ao ouvido; e no entanto é necessário proceder assim, uma vez que, de maneira vaga mas inquestionável, tomava a forma de palavras semiarticuladas. Eram palavras estrondosas — estrondosas como os rumores e o trovão que ecoavam —, porém não vinham de nenhuma criatura visível. E, como a imaginação fosse capaz de sugerir uma fonte conjectural no mundo das criaturas invisíveis, a multidão reunida na base da montanha amontoou-se ainda mais e se enrijeceu como se estivesse prestes a receber um golpe.

"*Ygnaiih... ygnaiih... thflthkh'ngha... Yog-Sothoth...*", rouquejava o terrível crocitar vindo do espaço. "*Y'bthnk... h'ehye — n'grkdl'lh.*"

O impulso da fala pareceu esmaecer nesse ponto, como se uma terrível batalha psíquica estivesse a ser travada. Henry

Wheeler apertou o olho no telescópio, mas viu apenas três grotescas silhuetas humanas no cume, movendo os braços na fúria de estranhos gestos à medida que o encanto se aproximava do ponto culminante. De que abismos negros de terror aquerôntico, de que pélagos inexplorados de consciência extracósmica ou de hereditariedade obscura e latente emanava aquele ribombar semiarticulado? No instante seguinte, a voz pareceu recobrar a força e a coerência enquanto se aproximava de um desesperado, supremo e derradeiro frenesi.

"*Eh-ya-ya-ya-yahaah — e'yayayayaaaa... ngh'aaaaa... ngh'aaaa...* h'yuh... h'yuh... SOCORRO! SOCORRO!... *pa — pa — pa —* pai! pai! yog-sothoth...!"

Isso foi tudo. O pálido grupo na beira da estrada, ainda estupefato diante das sílabas em indiscutível inglês que haviam soado como o ribombar do trovão no vazio frenético ao lado do impressionante altar de pedra, nunca mais haveria de escutá-las. Pelo contrário: tiveram um violento sobressalto diante do pavoroso estampido que deu a impressão de rasgar as colinas; o ensurdecedor e cataclísmico estrondo cuja origem, fosse os recônditos da Terra ou o céu, nenhum ouvinte jamais foi capaz de reconhecer. Um único relâmpago atravessou o céu do zênite púrpura até o altar de pedra, e uma grande onda de inconcebível força e inefável fedor saiu da colina e espalhou-se por todo o campo. Árvores, gramados e arbustos agitaram-se em fúria; e a multidão apavorada na base da montanha, enfraquecida pelo fedor mortal que parecia estar na iminência de asfixiar o grupo, por pouco não foi derrubada. Os cães uivaram ao longe, gramados e folhagens verdejantes murcharam e ganharam uma enfermiça coloração amarelo-cinzenta e por campos e florestas espalharam-se os corpos de bacuraus mortos.

O fedor se dissipou em seguida, mas a vegetação nunca mais voltou ao normal. Até hoje existe algo de estranho e blasfemo nas plantas que crescem em cima e em volta da temível colina. Curtis Whateley mal havia recobrado a consciência quando os homens de Arkham desceram a montanha com passos vagarosos sob os raios de um sol mais uma vez puro e reluzente. Estavam graves e silenciosos, e pareciam abalados por memórias e reflexões ainda mais terríveis do que aquelas que haviam reduzido o grupo de nativos a um estado de medo e tremor. Em resposta a um amontoado de perguntas, simplesmente balançaram a cabeça e reafirmaram um fato de vital importância.

"Aquela coisa se foi para sempre", disse Armitage. "Foi separada nos elementos que a compunham e nunca mais pode voltar a existir. Era uma existência impossível em um mundo normal. Apenas uma fração ínfima era constituída de matéria da maneira como a conhecemos. Parecia-se muito com o pai — e em boa parte retornou a ele em alguma esfera ou dimensão vaga para além do universo material; algum abismo vago de onde apenas os mais profanos ritos de blasfêmia humana poderiam tê-lo chamado por um instante fugaz até as colinas."

Fez-se um breve silêncio, e nesse intervalo os sentidos atordoados do pobre Curtis Whateley começaram a se reorganizar em um sistema coeso; e o homem levou a mão à cabeça com um gemido. A memória deu a impressão de recompor-se a partir do último momento de consciência, e o horror da visão que o havia prostrado tornou a invadi-lo.

"*Ah, meu Deus, aquele rosto — aquele rosto pela metade... aquele rosto co'os olho vermelho e os cabelo albino ondulado, e sem quexo, que nem os Whateley... Era u'a espécie de polvo,*" *de centopeia, de aranha, mas em cima tinha um rosto pela metade que parecia o do Bruxo Whateley, só que com vários metro de largura...”*

O homem deteve-se exausto enquanto o grupo de nativos o encarava em um estado de confusão ainda não cristalizado em um novo terror. Apenas o velho Zebulon Whateley, que tinha recordações erráticas de coisas antigas mas que até então permanecia calado, ergueu a voz.

“Há quinze anos atrás”, resmungou, “eu escutei o velho Whateley dizê que um dia nós ainda ia ovi o filho da Lavinny gritá o nome do pai no alto da Sentinel Hill...”

Porém Joe Osborn o interrompeu para fazer mais uma pergunta aos homens de Arkham.

“*O que era aquela cousa afinal de contas*, e comé que o jovem Bruxo Whateley consiguiu invocá ela do nada?”

Armitage escolheu as palavras com cuidado.

“Aquilo era — digamos que em boa parte era uma força que não pertence à nossa dimensão no espaço; uma força que age e cresce e se molda segundo leis diferentes daquelas que regem a nossa Natureza. Não temos por que invocar essas coisas de longe, e apenas pessoas vis e cultos maléficos se envolvem com isso. O próprio Wilbur Whateley tinha um pouco dessa força — o suficiente para transformá-lo em um demônio precoce e fazer com que seu ocaso fosse uma visão pavorosa. Pretendo queimar o diário maldito que deixou para trás, e se os senhores forem prudentes hão de dinamitar aquele altar de pedra lá em cima e desmanchar todos os círculos de pedra nas outras colinas. Foram coisas como aquelas que trouxeram essas criaturas que os Whateley tanto admiravam — criaturas invocadas para aniquilar a raça humana e arrastar a Terra rumo a um lugar inefável para um propósito inefável.

"Quanto à coisa que acabamos de despachar — os Whateley a criaram para desempenhar um papel terrível em tudo o que estaria por vir. Cresceu depressa e atingiu um tamanho enorme pelo mesmo motivo que levou Wilbur a crescer depressa e atingir um tamanho enorme — porém acabou ainda maior porque continha mais elementos de *estranheza cósmica*. Não há motivo para perguntar como Wilbur a invocou do nada. Ele não a invocou. *Esse era o irmão gêmeo de Wilbur, que puxou um pouco mais ao pai.*"

A SOMBRA VINDA DO TEMPO

I.

Após 22 anos de pesadelos e terror, dos quais fui salvo apenas por uma convicção desesperada na origem mítica de certas impressões, reluto em afirmar a verdade do que julgo ter encontrado na Austrália Ocidental na noite do dia 17-18 de julho de 1935. Tenho motivos para crer que minha experiência foi, no todo ou em parte, produto de uma alucinação — para a qual, a bem dizer, havia razões de sobra. Mesmo assim, confesso que o realismo dessas impressões foi a tal ponto horripilante que às vezes perco a esperança. Se aquilo de fato aconteceu, então a humanidade deve estar pronta para aceitar noções a respeito do cosmo e do próprio lugar que ocupa no turbulento redemoinho do tempo cuja simples menção tem um efeito paralisante. Deve também ficar de guarda contra um determinado perigo à espreita que, embora não seja capaz de engolir toda a raça dos homens, pode trazer horrores monstruosos e inimagináveis para certos indivíduos mais audazes. É por isso que peço, com todas as minhas forças, que abandonem de vez todas as tentativas de encontrar os fragmentos de cantaria desconhecida e primordial que a minha expedição tinha por objetivo investigar.

Admitindo-se que eu estivesse acordado e em pleno domínio das minhas faculdades, a experiência que tive naquela noite não se compara a nada que outrora tenha se abatido sobre homem algum. Foi, além do mais, uma confirmação pavorosa de tudo o que eu havia tentado descartar como mito e sonho. Quis o destino misericordioso que não existisse nenhuma prova, pois no terror que tomou conta de mim eu perdi o espantoso objeto que — caso fosse real e tivesse sido retirado daquele abismo insalubre — teria servido como prova irrefutável. Quando me deparei com o horror eu estava sozinho — e até hoje não o revelei para ninguém. Não tive como impedir que outros fizessem escavações naquela direção, mas por enquanto a sorte e as areias inconstantes frustraram todas as tentativas de localizá-lo. Agora preciso fazer um relato definitivo — não apenas por conta do meu próprio equilíbrio mental, mas também para alertar todos os que se dispuserem a levá-lo a sério.

Escrevo estas páginas — que nas primeiras partes trarão informações familiares aos leitores atentos de jornais e periódicos científicos — na cabine do navio que está me levando para casa. Pretendo entregá-las ao meu filho, o professor Wingate Peaslee, da Universidade do Miskatonic — o único membro da minha família que se manteve ao meu lado após a estranha amnésia de anos atrás, e também a pessoa mais bem informada a respeito dos detalhes pertinentes ao meu caso. No mundo inteiro, Wingate é a pessoa menos predisposta a ridicularizar este meu relato sobre aquela noite fatídica. Não lhe ofereci nenhum relato oral antes de zarpar, pois achei que seria melhor fazer a revelação por escrito. A leitura e a releitura nos momentos de maior conveniência devem fornecer-lhe um retrato mais convincente do que a minha língua confusa seria capaz de oferecer. Wingate pode fazer o que achar melhor com este relato — inclusive apresentá-lo, com as devidas explicações, em qualquer lugar onde possa servir para o bem. É em benefício dos leitores ainda não familiarizados com as primeiras etapas do meu caso que prefacio minha revelação com um sumário abrangente da situação anterior.

Meu nome é Nathaniel Wingate Peaslee, e aqueles que recordam as notícias de jornal da geração passada — ou ainda as cartas e os artigos publicados em periódicos de psicologia seis ou sete anos atrás — devem saber quem sou e o que represento. A imprensa publicou inúmeros detalhes sobre a estranha amnésia que me acometeu entre 1908 e 1913, e muito se falou sobre as tradições de horror, loucura e bruxaria que espreitam o antigo vilarejo de Massachusetts que desde então foi o local de minha residência. Mesmo assim, eu gostaria de deixar claro que não há nada de sinistro ou de anormal na minha linhagem e na minha vida pregressa. Trata-se de um detalhe importante em vista da sombra que se projetou sobre mim de maneira tão súbita, vinda de fontes *externas*. Pode ser que séculos de maus augúrios tenham conferido à decrépita Arkham assombrada por sussurros uma vulnerabilidade particular no que diz respeito a tais sombras — embora até isso pareça duvidoso à luz dos outros casos que mais tarde tive a oportunidade de estudar. Mesmo assim, o fato mais importante a ressaltar é que a minha genealogia e o meu passado são completamente normais. O que veio, veio de *algum outro lugar* — de onde, no entanto, ainda hoje eu hesito em afirmar de maneira categórica.

Sou filho de Jonathan e Hannah (Wingate) Peaslee, ambos de antigas famílias tradicionais de Haverhill. Nasci e cresci em Haverhill — na velha casa da Boardman Street, próxima à Golden Hill — e só fui para Arkham quando entrei na Universidade do Miskatonic, aos dezoito anos. Foi em 1889. Depois da minha graduação, estudei economia em Harvard e voltei para a Universidade do Miskatonic como professor de Economia Política em 1895. Por treze anos levei uma vida tranquila e feliz. Em 1896 casei-me com Alice Keezar, de Haverhill, e meus três filhos, Robert K., Wingate e Hannah nasceram em 1898, 1900 e 1903, respectivamente. Em 1898 fui nomeado professor associado e, em 1902, professor titular. Em nenhum momento tive o menor interesse por ocultismo ou parapsicologia.

Na quinta-feira, 14 de maio de 1908, fui acometido por uma estranha amnésia. Foi um acontecimento súbito, embora mais tarde eu tenha percebido que certos vislumbres difusos algumas horas antes — visões caóticas que me perturbaram ao extremo justamente pelo ineditismo — devem ter formado os sintomas premonitórios. Minha cabeça doía, e eu tinha a estranha sensação — totalmente nova para mim — de que alguém estava tentando controlar meus pensamentos.

O colapso ocorreu às 10h20, enquanto eu dava uma aula de Economia Política IV — sobre a história e as tendências da economia — para alunos do segundo e do terceiro ano. Comecei a ver formas estranhas diante dos meus olhos e a sentir que eu estava em um recinto grotesco sem nenhuma relação com a sala de aula. Meus pensamentos e minha fala distanciaram-se da matéria e os alunos perceberam que algo estava muito errado. Em seguida caí inconsciente na minha cadeira, em um estupor do qual ninguém conseguiu me despertar. Minhas faculdades só tornaram a ver a luz de um mundo normal cinco anos, quatro meses e treze dias mais tarde.

Tudo o que sei a respeito do que aconteceu a seguir, é claro, me foi contado por outras pessoas. Não demonstrei nenhum sinal de consciência por dezesseis horas e meia, embora tenham me conduzido à minha casa na Crane Street nº 27 e me dispensado os melhores cuidados médicos. Às três horas da manhã do dia 15 de maio os meus olhos se abriram e eu comecei a falar, porém logo os médicos e os meus familiares assustaram-se com a maneira da minha expressão e da minha linguagem. Era evidente que eu não tinha nenhuma lembrança da minha identidade ou do meu passado, mas por algum motivo eu dava a impressão de querer ocultar essa ausência de conhecimento. Meus olhos fixavam-se de maneira estranha nas pessoas ao meu redor, e as flexões dos meus músculos faciais eram de todo irreconhecíveis.

Até a minha forma de falar parecia estranha e de origem estrangeira. Eu usava meus órgãos vocais de modo desajeitado e experimental, e minha dicção tinha uma qualidade um tanto empolada, como se eu houvesse aprendido a língua inglesa à base de muito estudo nos livros. Minha pronúncia era estrangeira e bárbara, ao passo que a maneira da expressão parecia incluir a um só tempo resquícios de arcaísmos curiosos e expressões de cunho absolutamente incompreensível. Vinte anos mais tarde, fui lembrado dessa última característica de forma particularmente vívida — e aterrorizante — pelo mais jovem médico que me atendia. Nesse período tardio, uma frase começou a ser usada — primeiro na Inglaterra e mais tarde nos Estados Unidos — e, embora apresentasse notável complexidade e inquestionável novidade, reproduzia com exatidão as enigmáticas palavras do estranho paciente de Arkham em 1908.

Meu vigor físico não tardou a voltar, mas precisei me reeducar no uso das mãos, das pernas e do aparato corpóreo como um todo. Por conta disso e de outras deficiências inerentes ao meu lapso mnemônico, passei algum tempo sob os mais estritos cuidados médicos. Quando notei que minhas tentativas de ocultar o lapso haviam falhado, admiti que não me lembrava de nada e passei a demonstrar interesse por toda sorte de informação. A bem dizer, os médicos ficaram com a impressão de que perdi o interesse na minha personalidade assim que o diagnóstico de amnésia foi aceito como algo natural. Perceberam que meus maiores esforços concentravam-se no aprendizado de certos aspectos da história, da ciência, das artes, das línguas e do folclore — alguns incrivelmente abstrusos, outros ridiculamente simples — que permanecem, em certos casos de modo um tanto singular, fora da minha consciência.

Ao mesmo tempo, perceberam que eu detinha um domínio inexplicável sobre várias outras esferas de conhecimento praticamente desconhecidas — um domínio que eu parecia mais inclinado a ocultar do que a demonstrar. Por vezes, em tom casual, eu fazia alusões a acontecimentos específicos em épocas remotas muito além dos limites da história canônica —

e tentava fazer essas referências passarem por gracejos ao constatar a perplexidade que despertavam. E eu falava sobre o futuro de uma forma que em duas ou três ocasiões chegou a inspirar pavor. Esses lampejos impressionantes logo cessaram, mesmo que alguns observadores tenham atribuído esse desaparecimento mais a uma precaução furtiva da minha parte do que a qualquer esvanecimento de um estranho conhecimento subjacente. Na verdade, eu parecia demonstrar uma avidez sem precedentes por aprender a língua, os costumes e as perspectivas da época em que me encontrava, como se fosse um estudioso de algum país estrangeiro longínquo.

Assim que me foi possível, passei a frequentar a biblioteca da universidade em todos os horários; e em pouco tempo comecei a fazer viagens ocasionais e a frequentar cursos em universidades americanas e europeias, o que motivou inúmeros comentários pelos anos a seguir. Em nenhum momento senti falta de contatos eruditos, pois minha condição havia me transformado em uma espécie de celebridade entre os psicólogos da época. Tornei-me objeto de estudo como caso clássico de personalidade secundária — embora de vez em quando os estudiosos parecessem ficar perplexos diante de algum estranho sintoma ou resquício bizarro de uma zombaria velada.

A verdadeira amizade, no entanto, era rara. Algo no meu aspecto e na minha fala parecia despertar temores e aversões indefiníveis em todos aqueles com quem eu me relacionava, como se eu fosse uma criatura infinitamente distante de tudo o que é normal e sadio. A noção de um horror negro e oculto ligado a abismos imensuráveis e à ideia de *distância* era singularmente disseminada e persistente. Minha própria família não era exceção. Desde o meu estranho despertar, minha esposa passou a me tratar com horror e repulsa, jurando que um impostor desconhecido havia usurpado o corpo do homem com quem se havia casado. Em 1910 ela obteve o divórcio legal e não consentiu em me ver nem mesmo após o meu retorno à normalidade, em 1913. Esses sentimentos foram compartilhados pelo meu filho mais velho e pela minha filha pequena — desde então eu nunca mais os vi.

Apenas o meu segundo filho, Wingate, foi capaz de vencer o medo e a repugnância inspirados pela minha transformação. Ele também sentia que eu era um estranho, mas, embora tivesse apenas oito anos na época, agarrou-se à crença de que a minha antiga personalidade haveria de voltar. Quando isso aconteceu, Wingate me procurou, e os tribunais concederam-me a guarda do garoto. Nos anos seguintes, ele ajudou-me com os estudos a que me dediquei, e hoje, aos 35 anos, Wingate é professor de psicologia na Universidade do Miskatonic. Não me espanto com o horror que causei — pois sem dúvida o intelecto, a voz, os pensamentos e as expressões faciais do ser que despertou no dia 15 de maio de 1908 não pertenciam a Nathaniel Wingate Peaslee.

Não tentarei fazer um relato extenso da minha vida entre 1908 e 1913, uma vez que os leitores podem encontrar todos os fatos essenciais — tal como eu mesmo fiz — nos arquivos públicos e em periódicos científicos. Fui encarregado das minhas próprias finanças e comecei a gastar o meu dinheiro de maneira lenta e criteriosa em viagens e estudos em vários centros de conhecimento. Minhas viagens, no entanto, eram singulares ao extremo e envolviam longas estadias em lugares ermos e desolados. Em 1909 passei um mês no Himalaia, e em 1911 chamei muita atenção por conta de uma viagem a camelo pelos desertos ignotos da Arábia. Nunca fui capaz de descobrir o que aconteceu durante essas viagens. No verão de 1912, afretei um navio e naveguei pelo norte gelado nos arredores de Spitsbergen, demonstrando sinais de decepção mais tarde. No mesmo ano, passei semanas sozinho além de todos os limites explorados em caráter prévio ou subsequente no enorme sistema de cavernas calcárias no oeste da Virgínia — labirintos negros tão complexos que nenhuma tentativa de refazer meus passos foi sequer cogitada.

Minhas estadias nas universidades foram marcadas por um aprendizado em velocidade espantosa, como se a personalidade secundária fosse dotada de uma inteligência muito superior à minha própria. Descobri também que o meu volume de leitura e de estudo solitário era fenomenal. Eu conseguia memorizar todos os detalhes de um livro apenas no tempo necessário para folhear as páginas, e minha habilidade para interpretar números complexos de maneira instantânea era espantosa. Às vezes surgiam relatos quase tétricos sobre o meu poder de influenciar os pensamentos e as ações de outras pessoas, embora eu pareça ter evitado quaisquer demonstrações dessa faculdade.

Outros relatos tétricos diziam respeito à minha intimidade com os líderes de grupos ocultistas, e certos eruditos suspeitavam de um envolvimento com bandos nefandos de abomináveis hierofantes ancestrais. Esses rumores, mesmo que jamais tenham sido provados na época, eram sem dúvida despertados pelo conhecido teor das minhas leituras — pois a consulta a livros raros nas bibliotecas não pode ser efetuada em segredo. Existem provas tangíveis — na forma de notas marginais — de que eu tenha lido coisas como o *Cultes des Goules* do Comte d'Erlette, o *De Vermis Mysteriis* de Ludvig Prinn, o *Unaussprechlichen Kulten* de Von Junzt, os fragmentos restantes do enigmático *Livro de Eibon* e o temível *Necronomicon* do árabe louco Abdul Alhazred. Além do mais, uma nova e maléfica onda de atividade nas seitas clandestinas coincidiu com a minha singular transformação.

No verão de 1913, passei a apresentar sinais de tédio e desinteresse e a insinuar que em breve eu poderia sofrer uma nova transformação. Comecei a falar sobre o retorno das lembranças de minha vida pregressa — embora a maioria das pessoas não acreditasse em mim, uma vez que todas as lembranças que eu relatava eram triviais e poderiam muito bem ter sido colhidas nos meus antigos papéis. Por volta do meio de agosto voltei para Arkham e reabri minha casa na Crane Street, que havia passado tanto tempo fechada. Lá, instalei um mecanismo de aspecto deveras curioso, construído em várias etapas por diversos fabricantes de instrumentos científicos na Europa e nos Estados Unidos e mantido longe dos olhos de qualquer pessoa inteligente o suficiente para analisá-lo. Aqueles que o viram — um mecânico, uma criada e a nova governanta — disseram que era uma estranha mistura de hastes, rodas e espelhos com cerca de sessenta centímetros de altura, trinta centímetros de largura e trinta centímetros de profundidade. O espelho central era circular e convexo. Todos os fabricantes de peças que puderam ser localizados corroboraram esses depoimentos.

Na noite de sexta-feira, 26 de setembro, dispensei a governanta e a criada até a tarde seguinte. As luzes da casa permaneceram acesas até tarde, e um homem magro, de tez escura e feições estrangeiras chegou em um automóvel. Por volta da uma da manhã as luzes se apagaram. Às 2h15 um policial viu que a casa estava às escuras, mas o carro do forasteiro permanecia estacionado na calçada. Pelas quatro da manhã o carro havia partido. Foi apenas às seis horas que uma estranha voz hesitante solicitou ao dr. Wilson que comparecesse à minha casa para curar-me de uma doença de caráter um tanto peculiar. Essa chamada — uma chamada de longa distância — foi mais tarde rastreada até um telefone público na North Station, em Boston, porém até hoje nenhuma pista sobre a identidade desse magro forasteiro foi encontrada.

Quando chegou à minha casa, o médico me encontrou inconsciente na sala de estar — em uma poltrona com uma mesa logo à frente. Na superfície da mesa, arranhões indicavam o local onde havia estado um objeto de peso considerável. A estranha máquina havia desaparecido, e desde então ninguém teve notícias a respeito dela. Sem dúvida o forasteiro magro e de tez escura a havia levado embora. Na lareira da biblioteca foi encontrada uma grande quantidade de cinzas resultantes da queima de todos os documentos que eu havia escrito desde o surto de amnésia. O dr. Wilson notou que a minha frequência respiratória estava bastante alterada, mas depois de uma injeção hipodérmica tudo voltou ao normal.

Às 11h15 do dia 27 de setembro estremeci vigorosamente, e meu semblante impassível como uma máscara começou a dar sinais de expressão. De acordo com o dr. Wilson, a expressão não era a da minha personalidade secundária, mas guardava inúmeras semelhanças com o meu semblante normal. Por volta das 11h30, balbuciei algumas sílabas muito curiosas — sílabas que pareciam estranhas a qualquer idioma humano. Também dei a impressão de estar lutando contra alguma coisa. Então, logo após o meio-dia — quando a governanta e a criada já haviam retornado —, comecei a balbuciar frases em inglês.

"... dentre todos os economistas ortodoxos do período, Jevons é quem melhor exemplifica essa tendência dominante da correlação científica. A tentativa de associar o ciclo comercial de prosperidade e depressão com o ciclo físico das manchas solares talvez seja o ápice da..."

Nathaniel Wingate Peaslee havia retornado — um espírito ainda perdido naquela manhã de quinta-feira em 1908, com toda a classe de economia a observá-lo junto da mesa surrada em cima do tablado.

II.

Meu retorno à vida cotidiana foi um processo difícil e doloroso. A perda de mais de cinco anos cria mais complicações do que se pode imaginar, e no meu caso inúmeros assuntos tiveram de ser resolvidos. O que ouvi sobre as minhas atitudes desde 1908 me deixou atônito e transtornado, mas tentei encarar a situação do modo mais filosófico possível. Quando enfim recuperei a guarda de Wingate, o meu segundo filho, levei-o para morar comigo na casa da Crane Street e tentei retornar à vida acadêmica — pois o meu antigo posto fora-me oferecido pela universidade.

Voltei a trabalhar em fevereiro de 1914, mas permaneci no cargo por apenas um ano. Foi o tempo de que precisei para compreender a extensão das sequelas deixadas pela minha experiência. Embora eu quisesse acreditar que as minhas faculdades estavam intactas e a minha personalidade não apresentava nenhuma lacuna, eu havia perdido a energia nervosa dos velhos tempos. Devaneios vagos e estranhas ideias me assombravam o tempo inteiro, e quando a eclosão da Guerra Mundial fez com que meus pensamentos se voltassem para a história, flagrei-me pensando sobre outras épocas e outros acontecimentos da maneira mais estranha possível. Minha concepção do *tempo* — minha capacidade de distinguir entre a consecutividade e a simultaneidade — parecia levemente alterada, de modo que passei a formular quimeras sobre viver em uma época e projetar a consciência rumo à eternidade para obter conhecimento sobre épocas passadas e futuras.

A guerra dava-me a estranha impressão de *recordar* certas *consequências longínquas* — como se eu soubesse de que forma havia de acabar e pudesse vê-la em *retrospectiva*, à luz de informações futuras. Todas essas quase memórias vinham acompanhadas por dores intensas e por um sentimento de que alguma espécie de barreira psicológica artificial tentava bloqueá-las. Quando venci a timidez e sugeri a existência dessas impressões a outras pessoas, obtive as mais variadas reações. Houve quem me encarasse com evidente desconforto, porém certos integrantes do departamento de matemática falaram sobre novos desdobramentos das teorias da relatividade — na época discutidas apenas em círculos acadêmicos — que mais tarde haveriam de tornar-se muito famosas. Segundo me disseram, o dr. Albert Einstein reduzia o *tempo* a uma simples dimensão.

Mesmo assim, os sonhos e as sensações de desconforto foram tomando conta de mim, até que em 1915 me vi obrigado a abandonar o trabalho regular. Algumas dessas impressões começaram a traçar um contorno bastante perturbador — levando-me a crer que a amnésia tinha sido uma espécie de *troca profana*; que, na verdade, a minha personalidade secundária tinha sido uma força invasora vinda de regiões desconhecidas, e que a minha personalidade legítima tinha sido deslocada à força. Assim, fui levado a fazer especulações vagas e aterradoras quanto ao paradeiro da minha personalidade legítima durante os anos em que outra entidade havia ocupado o meu corpo. O conhecimento singular e a estranha conduta desse antigo ocupante passaram a me perturbar cada vez mais à medida que eu descobria detalhes em conversas, jornais e periódicos. Certas estranhezas que haviam causado estupefação pareciam harmonizar-se de maneira terrível com uma bagagem de conhecimento negro que borbulhava nos abismos do meu subconsciente. Lancei-me em uma busca frenética por informações acerca dos estudos e das viagens daquele *outro* ao longo dos anos em que permaneci nas sombras.

Porém nem todos os meus problemas eram de natureza semiabstrata. Havia os sonhos — e estes pareciam tornar-se cada vez mais vívidos e concretos. Sabendo como a maioria das pessoas haveria de encará-los, eu raramente fazia qualquer menção ao assunto, a não ser para o meu filho e para alguns psicólogos de confiança; e no fim comecei a fazer um estudo científico de outros casos semelhantes no intuito de averiguar o quão típicas ou atípicas seriam visões similares entre as vítimas de amnésia. Meus resultados, obtidos mediante consultas a psicólogos, historiadores, antropólogos e especialistas em saúde mental de comprovada experiência, bem como a um estudo que incluía todos os relatos de personalidade dupla desde as lendas de possessão demoníaca até a realidade médica presente, a princípio trouxeram-me mais preocupações do que alívio.

Logo descobri que os meus sonhos não tinham nenhum equivalente na volumosa bibliografia sobre casos verídicos de amnésia. No entanto, ainda restavam uns poucos relatos que por anos me deixaram perplexo e chocado em virtude das inúmeras semelhanças com a minha vivência pessoal. Alguns eram fragmentos de folclore antigo; outros, casos históricos nos anais da medicina; e um ou dois diziam respeito a velhas anedotas relegadas ao silêncio na história canônica. Assim, tive a impressão de que, conquanto a minha moléstia fosse prodigiosamente rara, casos isolados vinham ocorrendo a longos intervalos desde a aurora da humanidade. Alguns séculos traziam registros de um, dois ou três casos; outros, nenhum — ou ao menos nenhum que tenha sobrevivido à passagem do tempo.

Em essência, os relatos eram sempre idênticos — uma pessoa de intelecto arguto via-se de repente tomada por uma vida secundária e, por um período ora mais, ora menos longo, levava uma existência totalmente extravagante, marcada a princípio por dificuldades articulatórias e motoras, e mais tarde por uma vasta aquisição de conhecimentos científicos, históricos, artísticos e antropológicos; aquisição esta levada a cabo com uma voracidade febril e uma capacidade de absorção totalmente fora dos padrões. Mais tarde ocorria o retorno da consciência original, que a partir de então se via atormentada por sonhos vagos e indefiníveis que sugeriam fragmentos de memórias horripilantes, apagados graças a uma técnica elaborada. A impressionante semelhança entre alguns dos pesadelos descritos e os meus próprios — uma semelhança que chegava aos menores detalhes — não deixou nenhuma dúvida quanto à natureza típica do fenômeno. Um ou dois casos revestiam-se de uma aura ainda mais intensa de familiaridade vaga e blasfema, como se me houvessem sido comunicados através de um canal sônico do cosmo, demasiado mórbido e horripilante para a contemplação. Em três instâncias havia menções explícitas à máquina desconhecida que permanecia na minha casa antes da segunda transformação.

Outro motivo nebuloso de inquietação durante a minha busca foi a maior frequência de casos em que um vislumbre breve e fugidio dos pesadelos típicos era concedido a pessoas não atingidas por uma amnésia típica. Em geral essas pessoas tinham dotes intelectuais medíocres ou ainda menores — em certos casos, mal poderiam ser concebidos como veículos de vasta erudição ou de aquisições mentais prodigiosas. Por um instante, essas pessoas eram tomadas por uma força externa — e em seguida assaltadas por uma tênue e fugaz memória de horrores inumanos.

Pelo menos três casos semelhantes tinham sido registrados nas últimas cinco décadas — o mais recente apenas quinze anos atrás. Será que alguma coisa estava *andando às cegas através do tempo* desde um abismo ignoto da Natureza? Será que esses casos mais brandos seriam *experimentos* monstruosos e sinistros de caráter e autoria muito além de qualquer crença respaldada pela razão? Eis algumas das especulações informes a que eu me entregava nas horas de fraqueza — devaneios estimulados pelos mitos descobertos em meus estudos. Eu não podia duvidar de que a existência de certas lendas persistentes de antiguidade imemorial, aparentemente ignoradas pelas vítimas e pelos médicos ligados aos casos recentes de amnésia, constituía um notável e espantoso desdobramento de lapsos mnemônicos como o meu.

Quanto à natureza dos sonhos e das impressões que se insinuavam com tamanho clamor, ainda hoje temo falar. Tudo parece saber a loucura, e por vezes achei que eu estava de fato perdendo a razão. Será que um tipo peculiar de alucinação afetava as vítimas dos lapsos de memória? Parecia concebível que os esforços do subconsciente para preencher lacunas inexplicáveis com pseudomemórias pudessem resultar em estranhos devaneios imaginativos. Essa, a bem dizer (embora no fim uma teoria alternativa do folclore tenha me parecido mais plausível), era a crença de muitos alienistas que me ajudaram na busca por casos paralelos e compartilharam a minha perplexidade em relação às analogias perfeitas eventualmente descobertas. Os alienistas não tratavam essa condição como uma loucura verdadeira, preferindo classificá-la como um distúrbio neurótico. Minha determinação em buscar a origem do problema a fim de analisá-lo, em vez de empreender vãs tentativas de ignorar ou esquecer o ocorrido, estava em pleno acordo com os melhores princípios da psicologia, segundo me disseram. Eu dava especial valor aos conselhos dos médicos que haviam me estudado durante o período em que estive possuído pela outra personalidade.

Meus primeiros sintomas não foram visuais, mas diziam respeito às impressões abstratas que já tive ocasião de mencionar. Havia também um profundo e inexplicável sentimento de horror em relação a *mim mesmo*. Comecei a sentir um medo inexplicável de ver a minha própria forma, como se os meus olhos pudessem descobrir algo completamente alienígena e inconcebivelmente abominável. Ao olhar para baixo e descobrir a forma humana de sempre, trajando roupas azuis ou cinza, eu era sempre tomado por uma curiosa sensação de alívio, mesmo que para obtê-la eu precisasse vencer um terror infinito. Eu evitava os espelhos tanto quanto possível e sempre fazia a barba no salão do barbeiro.

Foi necessário muito tempo para que eu enfim relacionasse esses sentimentos de frustração às fugazes impressões visuais que comecei a ter. A primeira dessas relações estava ligada à estranha sensação de uma contenção externa e artificial aplicada às minhas memórias. Eu sentia que meus vislumbres tinham um significado profundo e terrível, bem como uma pavorosa ligação com a minha pessoa, mas uma influência consciente me impedia de compreender esse significado e essa ligação. Logo veio a estranheza em relação ao elemento do *tempo*, acompanhada por esforços desesperados para encaixar os vislumbres oníricos fragmentários no padrão cronológico e espacial conhecido.

A princípio os vislumbres eram muito mais estranhos do que assustadores. Eu tinha a impressão de estar no interior de uma enorme câmara abobadada, cujas arestas em cantaria sobranceira quase se perdiam nas sombras mais acima. Qualquer que fosse a época ou o local da cena, o princípio do arco era conhecido e usado com a mesma prodigalidade demonstrada pelos romanos. Havia janelas redondas de dimensões colossais e altaneiras portas em arco, e pedestais ou mesas da altura de um aposento comum. Enormes estantes de madeira escura recobriam as paredes, repletas do que pareciam ser imensos tomos com estranhos hieróglifos nas lombadas. A cantaria exposta apresentava entalhes curiosos, sempre com desenhos curvilineares e matemáticos, e havia inscrições gravadas com os mesmos caracteres que adornavam os livros descomunais. A pedraria em granito escuro era megalítica e monstruosa, com linhas de blocos com topos convexos onde se encaixavam as fileiras de fundo côncavo que repousavam logo acima. Não havia cadeiras, mas o alto dos vastos pedestais estava repleto de livros, papéis e o que parecia ser material de escrita — estranhos jarros de um metal púrpura e longas hastes com as pontas manchadas. Por mais altos que fossem os pedestais, às vezes eu tinha a impressão de vê-los de cima. Alguns sustentavam globos de cristal luminoso que faziam as vezes de lâmpadas, bem como máquinas inexplicáveis formadas por tubos vítreos e hastes de metal. As janelas tinham vidros e gelosias construídas com barras robustas. Mesmo que não me atrevesse a chegar mais perto e olhar para fora, eu conseguia ver as formas balouçantes de plantas similares a samambaias. O piso era recoberto por lajes octogonais maciças, mas não havia tapeçarias nem outros elementos decorativos.

Mais tarde tive visões em que eu atravessava os corredores em pedra ciclópica, subindo e descendo os gigantescos planos inclinados de cantaria monstruosa. Não havia escadas em lugar algum, tampouco passagens com menos de nove metros de largura. Algumas das estruturas por onde eu deslizava pareciam alçar-se rumo ao céu por centenas de metros. Havia diversos níveis de abóbadas negras mais abaixo, e também alçapões jamais abertos, trancados com barras de metal que sugeriam uma ameaça formidável. Eu tinha a impressão de ser um prisioneiro, e o horror pairava sobre tudo ao meu redor. Senti que os hieróglifos curvilineares nas paredes arrasariam a minha alma com a mensagem que encerravam se eu não estivesse sob a proteção de uma ignorância piedosa.

Ainda mais tarde os meus sonhos passaram a incluir panoramas das grandes janelas redondas e do titânico telhado achatado, com jardins curiosos, uma grande área vazia e um alto parapeito de pedra com arremates protuberantes, aonde se chegava depois de atravessar o mais alto plano inclinado. As construções gigantes espalhavam-se por léguas quase infinitas, todas com um jardim próprio e dispostas ao longo de estradas pavimentadas com sessenta metros de largura. Apresentavam diferenças evidentes no aspecto individual, mas poucas tinham menos de cento e cinquenta metros de lado ou trezentos metros de altura. Muitas pareciam ilimitadas a tal ponto que deviam ter uma fachada de várias centenas de metros, enquanto outras se erguiam a altitudes montanhosas no firmamento cinza e vaporoso. Pareciam ser feitas de pedra ou de concreto, e a maioria era construída na mesma cantaria curvilinear observável na construção em que eu me encontrava. Os tetos eram retos e cobertos por jardins e tinham uma notável tendência a apresentar parapeitos com arremates protuberantes. Às vezes observavam-se terraços e níveis mais elevados, e amplos vãos livres em meio aos jardins. As grandes estradas sugeriam movimento, mas durante as primeiras visões não consegui obter mais detalhes a partir dessa impressão.

Em certos lugares eu vislumbrava enormes torres cilíndricas que se erguiam muito acima de qualquer outra estrutura. Estas pareciam dotadas de uma natureza totalmente única, e evidenciavam antiguidade e dilapidação prodigiosas. Eram construídas com uma espécie bizarra de cantaria quadrada em basalto e apresentavam um leve afunilamento em direção ao topo arredondado. Em nenhuma delas se via o menor sinal de janelas ou de quaisquer outras aberturas que não as enormes portas. Também notei algumas construções mais baixas — desmoronando com as intempéries dos éons — que guardavam alguma semelhança com a arquitetura básica das obscuras torres cilíndricas. Ao redor dessas aberrações de cantaria quadrada pairava uma aura inexplicável de ameaça e de temor concentrado, como aquela inspirada pelos alçapões trancados.

Os onipresentes jardins pareciam quase medonhos devido à própria estranheza, e apresentavam formas de vegetação bizarras e desconhecidas que se debruçavam ao longo de amplos caminhos ladeados por monólitos repletos de entalhes singulares. As mais comuns eram plantas similares a samambaias de tamanho descomunal; algumas verdes, outras de um sinistro palor fungoide. Em meio a essa flora sobranceavam enormes coisas espectrais que se assemelhavam a calamites, com troncos similares ao bambu que se erguiam a alturas fabulosas. Também havia incríveis espécies vegetais similares às cicadófitas, e grotescos arbustos verde-escuros e árvores de aspecto conífero. As flores eram pequenas, incolores e irreconhecíveis, e floresciam em canteiros geométricos em meio ao restante da vegetação. Em alguns dos jardins nos terraços havia flores maiores e mais vívidas de contornos quase repulsivos, que sugeriam reprodução artificial. Fungos de tamanhos, silhuetas e cores inconcebíveis espalhavam-se pelo cenário em padrões que indicavam uma desconhecida mas bem estabelecida tradição de horticultura. Nos jardins mais extensos, no térreo, parecia haver alguma tentativa de preservar as irregularidades da Natureza, enquanto nos terraços havia mais seletividade e mais evidências da arte da topiaria.

O tempo estava quase sempre úmido e encoberto, e às vezes trazia chuvas impressionantes. De vez em quando, no entanto, viam-se relances do sol — que aparentava uma grandeza anômala — e também da lua, cujas marcas apresentavam diferenças que nunca pude compreender com exatidão. Quando o céu noturno estava claro — o que acontecia muito raramente —, eu via constelações quase irreconhecíveis. Contornos familiares por vezes surgiam de maneira aproximada, mas qualquer duplicação mais ou menos exata era bastante rara; e, a dizer pela posição dos grupos que fui capaz de reconhecer, senti que eu devia estar no hemisfério sul, próximo ao Trópico de Capricórnio. O horizonte longínquo era quase sempre vaporoso e indistinto, mas eu conseguia perceber que grandes selvas de árvores e samambaias desconhecidas, *calamites, lepidodendra* e *sigillaria* espalhavam-se para além da cidade, com as frondes fantásticas a tecer zombarias nos vapores inconstantes. De vez em quando sugestões de movimento apresentavam-se no céu, porém minhas visões jamais conseguiam se transformar em certeza.

Por volta do outono de 1914, comecei a ter sonhos infrequentes em que eu flutuava acima da cidade e pelas regiões vizinhas. Eu via estradas intermináveis de vegetação pavorosa com troncos malhados, canelados e listrados, e passava por cidades tão estranhas quanto aquela que persistia em me assombrar. Via construções monstruosas de pedra negra ou iridescente nos vales e nas clareiras onde um crepúsculo perpétuo reinava, e atravessava longos caminhos acima de pântanos tão escuros que eu pouco tinha a dizer quanto à vegetação úmida e exuberante que os encobria. Certa vez encontrei uma área de incontáveis quilômetros repleta de ruínas basálticas com arquitetura semelhante à das poucas torres sem janelas e de topo arredondado na cidade assombrosa. Em outra ocasião encontrei o mar — uma interminável extensão vaporosa além dos píeres de pedra colossal em uma gigantesca cidade de arcos e domos. Grandes sugestões de sombras informes moviam-se mais acima, e em certos pontos a superfície agitava-se com jorros anômalos.

III.

Como eu disse, a princípio essas visões não apresentaram nenhuma qualidade aterrorizante. Sem dúvida, muitos já tiveram sonhos mais estranhos — compostos de fragmentos avulsos da vida cotidiana, figuras e leituras arranjados em padrões inéditos e fantásticos pelos incontroláveis caprichos do sono. Por um tempo aceitei as visões como uma ocorrência natural, embora eu não costumasse ter sonhos extravagantes. Muitas das anomalias vagas, pensei eu, deviam se originar em fontes triviais demasiado numerosas para qualquer tipo de identificação, ao passo que outras pareciam refletir conhecimentos livrescos relativos a plantas e a outras condições do mundo primitivo de cento e cinquenta milhões de anos atrás — o mundo Permiano ou Triássico. Ao longo dos meses, no entanto, o elemento de terror manifestou-se com uma força cada vez maior. Foi nessa época que os sonhos passaram a se apresentar com o aspecto de *memórias*, e os meus pensamentos começaram a relacioná-los às minhas perturbações abstratas cada vez mais intensas — o sentimento de limitação mnemônica, as curiosas impressões relativas ao *tempo*, a sensação de uma repulsiva troca com a minha personalidade secundária de 1908-13 e, algum tempo mais tarde, a inexplicável repulsa em relação à minha própria pessoa.

Quando certos detalhes passaram a figurar nos sonhos, o horror multiplicou-se por milhares de vezes — até que, em outubro de 1915, senti que eu precisava tomar alguma providência. Foi quando resolvi me dedicar ao estudo de outros casos de amnésia e de visões, pois senti que assim eu poderia analisar o meu problema de maneira objetiva e livrar-me da influência emocional. Como já foi dito, no entanto, o resultado foi praticamente o oposto em um primeiro momento. Fiquei muito perturbado ao descobrir sonhos tão similares aos meus, em especial porque alguns dos relatos eram antigos demais para que quaisquer conhecimentos geológicos — e portanto qualquer ideia quanto à natureza das paisagens primitivas —

A SOMBRA VINDA DO TEMPO   229

estivessem ao alcance da vítima. Além do mais, diversos relatos traziam detalhes e explicações horríveis em relação às visões de enormes construções e jardins selvagens — e em relação a outras coisas. As visões e impressões vagas já eram perturbadoras o bastante, mas as insinuações e os depoimentos de outros sonhadores sabiam a loucura e blasfêmia. Para piorar tudo ainda mais, minha pseudomemória começou a trazer-me sonhos cada vez mais delirantes e vislumbres de revelações iminentes. Mesmo assim, em geral os médicos consideraram o meu método bastante salutar.

Estudei psicologia de forma sistemática, e esse estímulo levou o meu filho Wingate a fazer o mesmo — e os estudos levaram-no ao atual cargo de professor universitário. Em 1917 e 1918 frequentei cursos especiais na Universidade do Miskatonic. Nesse ínterim a minha pesquisa em registros médicos, históricos e antropológicos ganhou o caráter de uma busca incansável; envolveu viagens a bibliotecas distantes e chegou até mesmo a incluir leituras dos pavorosos tomos de sabedoria oculta pelos quais a minha segunda personalidade havia demonstrado um mórbido interesse. Alguns destes últimos eram os mesmos exemplares que eu tinha lido ainda na minha condição alterada, e fiquei profundamente perturbado com certas anotações marginais e *correções ostensivas* do texto execrando em uma caligrafia e em um estilo que pareciam estranhamente inumanos.

Essas marcações estavam, na maioria dos casos, escritas nos idiomas dos respectivos livros, que o autor da marginália conhecia com erudição profunda e evidente. Uma nota apensa ao *Unaussprechlichen Kulten* de Von Junzt, no entanto, chamava atenção por um motivo alarmante. A nota consistia de certos hieróglifos curvilineares escritos na mesma tinta usada para fazer as correções em alemão, porém não seguia nenhum padrão humano reconhecível. E esses hieróglifos apresentavam semelhanças inconfundíveis com os caracteres tantas vezes encontrados em meus sonhos — caracteres cujo significado eu por vezes imaginava compreender ou me via prestes a recordar. Para completar o quadro da minha negra confusão, meus bibliotecários asseguraram-me de que, segundo os registros dos volumes, todas essas anotações deviam ter sido feitas por mim durante o meu estado secundário. Apesar disso, eu era e ainda sou ignorante em todas as três línguas envolvidas.

Depois de juntar registros esparsos, antigos e modernos, antropológicos e médicos, encontrei uma mistura bastante consistente de mito e alucinação com um nível de abrangência e desvario que me deixou de todo estupefato. Encontrei um único consolo — o fato de que os mitos remontavam a épocas remotas. Que conhecimento perdido poderia ter trazido imagens do Paleozoico ou do Mesozoico para essas fábulas primitivas eu não saberia dizer, mas as imagens estavam lá. Portanto, havia uma base para a formação de um tipo fixo de delírio. Sem dúvida os casos de amnésia haviam criado o padrão geral do mito — mas a partir de então os acréscimos fantasiosos dos mitos devem ter reagido com os pacientes de amnésia e colorido as pseudomemórias destes. Eu mesmo havia lido e ouvido todas as antigas lendas durante o meu lapso de memória — minhas buscas traziam fartas evidências. Neste caso, não seria natural que meus sonhos e emoções subsequentes apresentassem as cores e as formas de tudo o que a minha memória houvesse apreendido durante o estado secundário? Alguns dos mitos apresentavam ligações importantes com outras lendas nebulosas do mundo pré-humano, em especial no que dizia respeito aos mitos hindus referentes a vertiginosos abismos de tempo que formam parte da sabedoria dos teosofistas modernos.

Tanto os mitos primordiais como as alucinações modernas sugeriam que a humanidade seria apenas uma — talvez a menor — dentre as várias raças altamente evoluídas surgidas durante a longa e em boa parte desconhecida história do planeta. Segundo essas insinuações, criaturas de formas inconcebíveis haviam erguido torres em direção ao céu e explorado todos os segredos da Natureza antes que o primeiro anfíbio se arrastasse para fora do mar quente de trezentos milhões de anos atrás. Algumas dessas criaturas tinham vindo das estrelas; umas poucas eram tão antigas quanto o próprio cosmo; e outras haviam surgido depressa a partir de germes terrestres tão anteriores aos primeiros germes do nosso ciclo vital quanto estes são anteriores a nós mesmos. Havia diversas menções à passagem de bilhões de anos e a ligações com outras galáxias e universos. A bem dizer, o tempo não existia da maneira como é compreendido em termos humanos.

No entanto, a maioria das lendas e impressões dizia respeito a uma raça mais recente, de forma estranha e intrincada e sem nenhuma semelhança com outras formas de vida conhecidas pela ciência, que viveu apenas até cinquenta milhões de anos antes do surgimento do homem. Tudo indicava que essa era a raça mais evoluída dentre todas as outras, pois foi a única a conquistar o segredo do tempo. As criaturas haviam aprendido tudo o que se sabia *ou que algum dia haveria de se saber* na Terra graças às mentes privilegiadas que tinham o poder de projetar-se rumo ao passado e ao futuro através de abismos de milhões de anos para estudar a sabedoria de todas as épocas. Os feitos dessa raça deram origem a todas as lendas sobre *profetas*, inclusive aquelas presentes na mitologia humana.

Vastas bibliotecas guardavam volumes de textos e ilustrações que encerravam a totalidade dos anais terrestres — histórias e descrições de todas as espécies que haviam existido e ainda haveriam de existir, com registros completos das respectivas artes, conquistas, idiomas e psicologias. Com esse conhecimento que abarcava os éons, a Grande Raça podia escolher, dentre todas as épocas e todas as formas de vida, os pensamentos, as artes e os processos que melhor se adequassem à natureza e à situação em que viviam. O conhecimento do passado, obtido graças a uma espécie de projeção mental para além dos cinco sentidos conhecidos, era mais difícil de obter do que o conhecimento relativo ao futuro.

Nesse último caso, o curso era mais simples e mais material. Com o auxílio mecânico necessário, as criaturas projetavam as consciências adiante no tempo e sondavam o nebuloso caminho extrassensorial até se aproximar do período desejado. Então, depois dos testes preliminares, aferravam-se aos melhores espécimes da forma de vida mais evoluída do período, entrando no cérebro do organismo e em seguida instalando as próprias vibrações enquanto a mente deslocada voltava até o período do usurpador e permanecia no corpo deste último até que o processo se invertesse. A mente projetada, no corpo do organismo futuro, passava-se por um membro da raça cuja forma exterior ostentasse; e logo aprendia, com a maior rapidez possível, tudo o que houvesse para aprender sobre a época escolhida e as informações e técnicas nela disponíveis.

Nesse meio-tempo a mente do hospedeiro, deslocada para a época e o corpo do usurpador, era guardada com todo o cuidado. Impediam-na de ferir o corpo que ocupava e privavam-na de todo conhecimento prévio com técnicas de interrogatório. Muitas vezes o interrogatório era conduzido no idioma nativo da mente hospedeira, pois explorações anteriores do futuro haviam trazido registros desse idioma. Se a mente viesse de um corpo cujo idioma a Grande Raça fosse incapaz de reproduzir por motivos físicos, as criaturas desenvolviam engenhosas máquinas capazes de reproduzir o idioma alienígena, como em um instrumento musical. Os integrantes da Grande Raça eram imensos cones rugosos com três metros de altura que tinham a cabeça e outros órgãos presos a membros extensíveis com trinta centímetros de espessura que saíam do ápice. Falavam estalando ou raspando as enormes patas ou garras presentes na extremidade de dois desses quatro membros e caminhavam expandindo e contraindo uma camada viscosa presa à enorme base de três metros.

Quando o espanto e o ressentimento da mente cativa se dissipavam, e quando (no caso de criaturas com um aspecto físico muito diferente) o horror relativo à estranha forma temporária desaparecia, o prisioneiro tinha a chance de estudar o novo ambiente e experimentar um sentimento de espanto e de sabedoria similar ao do usurpador. Uma vez tomadas as devidas precauções, e em troca dos serviços adequados, permitiam-lhe desbravar todo o mundo habitado em aeronaves titânicas ou nos enormes veículos similares a barcos e equipados com motores atômicos que andavam pelas grandes estradas, bem como frequentar à vontade as bibliotecas que continham os registros do passado e do futuro do planeta. Assim, vários prisioneiros faziam as pazes com o destino, pois eram todos dotados de intelectos extremamente argutos para os quais a exploração dos mistérios ocultos da Terra — capítulos fechados de passados inconcebíveis e redemoinhos vertiginosos de um futuro que incluía anos muito além da época em que originalmente viviam — constitui, não obstante os horrores abismais tantas vezes revelados, a experiência suprema da vida.

De vez em quando alguns prisioneiros tinham a chance de encontrar outras mentes capturadas no futuro — de trocar experiências com intelectos que viviam cem ou mil ou um milhão de anos antes ou depois da época em que existiam. Todos eram incentivados a escrever no próprio idioma a respeito de si mesmos e do período em que viviam; e esses documentos eram armazenados em um vasto arquivo central.

Cabe dizer que havia um tipo particularmente triste de prisioneiro com privilégios bem maiores do que aqueles oferecidos à maioria. Eram os exilados moribundos *permanentes*, cujos corpos futuros haviam sido capturados por integrantes moribundos da Grande Raça que, na iminência da morte, tentavam escapar à extinção mental. Esses exilados melancólicos não eram comuns como se poderia imaginar, uma vez que a longevidade da Grande Raça diminuía o apego que tinham à vida — em especial no caso das mentes superiores capazes de projeção. A partir desses casos de projeção permanente de mentes provectas surgiram inúmeras mudanças duradouras na história recente — inclusive na história da humanidade.

Quanto aos casos típicos de exploração — uma vez que o conhecimento desejado fosse adquirido no futuro, a mente usurpadora construía um aparato idêntico àquele responsável pelo voo inicial e revertia o processo de projeção. Mais uma vez tornava a ocupar o próprio corpo na própria época, enquanto a mente cativa retornava ao corpo futuro que de pleno direito habitava. No entanto, quando um dos corpos morria durante a troca essa restauração não era possível. Nesses casos, é claro, a mente exploradora precisava — tal como a dos que tentavam escapar da morte — viver uma vida no futuro, em um corpo alienígena; ou então a mente cativa — como os exilados moribundos permanentes — terminava os dias na forma e na época passada a que pertencia a Grande Raça.

Esse destino era menos temível quando a mente cativa também pertencia à Grande Raça — uma ocorrência não muito rara, uma vez que em todos os períodos essas criaturas sempre estiveram muito interessadas no próprio futuro. O número de exilados moribundos permanentes da Grande Raça era muito pequeno — em boa parte devido às tremendas penalidades associadas ao deslocamento de futuras mentes da Grande Raça por parte do moribundo. Através da projeção, providências eram tomadas para aplicar essas penalidades às mentes transgressoras enquanto ocupavam os corpos futuros — e às vezes uma nova troca era efetuada à força. Casos bastante complexos de deslocamentos de mentes exploradoras ou mesmo aprisionadas por outras mentes oriundas de várias regiões do passado haviam sido descobertos e cuidadosamente retificados. Em todas as épocas desde o descobrimento da projeção mental, uma pequena mas importante parcela da população era constituída por mentes da Grande Raça oriundas de épocas passadas, que estavam de visita por períodos ora mais, ora menos longos.

Quando uma mente prisioneira de origem alienígena era devolvida ao próprio corpo futuro, via-se privada de tudo o que havia aprendido na época da Grande Raça através de um complexo processo de hipnose mecânica — um processo necessário em vista das consequências problemáticas do transporte de conhecimento em grandes quantidades. Os poucos casos de transmissão direta haviam causado — e em tempos futuros haveriam de causar ainda outros — enormes desastres. Foi em consequência de dois casos assim que (segundo os antigos mitos) a humanidade aprendeu o que sabia sobre a Grande Raça. Dentre todas as coisas que haviam *sobrevivido fisicamente* desde aquele mundo a éons de distância, restavam apenas certas ruínas de grandes pedras em lugares distantes e nas profundezas oceânicas, bem como partes do texto presente nos temíveis *Manuscritos pnakóticos*.

Assim a mente em retorno voltava à própria época apenas com visões tênues e fragmentárias de tudo o que havia vivido desde a captura. Todas as memórias que podiam ser erradicadas eram erradicadas, de modo que na maioria dos casos apenas um vazio à sombra dos sonhos remontava ao momento da primeira troca. Algumas mentes lembravam mais do que outras, e eventualmente o encontro casual de memórias oferecia pistas relativas ao passado proibido de épocas futuras. Não deve ter havido uma única época em que grupos ou cultos não tenham celebrado algumas dessas pistas em segredo. O *Necronomicon* sugeria a presença de um culto nesses moldes entre os humanos — um culto que por vezes auxiliava as mentes que viajavam através dos éons desde a época da Grande Raça.

Nesse ínterim os integrantes da Grande Raça tornaram-se quase oniscientes, e dedicaram-se a organizar trocas com mentes de outros planetas e explorar o passado e o futuro desses outros mundos. Da mesma forma, tentaram compreender os anos anteriores e a origem do orbe negro e entregue à morte através dos éons de onde a própria herança mental havia surgido — pois a mente da Grande Raça era mais antiga do que a forma corpórea. Os seres de um mundo ancestral moribundo, depois de alcançar a sabedoria graças à obtenção de conhecimentos ocultos e supremos, haviam partido em busca de um novo mundo e de uma espécie em que pudessem ter uma longa vida; e assim projetaram as próprias mentes em massa para a raça mais apta a hospedá-los — as criaturas em forma de cone que povoavam a nossa Terra um bilhão de anos atrás. Assim surgiu a Grande Raça, enquanto as incontáveis mentes enviadas rumo ao passado foram abandonadas para morrer no horror de formas estranhas. Mais tarde a raça enfrentaria a morte uma segunda vez, e sobreviveria graças a outra migração das melhores mentes para o corpo de seres futuros dotados de maior longevidade física.

Eis o pano de fundo composto de lendas e alucinações entremeadas. Quando, por volta de 1920, dei uma forma coerente às minhas descobertas, senti um discreto alívio na tensão que os estágios iniciais da pesquisa haviam causado. Afinal, e a despeito de todos os devaneios provocados por emoções cegas, não haveria uma explicação lógica para a maioria desses fenômenos? Um simples acaso poderia ter levado minha mente a estudos obscuros durante o período da amnésia — e além do mais eu tinha estudado as lendas proibidas e encontrado os integrantes de cultos ancestrais e mal-afamados. Sem dúvida, essa era a origem do material que compôs os sonhos e os sentimentos de perturbação que me assolaram após o retorno da minha memória. Quanto às notas marginais em hieróglifos oníricos e em idiomas que ignoro atribuídas a mim pelos bibliotecários — eu poderia muito bem ter aprendido os rudimentos dessas línguas em meu estado secundário, enquanto os hieróglifos sem dúvida tinham sido engendrados pela minha fantasia a partir das descrições feitas em antigas lendas e *apenas mais tarde* entremeados aos meus sonhos. Tentei verificar certos detalhes em conversas com infames líderes de cultos, mas nunca consegui estabelecer as relações necessárias.

Às vezes o estranho paralelismo entre tantos casos diferentes em tantas épocas diferentes continuava me preocupando como no início das pesquisas, mas por outro lado eu tinha a impressão de que o folclore de veia fantástica tinha um caráter muito mais universal no passado do que no presente. Provavelmente todas as outras vítimas com sintomas semelhantes aos meus tinham um conhecimento familiar de longa data sobre as histórias que eu havia descoberto apenas no estado secundário. Quando essas vítimas perdiam a memória, associavam-se às criaturas dos mitos domésticos — os fabulosos invasores que deslocavam a mente dos homens — e assim embarcavam em uma busca por conhecimentos que pudessem levar de volta para um suposto passado inumano. Quando a memória retornava, invertiam o processo associativo e viam-se não mais como usurpadores, mas como as antigas mentes cativas. Por esse motivo os sonhos e as pseudomemórias seguiam o padrão convencional dos mitos.

Não obstante uma certa ponderosidade, essas explicações por fim suplantaram todas as outras no meu intelecto — em boa parte devido à fraqueza ainda maior das teorias rivais. Um número considerável de eminentes psicólogos e antropólogos aos poucos aceitou a minha hipótese. Quanto mais eu refletia, mais convincente parecia o meu raciocínio; até que por fim consegui erguer uma barricada poderosa contra as visões e impressões que ainda me acossavam. E se eu visse coisas à noite? Não seriam nada além das coisas sobre as quais eu tinha lido e ouvido falar. E se eu apresentasse estranhas aversões e perspectivas e pseudomemórias? Estas também seriam ecos dos mitos absorvidos no estado secundário. Nada que eu pudesse sonhar, nada que eu pudesse sentir poderia ter qualquer significado real.

Fortalecido por essa filosofia, consegui melhorar o meu equilíbrio nervoso, mesmo que as visões (mais do que as impressões abstratas) estivessem cada vez mais frequentes e mais repletas de detalhes perturbadores. Em 1922, mais uma vez me senti apto a desempenhar um trabalho regular e pus os meus conhecimentos recém-adquiridos em prática aceitando um cargo de professor assistente de psicologia na universidade. Minha antiga cátedra de economia política tinha sido ocupada havia muito tempo — e além do mais os métodos de ensinar a matéria haviam sofrido grandes mudanças desde o meu auge. Nessa época o meu filho estava começando os estudos de pós-graduação que culminaram no atual professorado, e por esse motivo fizemos muito trabalho conjunto.

IV.

Continuei, no entanto, a manter um registro minucioso dos sonhos extravagantes que me visitavam com tanta frequência e de maneira tão vívida. Um registro desses, segundo eu imaginava, despertaria interesse genuíno como documento psicológico. Os vislumbres ainda se pareciam demais com *memórias*, embora eu lutasse contra essa impressão com uma razoável margem de sucesso. Ao escrever, eu tratava esses avantesmas como coisas vistas; mas em qualquer outra situação considerava-as simples ilusões diáfanas trazidas pela noite. Nunca mencionei esses assuntos em conversas casuais, ainda que menções a elas tenham — como não poderia deixar de ser — ocasionalmente suscitado rumores acerca da minha saúde mental. É engraçado pensar que esses rumores circularam apenas entre os leigos, sem um único adepto entre os médicos ou psicólogos.

Quanto às visões que tive depois de 1914, pretendo mencionar aqui apenas umas poucas, dado que registros e relatos completos encontram-se à disposição de qualquer pesquisador sério. É evidente que com o passar do tempo as inibições foram desaparecendo, pois o escopo das minhas visões sofreu um aumento descomunal. Mesmo assim, nunca foram mais do que fragmentos desconexos que não evidenciavam nenhuma motivação clara. Nos sonhos, aos poucos tive a impressão de adquirir uma liberdade cada vez maior para explorar o ambiente em que eu me encontrava. Flutuei ao longo de estranhas construções de pedra, indo de uma a outra através de passagens subterrâneas descomunais que pareciam ser a via usual de deslocamento. Às vezes, nos níveis mais baixos, eu encontrava os enormes alçapões trancados ao redor dos quais pairava uma aura de medo e de maus agouros. Vi gigantescas piscinas tesseladas, bem como recintos fornidos com utensílios curiosos e inexplicáveis dos mais variados tipos. Havia cavernas colossais dotadas de mecanismos intrincados cujos contornos e propósitos eram completamente ignorados por mim, e cujo *som* se manifestou apenas depois de vários anos sonhando. Aproveito para ressaltar que a visão e a audição foram os únicos sentidos que exercitei no mundo visionário.

O verdadeiro horror começou em maio de 1915, quando tive o primeiro vislumbre das *criaturas vivas*. Foi antes que as minhas pesquisas me ensinassem o que esperar dos mitos e dos relatos de caso. À medida que as barreiras mentais cediam, passei a vislumbrar grandes massas de vapor translúcido em diversas partes das construções e nas ruas lá embaixo. Estas últimas tornaram-se cada vez mais sólidas e distintas, até que, passado algum tempo, pude enfim discernir contornos monstruosos com uma alarmante facilidade. Pareciam enormes cones iridescentes, com cerca de três metros de altura e três metros de largura na base, feitos de um material estriado, semielástico e escamoso. Dos ápices saíam quatro membros cilíndricos flexíveis, cada um com trinta centímetros de espessura e composto de uma substância estriada como a que compunha os cones. Esses membros ora se contraíam quase até desaparecer, ora se estendiam a uma distância de cerca de três metros. Dois deles terminavam em enormes garras ou pinças. Na extremidade de um terceiro havia quatro apêndices vermelhos em forma de trompete. O quarto terminava em um globo amarelado e irregular com cerca de sessenta centímetros de diâmetro e dotado de três grandes olhos dispostos ao longo da circunferência central. Acima da cabeça havia quatro ramificações cinzentas e delgadas que sustentavam apêndices similares a flores, enquanto da parte inferior pendiam oito antenas ou tentáculos esverdeados. A grande base do cone central era rematada por uma substância cinza e borrachenta que deslocava toda a entidade por meio de expansão e contração.

As ações das criaturas, embora inofensivas, causaram-me ainda mais horror do que a aparência — pois não é nem um pouco salubre observar seres monstruosos desempenhar ações intrinsecamente humanas. Essas entidades moviam-se de maneira inteligente através dos amplos recintos, pegando livros nas estantes e levando-os para as enormes mesas, ou vice-versa, e por vezes escrevendo com uma haste curiosa presa entre os tentáculos esverdeados. As enormes pinças eram usadas para carregar os livros e conversar — a comunicação era efetuava através de cliques e de arranhões. As entidades não trajavam nenhum tipo de indumentária, mas usavam pastas ou bolsas suspensas do alto do tronco cônico. Em geral mantinham a cabeça próxima ao topo do cone, porém muitas vezes a erguiam ou a abaixavam. Os outros três grandes membros tinham uma tendência natural a permanecer em repouso nas laterais do cone, contraídos a um comprimento de cerca de um metro e meio quando em desuso. A dizer pela velocidade com que liam, escreviam e operavam as máquinas (as que repousavam em cima das mesas pareciam de algum modo ligadas ao pensamento), concluí que a inteligência das criaturas seria muito superior à do homem.

Depois, passei a vê-las por toda parte; reunidas em grandes câmaras e corredores, às voltas com máquinas monstruosas em meio a criptas abobadadas e correndo ao longo das vastas estradas em gigantescos carros em forma de barco. Logo venci o meu temor, pois as entidades pareciam ser parte natural do ambiente que habitavam. Comecei a perceber diferenças entre os diversos indivíduos, e alguns pareceram estar sujeitos a algum tipo de contenção. Esses últimos, embora não apresentassem nenhuma variação física, demonstravam uma variedade de gestos e de hábitos que os diferenciava não apenas da maioria, mas em boa medida também uns dos outros. Escreviam no que parecia ser, para a minha visão turva, uma enorme variedade de caracteres — jamais empregando os hieróglifos curvilineares usados pela maioria. Alguns, segundo imaginei, usavam o nosso próprio alfabeto. Muitos trabalhavam em uma velocidade bastante inferior à massa geral das entidades.

Durante todo esse tempo a *minha participação* nos sonhos parecia resumir-se à de uma consciência sem corpo dotada de uma visão mais ampla do que o normal; capaz de flutuar livremente ao redor, e no entanto restrita aos caminhos e à velocidade de tráfego normal. Apenas em agosto de 1915 as sugestões de existência corpórea começaram a me trazer inquietações. Digo "inquietações" porque a primeira fase consistiu apenas em uma associação puramente abstrata e assim mesmo infinitamente terrível entre a repulsa que eu sentia em relação ao meu próprio corpo e as cenas das minhas visões. Por algum tempo a minha preocupação maior durante os sonhos foi evitar qualquer relance em direção ao meu corpo, e ainda me lembro de como me senti grato pela total ausência de grandes espelhos naqueles estranhos aposentos. Fiquei profundamente transtornado ao notar que eu nunca via aquelas mesas descomunais — cuja altura não poderia ser inferior a três metros — a partir de um nível inferior ao da superfície.

A tentação mórbida de olhar em direção ao meu corpo tornou-se cada vez maior, e em uma noite fatídica não pude mais resistir. A princípio o olhar que dirigi para baixo não revelou absolutamente nada. No instante seguinte, associei esse resultado ao fato de que a minha cabeça encontrava-se na extremidade de um pescoço flexível de enorme comprimento. Ao retrair o pescoço e olhar para baixo, percebi o vulto escamoso, rugoso e iridescente de um cone com três metros de altura e três metros de largura na base. Foi nesse instante que acordei metade dos habitantes de Arkham com os meus gritos ao emergir do abismo do sono.

Apenas depois de semanas de horrendas repetições consegui resignar-me a essas visões de mim mesmo naquela forma monstruosa. Nos sonhos, passei a me deslocar em meio a outras entidades desconhecidas, lendo os terríveis livros guardados nas intermináveis prateleiras e escrevendo por horas sem fim nas grandes mesas com uma haste manejada pelos tentáculos verdes que pendiam da minha cabeça. Fragmentos do que eu lia e escrevia permaneciam na minha memória. Eram os horrendos anais de outros mundos e outros universos, e de ímpetos de formas de vida amorfas além de todos os universos. Havia registros de estranhas ordens de seres que haviam povoado o mundo em passados esquecidos, e horripilantes crônicas de inteligências dotadas de corpos grotescos que o povoariam milhões de anos após a morte do último ser humano. Li capítulos da história humana cuja existência nenhum erudito de nossa época sequer concebe. Muitos desses textos estavam escritos no idioma dos hieróglifos, que estudei de maneira estranha, com o auxílio de máquinas que rangiam e revelavam o que sem dúvida era uma língua aglutinativa com sistemas de radicais sem nenhum parentesco com os idiomas humanos. Outros volumes eram escritos em outras línguas desconhecidas aprendidas com o mesmo sistema. Muito pouco estava escrito em línguas que eu compreendesse. Excelentes ilustrações — tanto as que faziam parte dos registros como as que formavam coleções à parte — forneceram-me uma ajuda inestimável. E o tempo todo eu tinha a impressão de estar compondo uma história da minha própria época em inglês. Ao despertar, eu me lembrava apenas de fragmentos isolados e desprovidos de qualquer significado em relação às línguas desconhecidas que o meu ser onírico havia aprendido, embora frases inteiras da história permanecessem comigo.

Aprendi — mesmo antes que o meu ser terreno houvesse estudado casos paralelos ou os antigos mitos que sem dúvida estavam na origem dos sonhos — que as entidades ao meu redor pertenciam à mais grandiosa raça do mundo, que havia conquistado o tempo e enviado mentes exploradoras a todas as épocas. Além do mais, eu sabia que me haviam capturado na minha própria época enquanto um *outro* usava o meu corpo nessa mesma época, e que algumas das outras estranhas formas hospedavam mentes capturadas em circunstâncias análogas. Eu parecia conversar, em uma estranha língua composta de cliques, com intelectos exilados de todos os confins do sistema solar.

Havia uma mente oriunda do planeta que conhecemos como Vênus, que viveria durante incalculáveis épocas vindouras, e outra de uma lua distante de Júpiter que vivia seis milhões de anos no passado. Quanto às mentes terrenas, havia alguns indivíduos da raça semivegetal dotada de asas e cabeça em forma de estrela-do-mar oriunda da Antártida paleogênea; um representante do povo reptiliano da fabulosa Valúsia; três dos hiperbóreos adoradores hirsutos e pré-humanos de Tsathoggua; um dos abomináveis Tcho-Tchos; dois representantes das hostes aracnídeas na última época da Terra; cinco da robusta espécie coleóptera posterior à humanidade, para a qual a Grande Raça um dia haveria de transferir as mentes mais argutas em massa ao defrontar-se com uma ameaça formidável; e muitos outros pertencentes às mais variadas ramificações da humanidade.

Conversei com a mente de Yiang-Li, um filósofo do império de Tsan-Chan, que deve ascender no ano 5000 d.C.; com a mente de um general dos negros macrocéfalos que dominavam a África do Sul no ano 50 000 a.C.; com a mente de um monge florentino do século XII chamado Bartolomeo Corsi; com a mente de um rei de Lomar que havia reinado nesse terrível domínio polar cem mil anos antes que os amarelos e atarracados inuros atacassem do Oeste; com a mente de Nug-Soth, um feiticeiro no exército dos conquistadores sombrios do ano 16 000 d.C.; com a mente de um romano chamado Titus Sempronius Blaesus, que tinha sido questor na época de Sula; com a mente de Khephnes, um egípcio da 14ª dinastia que me revelou o horripilante segredo de Nyarlathotep; com a mente de um sacerdote do reino de Atlântida; com a mente de James Woodville, um gentil-homem de Suffolk que vivia na época de Cromwell; com a mente de um astrônomo da corte no Peru pré-inca; com a mente do físico australiano Nevil Kingston-Brown, que há de falecer em 2518 d.C.; com a mente de um arquimago da Yhe desaparecida no Pacífico; com a mente de Teodotides, oficial greco-báctrio do ano 200 a.C.; com a mente de um francês provecto da época de Luís XIII chamado Pierre-Louis Montmagny; com a mente de Crom-Ya, um líder cimério de 15 000 a.C.; e com tantos outros que meu cérebro não foi capaz de armazenar os segredos chocantes e prodígios vertiginosos que me revelaram.

Toda manhã eu acordava com febre, às vezes em uma tentativa frenética de verificar ou desacreditar informações ao alcance do conhecimento humano moderno. Fatos tradicionais revestiram-se de aspectos novos e duvidosos, e admirei-me com o devaneio onírico capaz de engendrar complementos tão surpreendentes à história e à ciência. Estremeci ao pensar nos mistérios que o passado poderia ocultar e tremi diante das ameaças que o futuro poderia trazer. As insinuações presentes na fala das entidades pós-humanas em relação ao destino da humanidade produziram em mim um efeito que não pretendo deixar registrado. Depois do homem haveria uma poderosa civilização de besouros, cujos corpos a elite da Grande Raça capturaria assim que um destino monstruoso se abatesse sobre o mundo ancestral. Mais tarde, à medida que a Terra se aproximasse do fim, as mentes projetadas mais uma vez migrariam através do tempo e do espaço — para outra parada nos corpos das entidades vegetais bulbosas que habitam Mercúrio. Mas depois haveria outras raças que se aferrariam de maneira patética ao planeta gelado e viveriam escondidas no núcleo repleto de horror até o inelutável fim.

Nos meus sonhos eu expandia sem parar a história da minha época que estava preparando — meio por vontade própria, meio por conta das promessas de mais oportunidades para pesquisas e viagens — para o arquivo central da Grande Raça. O arquivo era uma estrutura subterrânea colossal próxima ao centro da cidade, que passei a conhecer bem por força de frequentes trabalhos e consultas. Construído para durar tanto quanto a Grande Raça, e também para resistir às mais extremas convulsões do planeta, esse repositório titânico ultrapassava todas as demais estruturas na robustez maciça e montanhosa da construção.

Os registros, escritos ou impressos em enormes folhas de celulose resistentes ao extremo, eram encadernados em livros que se abriam na parte de cima, e eram armazenados em estojos individuais feitos de um estranho e levíssimo metal inoxidável de coloração acinzentada, decorados com padrões matemáticos e ostentando o título nos hieróglifos curvilineares da Grande Raça. Esses estojos eram guardados em fileiras de cofres retangulares — estantes fechadas e trancadas — feitas do mesmo metal inoxidável e trancadas com segredos de operação complexa. A história que escrevi foi colocada em um dos cofres referentes ao mais baixo nível dos vertebrados — a seção dedicada à cultura humana e às raças hirsutas e reptilianas que a precederam na dominação terrestre.

No entanto, nenhum sonho me forneceu uma visão abrangente da vida cotidiana. Apenas fragmentos nebulosos e desconexos, que com certeza não se apresentavam na sequência correta. Para dar um exemplo, tenho apenas uma ideia bastante imperfeita no que diz respeito ao meu alojamento no mundo onírico, embora eu acredite ter ocupado todo um imenso recinto de pedra. Aos poucos minhas restrições como prisioneiro desapareceram, de modo que as visões passaram a incluir vívidos périplos por estradas no meio da selva, estadias em estranhas cidades e explorações das obscuras e imponentes ruínas sem janelas que os integrantes da Grande Raça evitavam por conta de um curioso temor. Também houve longas viagens marítimas em enormes navios com vários conveses e capazes de velocidades impressionantes, e viagens por regiões selvagens em aeronaves fechadas e em forma de projétil movidas por repulsão elétrica. Além do amplo oceano quente, havia outras cidades pertencentes à Grande Raça, e no continente longínquo eu discernia os rústicos vilarejos das criaturas aladas com focinhos pretos que se tornariam a raça dominante depois que a Grande Raça enviasse as mais ilustres mentes rumo ao futuro para escapar de um horror insidioso. As planuras e a vegetação exuberante eram sempre as principais características da cena. As colinas eram baixas e esparsas, e em geral apresentavam sinais de atividade vulcânica.

Sobre os animais que vi eu seria capaz de escrever volumes inteiros. Todos eram selvagens; pois a cultura mecanizada da Grande Raça tinha dispensado os animais domésticos havia muito tempo, e as fontes de alimento eram exclusivamente vegetais ou sintéticas. Répteis desajeitados de grande porte arrastavam-se em paludes vaporosos, esvoaçavam na atmosfera pesada ou nadavam nos mares e lagos; e nos espécimes avistados imaginei reconhecer vagamente os protótipos arcaicos e primitivos de inúmeras formas — dinossauros, pterodáctilos, ictiossauros, labirintodontes, ranforrincos, plesiossauros e outros — descritas pela paleontologia. Quanto a pássaros ou mamíferos, jamais os encontrei.

O solo e os pântanos ganhavam vida graças a cobras, lagartos e crocodilos, e insetos zumbiam sem parar em meio à exuberância da vegetação. Ao longe, no mar, monstros insuspeitos e ignotos jorravam colunas de espuma em direção ao céu vaporoso. Certa vez desci até o fundo do mar em um gigantesco submarino equipado com holofotes e vislumbrei horrores vivos de espantosa magnitude. Vi também as ruínas de incríveis cidades submersas e a riqueza da vida crinoide, braquiópode, coral e ictíica que se alastrava por toda parte.

No que diz respeito à fisiologia, à psicologia, ao folclore e à história detalhada da Grande Raça, minhas visões preservaram informações escassas, e muitos dos detalhes esparsos registrados neste documento foram colhidos nos meus estudos de antigas lendas e de outros casos, e não em meus próprios sonhos. Depois de algum tempo, é claro, as minhas leituras e as minhas pesquisas ultrapassaram as diversas fases dos sonhos, de modo que certos fragmentos oníricos vinham explicados *a priori* e ratificavam o que eu havia aprendido. Assim surgiu a minha consoladora hipótese de que as leituras e as pesquisas similares levadas a cabo pela minha personalidade secundária deveriam estar na origem de toda a abominável tessitura de pseudomemórias.

O período dos meus sonhos parecia remontar a pouco menos de cento e cinquenta milhões de anos, no período de transição entre o Paleozoico e o Mesozoico. Os corpos ocupados pela Grande Raça não representavam nenhuma linha de evolução terrestre ou sequer descrita pela ciência, mas pertenciam a um tipo orgânico peculiar, singularmente homogêneo e altamente especializado que apresentava tanto características animais quanto vegetais. A ação celular sem precedentes evitava grande parte da fadiga e eliminava por completo a necessidade de dormir. O alimento, assimilado através dos apêndices em forma de trompete na extremidade de um dos membros flexíveis, apresentava sempre um aspecto semifluido que em quase nada se assemelhava à comida de outros animais descritos pela ciência. As criaturas tinham apenas dois dos sentidos que reconhecemos — visão e audição, sendo esta última desempenhada pelos apêndices florais na extremidade das ramificações cinzentas que ostentavam no alto da cabeça —, mas também eram dotadas de vários outros sentidos incompreensíveis (que, no entanto, eram de difícil utilização para as mentes cativas que habitavam os estranhos corpos). Os três olhos eram dispostos de maneira a permitir uma visão mais ampla do que o normal. O sangue era uma sânie verde-escura e viscosa. As criaturas eram desprovidas de sexo e reproduziam-se através de sementes ou esporos que se acumulavam nas bases do cone e germinavam apenas dentro d'água. Grandes tanques rasos eram usados para a criação da prole — sempre, no entanto, limitada a um número reduzido em função da longevidade da espécie, que em geral vivia por quatro ou cinco mil anos.

Indivíduos defeituosos eram silenciosamente descartados assim que os defeitos eram percebidos. A doença e a proximidade da morte, na ausência do tato e da sensação de dor física, eram percebidas apenas por meio de sintomas visuais. Os mortos eram incinerados em cerimônias suntuosas. Às vezes, como já tive ocasião de dizer, uma mente arguta escapava da morte projetando-se rumo ao futuro; mas casos assim não eram comuns. Quando ocorriam, a mente exilada vinda do futuro era sempre tratada com a maior delicadeza possível até a dissolução do estranho invólucro que a abrigava.

A Grande Raça parecia formar uma nação ou uma liga mais ou menos coesa, com grandes instituições comuns, embora houvesse quatro divisões claras. O sistema político e econômico de cada unidade era uma espécie de socialismo fascista, em que os principais recursos eram distribuídos por igual, e o poder, delegado a um pequeno comitê governamental eleito pelo voto de todos os indivíduos capazes de passar em certos testes educacionais e psicológicos. A organização familiar não era muito valorizada, ainda que os laços entre pessoas de descendência comum fossem reconhecidos e os jovens fossem em geral criados pelos progenitores.

As semelhanças com as atitudes e as instituições humanas manifestavam-se de forma mais evidente nas áreas ligadas a elementos tratados com um alto nível de abstração ou no domínio sobre as necessidades básicas e não especializadas comuns a todo tipo de vida orgânica. Umas poucas semelhanças surgiram através da adoção consciente, uma vez que a Grande Raça sondava o futuro e copiava o que lhe aprouvesse. A indústria, altamente mecanizada, exigia pouco tempo de cada cidadão; e o abundante tempo livre era ocupado com atividades intelectuais e estéticas dos mais variados tipos. As ciências haviam alcançado um estágio quase inacreditável de desenvolvimento, e a arte era uma parte essencial da vida, embora no período dos meus sonhos já houvesse passado da crista e do meridiano. A tecnologia recebia estímulos poderosos graças à constante luta pela sobrevivência e pela manutenção da integridade física das grandes cidades, ameaçadas pelas prodigiosas convulsões geológicas das épocas primordiais.

O crime era uma prática muito rara e sempre coibida por uma polícia eficiente ao extremo. As punições iam desde a restrição de privilégios ou o encarceramento até a pena de morte ou grandes suplícios emocionais, e jamais eram administradas sem uma minuciosa análise prévia das motivações para o crime. O belicismo, nos últimos milênios em boa parte civil, ainda que ocasionalmente direcionado contra invasores reptilianos e octópodes, ou ainda contra os Grandes Anciões alados e com cabeça em formato de estrela-do-mar vindos da Antártida, era um acontecimento infrequente, embora sempre causasse imensa devastação. Um exército gigantesco equipado com armamentos elétricos capazes de façanhas impressionantes estava sempre a postos por motivos raramente mencionados, mas sem dúvida relativos ao constante temor inspirado pelas ruínas ancestrais e pelos enormes alçapões trancados nos níveis subterrâneos mais profundos.

Esse temor em relação às ruínas basálticas e aos alçapões devia-se em boa parte a sugestões tácitas — ou, na melhor das hipóteses, a sussurros furtivos. Nenhum detalhe a esse respeito podia ser encontrado nos livros que ocupavam as estantes comuns. O assunto era o único tabu que subsistia naquela sociedade, e parecia estar relacionado a terríveis conflitos passados e à ameaça futura que um dia obrigaria a Grande Raça a enviar as mentes mais privilegiadas em massa para o futuro. Por mais imperfeitas e fragmentárias que fossem as outras coisas vislumbradas em sonhos e nas lendas, esse assunto permanecia envolto em um mistério ainda mais espantoso. Os antigos mitos evitavam-no — ou talvez as eventuais alusões tenham sido removidas por algum motivo. Nos meus sonhos e no de outras vítimas de amnésia, as pistas eram muito raras. Os integrantes da Grande Raça jamais faziam qualquer menção ao tema, e tudo o que se podia descobrir vinha apenas das mentes cativas mais observadoras.

Segundo esses fragmentos de informação, na origem do temor estava uma terrível raça ancestral de semipólipos — entidades alienígenas que haviam chegado através do espaço vindas de universos infinitamente longínquos para dominar a Terra e três outros planetas solares cerca de seiscentos milhões de anos atrás. Eram compostos apenas em parte de matéria — ao menos segundo a nossa concepção de matéria — e tinham consciência e percepção completamente distintas de todos os outros organismos terrestres. Para dar um exemplo, os sentidos dessas criaturas não incluíam a visão; viviam em um mundo mental de estranhas impressões não visuais. Mesmo assim, eram materiais o suficiente para usar implementos de matéria quando a encontravam em outras zonas cósmicas; e precisavam de habitações — habitações um tanto peculiares. Embora os *sentidos* das criaturas conseguissem atravessar qualquer tipo de barreira material, a *substância* de que eram compostos não conseguia; e certas formas de atividade elétrica podiam destruí-las por completo. Eram capazes de se locomover pelo ar, embora não fossem dotadas de asas ou de qualquer outro meio visível de levitação. As mentes dessas criaturas eram talhadas de maneira a tornar impossível qualquer tipo de contato com a Grande Raça.

Quando chegaram à Terra, construíram opulentas cidades basálticas repletas de torres sem janelas e tornaram-se predadores ferozes dos seres que aqui encontraram. Assim era quando as mentes da Grande Raça atravessaram o vácuo desde o obscuro mundo transgaláctico conhecido nos perturbadores e duvidosos Fragmentos de Eltdown pelo nome de Yith. Graças aos instrumentos que criaram, os recém-chegados não tiveram dificuldades para subjugar as entidades predadoras e fazê-las recuar para as cavernas no interior da Terra que haviam incorporado à morada em nosso planeta e começado a habitar. Então trancaram as entradas e deixaram as criaturas entregues à própria sorte, ocupando a seguir a maioria das grandes cidades e preservando certas construções importantes por motivos mais relacionados à superstição do que à indiferença, à temeridade ou à preservação científica e histórica.

No entanto, com o passar dos éons surgiram indícios vagos e maléficos de que as Coisas Ancestrais estavam cada vez mais fortes e numerosas no mundo interior. Houve irrupções esporádicas de caráter particularmente odioso em certas cidades pequenas e remotas da Grande Raça e também em algumas das cidades ancestrais desertas que a Grande Raça não havia povoado — lugares onde os caminhos para os abismos não estavam trancados ou vigiados de maneira adequada. A partir de então precauções adicionais foram tomadas, e muitos dos caminhos acabaram fechados para sempre — embora em certos pontos estratégicos os integrantes da Grande Raça tenham mantido os alçapões trancados a fim de possibilitar uma investida eficaz contra as Coisas Ancestrais, caso algum dia surgissem em lugares inesperados; fissuras recentes causadas pelas mesmas alterações geológicas que haviam obstruído alguns caminhos e aos poucos ocasionado uma redução no número de estruturas e ruínas extraterrenas deixadas pelas entidades vencidas.

As irrupções das Coisas Ancestrais devem ter causado um choque indescritível, pois deixaram marcas indeléveis na psicologia da Grande Raça. O horror era tanto que sequer o *aspecto* das criaturas era mencionado — em nenhum momento fui capaz de obter informações claras sobre a aparência que tinham. Havia sugestões veladas de uma *plasticidade monstruosa* e de *lapsos temporários de visibilidade*, enquanto outros sussurros fragmentários faziam alusões a uma capacidade de *controlar rajadas de vento* e empregá-las para fins militares. Singulares ruídos de *assovios* e pegadas colossais com cinco dedos circulares também pareciam estar associados às criaturas.

Era evidente que o destino temido pela Grande Raça — o destino que um dia haveria de precipitar milhões de mentes privilegiadas rumo ao abismo do tempo em busca de corpos estranhos num futuro mais seguro — estava relacionado a uma derradeira irrupção bem-sucedida dos Seres Anciões. As projeções mentais através de diferentes épocas haviam pressagiado o horror, e a Grande Raça decidiu que nenhum indivíduo em condições de fugir haveria de presenciá-lo. A história mais tardia do planeta deixava claro que o ataque seria uma vingança, e não uma simples tentativa de reocupar o mundo exterior — pois as projeções revelavam a permanência de raças subsequentes sem nenhum tipo de conflito com as entidades monstruosas. Talvez as entidades tivessem preferido os abismos interiores da Terra à superfície instável e castigada pelas tempestades, uma vez que, para elas, a luz nada significava. Talvez também estivessem enfraquecendo aos poucos com o passar dos éons. Na verdade, era certo que estariam extintas na época da raça pós-humana de besouros que as mentes em fuga ocupariam. Nesse meio-tempo, a Grande Raça mantinha uma vigilância constante, com armamento pesado sempre a postos apesar do total banimento do assunto nas conversas cotidianas e nos registros escritos. Mesmo assim, a sombra de um temor inominável pairava sobre os alçapões trancados e as escuras torres ancestrais sem janelas.

V.

Esse foi o mundo de onde toda noite meus sonhos traziam-me ecos abafados e distantes. Não tenho a menor esperança de conseguir dar uma ideia sequer aproximada do horror e do espanto contido nesses ecos, pois consistiam de uma qualidade intangível ao extremo — uma vívida sensação de *pseudomemória*. Conforme eu disse, meus estudos aos poucos forneceram-me uma defesa contra essas sensações sob a forma de explicações psicológicas racionais; e essa influência redentora ganhou força graças ao suave toque do hábito adquirido com a passagem do tempo. Apesar de tudo, no entanto, o terror insidioso retornava de vez em quando. Mesmo assim, não conseguia mais tomar conta de mim como antes; e depois de 1922 passei a viver uma vida normal de trabalho e recreação.

Com o passar dos anos comecei a sentir que a minha experiência — somada aos casos análogos de folclore relacionado — devia ser resumida e publicada em forma definitiva para o benefício dos pesquisadores sérios; assim, preparei uma série de artigos que davam conta de todo o período e ilustravam, com esboços bastante rudimentares, algumas das formas, cenários, motivos decorativos e hieróglifos vislumbrados nos meus sonhos. Os artigos foram publicados em diferentes ocasiões, entre 1928 e 1929, no *Journal of the American Psychological Society*, mas não chamaram muita atenção. Nesse ínterim, continuei a registrar minuciosamente os meus sonhos, ainda que o montante cada vez maior de registros tivesse atingido proporções um tanto problemáticas.

No dia 10 de julho de 1934, a Psychological Society me encaminhou a carta que culminou na fase mais horrenda de toda a minha provação insana. Tinha sido franqueada em Pilbarra, na Austrália Ocidental, e trazia a assinatura de uma pessoa que, conforme descobri mais tarde, era um engenheiro de minas de notável prestígio. A correspondência trazia algumas fotografias muito interessantes. Proponho-me a reproduzir o texto na íntegra, para que todos os leitores possam compreender a intensidade do efeito que a carta e os registros fotográficos tiveram sobre mim.

Por algum tempo, permaneci atônito e incrédulo; pois, embora muitas vezes houvesse pensado que poderia haver alguma base factual subjacente para certas fases das lendas que haviam pintado meus sonhos com cores tão extravagantes, eu continuava despreparado para me defrontar com os resquícios tangíveis de um mundo perdido e remoto a ponto de desafiar a imaginação. Os elementos mais devastadores foram as fotografias — que, contra um fundo de areia e com realismo frio e incontestável, retratavam certos blocos de pedra carcomidos pelo tempo, desgastados pela água e castigados pelas tempestades cujos topos levemente convexos e cujas bases levemente côncavas contavam a própria história. Quando as estudei com uma lupa, percebi de maneira clara, em meio aos escombros e lascas, os traços dos enormes desenhos curvilineares e dos hieróglifos ocasionais que se revestiam de um significado para mim tão odioso. No entanto, eis aqui a carta, que fala por si própria:

49. Dampier Str.
Pilbarra, Austrália Ocidental,
18 de maio de 1934

Prof. N. W. Peaslee,
a/c Am. Psychological Society,
30, E. 41ª Str.,
Nova York, EUA.

Caro Senhor; —
Uma recente conversa com o dr. E. M. Boyle, de Perth, bem como alguns periódicos com artigos seus que me foram enviados recentemente, levaram-me a lhe escrever para relatar certas coisas que observei no Grande Deserto Arenoso a leste da mina de ouro nos arredores daqui. Em vista das peculiares lendas sobre antigas cidades com enormes construções em cantaria e estranhos desenhos e hieróglifos descritas pelo senhor, acredito ter me deparado com algo de suma importância.

Os aborígenes sempre contaram histórias sobre "grandes pedras cheias de marcas", e parecem nutrir um profundo temor em relação a essas coisas. Por algum motivo, relacionam-nas às próprias lendas raciais sobre Buddai, o velho de estatura gigantesca que permanece adormecido no subterrâneo com a cabeça apoiada no braço e que há de devorar o mundo no dia em que despertar. Existem lendas muito antigas e já em parte esquecidas sobre enormes cabanas subterrâneas construídas com pedras enormes, onde as passagens levam cada vez mais fundo e onde coisas terríveis aconteceram. Os aborígenes dizem que certa vez um grupo de guerreiros que fugia de uma batalha desceu por um desses caminhos e nunca mais voltou, e ventos horripilantes começaram a soprar de lá desde então. No entanto, em geral não se aproveita muito do que esses nativos dizem.

Mesmo assim, tenho mais coisas a dizer ao senhor. Dois anos atrás, enquanto eu fazia prospecção no deserto, cerca de oitocentos quilômetros a leste, deparei-me com alguns exemplares de pedra trabalhada que mediam cerca de 90 × 60 × 60 centímetros, desgastados e lascados ao extremo. Em um primeiro momento não logrei encontrar nenhuma das marcas relatadas pelos aborígenes, mas depois de um exame mais atento consegui perceber linhas gravadas em grande profundidade, apesar do desgaste. Eram curvas um tanto peculiares, como as que os aborígenes haviam tentado descrever. Imagino que fossem cerca de trinta ou quarenta blocos, alguns quase enterrados na areia, e todos dentro de um círculo com cerca de trezentos metros de diâmetro.

Depois de encontrá-los, examinei atentamente os arredores e fiz uma medição precisa do local com os meus instrumentos. Também registrei os dez ou doze blocos mais característicos, e envio as fotografias para que o senhor as analise. Comuniquei a descoberta e entreguei fotografias para as autoridades em Perth, mas ninguém parece haver tomado providência alguma. Mais tarde encontrei o dr. Boyle, que tinha lido os seus artigos no Journal of the American Psychological Society, *e no momento oportuno fiz menção às pedras. O dr. Boyle foi tomado por um vivo interesse e demonstrou particular entusiasmo quando lhe mostrei as fotografias, dizendo que as pedras e as marcas correspondiam de* maneira exata àquelas encontradas na cantaria com que o senhor sonhou e que se encontra descrita nas lendas. Ele pretendia escrever para o senhor, mas infelizmente teve contratempos. Nesse ínterim, enviou-me a maioria dos periódicos com os artigos escritos pelo senhor e, pelos desenhos e descrições, não tardei a perceber que as minhas pedras são aquelas a que o senhor se refere. O senhor pode tirar as suas próprias conclusões a partir das fotografias em anexo. Acredito que mais tarde o senhor deva ser contatado diretamente pelo dr. Boyle.

Agora percebo a importância que essas descobertas terão para o senhor. Sem dúvida estamos diante dos resquícios de uma civilização desconhecida mais antiga do que qualquer outra jamais sonhada, responsável pela formação da base para as lendas que o senhor discute. Como engenheiro de minas, tenho algum conhecimento de geologia, e posso lhe assegurar que aqueles blocos sugerem uma antiguidade assombrosa. São compostos principalmente de arenito e granito, embora haja um exemplar feito de um tipo bastante singular de cimento ou concreto. Todos exibem marcas relativas à ação da água, como se aquela parte do mundo tivesse ficado submersa para tornar a emergir muito tempo mais tarde — depois da construção e da utilização dos blocos. Refiro-me a centenas ou milhares de anos — ou Deus sabe quanto tempo mais. Não gosto sequer de pensar a respeito.

A dizer pelo minucioso trabalho que o senhor tem feito para rastrear as lendas e tudo aquilo com que se relacionam, creio que em breve o senhor possa liderar uma expedição ao deserto para fazer escavações arqueológicas. Tanto o dr. Boyle como eu estamos dispostos a participar desse trabalho caso o senhor — ou alguma organização que o senhor conheça — possa fornecer os subsídios necessários. Posso conseguir cerca de doze mineiros para fazer a parte mais pesada da escavação — os aborígenes seriam inúteis, *pois descobri que nutrem um temor que beira a paranoia em relação ao local. Boyle e eu não pretendemos comentar o assunto com mais ninguém — afinal, o senhor é quem deve levar o crédito pelas descobertas.*

A expedição sairia de Pilbarra e chegaria ao local após quatro dias viajando de trator — um equipamento necessário. O local fica a sudoeste do caminho seguido por Warburton em 1873, cento e sessenta quilômetros a sudeste de Joanna Spring. Uma alternativa seria transportar o material pelas águas do rio De Grey — mas todos esses detalhes podem ser discutidos mais tarde. Grosso modo, as pedras encontram-se em um ponto próximo à latitude 22°3'14' Sul e à longitude 125°0'39' Leste. O clima é tropical, e as condições do deserto são um desafio tremendo. Qualquer expedição deve ser feita no inverno — em junho, julho ou agosto. Receberei de muito bom grado qualquer correspondência referente ao assunto, e desde já me coloco à disposição para ajudá-lo no que o senhor decidir fazer. Depois de ler seus artigos, fiquei muito impressionado com o profundo significado de todo esse assunto. O dr. Boyle deve lhe escrever em breve. Caso um contato mais rápido seja necessário, o senhor pode enviar um telegrama por rádio para Perth.

Espero ansiosamente uma resposta sua.

Saudações cordiais,
Robert B. F. Mackenzie.

Quanto ao efeito imediato dessa missiva, muito pode ser encontrado na imprensa. Consegui obter subsídio da Universidade do Miskatonic para realizar a expedição, e tanto o sr. Mackenzie como o dr. Boyle prestaram-me um auxílio inestimável no que dizia respeito aos acertos na Austrália. Não oferecemos muitos detalhes ao grande público, uma vez que o assunto poderia receber um indesejável tratamento sensacionalista ou jocoso por parte do jornalismo barato. Assim, os relatos impressos eram raros; mas a divulgação na imprensa foi suficiente para dar conta da nossa busca por ruínas australianas e noticiar os diversos preparativos antes da viagem.

Os professores William Dyer, do departamento de geologia da universidade (líder da Expedição Antártica feita pela Universidade do Miskatonic em 1930-1), Ferdinand C. Ashley, do departamento de história antiga, e Tyler M. Freeborn, do departamento de antropologia — ao lado de Wingate, o meu filho — foram os meus companheiros. Meu correspondente Mackenzie chegou a Arkham no início de 1935 e nos ajudou com os últimos preparativos. Mackenzie era um senhor competente e afável, com cerca de cinquenta anos, detentor de uma erudição invejável e de uma grande familiaridade com as condições de viagem no continente australiano. Tratores estavam à nossa espera em Pilbarra, e afretamos um navio a vapor de calado baixo o suficiente para subir o rio até aquele ponto. Estávamos preparados para escavar nas condições mais minuciosas e científicas possíveis, examinando cada grão de areia e evitando mexer em quaisquer objetos que pudessem estar na posição original.

Zarpamos de Boston a bordo do *Lexington* no dia 28 de março de 1935 e fizemos uma agradável viagem pelo Atlântico e pelo Mediterrâneo, através do Canal de Suez, ao longo do mar Vermelho e através do oceano Índico até chegar ao nosso destino. Desnecessário dizer que a mera visão do litoral da Austrália Ocidental me deprimiu e que detestei o rústico vilarejo minerador e as desalentadoras minas de ouro onde os tratores receberam os últimos carregamentos. O dr. Boyle nos recebeu e revelou-se um homem provecto e uma companhia agradável e inteligente — os conhecimentos que tinha acerca de psicologia levaram-no a longas discussões comigo e com o meu filho.

Sentíamos um misto de expectativa e desconforto quando enfim nossa equipe de dezoito homens partiu em direção às léguas áridas de areia e rocha. Na sexta-feira, dia 31 de maio, passamos a vau por um braço do rio De Grey e adentramos o reino de absoluta desolação. Uma espécie de terror apossou-se de mim à medida que avançávamos rumo ao local onde se escondia o mundo primevo por trás das lendas — um terror sem dúvida reforçado por inquietantes sonhos e pseudomemórias que continuavam a me assaltar com uma força infatigável.

No dia 3 de junho, uma segunda-feira, avistamos o primeiro dos blocos parcialmente soterrados. Não sou capaz de descrever as emoções que tomaram conta de mim quando toquei — na realidade objetiva — um fragmento de cantaria ciclópica idêntico aos blocos que recobriam os corredores das minhas construções oníricas. Havia resquícios de entalhes — e minhas mãos tremeram quando reconheci parte do padrão decorativo curvilinear que para mim se revestia de um caráter infernal em virtude dos anos de pesadelos torturantes e pesquisas enigmáticas.

Um mês de escavações resultou em um total de 1250 blocos em vários estágios de desgaste e desintegração. A maioria era composta de megálitos entalhados com extremidades curvas. Uma minoria era composta de pedras menores, chatas, lisas e de corte quadrado ou octogonal — como os pisos e calçamentos nos meus sonhos —, enquanto outras poucas eram particularmente volumosas e curvadas ou inclinadas de maneira a sugerir o uso em abóbadas, ou mesmo como partes de arcadas ou marcos de janelas redondas. Quanto mais fundo e mais em direção ao nordeste nós cavávamos, mais blocos encontrávamos, mas não conseguíamos descobrir nenhum sinal de disposição organizada nas ruínas. O professor Dyer ficou estarrecido com a idade imensurável dos fragmentos, e Freeborn descobriu vestígios de símbolos que sugeriam relações obscuras com lendas de antiguidade infinita oriundas de Papua e da Polinésia. O estado de conservação e a dispersão espacial dos blocos faziam revelações tácitas sobre os ciclos vertiginosos do tempo e sobre convulsões geológicas de violência cósmica.

Tínhamos um avião à nossa disposição, e meu filho Wingate fez diversos voos a altitudes variadas no deserto de areia e rocha a fim de procurar sinais de contornos tênues em grande escala — diferenças no nível do terreno ou vestígios de blocos espalhados. Não obteve resultado algum; pois quando imaginava ter encontrado algum indício promissor, a viagem seguinte substituía-o por outro, igualmente vago — resultado da ação do vento sobre as areias inconstantes. Uma ou duas dessas sugestões efêmeras, no entanto, tiveram sobre mim um efeito bastante peculiar e desagradável. Pareciam encaixar-se de maneira horrível com algo que eu houvesse lido ou sonhado, sem no entanto ser capaz de recordar. Havia uma terrível *pseudofamiliaridade* a respeito dessas impressões — que de alguma forma levaram-me a olhar com desconfiança e apreensão para a abominável e estéril paisagem que se estendia a norte e a nordeste.

Por volta da primeira semana de julho fui tomado por um misto de emoções inexplicáveis em relação à região nordeste. Eu sentia horror e curiosidade — e, além disso, uma ilusão persistente e enigmática de *memória*. Tentei tirar essas ideias da cabeça com os mais variados expedientes psicológicos, porém sem sucesso. Também passei a sofrer com insônia, mas recebi-a quase de bom grado em virtude da redução na quantidade de sonhos. Adquiri o hábito de fazer longas caminhadas solitárias à noite no deserto — em geral rumo ao norte ou ao nordeste, para onde a soma dos meus novos e estranhos impulsos parecia me atrair.

Às vezes, durante essas caminhadas, eu encontrava outros fragmentos parcialmente soterrados de cantaria ancestral. Embora houvesse menos blocos visíveis naquela região do que no local por onde havíamos começado as escavações, tive certeza de que a quantidade debaixo da superfície seria muito abundante. O chão era menos nivelado do que no local do nosso acampamento, e os fortes ventos que sopravam de vez em quando dispunham a areia em dunas temporárias — expondo assim vestígios das pedras ancestrais enquanto cobriam outros traços. Eu me sentia ansioso para que as escavações chegassem àquele território, mas ao mesmo tempo sentia um pavor indescritível das revelações que poderiam trazer. Os motivos são óbvios. Meu estado piorava a cada dia — em especial porque eu não conseguia explicá-lo.

O estado precário da minha saúde mental pode ser demonstrado pela minha reação à estranha descoberta que fiz em um de meus passeios noturnos. Foi na noite de 11 de julho, quando uma lua gibosa mergulhou as misteriosas dunas de areia em um curioso palor. Depois de avançar para além dos meus limites habituais, deparei-me com uma grande pedra que exibia diferenças notáveis em relação a todas as outras encontradas até aquele momento. Estava quase toda soterrada, porém me abaixei e cavouquei a areia com as mãos para mais tarde estudar o objeto com cuidado e suplementar o brilho do luar com o facho da minha lanterna elétrica. Ao contrário das outras pedras enormes, aquela exibia um corte perfeitamente quadrado, sem nenhuma superfície côncava ou convexa. Também parecia ser esculpida em uma substância basáltica muito diferente do granito, do arenito e eventualmente do concreto que formava os demais fragmentos.

De repente me levantei, virei de costas e corri o mais depressa que eu podia até o acampamento. Foi uma fuga inconsciente e irracional, e apenas quando cheguei perto da minha barraca percebi por que eu havia fugido. Foi então que me ocorreu. A estranha pedra negra remontava a algum dos meus sonhos ou a alguma das minhas leituras e estava associada aos horrores absolutos nas lendas de éons imemoriais. Era um dos blocos daquela cantaria basáltica ancestral que a mítica Grande Raça tanto temia — as ruínas altas e sem janelas deixadas pelas coisas furtivas, semimateriais e alienígenas que supuravam nos abismos mais profundos da Terra, cujos poderes eólicos e invisíveis os alçapões trancados e as sentinelas eternamente a postos tentavam conter.

Passei a noite acordado, mas ao raiar do dia percebi que eu havia sido ingênuo ao permitir que a sombra de um mito me impressionasse daquela forma. Em vez de ficar assustado, eu devia ter demonstrado o entusiasmo de um descobridor. Na manhã seguinte contei a todos os outros sobre a minha descoberta — Dyer, Freeborn, Boyle e o meu filho — e saí para ver mais uma vez o bloco anômalo. No entanto, o fracasso estava à nossa espera. Eu não tinha prestado atenção à localização exata da pedra, e um vento posterior havia mudado toda a configuração das dunas de areia inconstante.

VI.

Chego enfim à parte crucial e mais difícil da minha narrativa — ainda mais difícil porque não consigo ter nenhuma certeza quanto à realidade do que ocorreu. Às vezes sou invadido por um desconfortável sentimento de que não foi sonho nem alucinação; e é esse sentimento — em vista das implicações devastadoras que a realidade objetiva da minha experiência haveria de suscitar — que me impele a fazer esse registro. Meu filho — um psicólogo formado com conhecimentos profundos e de primeira mão sobre o meu caso — vai ser o primeiro juiz em relação ao que tenho a dizer.

Em primeiro lugar, permita-me esboçar os elementos básicos da situação. Na noite de 17-18 de julho, recolhi-me cedo após um dia de fortes ventanias, mas não consegui dormir. Depois de me levantar pouco antes das onze horas, aflito como sempre por aquele estranho sentimento relativo à paisagem ao nordeste, saí para um dos meus típicos passeios noturnos; vi e saudei uma única pessoa — um mineiro chamado Tupper — ao sair das nossas instalações. A lua, que começava a ir de cheia para minguante, brilhava no céu limpo e derramava sobre as areias ancestrais uma radiância branca e leprosa que por algum motivo pareceu-me dotada de malignidade infinita. Não havia vento, e as rajadas tampouco voltaram a soprar por quase cinco horas, como podem atestar Tupper e outros que passaram a noite em claro. O australiano me viu desaparecer a passos lépidos em meio às dunas pálidas que guardavam os segredos do nordeste.

Por volta das 3h30 uma forte rajada soprou, acordando todos no acampamento e derrubando três das nossas barracas. O céu estava limpo, e o deserto, ainda blasonado pelo brilho leproso do luar. Enquanto a equipe se ocupava com as barracas, minha ausência foi percebida — mas, em vista dos meus passeios anteriores, a circunstância não foi motivo de alarme. E mesmo assim três homens — todos australianos — deram a impressão de pressentir algo sinistro no ar. Mackenzie explicou para o professor Freeborn que aquele era um temor presente no folclore dos aborígenes — pois os nativos tinham urdido um curioso mito sobre os ventos fortes que a longos intervalos sopravam pelo deserto quando o céu estava limpo. Aos sussurros, diziam que essas lufadas vinham das enormes cabanas subterrâneas de pedra onde coisas terríveis aconteciam — sem que jamais fossem percebidas, salvo em lugares próximos às grandes pedras entalhadas. Por volta das quatro horas, as rajadas cessaram de maneira tão repentina como haviam começado, deixando as dunas de areia com um aspecto novo e desconhecido.

Eram pouco mais de cinco horas e a túmida lua fungoide afundava no oeste quando cheguei cambaleando de volta ao acampamento — sem chapéu, com as roupas em farrapos, o rosto arranhado e ensanguentado e sem a minha lanterna elétrica. A maioria dos homens tinha voltado para a cama, mas o professor Dyer estava fumando um cachimbo em frente à barraca. Ao ver-me naquele estado resfolegante e quase frenético, tratou de chamar o dr. Boyle, e os dois puseram-me na cama e cuidaram de mim. Meu filho, despertado pelo burburinho, logo se juntou aos meus colegas; e juntos tentaram fazer com que eu me acalmasse e pegasse no sono.

Mas o sono me escapava. Meu estado psicológico era extremamente anômalo — diferente de qualquer outro que houvesse me acometido até então. Depois de algum tempo insisti em falar — e assim expliquei a minha situação em frases elaboradas e nervosas. Disse que eu havia cansado e resolvi me deitar na areia para tirar um cochilo. Segundo meu relato, tive sonhos ainda mais assustadores do que o normal — e quando fui despertado pelas rajadas súbitas os meus nervos não aguentaram. Saí correndo em pânico, tropeçando em pedras parcialmente soterradas e assim reduzindo as minhas roupas a farrapos deploráveis. Devo ter dormido por um bom tempo — o que justificaria as várias horas de ausência.

Quanto a coisas estranhas vistas ou vividas, não fiz nenhuma referência — nesse quesito, demonstrei a mais absoluta discrição. Mas relatei uma mudança de opinião relativa à expedição como um todo, e solicitei a interrupção imediata das escavações rumo ao nordeste. Meu raciocínio apresentava evidentes sinais de fraqueza — pois eu falava em uma escassez de blocos, em um desejo de não ofender os mineiros supersticiosos, em uma possível falta de subsídios da parte da universidade e em outras coisas inexatas ou irre-levantes. Como seria de esperar, ninguém prestou atenção a esses desejos — nem mesmo o meu filho, cuja preocupação com a minha saúde era bastante óbvia.

No dia seguinte voltei a andar pelo acampamento, mas não tomei parte nas escavações. Ao ver que eu não poderia interromper os trabalhos, decidi voltar para casa o mais rápido possível por causa dos meus nervos, e fiz meu filho prometer que me levaria de avião até Perth — mil e seiscentos quilômetros a sudoeste — assim que terminasse de examinar a região que eu tanto queria deixar em paz. Se a coisa que eu tinha vislumbrado ainda estivesse visível, pensei que talvez eu pudesse tentar um alerta específico, mesmo que ao custo do ridículo. Talvez os mineiros conhecedores do folclore local pudessem me apoiar. Para me fazer um agrado, meu filho examinou a região na mesma tarde, sobrevoando todo o terreno que eu pudesse ter coberto durante a minha caminhada. Porém, nada do que eu havia descoberto foi avistado. O caso do bloco basáltico se repetia mais uma vez — a areia inconstante havia apagado todos os vestígios. Por um momento eu lamentei a perda de um objeto espantoso em um surto de pavor — mas no instante seguinte tive certeza de que a perda fora misericordiosa. Ainda creio que toda a minha experiência foi uma ilusão — especialmente se, conforme espero com todas as forças, aquele abismo infernal jamais for encontrado.

Wingate levou-me até Perth no dia 20 de julho, mas não quis abandonar a expedição e voltar para casa. Permaneceu ao meu lado até o dia 25, quando o vapor com destino a Liverpool zarpou. Agora, em uma cabine do *Empress*, entrego-me a longas e frenéticas meditações sobre o assunto — e cheguei à conclusão de que o meu filho deve pelo menos ser informado. Caberá a Wingate decidir sobre a ampla divulgação do assunto. Para melhor enfrentar qualquer eventualidade, preparei este resumo da minha vida pregressa — que muitos já conheciam a partir de fontes esparsas —, e agora pretendo contar, da maneira mais breve possível, o que parece ter acontecido durante o tempo que passei longe do acampamento naquela noite odiosa.

Com os nervos à flor da pele e levado a uma espécie de avidez perversa por aquele ímpeto apavorante, inexplicável e pseudomnemônico em direção ao nordeste, continuei arrastando os pés sob o brilho intenso da lua maligna e agourenta. Aqui e acolá eu percebia, absconsos pela areia, os primordiais blocos ciclópicos deixados para trás por éons inominados e esquecidos. A antiguidade incalculável e o horror à espreita naquela desolação monstruosa começaram a me oprimir como nunca dantes, e não pude deixar de pensar em meus sonhos enlouquecedores, nas terríveis lendas por trás dessas fantasias e nos temores demonstrados pelos nativos e mineiros em relação ao deserto e às pedras entalhadas.

Mesmo assim, continuei arrastando os pés como se rumasse a um encontro quimérico — cada vez mais assaltado por devaneios túrbidos, compulsões e pseudomemórias. Lembrei-me dos possíveis contornos de certas fileiras de pedras avistadas do ar pelo meu filho e indaguei por que me pareciam a um só tempo tão agourentas e familiares. Algo forçava o trinco da minha lembrança enquanto outra força desconhecida tentava manter o portal inviolado.

Não havia vento, e as areias pálidas curvavam-se para cima e para baixo como ondas do mar congeladas. Eu não sabia para onde estava indo, mas por algum motivo segui adiante com uma fatídica convicção. Meus sonhos transbordaram para o mundo real, de modo que cada megálito absconso na areia parecia fazer parte dos intermináveis cômodos e corredores de cantaria inumana, entalhados e decorados com hieróglifos e símbolos que eu conhecia muito bem dos anos passados como cativo da Grande Raça. Em certos momentos imaginei ver aqueles horrores cônicos e oniscientes executando tarefas cotidianas ao meu redor, e evitei olhar para baixo por medo de me descobrir como um semelhante das criaturas. Contudo, a cada instante eu via os blocos encobertos pela areia e ao mesmo tempo os cômodos e corredores; a lua maligna e agourenta e ao mesmo tempo as lâmpadas de cristal luminoso; o deserto interminável e ao mesmo tempo as samambaias balouçantes e as cicadófitas no outro lado das janelas. Eu estava desperto e sonhando ao mesmo tempo.

Não sei por quanto tempo nem por quantos quilômetros — e, a bem dizer, sequer em que direção — eu havia caminhado quando divisei a pilha de blocos revelada pelo vento diurno. Era o mais numeroso grupo avistado em um único lugar até então, e causou-me uma impressão tão profunda que as visões dos éons fabulosos desfizeram-se no mesmo instante. Mais uma vez havia apenas o deserto e a lua maligna e as ruínas de um passado ignoto. Cheguei mais perto e me detive, e projetei o facho adicional da minha lanterna elétrica em direção à pilha tombada. Uma duna havia sido levada pelo vento, revelando um amontoado elíptico irregular de megálitos e outros fragmentos menores com cerca de doze metros de largura e sessenta centímetros a dois metros e meio de altura.

Desde o primeiro momento percebi que aquelas pedras apresentavam características sem nenhum precedente. Não apenas a simples quantidade de blocos era inédita, mas algo nas linhas carcomidas pela areia chamou minha atenção enquanto eu as examinava sob o facho misto da lua e da minha lanterna. Não que apresentassem qualquer diferença essencial em relação aos espécimes anteriores. Era mais sutil. A impressão não surgia durante a contemplação de um bloco individual, mas apenas quando eu corria os olhos por vários deles. Foi então que a verdade enfim se revelou. Os desenhos curvilineares em muitos daqueles blocos estavam *intimamente relacionados* — eram partes de um vasto efeito decorativo. Pela primeira vez naquela desolação estremecida pelos éons eu havia me deparado com uma massa de cantaria na disposição ancestral — uma massa tombada e fragmentária, é verdade, porém remanescente no sentido mais literal da palavra.

Depois de subir em uma das pedras mais baixas, pus-me a escalar a pilha com grande esforço, limpando a areia aqui e acolá com os dedos e o tempo inteiro tentando interpretar as variações no tamanho, no formato, no estilo e nas relações dos desenhos. Passado algum tempo, pude conceber uma ideia vaga quanto à natureza da estrutura obliterada e dos desenhos que outrora recobriam as vastas superfícies de cantaria primordial. A identidade perfeita do todo com alguns dos meus vislumbres oníricos deixou-me inquieto e aterrorizado. Vi-me diante do que em outras épocas havia sido um corredor ciclópico com nove metros de altura, pavimentado com blocos octogonais e adornado com uma abóbada de estrutura robusta. Haveria cômodos à direita, e na extremidade oposta um daqueles estranhos planos inclinados desceria em curva até níveis ainda mais profundos.

Tive um violento sobressalto quando esses pensamentos me ocorreram, pois sugeriam mais do que os meros blocos haviam insinuado. Como eu sabia que aquele nível ficava no subterrâneo? Como eu sabia que o plano em aclive estaria atrás de mim? Como eu sabia que a longa passagem subterrânea até a Esplanada dos Pilares estaria à esquerda no nível imediatamente superior? Como eu sabia que a sala das máquinas e o túnel à direita que levava até o arquivo central estariam dois níveis abaixo de mim? Como eu sabia que haveria um daqueles horrendos alçapões trancados com barras de aço no fundo da construção, quatro níveis abaixo? Perplexo ante essa intrusão do mundo onírico, notei que eu estava tremendo e banhado em suor frio.

Então, em um derradeiro e insuportável momento, senti aquele tênue e insidioso sopro de ar frio que vinha de uma depressão próxima ao centro do enorme monte. No mesmo instante, como já havia acontecido antes, minhas visões desvaneceram e tornei a ver apenas o luar maligno, o deserto à espreita e aquele túmulo de cantaria paleogênea. Algo real e tangível, e no entanto repleto de infinitas sugestões de mistérios noctíferos, confrontou-me naquele instante. Aquele sopro de ar poderia significar apenas uma coisa — um abismo oculto de grandes proporções sob os blocos desordenados na superfície.

Minha primeira reação foi pensar nas sinistras lendas aborígenes sobre enormes cabanas subterrâneas em meio aos megálitos onde horrores são perpetrados e os grandes ventos nascem. Depois os pensamentos relativos aos meus próprios sonhos retornaram, e senti vagas pseudomemórias cutucarem minha lembrança. Que tipo de lugar estava abaixo de mim? Que fonte primeva e inconcebível de ciclos míticos ancestrais e pesadelos assombrosos eu estaria prestes a descobrir? Hesitei apenas por um instante, pois havia mais do que curiosidade e ardor científico me impelindo adiante e lutando contra os meus crescentes temores.

Eu parecia movimentar-me de forma quase automática, como o refém de um destino inescapável. Depois de guardar a lanterna no bolso, lutando com forças que jamais imaginei possuir, arrastei um titânico fragmento de pedra e a seguir outro, até sentir uma forte rajada cuja umidade criava um estranho contraste com o árido clima desértico. Uma fissura negra começou a se abrir, e por fim — quando terminei de mover todos os fragmentos pequenos o bastante para o deslocamento — o luar leproso refulgiu sobre uma abertura larga o suficiente para facultar a minha passagem.

Saquei a lanterna e lancei o facho reluzente para o interior da passagem. Lá embaixo havia um caos de cantaria desabada que formava um declive irregular em direção ao norte em um ângulo aproximado de quarenta e cinco graus, sem dúvida resultante de algum colapso vindo de cima em tempos idos. No desnível entre a passagem subterrânea e a superfície do deserto havia um abismo de trevas impenetráveis em cujo extremo superior era possível discernir os sinais de abóbadas gigantescas e sujeitas a uma fadiga tremenda. Naquele ponto, segundo me pareceu, as areias do deserto repousavam diretamente sobre as fundações de uma estrutura titânica que remontava à juventude da Terra — embora eu me declare incapaz de sequer conceber como podem ter se mantido intactas durante éons de convulsões geológicas.

Em retrospecto, a mera sugestão de uma descida repentina e solitária a um pélago envolto em mistério — num momento em que meu paradeiro não era conhecido por vivalma — parece ser o supremo apogeu da insanidade. Talvez tenha sido isso mesmo — porém naquela noite eu me aventurei sem hesitar na descida. Mais uma vez a atração e o impulso fatal que a cada instante pareciam guiar meus passos fizeram-se presentes. Acendendo a lanterna apenas a intervalos a fim de poupar as baterias, empreendi uma descida tresloucada pelo sinistro e ciclópico declive no outro lado da abertura — às vezes com o rosto voltado para a frente quando encontrava apoios sólidos para os pés e as mãos, e em outros momentos encarando a pilha de megálitos enquanto me agarrava e tropeçava de maneira precária. Em duas direções ao meu lado, paredes distantes de cantaria entalhada e desabada assomavam tênues sob o facho direto da lanterna. À frente, no entanto, havia somente uma negrura interminável.

Não registrei a passagem do tempo durante a trabalhosa descida. Meus pensamentos fervilhavam com tantas insinuações e imagens portentosas que meus arredores imediatos pareceram afastar-se a distâncias incalculáveis. Minhas sensações corpóreas morreram, e até o medo permaneceu apenas como uma gárgula estática e fantasmagórica que me encarava com malícia impotente. Por fim cheguei a um nível repleto de blocos desabados, fragmentos informes de pedra e areia e detritos de toda espécie imaginável. No outro lado — talvez a nove metros de distância — erguiam-se paredes maciças que culminavam em descomunais abóbadas de aresta. Com alguma dificuldade, notei que apresentavam entalhes, porém a natureza exata das figuras escapava à minha percepção. O que mais me impressionou foi a abóbada em si. O facho da minha lanterna não alcançava o teto, mas as partes menos elevadas dos arcos monstruosos eram bem distintas. Apresentavam uma identidade tão perfeita com o que eu tinha visto em incontáveis sonhos com o mundo arcaico que comecei a tremer vigorosamente pela primeira vez.

Atrás de mim, no alto, uma cintilação tênue servia como lembrança do distante mundo enluarado lá fora. Algum vago resquício de cautela sugeriu que eu não devia perdê-la de vista, pois de outra forma correria o risco de ficar sem guia para o meu retorno. Avancei rumo à parede à minha esquerda, onde os resquícios dos entalhes eram mais visíveis. O chão repleto de entulho representava uma travessia tão dificultosa quanto a descida inicial, mas com algum esforço consegui abrir passagem. A certa altura empurrei alguns blocos e chutei os detritos para examinar o aspecto do calçamento — e estremeci diante da fatídica e absoluta familiaridade sugerida pelas grandes pedras octogonais cuja superfície abaulada mantinha-se quase na configuração original.

A uma distância conveniente da parede, apontei a lanterna com um movimento lento e cuidadoso em direção aos resquícios dos entalhes. Algum fluxo aquático de outrora parecia ter agido sobre a superfície de arenito, mas havia certas incrustações bastante singulares para as quais não pude encontrar nenhuma explicação. Em certos pontos a cantaria estava muito solta e desfigurada, e indaguei por quantos éons mais aquele edifício primordial e oculto poderia manter os traços remanescentes da forma originária em meio às convulsões terrestres.

Mas o que mais me entusiasmou foram os próprios entalhes. Apesar da decrepitude ocasionada pelo tempo, ainda era relativamente fácil percebê-los a curta distância; e a familiaridade íntima e absoluta de cada detalhe atordoou a minha imaginação. Que os atributos mais genéricos da cantaria ancestral parecessem familiares não estaria além da credibilidade ordinária. Ilustrando de forma poderosa os urdidores de certos mitos, haviam se corporificado em uma tradição de folclore críptico que, depois de chamar minha atenção durante o período amnésico, de alguma forma suscitou vívidas imagens no meu subconsciente. Mas como eu poderia explicar a precisão exata e minuciosa com que cada linha e cada espiral nos estranhos desenhos correspondia aos sonhos que me visitaram por mais de vinte anos? Que iconografia obscura e ignota poderia ter reproduzido as nuances dos sombreados que, de maneira persistente, exata e incansável, faziam cerco às minhas visões oníricas noite após noite?

Não se tratava de mera coincidência ou de uma semelhança remota. Em termos absolutos e definitivos, o primevo corredor milenar e oculto pelos éons que eu desbravava era o original de algo que em sonhos me era tão familiar quanto a minha própria casa na Crane Street, em Arkham. É verdade que em meus sonhos o lugar se revelava no esplendor que havia antecedido a decadência, porém a constatação em nada prejudicava a premissa de identidade. Eu tinha um senso de orientação absoluto e atroz. A estrutura por onde eu andava me era familiar. Familiar também era o lugar que ocupava naquela terrível cidade onírica ancestral. Percebi, com instintiva e pavorosa certeza, que eu poderia visitar sem me perder qualquer ponto no interior da estrutura ou da cidade que havia escapado às devastações de incontáveis eras. Por Deus, qual seria o significado de tudo aquilo? Como eu haveria aprendido tudo o que sabia? E que terrível realidade poderia estar por trás das antigas histórias a respeito de seres que tinham habitado aquele labirinto de pedra ancestral?

As palavras não conseguem transmitir mais do que uma mera fração da magnitude de horror e perplexidade que me devorava o espírito. Eu conhecia o lugar. Sabia o que havia à minha frente, e sabia o que houvera mais acima antes que as miríades de pisos sobranceiros tivessem se reduzido a poeira e escombros e ao deserto. Não é mais necessário, pensei enquanto sentia um calafrio, manter a tênue mancha do luar à vista. Fiquei dividido entre um anseio de fugir e um misto febril de curiosidade ardente e fatalidade inelutável. O que teria acontecido à descomunal megalópole da antiguidade nos milhões de anos desde a época dos meus sonhos? Quantos dos labirintos subterrâneos que atravessavam a cidade e ligavam todas as torres titânicas haveriam sobrevivido às turbulências da crosta terrestre?

Será que eu havia encontrado todo um mundo soterrado de arcaísmo profano? Será que eu ainda poderia encontrar a residência do calígrafo e a torre onde S'gg'ha, uma mente cativa dos vegetais carnívoros com cabeça em forma de estrela-do-mar originários da Antártida, havia entalhado certas figuras nos espaços vazios das paredes? Será que a passagem dois níveis abaixo, que levava ao salão das mentes cativas, ainda estaria desobstruída e atravessável? Nesse salão, a mente cativa de uma entidade impressionante — uma criatura semiplástica que habitava o interior oco de um planeta transplutoniano desconhecido dezoito milhões de anos no futuro — guardava um objeto que havia modelado em barro.

Fechei os olhos e levei a mão à cabeça na vã e ridícula tentativa de afastar esses insanos fragmentos oníricos da minha consciência. Então, pela primeira vez, senti de maneira distinta o frio, o movimento e a umidade do ar que me rodeava. Tremendo, percebi que uma vasta cadeia de abismos negros entregues à morte através dos éons sem dúvida avultava em um ponto adiante e abaixo de mim. Pensei nas terríveis câmaras, passagens e rampas tal como eu as recordava dos meus sonhos. Será que o caminho até o arquivo central ainda estaria aberto? Mais uma vez aquela fatalidade inelutável tornou a cutucar minha lembrança enquanto eu me lembrava dos impressionantes registros que outrora permaneciam nos cofres retangulares de metal inoxidável.

Lá, segundo os sonhos e as lendas, repousava toda a história pregressa e futura do *continuum* do espaço-tempo cósmico — escrito por mentes cativas oriundas de todos os orbes em todas as épocas do sistema solar. Loucura, é claro — mas eu não tinha adentrado um mundo noctífero tão insano quanto eu próprio? Pensei nas estantes de metal trancadas e nos curiosos movimentos necessários para abrir o segredo de cada uma. Tive uma recordação muito vívida da minha estante. Quantas vezes eu havia repetido o intrincado procedimento de giros e pressões na seção dos vertebrados terrestres, localizada no nível mais baixo! Todos os detalhes eram novos e ao mesmo tempo familiares. Se houvesse um cofre como o que aparecia nos meus sonhos, eu poderia abri-lo em um instante. Foi nesse ponto que a loucura me dominou por completo. No momento seguinte eu estava saltando e tropeçando pelos escombros rochosos em direção à inesquecível rampa que conduzia às profundezas mais abaixo.

VII.

A partir desse ponto, minhas impressões deixam de ser confiáveis — na verdade, tenho a desvairada esperança de que tudo não passe de um sonho demoníaco — ou de uma ilusão nascida de um delírio. A febre assolava meus pensamentos, e eu via tudo através de uma névoa — às vezes de maneira intermitente. Os débeis raios da minha lanterna perdiam-se na escuridão predominante, revelando detalhes fantasmáticos de paredes e entalhes que me sugeriam uma horrenda familiaridade, malogrados como estavam pela decadência dos éons. Em certo ponto uma enorme parte da abóbada havia desabado, e assim precisei me arrastar por cima de um imponente amontoado de pedras que chegava quase até o teto irregular e coberto por grotescas estalactites. Era o apogeu supremo de todos os pesadelos, tornado ainda mais medonho pela nota blasfema das pseudomemórias. Apenas um detalhe parecia novo — a saber, a minha própria estatura em relação à cantaria monstruosa. Senti-me oprimido por uma sensação inédita de pequenez, como se a visão daquelas paredes sobranceiras a partir de um corpo humano normal fosse radicalmente nova e anômala. De tempos em tempos eu lançava olhares nervosos em direção ao meu corpo, perturbado como estava pela minha forma humana.

Avancei pela negrura do abismo saltando, correndo e cambaleando — muitas vezes caindo e me machucando, e quase destruindo a minha lanterna em uma ocasião. Eu conhecia cada pedra e cada recôndito daquele labirinto demoníaco, e em alguns pontos o facho da lanterna iluminava arcadas obstruídas e decrépitas, porém mesmo assim familiares. Certos cômodos haviam desabado por completo; outros estavam vazios ou repletos de escombros. Em alguns notei certos objetos de metal — ora quase intactos, ora quebrados ou ainda esmagados — que reconheci como os monstruosos pedestais das mesas que surgiam em meus sonhos. Não me atrevi a imaginar o que poderiam ser na verdade.

Encontrei a rampa que conduzia aos níveis inferiores e comecei a descida — embora depois de algum tempo meu progresso tenha sido interrompido por uma enorme fissura irregular cujo ponto mais estreito não podia ter menos de um metro e vinte centímetros. Nesse ponto a cantaria havia cedido, revelando trevas insondáveis nas caliginosas profundezas mais abaixo. Eu sabia da existência de outros dois subterrâneos naquele edifício titânico, e estremeci com terror renovado quando me lembrei do alçapão trancado com barras de metal no último nível. Não haveria guardas naquela situação — pois o que espreitava lá embaixo havia outrora executado o odioso desígnio e sucumbido a um longo ocaso. Na época da raça pós-humana de besouros, já estaria morto. Mesmo assim, ao recordar as lendas nativas, estremeci mais uma vez.

Precisei fazer um tremendo esforço para saltar por cima do abismo hiante, uma vez que o chão repleto de escombros me impedia de tomar impulso — mas a loucura me impelia adiante. Escolhi um lugar próximo à parede esquerda — onde a fissura era menos larga e apresentava um ponto de aterrissagem livre de detritos perigosos — e, depois de um momento frenético, cheguei ao outro lado em segurança. Tendo enfim ganhado o nível inferior, segui aos tropeções pela arcada da sala das máquinas, onde me deparei com ruínas fantásticas parcialmente soterradas por mais escombros da abóbada desabada. Tudo era como eu lembrava, e assim escalei os montes que bloqueavam o acesso a um amplo corredor transverso cheio de confiança. Notei que aquela rota me levaria pelos subterrâneos da cidade até o arquivo central.

Eras incontáveis pareciam desfilar à minha frente enquanto eu tropeçava, saltava e me arrastava ao longo do corredor repleto de entulho. De vez em quando eu percebia os entalhes nas paredes manchadas pelo tempo — alguns familiares, outros talvez acrescentados em épocas posteriores aos meus sonhos. Uma vez que aquela era uma passagem subterrânea que ligava diferentes edificações, não havia arcadas a não ser nos pontos em que o caminho atravessava os níveis inferiores de prédios variados. Em algumas dessas intersecções eu me virava para olhar em direção a corredores e aposentos que despertavam vívidas memórias. Apenas por duas vezes deparei-me com alterações radicais em relação ao cenário dos meus sonhos — e em uma delas pude discernir os contornos barrados da arcada que eu recordava.

Fui tomado por um forte tremor e tive um surto repentino de fraqueza debilitante enquanto percorria um apressado e hostil trajeto em meio à cripta no interior de uma das colossais torres sem janelas em ruínas cuja cantaria basáltica sugeria uma origem pavorosa mencionada apenas aos sussurros. Essa cripta primordial era redonda e media sessenta metros de uma extremidade à outra, sem apresentar nenhum entalhe na cantaria escura. O piso estava livre, à exceção da areia e do pó, e pude ver as passagens que subiam e desciam para outros níveis. Não havia escadas nem rampas — na verdade, em meus sonhos essas torres ancestrais permaneciam intocadas pela fabulosa Grande Raça. As criaturas que as haviam construído não precisavam de escadas ou rampas. Nos sonhos, a passagem descendente permanecia trancada e vigiada por guardas nervosos. Mas naquele instante estava aberta — negra e escancarada, emanando uma corrente de ar frio e úmido. Quanto às cavernas ilimitadas de noite perpétua que poderiam estar à espreita lá embaixo, não me atrevo sequer a imaginá-las.

Mais tarde, depois de escalar uma parte muito obstruída do corredor, cheguei a um local onde o teto tinha cedido por completo. Os escombros erguiam-se como uma montanha, e enquanto eu os escalava adentrei um vasto espaço vazio onde a minha lanterna não revelou nem paredes nem abóbadas. Pensei que aquele devia ser o porão da casa dos fornecedores de metal, que dava para uma esplanada próxima ao arquivo. O que teria acontecido estava muito além das minhas conjecturas.

Encontrei a continuação do corredor no outro lado da montanha de pedras e detritos, mas depois de uma curta caminhada me deparei com uma passagem completamente bloqueada onde as ruínas da abóbada quase tocavam o teto perigosamente abaulado. Como pude empurrar e afastar blocos suficientes para franquear uma passagem e como me atrevi a perturbar os fragmentos compactados sabendo que a menor alteração no equilíbrio poderia ter derrubado as incontáveis toneladas de cantaria escorada logo acima de mim são perguntas para as quais até hoje não tenho resposta. Era a loucura em estado puro que me impelia adiante e guiava meus passos — se, de fato, a minha aventura subterrânea não foi — conforme espero — uma alucinação infernal ou parte de um sonho. De qualquer modo, abri — ou sonhei ter aberto — uma passagem onde eu pudesse me enfiar. Enquanto me contorcia pelo monte de entulho — com a lanterna acesa enfiada fundo na boca — senti minha pele ser rasgada pelas fantásticas estalactites do teto irregular logo acima de mim.

Eu estava perto da grande estrutura arquivística subterrânea que parecia ser o meu objetivo. Após deslizar e descer o outro lado da barreira e desbravar o caminho ao longo do trajeto restante acionando a lanterna apenas a breves intervalos, cheguei a uma cripta baixa e circular — em estado de conservação esplêndido — com arcos que se abriam em todas as direções. As paredes, ou ao menos as partes que estavam ao alcance da minha lanterna, estavam cobertas de hieróglifos e entalhadas com os símbolos curvilineares típicos — alguns deles acrescidos em uma época posterior aos meus sonhos.

Percebi que aquele era o meu destino final e, no mesmo instante, virei-me em direção a uma arcada familiar à esquerda. Quanto à minha capacidade de encontrar um caminho desimpedido para todos os demais níveis remanescentes, acima ou abaixo da rampa, eu não tinha dúvida. Aquela pilha vasta e protegida pela Terra, que abrigava os anais de todo o sistema solar, fora construída com habilidade e resistência fora do comum para durar tanto quanto o próprio sistema. Blocos de tamanho monstruoso, assentados com precisão matemática e fixados com cimentos de assombrosa dureza, haviam se combinado para formar uma estrutura firme como o núcleo rochoso do planeta. Lá, depois de eras mais prodigiosas do que eu poderia conceber em sã consciência, a massa soterrada erguia-se com todos os contornos essenciais, com os amplos corredores empoeirados praticamente livres do entulho predominante em outros corredores e recintos.

A caminhada relativamente fácil a partir desse ponto afetou meus pensamentos de maneira curiosa. Toda a avidez frenética até então frustrada por obstáculos extravasou-se em uma espécie de velocidade febril, e literalmente corri pelas monstruosas passagens de teto baixo para além da arcada. Eu já não me impressionava mais com a familiaridade do ambiente ao redor. Por todos os lados assomava o porte monstruoso das grandes portas de metal cobertas por hieróglifos que protegiam as estantes do arquivo; algumas na posição original, outras abertas, e ainda outras amassadas e entortadas por movimentações geológicas sem força suficiente para estilhaçar a cantaria titânica. Aqui e acolá uma pilha empoeirada logo abaixo de uma estante vazia parecia indicar a localização dos estojos derrubados por abalos sísmicos. Em alguns pilares havia grandes símbolos ou letras proclamando as classes e as subclasses dos volumes.

Em dado momento me detive em frente a uma estante aberta, onde vi alguns dos familiares estojos metálicos ainda na posição original em meio à poeira onipresente. Estendendo a mão, alcancei com alguma dificuldade um espécime fino e o coloquei no chão a fim de examiná-lo. O título estava escrito com os hieróglifos curvilineares predominantes, mas algum detalhe na disposição dos caracteres sugeria uma estranheza sutil. Eu estava perfeitamente familiarizado com o singular mecanismo do fecho curvo, então tratei de abrir a tampa ainda imune à ferrugem para ter acesso ao livro que estava lá dentro. Conforme o esperado, o exemplar media cerca de cinquenta por quarenta centímetros e tinha outros sete de espessura; e as capas de metal fino abriam pela parte de cima. As firmes páginas de celulose pareciam ter resistido às miríades de ciclos temporais que haviam atravessado, e assim comecei a estudar as letras rústicas de estranha pigmentação que compunham o texto — símbolos completamente distintos dos tradicionais hieróglifos entalhados e de qualquer outro alfabeto conhecido pela erudição humana — com a assombrosa impressão de uma pseudomemória. Ocorreu-me que aquela devia ser a linguagem empregada por uma mente cativa que eu havia conhecido em meus sonhos — a mente vinda de um grande asteroide onde subsistiam partes significativas da vida primeva e do folclore arcaico do planeta que o havia originado. Ao mesmo tempo, lembrei-me de que aquele nível do arquivo era devotado aos volumes que tratavam de planetas não terrestres.

Quando parei de examinar o impressionante documento, percebi que a minha lanterna estava começando a falhar, e assim me apressei em instalar a bateria sobressalente que eu sempre tinha comigo. A seguir, equipado com essa radiância mais intensa, retomei a corrida febril pelos labirintos intermináveis de passagens e corredores — reconhecendo de vez em quando uma estante familiar e sentindo uma vaga irritação por conta das condições acústicas que faziam minhas pegadas ecoarem naquelas catacumbas onde o silêncio e a morte haviam perdurado através dos éons. Até as marcas que meus sapatos deixavam na poeira intocada por milênios me faziam estremecer. Se meus sonhos insanos encerrassem qualquer resquício de verdade, jamais um ser humano havia galgado aqueles calçamentos imemoriais. Quanto ao objetivo particular da minha corrida desvairada, eu não tinha nenhuma ideia consciente. No entanto, um impulso de latência maligna incitava minha vontade tresloucada e minhas lembranças enterradas, de modo que eu tinha a vaga impressão de não estar correndo ao acaso.

Cheguei a uma rampa descendente e a segui rumo a profundezas ainda mais recônditas. Vários níveis ficaram para trás à medida que eu corria, porém não me detive a fim de explorá-los. Minha cabeça perturbada havia começado a pulsar em um ritmo que logo pôs minha mão a tremer em uníssono. Eu queria destravar alguma coisa, e senti que conhecia todos os intrincados giros e pressões necessários à tarefa. Seria como um cofre moderno com um segredo de combinação. Sonho ou não, uma vez eu havia conhecido os movimentos — e ainda os conhecia. Como um sonho — ou mesmo um fragmento de folclore absorvido de maneira inconsciente — poderia ter me ensinado um detalhe tão minucioso é algo que não tentei explicar sequer a mim mesmo. Estava além de qualquer pensamento coerente. Toda essa experiência — a familiaridade chocante com um conjunto de ruínas desconhecidas e a identidade perfeita entre tudo o que eu via à minha frente e o cenário que apenas sonhos e fragmentos míticos poderiam ter sugerido — não era um horror que desafiava a razão? Provavelmente eu acreditava — como hoje ainda acredito em meus momentos de maior lucidez — que não poderia estar desperto, e que toda a cidade enterrada não passava de uma alucinação febril.

Por fim cheguei ao nível mais baixo e saí pela direita da rampa. Por alguma razão nebulosa, tentei abafar meus passos, mesmo que assim eu perdesse velocidade. Houve um trecho que temi atravessar naquele último nível encravado nas profundezas da Terra, e enquanto me aproximava lembrei-me do motivo para o meu temor. Era um dos alçapões trancados com barras de metal e vigiados de perto. Não haveria guardas naquela situação; assim, comecei a tremer e segui na ponta dos pés tal como eu havia feito ao atravessar a cripta de basalto onde um alçapão similar se escancarava. Senti uma corrente de ar frio e úmido, como eu havia sentido antes, e desejei que o meu trajeto seguisse em outra direção. Por que eu tinha de seguir aquele trajeto específico? Eu não sabia.

Quando cheguei ao trecho, percebi que o alçapão estava escancarado. Logo adiante as estantes recomeçavam, e no chão em frente a uma delas divisei uma pilha coberta por uma fina camada de pó onde alguns estojos haviam caído pouco tempo atrás. No mesmo instante um novo surto de pânico tomou conta de mim, embora eu não soubesse dizer o que o havia desencadeado. Pilhas de estojos caídos não eram raras, pois ao longo de incontáveis éons o labirinto escuro havia sido estremecido pelas convulsões da Terra e por vezes ecoado o clangor de objetos que desabavam. Apenas quando a travessia do trecho estava quase concluída percebi o motivo de tremores tão violentos.

Não era a pilha de objetos, mas algo relativo à poeira espalhada no chão o que me perturbava. À luz da minha lanterna, a poeira não apresentava o aspecto homogêneo esperado — havia pontos onde parecia mais fina, como se algo a houvesse tocado poucos meses atrás. Não pude ter certeza, dado que mesmo esses pontos estavam cobertos por uma fina camada de poeira; mas uma vaga suspeita de regularidade nas marcas imaginadas foi motivo de grande inquietação. Quando aproximei a lanterna de um desses estranhos pontos, não gostei do que vi — pois a ilusão de regularidade era muito perfeita. Era como se houvesse linhas regulares de impressões compostas — impressões feitas de três em três, cada uma com cerca de trinta centímetros de comprimento, consistindo de cinco marcas quase circulares de oito centímetros, estando uma sempre à frente das quatro restantes.

Essas possíveis linhas de impressões com trinta centímetros de comprimento pareciam seguir em dois sentidos, como se algo tivesse se deslocado para um lado e então retornado. Eram impressões muito tênues, e talvez fossem resultado de uma ilusão ou de uma coincidência; mas havia um elemento de terror difuso na maneira como se dispunham ao longo do chão. Em uma das extremidades jazia a pilha de estojos que devia ter caído não muito tempo atrás, e no outro lado estava o agourento alçapão com o vento frio e úmido, escancarado sem nenhum guarda à vista e revelando abismos que desafiavam a imaginação.

VIII.

A magnitude e a preponderância do meu estranho sentimento de compulsão podem ser demonstradas pela conquista do medo. Nenhum motivo racional poderia ter me impelido adiante depois das misteriosas impressões e das insidiosas pseudomemórias que despertavam. Minha mão direita, embora tremesse de pavor, continuava pulsando de ansiedade para abrir o segredo pressentido. Antes de dar por mim eu havia passado a pilha de estojos recém-caídos e estava correndo na ponta dos pés ao longo de passagens cobertas por uma poeira absolutamente homogênea em direção a um ponto a respeito do qual eu parecia deter um conhecimento mórbido e terrível. Minha mente fazia perguntas cuja origem e relevância mal haviam me ocorrido. Será que a estante seria acessível a um corpo humano? Será que a minha mão humana seria capaz de executar os movimentos lembrados através dos éons que o segredo requeria? Será que o segredo permanecia intacto e em bom estado de funcionamento? E o que eu faria — o que me atreveria a fazer — com o que (naquele instante comecei a perceber) eu ansiava por encontrar e ao mesmo tempo temia? Será que eu me defrontaria com a verdade impressionante e avassaladora de algo muito além do nosso conceito de normalidade ou com um mero despertar?

No instante seguinte eu havia cessado a minha corrida na ponta dos pés e estava parado, olhando para uma fileira de estantes repletas de hieróglifos que inspiravam uma familiaridade enlouquecedora. Estavam em um estado de preservação quase perfeito, e apenas três portas nos arredores haviam se aberto. Meus sentimentos em relação a essas estantes não podem ser descritos em palavras — tamanha a força e a insistência da impressão de um antigo conhecimento. Eu estava olhando para o alto, em direção a uma estante próxima ao topo e totalmente fora do meu alcance, imaginando o que fazer para me aproximar. Uma porta aberta na quarta prateleira a contar do chão poderia me ajudar, e as fechaduras das portas trancadas poderiam servir como apoios para os meus pés e as minhas mãos. Eu prenderia a lanterna entre os dentes, como havia feito em outros lugares onde havia precisado de ambas as mãos. Acima de tudo, eu não podia fazer barulho. Seria complicado descer com o objeto desejado, mas provavelmente eu conseguiria prender o fecho móvel na gola do casaco e carregá-lo como uma mochila. Logo voltei a me perguntar se o segredo permaneceria intacto. Quanto à minha capacidade de repetir os movimentos familiares eu não tinha a menor dúvida. Mas eu esperava que o segredo não estalasse nem rangesse — e que meus dedos operassem-no com a destreza necessária.

No instante mesmo em que pensava essas coisas eu já havia posto a lanterna na boca e começado a escalar. Os segredos salientes eram maus apoios; mas, como eu tinha imaginado, a prateleira aberta me ajudou um bocado. Usei a porta e a extremidade da própria abertura na escalada e assim evitei quaisquer estalos mais audíveis. Equilibrado sobre a parte superior da porta e me inclinando o máximo para a direita, consegui tocar no segredo que eu buscava. Meus dedos, um pouco anestesiados pela escalada, a princípio estavam muito desajeitados; mas logo percebi que tinham uma anatomia propícia. E o ritmo mnemônico que as animava era intenso. Através dos abismos desconhecidos do tempo, os intrincados movimentos secretos chegaram até o meu cérebro — pois em menos de cinco minutos de tentativas veio o clique cuja familiaridade pareceu ainda mais impressionante porque meus pensamentos conscientes não o esperavam. No instante seguinte a porta de metal se abriu devagar, apenas com rangidos mínimos.

Atônito, olhei para a fileira de estojos cinzentos que se revelaram e senti o acesso poderoso de uma emoção inexplicável. Quase fora do alcance da minha mão direita havia um estojo cujos hieróglifos curvados me fizeram tremer com sentimentos infinitamente mais complexos do que o simples aguilhão do medo. Ainda tremendo, consegui soltá-lo em meio a uma chuva de poeira grossa e trazê-lo para junto do meu corpo sem nenhum barulho que pudesse chamar atenção. Como os demais estojos que eu havia manuseado, media pouco mais do que quarenta por cinquenta centímetros e apresentava desenhos matemáticos em baixo-relevo.

A espessura era de quase oito centímetros. Mantendo-o preso entre o meu corpo e a superfície que eu havia escalado, mexi no fecho e por fim soltei o gancho. Abri a capa e desloquei o pesado objeto até as minhas costas, deixando o gancho preso à gola do meu casaco. Com as mãos livres, desci com certa dificuldade até o chão empoeirado e me preparei para inspecionar a minha recompensa.

Ajoelhado na poeira grossa, tornei a deslocar o estojo e coloquei-o no chão à minha frente. Minhas mãos estavam trêmulas, e eu temia pegar o livro encerrado lá dentro quase tanto quanto eu o desejava — e me sentia compelido a pegá-lo. Aos poucos eu havia compreendido o que haveria de encontrar, e a revelação quase paralisou minhas faculdades. Se a coisa estivesse lá — e se eu não estivesse sonhando —, as implicações estariam muito além do que o espírito humano pode suportar. O que mais me atormentava era a incapacidade momentânea de perceber que o cenário ao meu redor fazia parte de um sonho. O sentimento era atroz — e torna a se manifestar sempre que recordo a cena.

Por fim retirei o livro do estojo com as mãos ainda trêmulas e examinei fascinado os conhecidos hieróglifos estampados na capa. Parecia estar em ótimas condições, e as letras curvilineares do título puseram-me em um estado quase hipnótico, como se eu fosse capaz de compreendê-los. Na verdade, não posso jurar que eu não os tenha lido em algum pavoroso acesso temporário a memórias sobrenaturais. Não sei quanto tempo se passou antes que eu me atrevesse a abrir a fina capa metálica. Eu postergava e inventava desculpas. Tirei a lanterna da boca e a desliguei para economizar as baterias. Então, no escuro, reuni minha coragem — e enfim abri a capa sem acender a lanterna. Por último, projetei um breve facho de luz sobre a página exposta — mas não antes de me preparar para suprimir qualquer som a despeito do que eu pudesse encontrar.

Olhei por um instante e por pouco não desabei. Rangendo os dentes, no entanto, consegui manter silêncio. Deixei-me cair no chão e levei a mão à testa em meio às trevas que me cercavam. O que eu temia e esperava estava lá. Ou eu estava sonhando, ou o tempo e o espaço haviam se transformado em uma zombaria. Eu devia estar sonhando — mesmo assim, resolvi testar o horror levando aquela coisa de volta para mostrá-la ao meu filho, caso fosse de fato uma realidade concreta. Meus pensamentos rodopiavam a uma velocidade pavorosa, ainda que não houvesse nenhum objeto visível na escuridão ininterrupta ao meu redor. Ideias e imagens de terror absoluto — despertadas pelas possibilidades que o meu relance havia aberto — assoberbaram-me e embotaram-me os sentidos.

Pensei nas possíveis marcas na poeira e estremeci ao escutar o som da minha própria respiração enquanto pensava. Mais uma vez acendi a lanterna por um breve instante e olhei para a página como a vítima de uma serpente olha para os olhos e as presas do algoz. Então, com dedos trêmulos, no escuro, fechei o livro, guardei-o no estojo e fechei a tampa e o curioso gancho do fecho. Era aquilo o que eu precisava levar de volta para o mundo exterior, se realmente existisse — se o abismo realmente existisse — se eu e o mundo inteiro realmente existíssemos.

O momento exato em que me pus de pé e comecei a caminhada de volta não pode ser determinado. Parece-me estranho — e bastante ilustrativo do meu grau de alheamento em relação ao mundo normal — que eu não tenha olhado para o relógio uma única vez durante todas aquelas horas terríveis passadas no subterrâneo. De lanterna em punho, e com o agourento estojo debaixo do braço, me vi andando na ponta dos pés em uma espécie de pânico silencioso ao passar em frente ao abismo de onde o vento soprava e pelas sugestões de marcas à espreita no corredor. Reduzi minha cautela à medida que eu subia os intermináveis aclives, mas não pude afastar por completo uma sombra de apreensão que eu não havia sentido na jornada em direção ao fundo.

Eu temia ter de atravessar mais uma vez aquela cripta basáltica mais antiga do que a própria cidade, onde lufadas frias emanavam de profundezas entregues aos próprios desígnios. Pensei naquilo que a Grande Raça havia temido, e no que ainda podia estar à espreita — ainda que em uma forma débil ou moribunda — lá no fundo. Pensei nas possíveis marcas com cinco círculos e no que os sonhos haviam me dito a respeito dessas marcas — e nos estranhos ventos e assovios que as acompanhavam. E pensei nas histórias dos aborígenes modernos, em que o horror dos grandes ventos e das ruínas subterrâneas inomináveis era um elemento recorrente.

Graças a um símbolo entalhado em uma parede, eu sabia a que nível me dirigir, e por fim cheguei — depois de passar pelo outro livro que eu havia examinado — ao vasto espaço circular com o entroncamento das arcadas. À minha direita, reconhecível de imediato, estava o arco por onde eu havia chegado. Mais uma vez o atravessei, ciente de que o restante do trajeto seria mais árduo por conta do estado precário da cantaria no exterior do arquivo central. Meu novo fardo encerrado no estojo de metal pesava em minhas costas, e comecei a sentir uma dificuldade cada vez maior de manter-me em silêncio enquanto tropeçava em toda sorte de destroços e fragmentos.

Então cheguei ao monte de escombros que tocava o teto, onde eu havia franqueado uma estreita passagem. Meu pavor ao pensar em me contorcer mais uma vez até o outro lado mostrou-se infinito; pois a passagem inicial havia feito algum barulho, e naquele instante — depois de ver as terríveis marcas — eu temia fazer barulho acima de qualquer outra coisa. E o estojo agravava o problema de atravessar o estreito túnel. Mesmo assim, escalei a barreira da melhor forma possível e empurrei o estojo à minha frente através da abertura. Então, com a lanterna na boca, impeli o meu próprio corpo para a frente — novamente rasgando as costas nas estalactites. Quando tentei pegá-lo mais uma vez, o estojo caiu pela encosta de entulho, provocando um clangor inquietante e despertando ecos que me fizeram suar frio. Precipitei-me em direção ao objeto no mesmo instante e consegui recuperá-lo sem nenhum outro som — mas no instante seguinte o deslocamento dos blocos sob os meus pés causou estrondos sem precedentes.

Esses estrondos foram a minha ruína. Afinal, fosse em sonho ou na realidade, ouvi em resposta sons terríveis que vinham de algum lugar longínquo às minhas costas. Imaginei ter ouvido um assovio estridente, distinto de todos os sons terrestres e além de qualquer descrição verbal adequada. Pode ter sido apenas a minha imaginação. Nesse caso, o que veio a seguir foi uma ironia macabra — uma vez que, não fosse pelo terror inspirado por essa primeira coisa, a segunda talvez jamais acontecesse.

Da maneira como foi, meu frenesi era absoluto e incontido. Depois de pegar a lanterna com a mão e me agarrar debilmente ao estojo, corri e saltei adiante sem nenhuma ideia na cabeça a não ser um desejo ardente de sair daquelas ruínas de pesadelo para o mundo desperto de luar e deserto vários níveis acima. Mal percebi quando cheguei à montanha de escombros que assomava rumo à vasta escuridão além do teto desabado, e me bati e me cortei repetidas vezes durante a fuga, enquanto subia pela encosta íngreme repleta de blocos e fragmentos afiados. Então veio o grande desastre. Meus pés escorregaram no exato instante em que eu atravessava o cume às cegas, despreparado para a súbita descida logo à frente, e assim me vi no meio de uma violenta avalanche de cantaria maciça, cujo estrondo digno de uma canhonada rasgou o ar negro da caverna com uma ensurdecedora série de reverberações que fez a terra estremecer.

Não me lembro de emergir desse caos, mas um fragmento momentâneo de consciência sugere que corri, cambaleei e tropecei ao longo da passagem em meio ao clamor — com o estojo e a lanterna ainda nas mãos. Quando me aproximei da primordial cripta de basalto que tanto me apavorava a loucura absoluta se instaurou, pois quando os ecos da avalanche silenciaram eu escutei uma repetição daquele terrível assovio alienígena que eu já imaginava ter ouvido antes. Dessa vez não havia margem para dúvidas — e, o que era pior, o assovio saía de um ponto não às minhas costas, mas *à minha frente*.

Devo ter gritado. Tenho uma vaga recordação de correr pela infernal cripta basáltica das Coisas Ancestrais e de ouvir aquele maldito som alienígena assoviando pela porta escancarada que se abria para as infindáveis trevas subterrâneas. Havia também um vento — não apenas uma brisa fria e úmida, mas uma rajada violenta e constante que soprava com frigidez e selvageria do pélago abominável onde os assovios obscenos se originavam.

Tenho lembranças de saltar e avançar sobre obstáculos dos mais variados tipos enquanto a torrente de vento e som estridente ganhava intensidade a cada momento e parecia retorcer-se de propósito ao meu redor enquanto investia contra mim desde os abismos às minhas costas e sob os meus pés. Mesmo estando às minhas costas, o vento tinha a singular capacidade de dificultar o meu progresso em vez de ajudá-lo, agindo como um nó de correr ou um laço jogado ao meu redor. Sem perceber o barulho que eu fazia, subi uma enorme barreira de blocos e mais uma vez cheguei à estrutura que conduzia de volta à superfície. Lembro-me de vislumbrar a arcada que dava para a sala de máquinas e de abafar um grito quando vi a rampa que descia em direção a um daqueles alçapões blasfemos que devia estar escancarado dois níveis abaixo. Mas em vez de gritar repeti várias vezes para mim mesmo que tudo não passava de um sonho do qual eu logo haveria de acordar. Talvez eu estivesse no acampamento — talvez na minha casa em Arkham. Com a sanidade fortalecida por essas esperanças, comecei a subir a rampa em direção ao nível superior.

Eu sabia que teria de reatravessar a fissura de um metro e vinte, mas estava demasiado aflito por outros temores e só percebi a totalidade do horror quando eu estava prestes a encontrá-lo. Na descida, o salto havia sido fácil — mas será que eu conseguiria vencer a falha com a mesma destreza na subida, e além do mais prejudicado pelo medo, pela exaustão, pelo peso do estojo metálico e pela atração sobrenatural exercida por aquele vento demoníaco? Pensei nessas coisas apenas no último instante, e pensei também nas entidades sem nome que poderiam estar à espreita nos abismos negros abaixo do despenhadeiro.

Minha lanterna frenética começava a dar sinais de fraqueza, mas por conta de alguma memória obscura eu pressenti a proximidade da fissura. As rajadas gélidas e estridentes e os assovios nauseantes às minhas costas funcionaram naquele instante como um opiáceo misericordioso, embotando a minha imaginação ao horror do abismo hiante logo à frente. Então percebi novas rajadas e assovios *na minha frente* — marés de abominação que saíam pela fissura vindas de profundezas inimaginadas e inimagináveis.

Foi nesse momento que a mais pura essência dos pesadelos se abateu sobre mim. A sanidade se esvaiu — e, ignorando tudo a não ser o impulso animal da fuga, simplesmente me arrojei rumo à superfície em meio aos escombros da rampa como se o abismo sequer existisse. Quando percebi a borda do precipício, investi todas as reservas de força que eu ainda possuía em um salto frenético, porém no mesmo instante fui apanhado em um redemoinho pandemônico de sons abomináveis e escuridão absoluta e materialmente tangível.

Esse foi o fim da minha experiência, até onde consigo lembrar. Quaisquer impressões ulteriores pertencem unicamente ao domínio do delírio fantasmagórico. Sonho, loucura e memória se fundiram em uma série de alucinações fantásticas e fragmentárias que não podem manter nenhum tipo de relação com a realidade. Houve uma queda odiosa por léguas incalculáveis de uma escuridão viscosa e senciente, e uma babel de ruídos totalmente estranhos a tudo o que sabemos sobre a Terra e a vida orgânica em nosso planeta. Sentidos dormentes e rudimentares pareceram despertar no meu âmago, sugerindo abismos e vácuos povoados por horrores flutuantes que levavam a penhascos desprovidos de sol e a oceanos e cidades fervilhantes com torres basálticas sem janelas, onde nenhuma luz jamais brilhava.

Segredos do planeta primordial e de éons imemoriais passaram pela minha cabeça sem a ajuda da visão ou da audição, e assim eu soube de coisas que nem os meus sonhos mais desvairados haviam sequer insinuado. O tempo inteiro os dedos frios do vapor úmido me agarravam e me cutucavam, e aqueles odiosos e quiméricos assovios gritavam como demônios por cima da babel e do silêncio que se alternavam nos redemoinhos de escuridão ao redor.

A seguir tive visões da cidade ciclópica dos meus sonhos — não em ruínas, mas tal como eu a havia sonhado. Eu estava mais uma vez no meu corpo cônico e inumano, misturado a multidões de indivíduos da Grande Raça e a mentes cativas que carregavam livros de um lado para o outro nos corredores espaçosos e nas enormes rampas. No entanto, por cima dessas imagens surgiam clarões momentâneos de uma consciência não visual que envolvia batalhas desesperadas, de embates para se libertar dos tentáculos preênseis de um vento assoviante, de um voo insano como o de um morcego através do ar semissólido, de uma fuga desesperada pela escuridão vergastada por ciclones e de tropeços e cambaleios frenéticos na cantaria desabada.

Em certo momento houve um clarão bastante singular e intrusivo de uma semivisão — a suspeita tênue e difusa de uma radiância azulada muito acima de mim. Depois veio um sonho em que eu escalava e me arrastava enquanto era perseguido pelo vento — em que eu me contorcia sob um luar sardônico através de uma pilha de entulho que deslizava e desabava atrás de mim no meio de um mórbido furacão. Foi a pulsação maligna e monótona do luar enlouquecedor que por fim marcou o meu retorno ao que eu outrora havia conhecido como o mundo real e objetivo.

Eu me arrastava de bruços pelas areias do deserto australiano, e ao meu redor uivava um tumulto de ventos como eu jamais tinha conhecido na superfície do nosso planeta. Minhas roupas estavam em farrapos, e todo o meu corpo era uma massa de batidas e arranhões. Minha consciência retornou muito devagar, e em nenhum momento eu soube dizer com certeza em que ponto minhas verdadeiras memórias haviam dado lugar aos sonhos delirantes. Parecia ter havido uma pilha de blocos titânicos, um abismo mais abaixo, uma monstruosa revelação do passado e um horror digno de um pesadelo no fim — mas quanto seria real? Minha lanterna tinha desaparecido, assim como qualquer estojo de metal que eu pudesse ter descoberto. Teria havido um estojo — ou um abismo — ou um monte? Com a cabeça erguida, olhei para trás e vi apenas as estéreis areias ondulantes do deserto.

O vento demoníaco amainou, e a túmida lua fungoide afundou na vermelhidão a oeste. Pus-me de pé e comecei a cambalear rumo ao sudoeste, na direção do acampamento. O que havia acontecido comigo na realidade? Será que eu tinha apenas sofrido um colapso no deserto e arrastado um corpo assolado por sonhos inquietantes ao longo de quilômetros de areia e blocos soterrados? De outra forma, como eu poderia continuar vivendo? Nessa nova dúvida, toda a minha fé na irrealidade nascida dos mitos e surgida nas minhas visões dissolveu-se mais uma vez na antiga dúvida infernal. Se aquele abismo era real, então a Grande Raça era real — e as blasfêmias de ensinamentos e capturas no vórtice cósmico do tempo não seriam mitos ou pesadelos, mas uma realidade terrível e avassaladora.

Será que eu havia, na realidade atroz, visitado o mundo pré-humano de cento e cinquenta milhões de anos atrás naqueles dias obscuros e enigmáticos de amnésia? Será que o meu corpo presente havia servido como veículo para uma medonha consciência alienígena egressa dos paleogêneos abismos do tempo? Será que eu, como mente cativa daqueles horrores rastejantes, teria de fato conhecido a amaldiçoada cidade de pedra na época do apogeu primordial e me arrastado por aqueles vastos corredores na forma abominável do meu captor? Seriam aqueles sonhos torturantes de mais de vinte anos o resultado de atrozes e monstruosas *memórias*? Teria eu efetivamente conversado com mentes oriundas dos mais inalcançáveis confins do espaço e do tempo, aprendido os segredos do universo, passados e futuros, e escrito os anais do meu próprio mundo para os estojos metálicos daquele arquivo titânico? E seriam aqueles outros — aquelas horrendas Coisas Ancestrais dos ventos enlouquecedores e dos assovios demoníacos — na verdade uma ameaça remanescente à espreita, aguardando e definhando em abismos negros enquanto as mais variadas formas de vida desenvolviam-se em ciclos multimilenares na superfície de um planeta devastado pelos éons?

Não sei. Se aquele abismo e os horrores que encerrava forem reais, não resta esperança. Neste caso, seria uma verdade incontestável que sobre o mundo da humanidade paira uma incrível e zombeteira sombra vinda do tempo. Graças ao destino misericordioso, não existe nenhuma prova de que essas coisas sejam mais do que novas fases em meus sonhos nascidos de mitos. Eu não trouxe de volta o estojo metálico que serviria de prova, e até agora os corredores subterrâneos tampouco foram encontrados. Se as leis do universo forem bondosas, jamais serão encontrados. Mesmo assim, preciso contar ao meu filho o que vi ou imagino ter visto, e permitir que use o próprio juízo como psicólogo para avaliar a realidade da minha experiência e transmitir meu relato a outras pessoas.

Afirmei que a espantosa realidade por trás dos meus tormentosos anos oníricos depende, em caráter absoluto, da realidade do que julguei ter visto naquelas ruínas ciclópicas soterradas. Foi difícil para mim registrar por escrito essa revelação crucial, embora nenhum leitor tenha deixado de adivinhá-la. É claro que a revelação estava no livro encerrado no estojo metálico — o estojo que retirei do covil esquecido em meio à poeira intocada de um milhão de séculos. Nenhum olhar tinha visto, nenhuma mão havia tocado aquele livro desde a chegada do homem a este planeta. Mesmo assim, quando acendi a lanterna sobre a página no pavoroso abismo megalítico, percebi que as letras de estranha pigmentação impressas sobre as frágeis páginas de celulose escurecidas pelos éons na verdade não eram hieróglifos inominados que remontavam à juventude da Terra. Eram apenas as letras do nosso alfabeto, traçando palavras da língua inglesa na minha própria caligrafia.

A CASA TEMIDA

I.

Mesmo nos grandes horrores é bastante raro que a ironia se encontre ausente. Às vezes o sentimento entra de forma direta na composição dos eventos, e às vezes surge apenas em função do caráter fortuito que estes ocupam em meio a pessoas e lugares. Esse último caso pode ser exemplificado de maneira esplêndida por um episódio ocorrido na antiga cidade de Providence, onde, no fim da década de 1840, Edgar Allan Poe cortejava sem êxito a talentosa poetisa sra. Whitman. Poe em geral se hospedava na Mansion House da Benefit Street — na célebre Golden Ball Inn, que abrigou Washington, Jefferson e Lafayette — e tinha por caminhada favorita o trajeto que seguia rumo ao norte ao longo da mesma rua que conduzia à casa da sra. Whitman e ao St. John's Churchyard, cujo estoque de lápides do século XVIII sempre exercera sobre ele um fascínio singular.

Mas eis que surgiu uma ironia. Nessa caminhada, repetida tantas vezes, o mestre do terrível e do bizarro era obrigado a passar em frente a uma casa em particular no lado da rua que dava para o leste; uma estrutura suja e antiquada que se empoleirava na abrupta encosta da colina, com um enorme jardim negligenciado que remontava à época em que a região era em parte campo aberto. Parece que jamais escreveu a respeito do assunto ou sequer o mencionou, e tampouco há evidências de que a tenha percebido. Mesmo assim, para as duas pessoas em posse de certas informações, a casa em questão se iguala ou supera as mais desvairadas fantasias do gênio que tantas vezes a deixou para trás sem perceber, e ademais se ergue com um sorriso zombeteiro como símbolo de tudo o que é inefavelmente horrendo.

A casa era — e a bem dizer ainda é — do tipo que atrai a atenção dos curiosos. Originalmente uma construção típica de fazenda ou similar, seguia o padrão vigente na Nova Inglaterra durante a metade do século XVIII — a arquitetura próspera, com telhado de duas águas, dois andares e sótão desprovido de trapeira, com o vão da porta em estilo georgiano e os lambris interiores ditados pelo progresso do gosto naquela época. A casa era voltada para o sul e tinha uma empena coberta pelo solo até a altura das janelas mais baixas que davam para a colina a leste, enquanto a outra tinha as fundações expostas em direção à rua. A construção, terminada mais de um século e meio atrás, havia seguido as alterações e o endireitamento da rua nos arredores; pois a Benefit Street — a princípio chamada de Back Street — era uma ruela sinuosa que atravessava os cemitérios dos primeiros colonos, e que foi endireitada apenas quando a remoção dos corpos para o North Burial Ground facultou a passagem entre os antigos jazigos familiares.

No início, a parede a oeste erguia-se seis metros a partir de um gramado íngreme à beira da estrada; porém um alargamento da rua por volta da época da Revolução acabou com boa parte do espaço entre uma coisa e a outra, e assim expôs as fundações, de modo que foi necessário construir uma parede de tijolos no porão, o que conferia ao nível inferior da casa uma fachada com duas portas e duas janelas acima do nível do chão, próximas ao novo local de passeio público. Quando o calçamento foi assentado, um século atrás, o último recuo foi removido; e durante suas caminhadas Poe deve ter visto apenas uma subida íngreme de tijolos cinzentos e tristes junto ao passeio, colmada a uma altura de três metros pelo antigo revestimento da casa.

O terreno em estilo rural estendia-se colina acima, quase até a Wheaton Street. O espaço ao sul da casa, localizado na Benefit Street, situava-se evidentemente muito acima do nível da calçada, e assim formava um terraço delimitado por um muro elevado de pedras úmidas e cobertas de musgo atravessadas por um lance de estreitos degraus que seguia por entre superfícies que mais pareciam um cânion nas regiões superiores do gramado abandonado, dos muros de tijolo recobertos de muco e dos jardins abandonados, cujas urnas de cimento em ruínas, chaleiras enferrujadas caídas de tripés feitos com gravetos nodosos e outra parafernália similar chamavam a atenção para a porta de entrada castigada pelas intempéries com a claraboia quebrada, os pilares iônicos apodrecidos e o pedimento triangular carcomido pelos vermes.

O que ouvi na minha juventude a respeito da casa temida foi apenas que por lá as pessoas morriam em números alarmantes. Foi por esse motivo, segundo me disseram, que os proprietários se mudaram cerca de vinte anos depois de construir a casa. Era uma residência sem dúvida insalubre, talvez em função da umidade e dos fungos que cresciam no porão, do odor enfermiço, do vento encanado pelos corredores e da qualidade do poço e da água. Essas coisas todas já eram ruins o bastante, e eram também as únicas que desfrutavam de crédito junto às pessoas de minha convivência. Foram os cadernos do meu tio antiquário, o dr. Elihu Whipple, que por fim me revelaram as suposições vagas e obscuras que formavam uma impressão subjacente ou um folclore acerca dos criados e das pessoas humildes de outrora; suposições essas que jamais chegavam longe, e que tinham sido em boa parte esquecidas quando Providence cresceu a ponto de se transformar em uma metrópole com uma população moderna e variada.

O fato é que a casa nunca foi vista pela maioria da comunidade como "assombrada" em qualquer acepção do termo. Não havia histórias sobre o tilintar de correntes, rajadas de ar frio, luzes que se apagavam ou rostos nas janelas. Os extremistas às vezes diziam que a casa era "desafortunada", mas esse era o ponto máximo a que chegavam. O que estava além de qualquer disputa era que um grande número de pessoas morria por lá; ou, mais precisamente, havia morrido por lá, visto que após certos eventos um tanto peculiares ocorridos há sessenta anos a casa acabou desabitada em função da absoluta impossibilidade de alugá-la. Essas vidas não eram ceifadas de uma hora para outra; a impressão era de que tinham a vitalidade drenada às escondidas, de maneira que cada vítima morria de forma prematura como resultado de qualquer tendência à fraqueza que tivesse naturalmente evidenciado. Os que não haviam morrido apresentavam graus variados de anemia ou da tísica, e por vezes um declínio nas faculdades mentais, que trazia maus agouros em relação à salubridade da construção. Cumpre acrescentar que as casas vizinhas pareciam estar totalmente livres dessa qualidade maléfica.

Eis o quanto eu sabia antes que as minhas indagações constantes levassem meu tio a mostrar-me as anotações que por fim impeliram-nos a uma horrenda investigação. Em minha infância a casa temida encontrava-se desabitada, com árvores inóspitas, retorcidas e terríveis, grama alta e estranha e ervas daninhas saídas de um pesadelo no pátio elevado com terraço onde os pássaros jamais se demoravam. Eu e outros garotos tínhamos por hábito frequentar o local, e ainda recordo o meu terror juvenil não apenas ao perceber a estranheza mórbida da sinistra vegetação, mas também a atmosfera quimérica e o odor da casa dilapidada, cuja porta da frente, sempre destrancada, atravessávamos com frequência em busca de calafrios. As pequenas vidraças das janelas estavam quase todas quebradas, e uma inefável atmosfera de desolação pairava ao redor dos lambris precários, das venezianas internas decrépitas, do papel de parede descascado, do gesso em ruínas, das escadarias rangentes e dos fragmentos de mobília destruída que ainda restavam. O pó e as teias de aranha acrescentavam um toque lúgubre; e era preciso ser um garoto muito destemido para subir voluntariamente a escada que levava ao sótão, uma enorme peça com vigas aparentes e iluminada apenas pelas diminutas janelas cintilantes na extremidade das empenas, e atulhado com uma mixórdia de baús, cadeiras e rocas que os infinitos anos de armazenamento tinham amortalhado e transformado em vultos monstruosos e demoníacos.

Mas apesar de tudo o sótão não era a parte mais terrível da casa. Era o porão úmido e gélido que por algum motivo exercia sobre nós a repulsa mais intensa, mesmo que se localizasse acima do nível do chão e desse para o lado da rua e tivesse apenas uma fina porta e uma parede de alvenaria guarnecida com janela a separá-la do movimento na calçada. Mal conseguíamos decidir entre frequentá-lo em nossa fascinação espectral ou renegá-lo para salvar nossas almas e nossa sanidade. Em primeiro lugar, o mau cheiro da casa era mais intenso naquele cômodo; e, em segundo lugar, não gostávamos nem um pouco dos fungos que por vezes brotavam do chão de terra batida após as chuvas de verão. Esses fungos, grotescos como a vegetação no pátio externo, revelavam silhuetas horrendas; eram odiosas paródias de agáricos e cachimbos-de-índio que jamais havíamos visto em qualquer outra situação. Apodreciam depressa, e em um certo estágio tornavam-se quase fosforescentes, de maneira que os transeuntes noturnos eventualmente mencionavam um fogo das bruxas que cintilava por trás das vidraças quebradas nas janelas que espalhavam fedor.

Nunca — sequer nos momentos de desatino em pleno Dia das Bruxas — visitávamos o porão à noite, mas por vezes em nossas visitas diurnas conseguíamos detectar essa fosforescência, em particular nos dias escuros e úmidos. Também havia uma coisa mais sutil que não raro imaginávamos ter percebido — uma coisa deveras estranha que, no entanto, era na melhor das hipóteses sugestiva. Refiro-me a uma espécie de contorno nebuloso e branquicento sobre o chão de terra — um depósito vago e cambiante de mofo ou salitre que ocasionalmente nos imaginávamos capazes de rastrear em meio aos esparsos crescimentos fúngicos próximos à enorme lareira na cozinha do porão. De vez em quando nos ocorria que esse desenho no chão apresentava uma impressionante semelhança com a silhueta de uma figura humana encolhida, embora via de regra essa similaridade não existisse, e com frequência não fosse possível encontrar sequer o depósito de matéria branquicenta. Numa certa tarde chuvosa em que essa ilusão apresentou-se de maneira singularmente forte, e quando, ademais, imaginei ter divisado uma espécie de exalação tênue, amarelada e cintilante a erguer-se do desenho nitroso em direção à bocarra da lareira, falei com meu tio a respeito do assunto. Ele sorriu quando lhe apresentei o conceito, mas tive a impressão de que aquele sorriso insinuava certas reminiscências. Mais tarde eu soube que uma ideia similar havia se manifestado nas antigas histórias das pessoas simples — uma ideia que aludia às formas de *ghouls* e de lobos assumidas pela fumaça que saía da grande chaminé, bem como aos bizarros contornos assumidos por algumas das raízes sinuosas que penetravam abaixo do porão e se entranhavam em meio às fundações danificadas.

II.

Apenas depois que atingi a idade adulta o meu tio se dispôs a me apresentar as anotações e os dados que havia coligido acerca da casa temida. O dr. Whipple era um médico saudável e conservador da escola antiga, e em função do interesse que tinha pelo lugar não sentia nenhum pendor a empurrar mentes jovens rumo ao sobrenatural. A visão que tinha a respeito do assunto postulava uma construção e uma localização marcadamente insalubres e não tinha nada a ver com o sobrenaturalismo; porém mesmo assim ele sabia que o elemento pitoresco responsável por despertar-lhe o interesse ainda na infância daria início a toda sorte de terríveis associações imaginativas na mente de um garoto.

O médico era solteiro; um cavalheiro de cabelos brancos, rosto bem-escanhoado e modos antigos, e ademais um historiador de renome que por vezes havia quebrado lanças com guardiões da tradição controversos como Sidney S. Rider e Thomas W. Bicknell. Morava com um criado em uma casa georgiana fornida com uma aldraba e degraus com corrimão de ferro, empoleirada de maneira vertiginosa na subida íngreme da North Court Street ao lado do antigo pátio de tijolos e da casa colonial onde o avô — primo do cap. Whipple, o célebre corsário que no ano de 1772 incendiou a escuna armada *Gaspee* quando estava a serviço de Vossa Majestade — tinha votado, no dia 4 de maio de 1776, pela independência da colônia de Rhode Island. Ao redor, na biblioteca úmida e baixa com lambris brancos e bolorentos, guarnecida por um painel ricamente entalhado acima da lareira e pequenas janelas ensombrecidas por trepadeiras, estavam as relíquias e os registros da antiga família, em meio aos quais se encontravam muitas alusões dúbias à casa temida na Benefit Street. O local pestilento não era longe — pois a Benefit Street corre logo acima do tribunal, ao longo da íngreme colina escalada pelos primeiros colonizadores.

Quando enfim minhas importunações constantes e minha idade mais avançada conseguiram obter de meu tio a sabedoria que eu buscava, deparei-me com uma crônica um tanto esquisita. Por mais longo, estatístico e tediosamente genealógico que o assunto fosse, ao menos em parte, havia um fio contínuo de ameaça, um horror persistente e uma malevolência sobrenatural que me impressionaram ainda mais do que haviam impressionado o bom doutor. Era possível encontrar relações extraordinárias em acontecimentos separados, e detalhes à primeira vista insignificantes revelavam-se minas de possibilidades. Surgiu em mim uma curiosidade nova e febril, comparada à qual minha curiosidade de menino parecia débil e incipiente. A primeira revelação me levou a empreender uma abrangente pesquisa, e por fim a lançar-me na temível busca que se mostrou tão desastrosa para mim e para os meus. No fim meu tio insistiu em juntar-se a mim na busca que eu havia iniciado, e após a noite fatídica que passamos juntos naquela casa ele não estava mais ao meu lado quando saí. Estou sozinho sem aquela alma bondosa que preencheu os longos anos de vida apenas com honra, virtude, bom gosto, benevolência e aprendizado. Mandei erguer uma urna de mármore para honrar-lhe a memória no St. John's Church-yard — o lugar que Poe tanto amava — o bosque secreto com a colina repleta de salgueiros gigantes, onde túmulos e lápides amontoam-se em silêncio entre o vetusto vulto da igreja e as casas e muros de arrimo da Benefit Street.

A história da casa, escondida em um labirinto de datas, não revelou nenhum detalhe sinistro que dissesse respeito à construção ou à próspera e honrada família que a havia construído. Mesmo assim, desde o início a mácula da calamidade, que não tardou a ganhar um significado agourento, mostrava-se evidente. Os registros meticulosamente compilados por meu tio começavam na época da construção, em 1763, e acompanhavam o tema com uma riqueza de detalhes fora do comum. A casa temida, segundo tudo indica, foi em um primeiro momento ocupada por William Harris e a esposa Rhoby Dexter, bem como pelos filhos Elkanah, nascido em 1755, Abigail, nascida em 1757, William Jr., nascido em 1759, e Ruth, nascida em 1761. Harris era um mercador e um marinheiro de vulto no comércio com as Índias Ocidentais, e tinha ligações com a firma que Obadiah Brown mantinha com os sobrinhos. Após a morte de Brown em 1761, a nova firma Nicholas Brown & Co. encarregou-o do brigue de cento e vinte toneladas *Prudence*, construído em Providence, e assim pôde erguer a residência com que tanto havia sonhado desde o casamento.

O local escolhido — uma parte recém-aterrada da nova Back Street, que estava em voga na época e avançava ao longo da colina acima do populoso distrito de Cheapside — era tudo o que poderia desejar, e a construção fez jus ao local. Era a melhor casa que recursos moderados poderiam obter, e Harris apressou a mudança para que todos estivessem realocados antes do nascimento do quinto filho no seio da família. O parto ocorreu em dezembro, mas o garoto veio natimorto. Nenhuma criança haveria de nascer com vida naquela casa por um século e meio.

Em abril uma doença acometeu as crianças, e Abigail e Ruth morreram antes que o mês chegasse ao fim. O dr. Job Ives diagnosticou a moléstia como uma febre infantil, mas outros declararam que se tratava de um simples definhamento ou de uma simples degradação. De qualquer modo, parecia ser contagioso; pois Hannah Bowen, que trabalhava como criada na casa, morreu no fim do junho seguinte. Eli Liddeason, o outro criado, queixava-se com frequência de fraqueza; e teria voltado à fazenda do pai em Rehoboth se não fosse um súbito apego a Mehitabel Pierce, contratada para ocupar o lugar de Hannah. Mas ele também morreu no ano seguinte — um ano deveras triste, uma vez que marcou a morte do próprio William Harris, enfraquecido como estava pelo clima da

Martinica, onde o trabalho obrigara-o a permanecer durante longos períodos nas décadas anteriores.

A viúva Rhoby Harris jamais conseguiu superar a perda do marido, e o passamento do primogênito Elkanah dois anos mais tarde foi o golpe de misericórdia no juízo que lhe restava. Em 1768 sucumbiu a uma leve forma de insanidade, e a partir de então foi confinada à parte de cima da casa; Mercy Dexter, a irmã solteira mais jovem, mudou-se para a casa a fim de tomar conta da família. Mercy era uma mulher simples e ossuda com uma força admirável; mas a saúde dela piorou visivelmente a partir do momento em que chegou. Era muito dedicada à irmã desventurada, e tinha uma afeição especial por William, o único sobrinho ainda vivo, que, embora tivesse nascido robusto, havia se transformado em um garoto doente e esquálido. Nesse ano a criada Mehitabel morreu, e o outro criado, Preserved Smith, foi embora sem oferecer nenhuma explicação coerente — mencionou apenas certas histórias fantasiosas e reclamou do cheiro que envolvia a casa. Por um tempo Mercy não conseguiu mais ninguém para ajudá-la, uma vez que as sete mortes e o caso de loucura, todos ocorridos em um período de apenas cinco anos, tinham dado azo a rumores que mais tarde haveriam de se tornar demasiado bizarros. No fim, todavia, conseguiu novos criados vindos de fora; Ann White, uma mulher rabugenta da parte de North Kingstown que hoje é Exeter, e um competente homem de Boston chamado Zenas Low.

Foi Ann White quem primeiro deu uma forma definida aos boatos sinistros. Mercy devia ter pensado duas vezes antes de contratar qualquer pessoa de Nooseneck Hill, pois na época, como ainda hoje, essa região afastada era a sede das mais desagradáveis superstições. Ainda em 1892 uma comunidade de Exeter exumou um cadáver e promoveu uma cerimônia de cremação do coração para evitar supostas assombrações que perturbavam a saúde e a paz do público — e assim é possível imaginar a mentalidade em idos de 1768. A língua de Ann era perniciosamente ativa, e Mercy viu-se obrigada a dispensá-la poucos meses depois, substituindo-a por Maria Robbins, uma fiel e amistosa amazona de Newport.

Nesse meio-tempo a pobre Rhoby Harris dava voz a sonhos e devaneios de caráter absolutamente medonho. Por vezes os gritos tornavam-se insuportáveis, e por longos períodos ela vociferava horrores com tanta veemência que era preciso transferir a residência do filho temporariamente para a casa do primo Peleg Harris, que ficava na Presbyterian Lane, próxima ao novo prédio da universidade. O garoto dava a impressão de melhorar após essas visitas, e, se Mercy fosse tão sábia quanto era bem-intencionada, teria deixado o sobrinho morar em caráter permanente com Peleg. A tradição demonstra certa relutância em detalhar o que a sra. Harris gritava nos surtos de violência; ou, a bem dizer, apresenta relatos extravagantes a ponto de refutarem a si mesmos por conta da natureza manifestamente absurda. Sem dúvida soaria absurdo ouvir histórias em que uma mulher que aprendeu tão somente os rudimentos do francês por vezes gritava por horas a fio em uma forma vernacular e idiomática dessa língua, ou que a mesma pessoa, sozinha e protegida como estava, apresentasse reclamações inflamadas a respeito de uma coisa que a vigiava e a mordia e mastigava. Em 1772 o criado Zenas morreu, e ao receber a notícia a sra. Harris gargalhou com um júbilo estarrecedor de todo estranho à antiga personalidade. No ano seguinte ela própria morreu e foi enterrada ao lado do marido no North Burial Ground.

Quando começaram as atribulações com a Grã-Bretanha em 1775, William Harris, apesar dos meros dezesseis anos e da constituição fraca, conseguiu se alistar no Exército da Observação sob o comando do general Greene; e a partir de então começou a desfrutar de saúde e de prestígio cada vez maiores. Em 1780, na condição de capitão das forças de Rhode Island em Nova Jersey sob as ordens do coronel Angell, conheceu e desposou Phebe Hetfield de Elizabethtown, e no ano seguinte levou-a a Providence depois de receber uma dispensa honrosa.

Mas o retorno do jovem soldado não foi marcado somente pela alegria. A casa, é verdade, ainda estava em boas condições, e a rua fora alargada e tivera o nome trocado de Back Street para Benefit Street. Porém a estatura outrora robusta de Mercy Dexter fora acometida por uma estranha degradação, de maneira que se via reduzida a uma figura corcunda e patética com uma voz cava e uma tez de palor desconcertante — qualidades compartilhadas em certo grau por Maria, a única criada remanescente. No outono de 1782, Phebe Harris deu à luz uma filha natimorta, e no dia 15 do maio seguinte Mercy Dexter deixou para trás uma vida útil, austera e virtuosa.

William Harris, por fim convencido da natureza radicalmente insalubre daquela morada, resolveu adotar as medidas necessárias a fim de fechá-la e abandoná-la para sempre. Depois de arranjar uma acomodação temporária para si e para a esposa na recém-inaugurada Golden Ball Inn, providenciou a construção de uma casa nova e ainda mais bem-acabada na Westminster Street, junto à parte que crescia do outro lado da Great Bridge. Lá, em 1785, nasceu-lhe o filho Dutee; e lá a família morou até que as influências do comércio os levassem de volta ao outro lado do rio e colina acima para a Angell

Street, no mais novo distrito residencial do East Side, onde o finado Archer Harris veio a construir a suntuosa mas horrenda mansão com telhado francês em 1876. Tanto William como Phebe sucumbiram à epidemia de febre amarela em 1797, mas Dutee foi criado pelo primo Rathbone Harris, filho de Peleg.

Rathbone era um homem pragmático, e por esse motivo alugou a casa da Benefit Street ainda que William quisesse mantê-la desocupada. Julgava que era um dever do responsável pela curatela aproveitar da melhor forma possível os bens do garoto, e portanto não se preocupou com as mortes ou doenças que haviam causado tantas mudanças entre os habitantes da casa nem com a aversão cada vez maior com que era tratada pela população em geral. É provável que não tenha sentido nada além de irritação quando, em 1804, a prefeitura ordenou que fumigasse o lugar com enxofre, alcatrão e cânfora por conta das célebres mortes de quatro pessoas ocorridas no interior da casa, presumivelmente causadas pela epidemia de febre, que no entanto já começava a diminuir nessa época. Disseram que o lugar cheirava a febre.

O próprio Dutee não tinha muito apreço pela casa, pois havia crescido e se tornado um corsário, e serviu com distinção no *Vigilant* sob o comando do cap. Cahoone na Guerra de 1812. Voltou para casa ileso, casou-se em 1814 e foi pai na memorável noite de 23 de setembro de 1815, quando um vendaval espalhou as águas da baía por metade da cidade e arrastou uma chalupa até a Westminster Street, de maneira que os mastros quase tocaram as janelas dos Harris como que para afirmar que o recém-nascido, chamado Welcome, era o filho de um marinheiro.

Welcome morreu antes do pai, mas teve um fim glorioso na batalha de Fredericksburg em 1862. Nem ele nem o filho

Archer conheciam a casa temida a não ser como um empecilho quase impossível de alugar — talvez por conta da umidade e do odor doentio característicos do descaso e da idade avançada. De fato, a casa não foi mais alugada após uma série de mortes que culminou em 1861, embora o fato tenha sido obscurecido pela eclosão da guerra. Carrington Harris, o último descendente na linhagem paterna, conhecia-a apenas como um local deserto e pitoresco rodeado de lendas antes que eu lhe relatasse a minha experiência. Tinha a intenção de demolir a construção e erguer um prédio de apartamentos, mas depois de ouvir meu relato decidiu-se a manter a casa de pé, instalar água encanada e alugá-la. Por enquanto não teve nenhuma dificuldade para encontrar inquilinos. O horror passou.

III.

Não seria difícil imaginar o quanto fui afetado pelos anais da família Harris. Nesse registro contínuo tive a impressão de detectar a presença de um mal persistente que transcendia qualquer outro elemento da Natureza como eu a conhecia; um mal sem dúvida relacionado à casa e não à família. Essa impressão foi confirmada pelo acúmulo pouco sistemático de informações variadas reunidas pelo meu tio — lendas transcritas a partir dos boatos contados pela criadagem, recortes de jornais, cópias de certidões de óbito emitidas por colegas médicos e assim por diante. Não posso reproduzir todo esse material, posto que meu tio era um antiquário incansável e um homem profundamente interessado na casa temida; mas posso fazer referência a muitos pontos salientes que devem receber atenção devido à recorrência em diversos relatos oferecidos pelas mais variadas fontes. Para dar um exemplo, os boatos contados pela criadagem eram praticamente unânimes em atribuir *ao porão bolorento e malcheiroso* da casa uma vasta supremacia em termos de influência maligna. Havia criados — particularmente Ann White — que se recusavam a usar a cozinha do porão, e pelo menos três lendas claramente definidas referiam-se aos estranhos contornos quase humanos ou diabólicos assumidos pelas raízes das árvores e pelos acúmulos de bolor naquela região. Essas últimas narrativas despertaram meu profundo interesse por conta das coisas vistas em minha infância, mas eu sentia que esse significado estava em boa parte obscurecido por acréscimos originados no substrato local de relatos fantasmagóricos.

Ann White, com a superstição de Exeter, havia promulgado aquele que era ao mesmo tempo o relato mais extravagante e mais consistente; de acordo com o qual sob a casa estaria enterrado um daqueles vampiros — os mortos que retêm a forma corpórea e vivem do sangue e do fôlego dos vivos — cujas legiões odiosas à noite se espalham na forma de espíritos ou predadores. Para destruir um vampiro, segundo contam as avós, é preciso exumá-lo e queimar-lhe o coração, ou pelo menos cravar-lhe uma estaca nesse órgão; e a insistência obstinada de Ann por uma busca sob o porão desempenhara um papel decisivo em sua dispensa.

Suas histórias, no entanto, atraíram uma audiência mais numerosa, e foram mais prontamente aceitas porque a casa de fato se erguia em um terreno outrora usado como cemitério. Para mim, esse interesse dependia menos da circunstância que da maneira singularmente apropriada como tudo se encaixava com certas outras coisas — o relato feito pelo antigo criado Preserved Smith, que havia precedido Ann e jamais soubera o que quer que fosse acerca da sucessora, de acordo com o qual alguma coisa "roubava-lhe o fôlego" à noite; as certidões de óbito relativas às vítimas da febre em 1804, assinadas pelo dr. Chad Hopkins, que traziam a revelação de que os cadáveres das quatro vítimas foram encontrados inexplicavelmente privados de sangue; e as passagens obscuras das vociferações da pobre Rhoby Harris, durante as quais mencionava os dentes afiados de uma presença com olhos vidrados e visível apenas em parte.

Por mais que eu me considere livre de superstições injustificáveis, essas coisas todas produziram em mim uma sensação estranha, tornada ainda mais intensa por dois recortes de jornais independentes que se relacionavam às mortes ocorridas na casa temida — um do *Providence Gazette and Country-Journal* de 12 de abril de 1815 e o outro do *Daily Transcript and Chronicle* de 27 de outubro de 1845 —, ambos coincidentes no que dizia respeito a uma circunstância cuja repetição parecia notável. Em ambos os casos, parece que a pessoa moribunda — em 1815 uma senhora chamada Stafford e em 1845 um mestre-escola de meia-idade chamado Eleazar Durfee — sofrera uma transfiguração medonha; com um olhar que se tornara vidrado e com repetidas tentativas de morder o pescoço do médico responsável. Ainda mais enigmático, no entanto, era o último caso, que pusera fim à locação da casa — uma série de mortes por anemia precedida por episódios de loucura progressiva em que os enfermos atentavam contra a vida de parentes fazendo-lhes incisões no pulso ou no pescoço.

Esses fatos ocorreram em 1860 e 1861, quando o meu tio havia começado o exercício da medicina; e antes de tomar o rumo do front ele ouviu muitas histórias dos colegas de profissão mais velhos. O detalhe realmente inexplicável era o modo como as vítimas — pessoas ignorantes, pois naquele momento a malcheirosa e amplamente temida casa já não poderia ser alugada para mais ninguém — balbuciavam imprecações em francês, uma língua que em nenhuma hipótese poderiam ter estudado. Aquilo fazia pensar na pobre Rhoby Harris um século atrás, e afetou meu tio de maneira tão profunda que ele começou a reunir dados históricos acerca da casa depois de ouvir, pouco tempo após retornar da guerra, o relato de primeira mão feito pelos drs. Chase e Whitmarsh. De fato, para mim estava claro que meu tio havia refletido longamente a respeito do assunto, e que se alegrara com o meu interesse — um interesse aberto e solidário, que lhe permitia discutir comigo assuntos que outros teriam recebido com gargalhadas. A fantasia de meu tio não fora tão longe quanto a minha, mas ele achava que aquele era um lugar excepcional em termos de potencialidades imaginativas, e digno de nota como inspiração no campo do grotesco e do macabro.

Quanto a mim, eu estava disposto a encarar o assunto com a mais absoluta seriedade, e de imediato comecei não apenas a revisar as evidências, mas também a acumular tantas mais quanto me fosse possível. Conversei com o provecto Archer Harris, na época proprietário da casa, em diversas ocasiões antes de sua morte em 1916; e dele e de Alice, sua irmã solteira, obtive uma corroboração autêntica de todos os dados coligidos por meu tio. Quando, no entanto, perguntei-lhes acerca do tipo de ligação que a casa poderia ter com a França ou com a língua francesa, os dois confessaram-se tão ignorantes quanto eu próprio. Archer não sabia de nada, e tudo o que a srta. Harris soube informar foi que uma velha alusão ouvida por seu avô Dutee Harris poderia trazer um pouco de luz ao assunto. O velho marujo, que sobrevivera por dois anos à morte do filho Welcome no campo de batalha, não conhecera pessoalmente a lenda; mas lembrava-se de que a primeira governanta, a velha Maria Robbins, parecia ter consciência de uma presença sinistra que conferia às vociferações em francês de Rhoby Harris um estranho sentido que ela própria ouvira com muita frequência durante os últimos dias daquela mulher desafortunada. Maria estivera na casa temida de 1769 até a remoção da família em 1783 e presenciara a morte de Mercy Dexter. Certa vez fizera ao pequeno Dutee referências a uma circunstância algo peculiar ocorrida durante os últimos instantes de Mercy, mas logo ele se esquecera de tudo, a não ser pela impressão de que se tratava de um acontecimento estranho. Como se não bastasse, a neta recordava até mesmo esse tanto com certa dificuldade. Ela e o irmão não nutriam tanto interesse pela casa como Carrington, o filho de Archer e atual proprietário, com quem tive ocasião de falar após a minha experiência.

Após exaurir as informações que a família Harris tinha condições de oferecer, voltei minha atenção aos antigos registros e títulos da cidade com mais afinco do que o meu tio ocasionalmente demonstrara naquela mesma empreitada. O que eu procurava era uma história detalhada daquele local, desde a primeira ocupação em 1636 — ou mesmo antes, caso lendas dos índios Narragansett fossem encontradas e pudessem complementar as informações. Logo no início, descobri que o terreno fizera parte do lote alongado originalmente concedido a John Throckmorton; era uma de várias faixas similares que começavam na Town Street, ao lado do rio, e avançavam colina acima até um ponto que correspondia mais ou menos ao local onde hoje situa-se a Hope Street.

A CASA TEMIDA

O lote de Throckmorton, é claro, mais tarde foi subdividido; e tornei-me bastante minucioso ao acompanhar as transformações na seção onde a Back ou Benefit Street foi mais tarde construída. Segundo antigos rumores, aquele local tinha sido o cemitério dos Throckmorton; mas, ao examinar os registros com a devida atenção, descobri que todos os túmulos haviam sido transferidos desde muito tempo para o North Burial Ground, na Pawtucket West Road.

Por fim, de repente encontrei — graças a um feliz golpe de sorte, uma vez que não constava no principal arquivo de registros e assim poderia facilmente ter sido ignorado — um detalhe que despertou meu entusiasmo, visto que parecia oferecer uma explicação para todos os aspectos mais esquisitos daquele assunto como um todo. Era o registro do arrendamento de um pequeno lote de terra, feito em 1697, para um certo Etienne Roulet e sua esposa. Enfim o elemento francês havia surgido — juntamente com outro elemento de horror mais profundo que o nome conjurara desde os mais obscuros recônditos de minhas leituras bizarras e heterogêneas —, e assim comecei a estudar febrilmente o planejamento daquela localidade tal como se apresentava antes do corte e do endireitamento parcial da Back Street, promovidos entre 1747 e 1758. Descobri o que eu mais ou menos esperava: que, no ponto onde se erguia a casa temida, os Roulet haviam construído o cemitério da família, atrás de uma cabana com sótão, e que não havia registros de uma subsequente transferência de jazigos. De fato, o documento acabava de maneira confusa; e fui obrigado a esquadrinhar tanto a Rhode Island Historical Society como a Shepley Library antes de encontrar uma porta local que pudesse ser aberta pelo nome de Etienne Roulet. No fim consegui fazer uma descoberta; uma descoberta de impacto a um só tempo vago e monstruoso, que de imediato levou-me a examinar o porão da casa temida com atenção renovada e cheio de entusiasmo.

Os Roulet, ao que parecia, haviam chegado em 1696 de East Greenwich, pela costa oeste de Narragansett Bay. Eram huguenotes de Caude e tinham encontrado uma oposição ferrenha até que os vereadores de Providence lhes permitissem estabelecer-se por lá. A impopularidade acompanhara-os em East Greenwich, aonde haviam chegado em 1686 após a revogação do Édito de Nantes, e corriam rumores de que a causa da antipatia estendia-se para além do simples preconceito racial e nacional, e para além das disputas entre colonizadores franceses e ingleses que nem mesmo o governador Andros foi capaz de aplacar. Mas o protestantismo ardente da família — demasiado ardente, segundo dizia-se aos sussurros — e o evidente desespero quando foram literalmente expulsos do vilarejo rumo ao sul da baía haviam comovido os vereadores de Providence. Naquele lugar os estrangeiros receberam um abrigo; e o moreno Etienne Roulet, menos hábil na agricultura do que na leitura de livros estranhos e na preparação de estranhos diagramas, passou a ocupar um posto burocrático no armazém portuário de Pardon Tillinghast, na parte mais ao sul da Town Street. Mais tarde, no entanto, houve uma agitação qualquer — talvez quarenta anos depois, após a morte do velho Roulet —, e ninguém recebera notícias da família desde então.

Havia indícios de que os Roulet foram recordados e amiúde discutidos por mais de um século como um incidente vívido na vida daquela pacata cidade portuária da Nova Inglaterra. Paul, o filho de Etienne, um sujeito mal-humorado cuja postura

A CASA TEMIDA   325

errática provavelmente havia precipitado a agitação responsável pela eliminação da família, era uma fonte particularmente interessante de especulação; e, muito embora Providence jamais tenha compartilhado o pânico em relação às bruxas observado nos vilarejos puritanos ao redor, velhas supersticiosas insinuavam livremente que as orações deste homem não eram nem feitas nas ocasiões próprias nem dirigidas ao objeto próprio. Tudo isso sem dúvida havia servido como base para a lenda conhecida pela velha Maria Robbins. Que relação mantinha com as vociferações francesas de Rhoby Harris e outros habitantes da casa temida, somente a imaginação ou uma descoberta futura poderia determinar. Indaguei-me quantas, dentre as pessoas que haviam conhecido as lendas, haviam percebido a relação que mantinham com o terror revelado por minhas variadas leituras; aquele item aziago nos anais de horror mórbido que narram a história da criatura chamada *Jacques Roulet, de Caude,* condenado à morte em 1598 por demonolatria e mais tarde salvo da fogueira pelo parlamento de Paris, que mandara trancafiá-lo em um manicômio. Jacques Roulet fora encontrado recoberto de sangue e pedaços de carne em um bosque, logo após um menino ser morto e dilacerado por dois lobos. Um dos lobos dera a impressão de ter fugido sem nenhum ferimento. Sem dúvida uma história fascinante para contar ao pé da lareira, com um estranho significado no que dizia respeito ao nome e ao lugar; mas por fim decidi que as boatarias de Providence não podiam conhecer o assunto. Se o conhecessem, a coincidência de nomes teria desencadeado uma reação drástica e assustada — de fato, será que mesmo a circulação limitada de boatos não teria precipitado a agitação final que varrera os Roulet do local que habitavam?

Passei a visitar o lugar amaldiçoado com frequência cada vez maior; a estudar a vegetação insalubre do jardim, examinando todas as paredes da construção e esquadrinhando cada centímetro do chão de terra batida no porão. Por fim, com a permissão de Carrington Harris, mandei fazer uma chave para a porta não utilizada do porão, que saía diretamente à Benefit Street, visto que eu preferia ter um acesso mais imediato ao mundo exterior do que aquele proporcionado pela sequência da escadaria escura, do piso térreo e da porta de entrada. E lá, onde a morbidez espreitava com maior intensidade, procurei e cutuquei durante longas tardes com a luz do sol a filtrar pelas janelas altas repletas de teia de aranha, enquanto uma impressão de segurança emanava da porta destrancada que me colocava a poucos metros do plácido calçamento no lado de fora. Não houve novidade que recompensasse meus esforços — apenas a mesma umidade opressiva e as mesmas sugestões de odores nocivos e contornos de salitre no chão —, e julgo que muitos pedestres devem ter me observado intrigados através das janelas quebradas.

Finalmente, por sugestão do meu tio, decidi empreender buscas noturnas; e em uma meia-noite tempestuosa fiz correr o facho de uma lanterna elétrica sobre o chão bolorento repleto de formas extravagantes e fungos distorcidos e semifosforescentes. O local havia me provocado um curioso desânimo naquela noite, e eu estava quase preparado quando vi — ou imaginei ter visto —, em meio aos depósitos esbranquiçados, os contornos bem definidos da "forma amontoada" de que eu suspeitara na minha infância. A clareza com que se apresentou era inédita e impressionante — e, à medida que eu observava, tive a impressão de perceber mais uma vez a emanação tênue, amarelada e cintilante que me sobressaltara naquela tarde chuvosa de tantos anos atrás.

Acima do contorno antropomórfico de bolor próximo à lareira aquilo se ergueu; um vapor sutil, enfermiço e quase luminoso que, enquanto pairava trêmulo em meio à umidade, deu a impressão de apresentar vagas e impressionantes sugestões de forma, e então aos poucos sucumbiu a uma decadência nebulosa e subiu pela negrura da grande chaminé, deixando um rastro de miasma fétido por onde havia passado. Foi uma visão horrenda, tornada ainda pior em razão do que eu sabia a respeito do local. Recusando-me a fugir, observei enquanto a forma se dissipava — e, enquanto eu observava, senti-me também observado por olhos mais imaginados do que visíveis. Quando narrei o ocorrido, meu tio demonstrou grande entusiasmo; e, após uma hora tensa de reflexão, ele chegou a uma conclusão drástica e definitiva. Ao sopesar em pensamento a importância daquele assunto, e o significado que teria a nossa relação para com aquilo, insistiu que desafiássemos — e se possível destruíssemos — o horror daquela casa mediante uma ou mais noites de vigília agressiva naquele porão amaldiçoado pelos fungos.

IV.

Na quarta-feira, dia 25 de junho de 1919, após notificar Carrington Harris sem no entanto apresentar quaisquer suposições relativas àquilo que esperávamos encontrar, eu e meu tio levamos à casa temida duas cadeiras de campanha e uma cama dobrável de campanha, bem como certos mecanismos científicos de maior peso e complexidade. Estes foram postos no porão durante o dia, e na mesma ocasião recobrimos as janelas com papel e fizemos planos de voltar à noite para a nossa primeira vigília. Havíamos trancado a porta que levava do porão ao piso térreo; e, de posse de uma chave que abria a porta externa do porão, preparamo-nos para lá deixar o nosso aparato caro e sensível — que havíamos obtido em segredo e a um custo muito elevado — por quantos dias nossas vigílias pudessem estender-se. Nossa intenção era mantermo-nos acordados até bastante tarde para então nos revezarmos em vigílias individuais com duas horas de duração — primeiro eu, e então meu companheiro; o membro rendido poderia repousar na cama de campanha.

A liderança natural com que meu tio providenciou os instrumentos nos laboratórios da Brown University e da Cranston Street Armoury, somada à maneira como instintivamente assumiu o comando de nossa empreitada, foi uma demonstração admirável da vitalidade e da resistência potenciais em um homem de oitenta e um anos. Elihu Whipple vivera de acordo com as leis de higiene que apregoava na condição de médico, e se não fosse pelo que sucedeu mais tarde ainda estaria aqui no mais pleno vigor. Somente duas pessoas suspeitam do que pode ter acontecido — Carrington Harris e eu. Tive de contar o que eu sabia a Harris porque ele era proprietário da casa e merecia saber o que havia saído de lá. Mas também havíamos conversado antes de nossa empreitada; e senti que, após a partida de meu tio, ele haveria de compreender e ajudar-me a fornecer explicações públicas de interesse vital. Harris tornou-se muito pálido, mas concordou em me ajudar e decidiu que a partir daquele momento não haveria riscos em alugar a casa.

Declarar que não estávamos apreensivos naquela noite chuvosa de vigília seria um exagero a um só tempo grosseiro e ridículo. Como já tive ocasião de afirmar, não alimentávamos nenhum tipo de superstição infantil, mas a reflexão e o estudo científico haviam nos ensinado que o universo tridimensional conhecido abarca somente uma fração ínfima desse cosmo de substância e energia. Nesse caso, uma abundância maciça de evidências originárias de numerosas fontes autênticas apontava para a existência pertinaz de certas forças imbuídas de enorme poder e — quando examinadas do ponto de vista humano — excepcional malignidade. Dizer que acreditávamos em vampiros ou lobisomens seria uma afirmação irresponsável e demasiado abrangente. Antes, devo asseverar que não estaríamos dispostos a negar a possibilidade de certas modificações invulgares e jamais descritas das forças vitais e da matéria atenuada, que existem a intervalos bastante infrequentes no espaço tridimensional por conta da relação mais estreita que mantêm com outras unidades espaciais, mas assim mesmo próximas o suficiente dos limiares de nosso mundo para fornecer-nos manifestações ocasionais que nós, por falta de uma perspectiva mais privilegiada, não temos esperança nenhuma de compreender.

Em suma, para mim e para o meu tio parecia que uma gama de fatos incontestáveis apontava sempre para a mesma influência duradoura e insidiosa na casa temida; uma influência que podia ser rastreada até um daqueles malfadados colonizadores franceses que haviam chegado dois séculos atrás, e que se mantinha em plena operação graças a leis singulares e desconhecidas de movimentos atômicos e eletrônicos. Que a família Roulet tivesse uma afinidade bastante anômala com outros círculos da entidade — esferas negras que para as pessoas comuns despertam apenas repulsa e terror — parece ser um fato comprovado por registros históricos. Será então que as agitações na longínqua década de 1730 não teriam dado início a certos padrões cinéticos no intelecto mórbido de um ou mais integrantes da família — notavelmente o sinistro Paul Roulet —, que teriam obscuramente sobrevivido aos corpos assassinados e enterrados pela turba e continuado a funcionar em um espaço multidimensional em sintonia com as linhas de força originárias, determinadas por um ódio frenético em relação à comunidade que os rodeava?

Essa não seria uma impossibilidade física ou bioquímica à luz da nova ciência, que inclui teorias da relatividade e da ação intra-atômica. Pode-se facilmente imaginar um ignoto núcleo de substância ou energia, amorfo ou ainda com outras características, mantido vivo graças a subtrações imperceptíveis ou imateriais da força vital de tecidos e fluidos corpóreos de outras coisas dotadas de uma vida mais palpável, nas quais penetra e em cuja matéria às vezes funde-se por completo. Essa ação poderia ser ativamente hostil, ou poderia ser meramente ditada por instintos cegos de autopreservação. De qualquer forma, em nosso esquema de coisas um monstro desses teria de necessariamente caracterizar-se como uma anomalia e um intruso, cuja extirpação apresenta-se como um imperativo a todo homem que não se revele um inimigo da saúde, da vida e da sanidade do mundo.

O que nos deixou perplexos foi nossa absoluta ignorância em relação ao aspecto em que poderíamos encontrar essa coisa. Nenhuma pessoa sã jamais a tinha visto, e mesmo os que a haviam pressentido em caráter definido eram poucos. Poderia tratar-se de energia em forma pura — uma forma etérea e externa ao reino da substância — ou poderia tratar-se em parte de matéria; uma massa equívoca e ignota de plasticidade, capaz de transmutar-se livremente em aproximações nebulosas dos estados sólido, líquido e gasoso, bem como em um tênue estado de partículas ausentes. O contorno antropomórfico de bolor no chão, a forma do vapor amarelado e a curvatura das raízes nas antigas histórias sugeriam pelo menos uma conexão remota com a forma humana; mas quão representativa ou permanente essa similaridade poderia ser, ninguém saberia afirmar com certeza.

Desenvolvemos duas armas para enfrentar a criatura; um tubo de Crookes alimentado por baterias potentes e equipado com telas e refletores especiais, caso se revelasse intangível e oponível somente por meio de radiações de éter vigorosamente destrutivas, e dois lança-chamas militares do tipo usado na Guerra Mundial, caso se revelasse parcialmente material e passível de destruição mecânica — pois, como os rústicos supersticiosos de Exeter, estávamos dispostos a queimar o coração daquela coisa se houvesse um coração a ser queimado. Todo esse mecanismo agressivo foi montado no porão e cuidadosamente disposto em relação à cama e às cadeiras de campanha, bem como em relação ao ponto em frente à lareira onde o bolor assumira estranhas formas. Aquele contorno sugestivo, a propósito, encontrava-se visível somente a duras penas quando posicionamos nossa mobília e nossos instrumentos, e também quando retornamos à tarde para a vigília. Por um momento cheguei a duvidar de que eu a tivesse enxergado na forma evidenciada com maior clareza — mas logo me lembrei das lendas.

Nossa vigília no porão começou às 22h, no horário de verão, e mesmo após certo tempo não tivemos nenhum indício de avanço pertinente. Apenas o brilho tênue e filtrado das lâmpadas de iluminação pública importunadas pela chuva no lado de fora e a fosforescência tênue dos odiosos fungos no lado de dentro revelavam a pedra gotejante das paredes, de onde todos os resquícios da caiadura haviam desaparecido; o chão úmido, fétido e bolorento de terra batida com seus fungos obscenos; os escombros do que outrora haviam sido bancos, cadeiras e mesas, bem como outros itens menos identificáveis de mobiliário; as tábuas pesadas e vigas maciças que sustentavam o térreo mais acima; a porta decrépita de madeira que levava a receptáculos e câmaras em outras partes da casa; a escada de pedra em ruínas com o corrimão de madeira destroçado; e a rústica e cavernosa lareira de tijolos pretos, onde fragmentos de ferro revelavam a antiga presença de ganchos, trasfogueiros, espetos, um braço móvel e uma portinhola para a caçarola — essas coisas e o austero conjunto formado pelos bancos e pela cama de campanha, juntamente com o pesado e complexo maquinário destrutivo que havíamos levado.

Como em minhas explorações anteriores, havíamos deixado a porta que dava para a rua destrancada; de maneira que uma rota de escape prática e direta estivesse à disposição caso nos defrontássemos com manifestações além do nosso poder de reação. Acreditávamos que nossa presença noturna continuada acabaria por despertar a entidade maligna que lá espreitava; e que, estando tudo preparado, conseguiríamos destruí-la com um dos meios que tínhamos a nosso alcance tão logo a houvéssemos reconhecido e observado por tempo suficiente. Quanto ao tempo necessário para invocar e extinguir aquela coisa, não tínhamos a menor ideia. Ocorreu-nos, ademais, que a empreitada trazia riscos consideráveis; pois não havia como prever a força daquela coisa. Mas julgamos que a aposta valia o risco, e embarcamos juntos, sozinhos e sem nenhum tipo de hesitação; conscientes de que a busca

A CASA TEMIDA

de ajuda externa não poderia senão expor-nos ao ridículo e pôr tudo a perder. Esse era o nosso estado de espírito ao conversar noite adentro — até que a sonolência cada vez mais intensa de meu tio levasse-me a lembrá-lo de se deitar para o repouso de duas horas.

Um sentimento próximo do medo tomou conta de mim quando me vi sozinho de madrugada — e digo sozinho porque aquele que se encontra ao lado de uma pessoa adormecida encontra-se de fato sozinho; talvez mais sozinho do que imagina. A respiração do meu tio era pesada, com inspirações e expirações profundas, acompanhadas pela chuva do lado de fora e pontuada pelo enervante som de água gotejante no lado de dentro — pois a casa era repulsivamente úmida, mesmo no tempo seco, e efetivamente pantanosa durante aquela tempestade. Estudei a cantaria solta e antiga das paredes sob a luminescência dos fungos e dos raios tênues que chegavam da rua pelas frestas nas janelas cobertas; e a certa altura, quando a atmosfera nauseante do lugar deu a impressão de estar prestes a me causar enjoos, abri a porta e olhei para o alto da rua, banqueteando minha visão com o cenário familiar e meu olfato com o ar fresco e salubre. Mesmo assim, não ocorreu nada que pudesse recompensar minha observação; e pus-me a bocejar com frequência, visto que a fadiga começava a vencer minha apreensão.

Porém logo um movimento feito por meu tio enquanto dormia chamou-me a atenção. Por repetidas vezes ele havia se virado durante a primeira meia hora, mas naquele momento respirava com uma irregularidade singular, e ocasionalmente soltava um suspiro que trazia mais do que a sugestão remota dos arquejos de um homem que sufoca. Apontei o facho da minha lanterna elétrica para a cama e descobri que ele tinha o rosto virado, de maneira que me levantei e fui para o outro lado da cama. Mais uma vez direcionei o facho da lanterna a fim de ver se estava sofrendo de qualquer forma. O que descobri foi motivo de um nervosismo surpreendente, tendo-se em vista o caráter relativamente trivial. Deve ter sido a simples associação de circunstâncias inusitadas à natureza sinistra de nossa localização e de nossa missão, pois a circunstância em si não era nem assustadora nem sobrenatural. Ocorreu simplesmente que a expressão facial do meu tio, sem dúvida perturbada pelos estranhos sonhos que nossa situação despertava, revelava uma agitação considerável, e não lhe parecia muito característica. A expressão habitual era de uma calma gentil e polida, ao passo que naquele instante uma miscelânea de emoções parecia travar uma batalha em seu âmago. Acredito que a *variedade* do todo foi a principal causa de minha perturbação. Meu tio, enquanto arquejava e se virava em meio à perturbação cada vez maior com os olhos semicerrados, parecia ser não um, mas vários homens, e sugeria uma curiosa qualidade de alheamento em relação a si próprio.

De repente ele começou a balbuciar, e não gostei da aparência de seus lábios e dentes quando se pôs a falar. A princípio as palavras eram incompreensíveis, porém logo — com um sobressalto enorme — reconheci certos aspectos que me encheram de um medo gelado até eu recordar a educação abrangente que meu tio havia recebido e as incontáveis traduções de artigos antropológicos e antiquários que havia feito para a *Revue des Deux Mondes*. Pois o respeitável Elihu Whipple estava balbuciando em francês, e as poucas frases que pude discernir pareciam dizer respeito aos mais obscuros mitos que havia retirado da famosa revista de Paris.

De repente o suor brotou na testa daquele homem adormecido e ele deu um salto repentino, já meio desperto. A algaravia francesa transformou-se num grito em inglês, e a voz rouca exclamou "Meu fôlego, meu fôlego!". Então a vigília tornou-se completa e, com o retorno da expressão do rosto ao estado normal, meu tio pegou a minha mão e começou a relatar um sonho cujo núcleo de significado eu somente pude imaginar tomado por um sentimento de espanto.

Segundo me contou, meu tio havia deixado uma série ordinária de imagens oníricas para adentrar uma cena cuja estranheza não se encontrava relacionada a nenhuma leitura de outrora. Era um cenário terreno, e simultaneamente extraterreno — um caos nebuloso e geométrico em que podiam ser vistos elementos de coisas familiares nas combinações mais inesperadas e perturbadoras. Havia a sugestão de imagens estranhamente desordenadas e justapostas; uma disposição em que a essência do tempo e do espaço parecia dissolver-se e misturar-se da forma mais ilógica possível. Nesse torvelinho caleidoscópico de imagens fantasmagóricas havia relances singulares, se me é dado expressar-me assim, de notável clareza, mas também de inexplicável heterogeneidade.

A certa altura meu tio imaginou encontrar-se em uma cova recém-cavada com uma multidão de rostos tomados pela raiva e emoldurados por cachos e tricornes que o olhavam cheios de desprezo. Logo teve a impressão de encontrar-se no interior de uma casa — uma casa antiga, segundo tudo indicava —, mas os detalhes e os habitantes sofriam alterações constantes, e ele nunca tinha certeza em relação aos rostos ou à mobília, ou mesmo em relação ao próprio recinto, uma vez que portas e janelas também davam a impressão de encontrar-se em um estado de fluxo tão intenso quanto aquele observável em objetos presumivelmente móveis. A estranheza era grande — uma estranheza infernal —, e meu tio falou quase acovardado, como se eu não fosse dar-lhe crédito, ao declarar que, dentre os estranhos rostos, muitos sem dúvida tinham as feições da família Harris. Durante todo esse tempo havia uma sensação pessoal de sufocamento, como se uma presença insidiosa se houvesse espalhado por todo o corpo dele e tentasse assumir o controle dos processos vitais. Estremeci ao pensar nesses processos vitais, desgastados como se encontravam ao fim de oitenta e um anos de funcionamento ininterrupto, em conflito com forças desconhecidas que provocariam temor até mesmo em um sistema jovem e robusto; mas logo a seguir pensei que sonhos não passam de sonhos e que, por mais incômodas que fossem essas visões, não poderiam ser mais do que a reação do meu tio às investigações e às expectativas que nos últimos tempos haviam ocupado os nossos pensamentos à exclusão de todo o restante.

A conversa logo ajudou a dispersar minha sensação de estranheza; e, quando a minha vez chegou, sucumbi aos bocejos e fui dormir na cama de campanha. Nessa altura o meu tio parecia muito desperto, e de bom grado assumiu como vigia, mesmo que o pesadelo o houvesse despertado bem antes que acabassem as duas horas de repouso que lhe cabiam. O sono logo me venceu, e fui de pronto assombrado por sonhos de caráter absolutamente perturbador. Em minhas visões, senti uma solidão cósmica e abismal; com a hostilidade surgindo por todos os lados na prisão em que eu me encontrava confinado. Eu parecia estar amarrado e amordaçado, recebendo as provocações dos gritos longínquos de multidões distantes e sedentas de sangue. O rosto do meu tio surgiu com associações menos agradáveis do que na vigília,

A CASA TEMIDA

e lembro-me de muitos esforços e muitas tentativas fúteis de gritar. Não foi um sono agradável, e por um instante não lamentei o grito cortante que partiu as barreiras do sonho e arrojou-me em uma vigília clara e assustada em que todos os objetos diante dos meus olhos revelavam-se com mais do que a clareza e a realidade naturais.

V.

Eu tinha o rosto voltado para o lado oposto àquele onde se encontrava a cadeira de meu tio, de maneira que, nesse lampejo repentino da vigília, somente vi a porta que dava para a rua, a janela que dava para o norte e a parede, o chão e o teto no lado norte do recinto — todos fotografados com uma vividez mórbida pelo meu cérebro em uma luz mais clara do que a luminescência dos fungos e a luz da rua lá fora. Não era uma luz forte e nem mesmo relativamente forte; decerto não serviria para ler um livro. Mesmo assim, foi suficiente para projetar sobre o chão uma sombra minha e da cama, e tinha uma força amarelada e primitiva que sugeria coisas mais potentes do que a luminosidade. Percebi esse fato com uma agudeza insalubre, não obstante o fato de que dois de meus outros sentidos encontravam-se sob ataque. Pois em meus ouvidos soavam as reverberações daquele grito apavorante, enquanto minhas narinas repugnavam o fedor que preenchia o lugar. Meus pensamentos, tão alertas quanto os meus sentidos, reconheceram a estranheza e a gravidade da situação; e de maneira quase automática pus-me de pé com um salto e me virei em direção aos instrumentos de aniquilação que havíamos deixado a postos no contorno bolorento em frente à lareira. Ao virar o rosto, estremeci pensando no que haveria de encontrar; pois o grito fora dado na voz do meu tio, e eu não conhecia a ameaça contra a qual teria de nos defender.

A visão foi ainda pior do que eu havia esperado. Existem horrores para além do horror, e nesse caso tratava-se de uma concentração de toda a repugnância concebível apenas em sonhos que o cosmo guarda para atingir somente uns poucos desgraçados e amaldiçoados. Da terra acometida pelos fungos ergueu-se uma luz vaporosa e cadavérica, amarelada e enfermiça, que chapinhou e borbulhou até atingir uma estatura gigantesca de vagos contornos semi-humanos e semimonstruosos, através da qual eu ainda conseguia ver a chaminé e a lareira mais além. Era feita de olhos — lupinos e zombeteiros —, e a cabeça rugosa e insectoide dissolveu-se em uma fina pluma de névoa que descreveu volutas pútridas ao meu redor e por fim desapareceu ao subir pela chaminé. Afirmo ter visto essa coisa, mas foi somente por meio de uma retrospecção consciente que pude traçar de maneira definida aquela forma odiosa. No momento em que tudo aconteceu, para mim aquilo não passava de uma nuvem agitada e fosforescente de repugnância fúngica, que envolvia e dissolvia em uma plasticidade abominável o único objeto que comandava minha atenção. Esse objeto era o meu tio — o respeitável Elihu Whipple —, que, com feições negras e decrépitas, abria sorrisos zombeteiros para mim e dirigia-me algaravias, e estendia garras úmidas para dilacerar-me em meio à fúria que aquele horror havia trazido.

O que me impediu de enlouquecer foi o instinto de seguir o protocolo. Eu havia treinado para o momento crucial, e esse treinamento cego salvou-me a vida. Ao reconhecer o mal borbulhante como uma substância inalcançável para a matéria ou mesmo a química da matéria, e ignorando portanto o lança-chamas que assomava à minha esquerda, liguei a corrente elétrica que alimentava o tubo de Crookes e apontei para aquela cena de blasfêmia imortal as mais fortes radiações de éter que a arte humana é capaz de fazer despertar nos espaços e fluidos da natureza. Fez-se uma névoa azul e houve um chapinhar frenético, e a fosforescência amarelada tornou-se mais tênue diante dos meus olhos. Mas eu vi que esse caráter menos tênue dizia respeito apenas ao contraste, e que as ondas emitidas pelo aparato não surtiam efeito algum.

Então, no meio daquele espetáculo demoníaco, vislumbrei um novo horror que trouxe gritos aos meus lábios e me fez avançar em meio a tropeços e apalpadelas rumo à porta destrancada que dava para a rua tranquila, alheia a todos os terrores que eu lançava sobre o mundo, bem como a todos os juízos e veredictos que eu fazia cair sobre mim. Nessa tênue mistura de azul e amarelo, a forma do meu tio havia começado um processo nauseante de liquefação cuja essência escapa a qualquer descrição, e durante a qual se viam no rosto que desaparecia transformações de identidade que somente a loucura poderia conceber. Ele era ao mesmo tempo um demônio e uma multidão, uma casa mortuária e uma procissão. Iluminado por raios mistos e incertos, aquele rosto gelatinoso assumiu uma dúzia — uma vintena — uma centena — de aspectos; sempre rindo enquanto afundava no chão em um corpo que derretia como uma vela de sebo, na forma caricatural de legiões estranhas e mesmo assim conhecidas.

Vi as feições da linhagem dos Harris, masculinas e femininas, adultas e infantis, e outras feições jovens e provectas, rústicas e refinadas, familiares e desconhecidas. Por um instante surgiu uma cópia degradada da miniatura da pobre e louca Rhoby Harris que eu vira no School of Design Museum, e em outro momento imaginei ter um relance do vulto ossudo de Mercy Dexter da maneira como eu a recordava de uma pintura na casa de Carrington Harris. Era horrendo para muito além do concebível; e já perto do fim, quando uma curiosa mistura de rostos de criados e bebês cintilou perto do chão bolorento, onde uma poça de graxa verde se espalhava, foi como se as feições alternadas lutassem umas contra as outras na tentativa de formar os contornos do gentil rosto do meu tio. Gosto de pensar que ele chegou a existir naquele momento, e que tentou despedir-se de mim. Tenho a impressão de que solucei uma despedida de minha própria garganta seca enquanto me precipitava em direção à rua; um discreto fio de graxa me acompanhou quando atravessei a porta e cheguei à calçada encharcada pela chuva.

Todo o restante foi obscuro e monstruoso. Não havia ninguém na rua molhada, e no mundo inteiro não havia nenhuma pessoa a quem eu tivesse coragem de narrar minha história. Caminhei a esmo rumo ao sul até deixar para trás College Hill e o Athenaeum, desci a Hopkins Street e atravessei a ponte em direção ao distrito financeiro, onde altos edifícios pareciam me guardar como as coisas modernas guardam o mundo contra portentos insalubres e ancestrais. Logo o entardecer cinzento desdobrou-se na umidade vinda do leste, desenhando a silhueta da colina arcaica e seus venerandos coruchéus, e atraindo-me para o lugar onde minha terrível empresa permanecia inacabada. E no fim eu voltei, molhado, com a cabeça a descoberto e confuso em meio à luz matinal, e adentrei aquela porta horrenda que eu havia deixado entreaberta na Benefit Street, e que batia de maneira críptica ante os olhos de todos os moradores que haviam despertado cedo e com os quais não tive coragem de falar.

A graxa havia desaparecido, pois o chão bolorento era poroso. E em frente à lareira não havia nenhum vestígio do contorno gigante e encolhido que o salitre formava. Olhei para a cama, para as cadeiras, para os instrumentos, para o meu chapéu abandonado e para o chapéu de palha do meu tio. Minha confusão era enorme, e mal pude recordar o que era sonho e o que era realidade. A seguir o juízo retornou, e eu soube que havia testemunhado coisas mais horríveis do que eu sonhara. Sentando-me, tentei fazer conjecturas sobre o que acontecera até o ponto em que a sanidade me permitia, e também sobre como pôr fim àquele horror, se de fato tivesse ocorrido na realidade. Pois aquilo não parecia ser matéria, nem éter, nem qualquer outra substância concebível pelo intelecto humano. O que seria, nesse caso, senão uma *emanação exótica*, um vapor vampírico, como aquele que os rústicos de Exeter afirmam estar sempre à espreita em determinados cemitérios? Senti que essa seria a pista, e mais uma vez tornei a olhar para o chão em frente à lareira, onde o bolor e o salitre haviam assumido estranhas formas. Em dez minutos eu havia me decidido, e então peguei meu chapéu e fui para casa, onde tomei banho, comi e por telefone fiz a encomenda de uma picareta, uma pá, uma máscara antigás militar e seis garrafões de ácido sulfúrico, todos entregues na manhã seguinte junto à porta do porão da casa temida na Benefit Street. Uma vez recebido o pedido, tentei dormir; mas fracassei, e passei as horas lendo e compondo versos para contrabalancear minha disposição.

Às onze horas da manhã seguinte eu comecei a cavar. Fazia um dia ensolarado, e senti-me alegre. Eu ainda estava sozinho, pois a despeito do quanto eu temesse o horror desconhecido que procurava, havia mais temor ainda na ideia de contar para outras pessoas. Mais tarde contei tudo a Harris, apenas em função da necessidade, e também porque ele ouvira estranhos boatos de pessoas mais velhas que lhe haviam despertado uma discreta predisposição à crendice. Quando revirei a terra preta em frente à lareira, enquanto minha pá fazia com que uma sânie amarela e viscosa escorresse dos fungos brancos que eram assim cortados, estremeci ante os pensamentos duvidosos quanto ao que eu poderia encontrar. Há segredos no interior da Terra que não fazem bem aos homens, e esse me parecia ser um deles.

Minha mão tremia a olhos vistos, mas assim mesmo continuei a cavar; e passado um certo tempo eu me encontrava de pé no interior do buraco assim cavado. Com o aprofundamento do buraco, um quadrilátero medindo quase dois metros de lado, o cheiro maléfico intensificou-se; e perdi todo o meu contato imediato com a coisa infernal cujas emanações tinham amaldiçoado a casa por mais de um século e meio. Perguntei-me que aspecto teria — que forma poderia assumir e de que substância poderia ser feita, e a que tamanho haveria chegado após longas épocas sorvendo tantas vidas. Por fim saí do interior do buraco e dispersei a terra acumulada, dispondo os volumosos garrafões de ácido em dois lados para que, no momento necessário, eu pudesse vertê-los na abertura em rápida sucessão. Depois, coloquei terra ao longo dos lados restantes; trabalhando sem pressa e passando a usar minha máscara de gás à medida que o cheiro ganhava intensidade. Eu estava quase nervoso com a minha proximidade a uma coisa inominável saída do fundo de um poço.

De repente minha pá atingiu algo macio. Estremeci e fiz menção de sair do buraco, cujas bordas batiam na altura do meu pescoço. Mas logo a coragem retornou, e eu continuei a remover a terra sob a luz da lanterna elétrica que eu havia providenciado. A superfície que descobri era ictíica e vítrea — uma espécie de gelatina semipútrida com sugestões de translucência. Continuei a revolver a terra e vi que aquilo tinha uma forma. Havia uma falha no ponto em que parte da substância encontrava-se dobrada. A área exposta era enorme, e grosso modo cilíndrica; como um colossal tubo azul-claro dobrado ao meio, com cerca de sessenta centímetros de diâmetro na parte mais larga. Revolvi a terra ainda mais, e logo, em um movimento abrupto, saltei para fora do buraco e para longe daquela coisa imunda; e então descerrei e inclinei os garrafões, vertendo o conteúdo corrosivo dos recipientes um atrás do outro nas profundezas daquele abismo de morte sobre a anomalia inconcebível cujo *cotovelo titânico* eu vislumbrara.

O torvelinho cegante de vapores amarelo-esverdeados que emanou tempestuosamente daquele buraco à medida que as torrentes de ácido se derramavam jamais há de abandonar minha lembrança. Por toda a colina as pessoas ainda falam no "dia amarelo", quando uma virulenta e horrível fumaça se ergueu dos resíduos industriais despejados no rio Providence — mas eu sei que todos se enganam em relação à origem desse fenômeno. Falam também do terrível rugido que ao mesmo tempo se ergueu de uma tubulação de água ou de um encanamento de gás no subsolo — porém mais uma vez eu poderia corrigir essa impressão, se tivesse coragem. Foi um choque inefável, e não sei como sobrevivi. Perdi a consciência após esvaziar o quarto garrafão, que tive de manusear depois que os vapores haviam começado a penetrar minha máscara; mas quando recobrei a consciência notei que o buraco já não emanava mais vapores.

Os dois garrafões restantes foram despejados sem nenhum resultado particular, e passado certo tempo pareceu-me seguro usar a pá e colocar a terra de volta no buraco. O crepúsculo chegou antes que eu terminasse, porém o medo havia deixado aquele lugar. A umidade parecia menos fétida, e todos os estranhos fungos haviam murchado e se reduzido a um pó cinzento e inofensivo, que se espalhava como cinza pelo chão. Um dos terrores mais profundos da Terra havia perecido para sempre; e, se existe um inferno, este por fim deve ter recebido a alma demoníaca daquela coisa blasfema. Enquanto eu batia a última pá de terra, derramei a primeira das muitas lágrimas com que prestei um tributo sincero à memória de meu amado tio.

Na primavera seguinte já não havia grama pálida nem plantas estranhas no jardim da casa temida, e logo depois Carrington Harris enfim a alugou. A casa ainda é um lugar espectral, mas hoje aquela estranheza me fascina — e junto com meu alívio, hei de sentir também uma singular melancolia quando for demolida para dar vez a uma loja barata ou a um prédio vulgar. As velhas macieiras estéreis do pátio começaram a dar pequenos e doces frutos, e no ano passado os pássaros fizeram ninhos em seus galhos retorcidos.

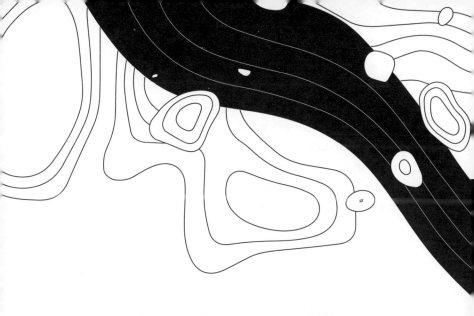

A SOMBRA DE INNSMOUTH

I.

Durante o inverno de 1927-8, agentes do governo federal conduziram uma estranha investigação secreta a fim de averiguar certas condições no antigo porto de Innsmouth, estado de Massachusetts. A investigação só veio a público em fevereiro, quando ocorreu uma série de buscas e prisões, seguida pelo incêndio e pela dinamitação — ambos conduzidos com toda a cautela — de um assombroso número de casas decrépitas, caindo aos pedaços e supostamente vazias ao longo do porto abandonado. Para as almas menos desconfiadas, a ocorrência passou como se fosse apenas um duro golpe desferido no curso de uma convulsiva guerra contra a bebida.

Os que acompanhavam os jornais, no entanto, admiravam-se com o prodigioso número de prisões, o enorme contingente de homens mobilizado para efetuá-las e também com o sigilo que cercava o destino dos prisioneiros. Não se teve notícia de julgamentos nem de acusações; os prisioneiros tampouco foram avistados nos cárceres país afora. Houve rumores vagos sobre uma doença estranha e campos de concentração, e mais tarde falou-se sobre a dispersão dos prisioneiros em instalações navais e militares, mas nada jamais se confirmou. O porto de Innsmouth ficou quase deserto, e até hoje limita-se a dar sinais de uma existência retomada aos poucos.

As reclamações de várias organizações liberais foram recebidas com longos debates sigilosos, e representantes foram enviados a certos campos e prisões. Logo todas essas sociedades adotaram uma postura surpreendente de inércia e silêncio. Os jornalistas não desistiram tão fácil, mas no fim pareciam estar cooperando com as forças governamentais. Apenas um jornal — um tabloide sempre ignorado por conta de políticas radicais — fez menção ao submarino de águas profundas que lançou torpedos contra o abismo marinho logo além do Recife do Diabo. Essa notícia, ouvida por acaso em um reduto de marinheiros, parecia um exagero consumado; pois o negro recife se localiza a mais de dois quilômetros do Porto de Innsmouth.

Pessoas em todo o país e nas cidades vizinhas falavam um bocado entre si, mas diziam muito pouco ao mundo exterior. Havia-se falado sobre o estado moribundo e semiabandonado de Innsmouth por quase meio século, e nenhuma novidade poderia ser mais absurda ou mais medonha do que os sussurros e as insinuações de anos atrás. Vários acontecimentos haviam ensinado os nativos a agir com discrição, e agora não havia motivo para pressioná-los. A verdade é que sabiam muito pouco; pois vastos pântanos salgados, inóspitos e desabitados, separam os habitantes de Innsmouth dos vizinhos no interior do continente.

Mas enfim eu desafiarei a proibição de falar sobre esse assunto. Os fatos, estou certo, são tão contundentes que, salvo o choque da repulsa, nenhum mal à população pode resultar de certos esclarecimentos a respeito do que os investigadores horrorizados descobriram em Innsmouth. Além do mais, a descoberta admite diferentes interpretações. Não sei ao certo quanto da história me foi contado e tenho inúmeras razões para não querer me aprofundar no assunto. Tive contato mais direto do que qualquer outro leigo e recebi impressões que ainda podem me levar a tomar medidas drásticas.

Fui eu que fugi desesperado de Innsmouth nas primeiras horas do dia 16 de julho de 1927, e foram os meus apelos desesperados por investigações e medidas governamentais que precipitaram todo o episódio narrado. Dispus-me a permanecer em silêncio enquanto o assunto ainda era recente e incerto; mas agora que essa antiga história não mais desperta a curiosidade ou o interesse do público, sinto o estranho impulso de falar aos sussurros sobre as horas terríveis que passei naquele malfadado porto à sombra da morte e covil de abominações blasfemas. O simples relato ajuda-me a recobrar a confiança nas minhas faculdades; a convencer-me de que não fui o primeiro a sucumbir perante a alucinação coletiva saída de um pesadelo. Também me ajuda a decidir-me em relação a uma terrível providência que me aguarda no futuro.

Jamais escutei o nome de Innsmouth a não ser no dia antes de vê-la pela primeira — e até agora última — vez. Eu estava comemorando a minha recém-atingida maioridade com uma viagem pela Nova Inglaterra — para fins turísticos, antiquários e genealógicos — e planejava, ao deixar a antiga Newburyport, seguir viagem até Arkham, a cidade natal de minha família materna. Eu não tinha carro e viajava em trens, bondes e automóveis, sempre buscando a alternativa mais em conta. Em Newburyport, informaram-me de que o trem a vapor era a única maneira de chegar a Arkham; e foi apenas no guichê de bilhetes da estação ferroviária, quando abri uma exceção ao elevado custo da passagem, que eu soube da existência de Innsmouth. O funcionário robusto e de expressão astuta, com um sotaque que o traía como forasteiro, pareceu solidário ao meu esforço econômico e deu-me uma sugestão que ninguém mais havia feito.

"O senhor também pode pegar o *velho ônibus* se quiser", disse ele um pouco hesitante, "mas já lhe aviso de que não é grande coisa. Ele passa por Innsmouth — talvez o senhor já tenha ouvido alguma coisa a respeito — então as pessoas daqui evitam pegá-lo. O proprietário é um sujeito de Innsmouth, chamado Joe Sargent, mas acho que ele nunca consegue clientes aqui, tampouco em Arkham. Eu nem imagino como esse ônibus ainda existe. Acho que o preço é bom, mas nunca vejo mais do que dois ou três passageiros — ninguém a não ser os habitantes de Innsmouth. Se não houve nenhuma alteração recente nos horários, ele sai da praça, em frente à Hammond's Drug Store, às dez da manhã e às sete da noite. Parece uma lata-velha — eu mesmo nunca andei naquilo."

Essa foi a primeira vez que ouvi o nome de Innsmouth, refúgio das sombras. Qualquer referência a uma localidade ausente dos mapas e dos mais recentes guias de viagem teria despertado o meu interesse, e a intrigante alusão feita pelo funcionário provocou algo muito semelhante à curiosidade. Um vilarejo capaz de inspirar tamanho desgosto nas localidades vizinhas deveria ser pelo menos inusitado e digno da atenção de um turista. Se Innsmouth ficasse no meio do caminho até Arkham eu faria uma parada — e assim pedi ao funcionário que me dissesse mais alguma coisa sobre o lugar. Ele foi muito cauteloso e falou com ares de discreta superioridade em relação ao que dizia.

"Innsmouth? Ah, é um vilarejo estranho na foz do Manuxet. Já foi quase uma cidade — um porto e tanto antes da Guerra de 1812 — mas o lugar ficou jogado às traças pelos últimos cem anos. Já não há mais ferrovias — a B&M nunca passou por lá, e o ramal que saía de Rowley foi abandonado uns anos atrás.

"Tem mais casas vazias do que pessoas por lá, eu acho, e não existe um único negócio além dos peixes e das lagostas. Todo mundo vende os produtos aqui, em Arkham ou em Ipswich. Chegaram até a construir algumas fábricas, mas não sobrou nada além de uma refinaria de ouro que mal funciona meio turno.

"A refinaria já foi grande, e o Velho Marsh, o proprietário, deve ser mais rico do que Creso. Ele é um velho estranho que nunca se afasta muito de casa. Dizem que, na velhice, desenvolveu uma doença cutânea ou alguma deformidade que o leva a se esconder. É neto do capitão Obed Marsh, o fundador da empresa. Parece que a mãe dele era estrangeira — uma ilhoa dos Mares do Sul —, então fizeram um grande escândalo quando o capitão desposou uma garota de Ipswich cinquenta anos atrás. Isso sempre acontece com os habitantes de Innsmouth, e as pessoas de lá sempre tentam esconder o sangue que trazem nas veias. Mas para mim os filhos e os netos de Marsh se parecem com qualquer outra pessoa. Às vezes eles vêm até aqui — mas, pensando melhor, os filhos mais velhos não têm aparecido nos últimos tempos. Eu nunca vi o pai.

"Por que todo mundo é tão negativo em relação a Innsmouth? Ora, meu jovem, não leve tão a sério tudo o que dizem por aqui! É difícil fazer as pessoas falarem, mas quando começam elas não param mais. E assim correm boatos sobre Innsmouth — quase sempre aos cochichos — já faz mais de cem anos, eu acho, e até onde sei as pessoas sentem mais medo do que qualquer outra coisa. Certas histórias fariam-no dar boas risadas — coisas sobre o capitão Marsh assinando contratos com o diabo e trazendo diabretes do inferno para viver em Innsmouth, ou sobre seitas satânicas e terríveis sacrifícios descobertos em algum lugar perto do cais por volta de 1845 — mas eu sou de Panton, Vermont, e esse tipo de história não me convence.

"Mas o senhor tem que ouvir o que o pessoal dos velhos tempos fala sobre o recife negro ao largo — o Recife do Diabo, como o chamam. A maior parte do tempo o recife fica acima do nível do mar, e mesmo quando a maré sobe a água mal consegue encobri-lo, mas ainda assim não se poderia chamar aquilo de ilha. Reza a lenda que às vezes legiões inteiras de demônios surgem no recife e espalham-se ao redor — ou ficam entrando e saindo de uma gruta perto do topo. É um terreno irregular, acidentado, a uns dois quilômetros da costa, e nos últimos dias do porto os marinheiros chegavam a fazer grandes desvios só para evitá-lo.

"Ou melhor, os marinheiros que não eram de Innsmouth. Uma das teimas que tinham com o velho capitão Marsh era que às vezes ele insistia em atracar no recife à noite dependendo da maré. Talvez seja verdade, pois eu admito que a formação rochosa parece interessante, e não é impossível que ele tenha procurado e até encontrado um tesouro pirata; mas também falavam em negociações com demônios. O fato é que, no geral, foi o capitão quem deu má fama ao recife.

"Tudo aconteceu antes da grande epidemia de 1846, quando mais da metade da população de Innsmouth foi dizimada. Ninguém descobriu ao certo o que aconteceu, mas deve ter sido alguma doença estrangeira trazida da China ou de algum outro lugar pelos navios. Foi um período difícil — arruaças e todo tipo de coisas sórdidas que provavelmente ninguém de fora imagina — o lugar ficou em condições lamentáveis. Hoje não deve ter mais de trezentas ou quatrocentas pessoas morando por lá.

"O verdadeiro motivo por trás de tudo o que as pessoas sentem é simplesmente um preconceito racial — mas eu não as culpo. Eu mesmo detesto os habitantes de Innsmouth e não me daria o trabalho de ir até o vilarejo. Imagino que o senhor saiba — embora eu perceba o sotaque do Oeste — o quanto os navios aqui da Nova Inglaterra se envolveram com estranhos portos na África, na Ásia, nos Mares do Sul e em toda parte, e também a quantidade de pessoas estranhas que às vezes traziam para cá. Provavelmente o senhor já ouviu falar do homem de Salem que voltou com uma esposa chinesa, e talvez saiba que ainda há ilhéus de Fiji nos arredores de Cape Cod.

"Bem, algo semelhante deve ter acontecido em Innsmouth. Aquele lugar sempre esteve muito isolado do resto do país por pântanos e córregos, e não sabemos muita coisa sobre o que aconteceu por lá; mas é quase certo que o velho capitão Marsh tenha trazido espécimes um tanto singulares quando assinou contratos para os três navios que tinha nos anos vinte e trinta. Sem dúvida, hoje os habitantes de Innsmouth têm traços bastante peculiares — eu não sei explicar direito, mas é uma coisa que faz você sentir arrepios. O senhor vai notar no próprio Sargent se tomar o ônibus. Alguns têm cabeças estreitas com narizes chatos e olhos saltados e arregalados que parecem não piscar jamais; e a pele deles também tem algo de errado. É áspera e escamosa, e as laterais do pescoço são ressequidas, ou então enrugadas. Eles também perdem o cabelo ainda muito jovens. Os velhos têm o pior aspecto — e para falar a verdade eu nunca vi alguém muito velho de lá. Imagino que devam todos morrer de tanto se olhar no espelho! Até os animais têm medo — antes dos automóveis, eles tinham problemas constantes com os cavalos.

"Todo mundo daqui, de Arkham e de Ipswich prefere manter distância, e eles também são meio antissociais quando vêm para cá ou quando alguém daqui inventa de pescar nas águas de lá. O mar está sempre repleto de peixes nos arredores do porto de Innsmouth, mesmo quando a pesca é escassa em toda parte — mas tente o senhor pescar lá e veja como o mandam embora! Antes aquela gente vinha para cá de trem — caminhando e pegando o trem em Rowley depois que o ramal foi abandonado —, mas agora eles usam o ônibus.

"Sim, existe um hotel em Innsmouth — chama-se Gilman House — mas não acredito que seja grande coisa. Não aconselho o senhor a arriscar. É melhor ficar por aqui e tomar o ônibus das dez horas amanhã de manhã; e de lá o senhor pode pegar o ônibus das oito da noite e seguir até Arkham. Teve um inspetor que parou no Gilman uns anos atrás e teve umas impressões bem desagradáveis do lugar. Parece que os hóspedes são um tanto esquisitos, porque nos outros quartos, que estavam vazios, o sujeito escutou vozes que lhe gelaram o sangue. Era alguma língua estrangeira, mas ele disse que o pior de tudo era o timbre da voz que às vezes falava. Parecia tão sobrenatural — gorgolejante, segundo disse — que o homem não se atreveu a pôr o pijama e dormir. Simplesmente ficou de pé e fugiu assim que o dia raiou. A conversa durou quase a noite inteira.

"Esse sujeito — Casey era o nome dele — tinha umas quantas histórias sobre como os habitantes de Innsmouth o observavam e pareciam estar de guarda. Também disse que a refinaria de Marsh era um lugar estranho — uma velha instalação ao pé das corredeiras mais baixas do Manuxet. Tudo o que ele disse batia com o que eu já tinha ouvido. Livros em péssimas condições e nenhum indício de transações comerciais. Sabe, a origem do ouro que os Marsh refinam foi sempre um grande mistério. Eles nunca pareciam comprar muito, mas uns anos atrás expediram um enorme carregamento de lingotes.

"Corriam histórias sobre estranhas joias estrangeiras que os marinheiros e os homens da refinaria vendiam às escondidas, e que de vez em quando apareciam enfeitando as mulheres da família Marsh. Uns achavam que o capitão Obed as conseguia em algum porto pagão, em especial porque sempre encomendava contas de vidro e outras bugigangas que os homens do mar em geral levavam para o escambo com os nativos. Outros achavam, e ainda acham, que o homem tinha encontrado um baú pirata no Recife do Diabo. Mas tem um detalhe estranho. O capitão morreu há sessenta anos, e desde a Guerra Civil nenhum grande navio zarpou de lá; mesmo assim, os Marsh continuam comprando alguns desses objetos — na maior parte quinquilharias de vidro e de borracha, segundo dizem. Talvez os habitantes de Innsmouth gostem de se enfeitar com aquilo — Deus é testemunha de que acabaram tão degenerados quanto os canibais dos Mares do Sul e os selvagens de Guiné.

"A peste de 46 deve ter acabado com todo o sangue bom do lugar. Seja como for, hoje eles são um povoado suspeito, e os Marsh e as outras famílias ricas são tão ruins quanto os outros. Como eu disse, o lugar deve ter no máximo quatrocentos habitantes, apesar de todas as ruas que dizem haver por lá. Acho que são o que costumam chamar de 'escória branca' no Sul — criminosos matreiros, cheios de segredos. A produção de peixes e lagostas é grande e o transporte é feito de caminhão. O mais estranho é que a pesca é farta só lá e em nenhum outro lugar.

"Ninguém consegue dar conta da população, e o trabalho dos servidores públicos e dos recenseadores é um inferno. O senhor também precisa saber que forasteiros enxeridos não são bem-vindos em Innsmouth. Eu mesmo já ouvi falar de mais de um homem de negócios ou funcionário do governo que sumiu por lá, sem contar outro que supostamente enlouqueceu e hoje está no manicômio em Danvers. Devem ter dado um susto e tanto no coitado.

"É por isso que eu não iria à noite se fosse o senhor. Nunca estive lá e não tenho vontade de ir, mas acho que um passeio diurno não poderia fazer mal nenhum — embora as pessoas daqui possam tentar fazê-lo desistir da ideia. Se o senhor está apenas fazendo turismo e procurando peças antigas, Innsmouth pode ser um lugar interessante."

Assim, passei o fim da tarde na Biblioteca Pública de Newburyport, buscando mais informações a respeito de Innsmouth. Quando tentei fazer perguntas aos nativos nas lojas, no refeitório, nas oficinas mecânicas e no quartel dos bombeiros, descobri que convencê-los a falar era mais difícil do que o funcionário da estação tinha previsto; e percebi que não haveria tempo hábil para vencer essa reticência inicial. Todos pareciam nutrir alguma suspeita obscura, como se existisse algo de errado na demonstração de qualquer interesse relativo a Innsmouth. Na ACM, onde eu estava hospedado, o recepcionista tentou dissuadir-me do passeio a um lugar tão inóspito e decadente; e os funcionários da biblioteca tiveram a mesma atitude. Naturalmente, aos olhos das pessoas cultas, Innsmouth não passava de um caso de degradação cívica levada ao extremo.

Os livros sobre a história do condado do Essex nas prateleiras da biblioteca serviram para pouca coisa além de informar-me que o vilarejo fora fundado em 1643, tivera estaleiros famosos antes da Revolução e firmara-se como uma grande sede de prosperidade marítima no início do século XIX e mais tarde como um centro industrial de segunda ordem às margens do Manuxet. A epidemia e os levantes de 1846 eram mencionados muito de passagem, como se constituíssem um descrédito ao condado.

As referências ao declínio eram poucas, embora a relevância das informações fosse inconfundível. Depois da Guerra Civil a vida industrial ficou restrita à Refinaria Marsh, e o comércio de lingotes de ouro era o único resquício de atividade econômica para além da eterna pesca. A pesca começou a dar cada vez menos dinheiro à medida que os preços caíam e a competição das grandes corporações aumentava, mas jamais houve falta de pescado no porto de Innsmouth. Os estrangeiros raramente se instalavam no vilarejo, e certos indícios velados indicavam que imigrantes polacos e portugueses haviam sido afastados de maneira um tanto drástica.

O mais interessante era uma referência às estranhas joias vagamente associadas a Innsmouth. Sem dúvida as peças haviam impressionado as pessoas da região, pois os espécimes eram mencionados tanto no museu da Universidade do Miskatonic, em Arkham, como na sala de exibições da Sociedade Histórica de Newburyport. As descrições fragmentárias desses objetos eram objetivas e prosaicas, mas deram-me a impressão de conter uma mensagem subjacente de persistente estranheza. Havia algo a respeito delas que parecia tão singular e instigante que eu não consegui tirá-las da cabeça e, apesar do relativo avançado da hora, resolvi ver o espécime local — descrito como um objeto grande e de proporções estranhas, sem dúvida concebido como uma tiara — se fosse possível.

Na biblioteca deram-me uma carta de apresentação a ser entregue para a curadora da Sociedade, a srta. Anna Tilton, que morava nas redondezas, e após uma breve explicação essa gentil mulher teve a bondade de conduzir-me até o prédio fechado, uma vez que não era demasiado tarde. A coleção era muito impressionante, mas no estado de espírito em que me encontrava eu não tinha olhos para nada além do bizarro objeto que reluzia no armário do canto, sob a luz das lâmpadas elétricas.

Não foi preciso nenhuma sensibilidade particular à beleza para me deixar estupefato diante do peculiar esplendor da fantasia opulenta e exótica que descansava sobre uma almofada de veludo púrpura. Mesmo agora me é difícil descrever o que vi, embora tenha ficado claro que se tratava de uma tiara, conforme a descrição que eu havia lido. O objeto era alto na frente e apresentava uma circunferência enorme e irregular, como se desenhada para uma cabeça de aberrante formato elíptico. O material predominante parecia ser ouro, mesmo que o lustre um pouco mais claro sugerisse uma estranha liga de metais igualmente belos e de difícil identificação. A tiara estava em perfeitas condições, e horas poderiam ser empregadas no estudo dos impressionantes e intrigantes desenhos — alguns deles simples padrões geométricos, outros de inspiração claramente marinha — entalhados ou moldados em alto-relevo na superfície com uma ourivesaria incrivelmente hábil e graciosa.

Quanto mais eu olhava, mais o objeto me fascinava; e nesse fascínio havia um elemento perturbador que não se deixaria classificar ou explicar senão a duras penas. Em um primeiro momento, atribuí meu desconforto à estranha qualidade extraterrena da arte. Todos os outros objetos artísticos que eu vira até então davam a impressão de pertencer a uma corrente racial ou nacional conhecida, ou então se apresentavam como subversões modernistas a uma das correntes conhecidas. Mas a tiara não. Com certeza era produto de uma técnica bem estabelecida, de maturidade e perfeição infinitas, ainda que essa técnica estivesse absolutamente distante de qualquer outra — do Oriente ou do Ocidente, antiga ou moderna — de que eu já tivesse ouvido falar ou visto exemplos. Era como se a ourivesaria viesse de algum outro planeta.

No entanto, logo percebi que o meu desconforto tinha uma segunda origem, talvez tão potente quanto a primeira, nas sugestões pictóricas e matemáticas dos estranhos desenhos. As linhas insinuavam mistérios remotos e abismos inconcebíveis no tempo e no espaço, e a monótona natureza aquática dos relevos revestia-se de um aspecto quase sinistro. Entre os relevos havia monstros fabulosos de repulsa e malevolência atroz — de aspecto meio ictíico e meio batráquio —

que não podiam ser dissociados de um certo assombro e de uma inquietante sensação de pseudomemória, como se evocassem imagens a partir de células e tecidos recônditos cujas funções mnemônicas fossem absolutamente primevas e incrivelmente ancestrais. Por vezes imaginei que do contorno desses sapos-peixes blasfemos emanasse a suprema quintessência da malignidade inumana e ignota.

Pareceu-me um tanto estranho o contraste entre o formidável aspecto da tiara e a breve e prosaica história do objeto, narrada pela srta. Tilton. A tiara fora penhorada por um valor irrisório em uma das lojas na State Street em 1873 por um bêbado de Innsmouth que logo depois foi morto em uma briga. A Sociedade adquiriu-a diretamente da casa de penhor e logo lhe concedeu um lugar que fizesse jus à sua qualidade artística. Classificaram-na como sendo uma peça indiana ou indo-chinesa, embora a atribuição fosse assumidamente incerta.

A srta. Tilton, depois de comparar todas as possíveis hipóteses relativas à origem e à presença da tiara na Nova Inglaterra, via-se inclinada a crer que fosse parte de algum tesouro pirata descoberto pelo velho capitão Obed Marsh. A hipótese ganhou força ao menos em parte graças às insistentes ofertas de somas vultosas que os Marsh começaram a fazer pelo adorno assim que souberam de sua existência, que vinham se repetindo apesar da determinação da Sociedade a não vendê-lo.

Enquanto me acompanhava até a saída, a gentil srta. Tilton deixou claro que a teoria dos piratas como explicação para a fortuna dos Marsh era muito popular entre as pessoas esclarecidas da região. A própria impressão que tinha em relação à ensombrecida Innsmouth — onde jamais havia estado — resumia-se a uma profunda repulsa por uma comunidade que afundava cada vez mais na escala cultural, e ela me assegurou de que os rumores de adoração ao demônio explicavam-se em parte graças a um culto secreto que havia ganhado força por lá e engolido todas as igrejas ortodoxas.

Chamava-se, segundo fui informado, "A Ordem Esotérica de Dagon", e consistia indubitavelmente de uma crença depravada e de índole pagã importada do Oriente havia um século, na época em que a indústria pesqueira de Innsmouth enfrentava um período de escassez. A persistência do credo entre as pessoas humildes era bastante natural em vista do ressurgimento súbito e duradouro do excelente pescado, e a nova religião logo passou a ser a maior influência na cidade, desbancando a maçonaria e estabelecendo sede no velho Templo Maçônico de New Church Green.

Para a srta. Tilton, tudo isso constituía um excelente motivo para evitar o antigo vilarejo de ruína e desolação; mas para mim eram atrativos a mais. Às minhas expectativas históricas e arquitetônicas agora se acrescentava uma intensa disposição antropológica, e mal consegui pregar os olhos no pequeno quarto da ACM enquanto esperava pelo amanhecer.

II.

Pouco antes das dez horas da manhã eu estava a postos com uma pequena valise em frente à Hammond's Drug Store na antiga Praça do Mercado à espera do transporte para Innsmouth. Logo antes da chegada do ônibus, percebi um afastamento geral dos transeuntes em direção a outros lugares da rua ou ao restaurante Ideal Lunch, no outro lado da praça. O agente não havia exagerado ao descrever a aversão que os nativos sentiam em relação a Innsmouth e seus habitantes. Passados alguns momentos um pequeno ônibus em estado de extrema decrepitude e pintado em tons cinzentos sacolejou até a State Street, fez a curva e parou do meu lado, junto ao calçamento. Na mesma hora pressenti que aquele era o ônibus; um palpite logo confirmado pela identificação "*Arkham-Innsmouth-Newb'port*" no para-brisa.

Havia apenas três passageiros — homens morenos e desleixados de semblante carrancudo e aspecto jovem —, e quando o veículo parou os três desceram meio de arrasto e começaram a subir a State Street em silêncio, de maneira quase furtiva. O motorista também desceu, e fiquei observando quando entrou na farmácia para comprar alguma coisa. Pensei que deveria ser Joe Sargent, o homem mencionado pelo funcionário da estação; e antes mesmo que eu notasse quaisquer outros detalhes fui atingido por uma onda de repulsa espontânea que não podia ser contida nem explicada. De repente pareceu-me muito natural que os nativos de Newburyport não quisessem tomar um ônibus que pertencesse a Sargent e fosse dirigido por ele, nem visitar com maior frequência o habitat do homem e de seus conterrâneos. Quando o motorista saiu da farmácia, examinei-o mais de perto e tentei estabelecer a origem da minha terrível impressão. Era um homem magro, de ombros curvados, com cerca de um metro e oitenta, que usava trajes azuis surrados e um boné de golfe cinza todo puído. Talvez tivesse uns trinta e cinco anos, mas as estranhas e profundas dobras nas laterais do pescoço faziam-no parecer mais velho caso não se examinasse o rosto impassível e inexpressivo. Tinha a cabeça estreita, olhos arregalados de um tom azul-aquoso que pareciam não piscar jamais, nariz chato, testa e queixo pequenos e orelhas curiosamente subdesenvolvidas. Os lábios grossos e protuberantes, bem como as faces ásperas e cinzentas, pareciam quase imberbes a não ser por uns poucos fios loiros que cresciam enrolados a intervalos irregulares; e nesses pontos a tez parecia estranhamente áspera, como se estivesse descamando por conta de uma afecção cutânea. As mãos eram grandes, tinham veias grossas e apresentavam uma improvável coloração azul-acinzentada. Os dedos eram deveras curtos em relação ao resto do corpo e pareciam ter uma tendência natural a crisparem-se junto à enorme palma. Enquanto Sargent caminhava em direção ao ônibus, percebi-lhe as passadas trôpegas e notei que tinha os pés desmesuradamente grandes. Quanto mais eu os estudava, mais eu ficava intrigado pensando onde aquele homem encontraria sapatos que lhe servissem.

Uma certa oleosidade da pele aguçou minha aversão pelo sujeito. Era óbvio que Sargent trabalhava ou ao menos frequentava os atracadouros dos navios pesqueiros, pois exalava um odor muito característico. Não arrisco nenhum palpite quanto ao sangue estrangeiro que corria em suas veias. Aquelas peculiaridades não eram asiáticas, polinésias, levantinas nem negroides, mas ainda assim eu compreendi por que as pessoas o achavam estrangeiro. Quanto a mim, a primeira ideia que me ocorreu foi a de degeneração biológica.

Lamentei a situação ao perceber que não havia outros passageiros no ônibus. Por algum motivo a ideia de andar naquele ônibus sozinho com o motorista não me agradava. No entanto, à medida que a hora da partida se aproximava, dominei meus temores e embarquei depois daquele homem, alcançando-lhe uma cédula de um dólar e murmurando a palavra "Innsmouth". Por um breve instante ele me lançou um olhar curioso enquanto, em silêncio, devolveu os meus quarenta centavos de troco. Escolhi um assento afastado, porém no mesmo lado do ônibus, uma vez que eu pretendia apreciar a orla ao longo do trajeto.

Por fim o decrépito veículo pôs-se em marcha com um solavanco e passou ruidosamente pelos antigos prédios da State Street em meio à nuvem de fumaça do escapamento. Enquanto eu observava os pedestres na calçada, pareceu-me que todos se esforçavam em não olhar para o ônibus — ou ao menos em não parecer estar olhando para o veículo. Logo dobramos à esquerda para entrar na High Street, onde o calçamento era um pouco mais regular; passamos por imponentes casarões antigos que remontavam aos primeiros tempos da república e casas de campo coloniais ainda mais antigas, por Lower Green e pelo Parker River, e enfim chegamos a um longo e monótono trecho que bordejava a orla.

O dia estava ensolarado e quente, mas a paisagem de areia, carriço e outros arbustos retorcidos ficava cada vez mais desolada à medida que avançávamos. Do outro lado da janela eu enxergava o mar azul e a linha arenosa da Plum Island, e chegamos ainda mais perto da praia quando a nossa estrada secundária desviou da via principal rumo a Rowley e Ipswich. Não havia casas à vista, e pelo estado em que se encontravam as placas de trânsito deduzi que o tráfego de automóveis era muito escasso. Os postes telefônicos, pequenos e estragados pelo tempo, tinham apenas dois fios. De tempos em tempos atravessávamos pontes rústicas de madeira erguidas acima dos braços de mar que isolavam a região.

Às vezes eu percebia troncos de árvores mortas e fundações em ruínas na superfície da areia e lembrava-me da velha história mencionada em um dos livros que eu havia consultado, segundo a qual Innsmouth já fora fértil e densamente povoada. Consta que a mudança viera junto com a epidemia de 1846, e as pessoas mais humildes acreditavam que a peste tinha alguma ligação sombria com forças ocultas do mal. Na verdade, tudo fora causado pelo desmatamento dos bosques mais próximos da orla, que privou o solo de proteção e abriu caminho para as ondas de areia sopradas pelo vento.

Finalmente perdemos Plum Island de vista e deparamo-nos com a imensidão do Atlântico à nossa esquerda. A via estreita começou a ficar cada vez mais íngreme, e fui tomado por uma peculiar sensação de inquietude ao olhar para o cume solitário à frente, no ponto em que a estrada tocava o céu. Era como se o ônibus estivesse prestes a decolar, a abandonar de uma vez por todas a sanidade terrena para misturar-se aos enigmas desconhecidos das esferas superiores e dos mistérios celestes. O cheiro da maresia foi um presságio de maus agouros, e as costas recurvadas e duras do motorista, bem como a cabeça estreita, tornaram-se ainda mais odiosas. Enquanto eu o observava, percebi que a parte de trás da cabeça era quase tão calva quanto o rosto e apresentava apenas uns poucos fios enrolados sobre uma áspera superfície acinzentada.

Então chegamos ao cume e contemplamos o vale que se descortinava lá embaixo, onde o Manuxet deságua no mar logo ao norte da longa serra que culmina em Kingsport Head e faz uma curva abrupta em direção a Cape Ann. No horizonte longínquo e brumoso, com algum custo pude distinguir a silhueta de Kingsport Head, colmada pela estranha casa à moda antiga que tantas lendas mencionam; mas naquele instante toda a minha atenção estava centrada no panorama logo aos meus pés. Percebi que enfim eu estava cara a cara com a ensombrecida Innsmouth.

Era um vilarejo extenso e de muitas construções, porém com uma sinistra ausência de vida. Naquele emaranhado de chaminés mal se via uma pluma de fumaça, e três altos coruchéus assomavam, inóspitos e nus, contra o panorama do horizonte marítimo. A parte superior de um estava ruindo, e nele e em um outro se viam apenas enormes buracos escuros que outrora haviam abrigado relógios. Um vasto amontoado de mansardas e empenas transmitia com pungente clareza a ideia de corrosão por larvas, e quando nos aproximamos do trecho descendente da estrada pude ver que muitos telhados haviam desabado. Também havia casarões georgianos quadrados, com telhados de várias águas, cúpulas e belvederes. Estes ficavam quase todos a uma boa distância da água, e um ou dois pareciam estar em condições razoáveis de conservação. Estendendo-se terra adentro entre as construções, divisei a ferrovia, abandonada à grama e à ferrugem, ladeada por postes telegráficos tortos, já sem fios, e as linhas meio obscurecidas do antigo caminho feito pelas carruagens com destino a Rowley e Ipswich.

A decadência era ainda maior perto da zona portuária, embora em meio ao abandono eu tenha descoberto o campanário de uma estrutura razoavelmente bem conservada que parecia uma fabriqueta. O porto, há muito coberto pela areia, era protegido por um antigo quebra-mar construído em rocha; no qual pude notar as diminutas silhuetas de alguns pescadores, e em cuja extremidade havia o que pareciam ser os destroços de um farol de outrora. Uma língua de areia havia se formado no interior do molhe, e nela havia algumas cabines decrépitas, barcos atracados e armadilhas de lagosta espalhadas. As águas profundas pareciam estar além do campanário, no ponto em que o rio fazia uma curva rumo ao sul para desaguar no oceano junto à extremidade do quebra-mar.

Aqui e acolá, ruínas de antigos trapiches estendiam-se a partir da margem e terminavam em um amontoado de ripas podres, sendo as estruturas ao sul as mais arruinadas. E mar adentro, apesar da maré alta, vislumbrei uma extensa linha negra que mal se erguia acima da superfície, mas sugeria uma estranha malignidade latente. Aquele, eu bem sabia, devia ser o Recife do Diabo. Enquanto eu observava, um curioso fascínio pareceu acrescentar-se à macabra repulsa; e, por mais estranho que seja, essa nota sutil pareceu-me ainda mais perturbadora do que a impressão inicial.

Não encontramos ninguém pelo caminho, mas logo passamos por fazendas abandonadas nos mais diversos estágios de ruína. Logo percebi algumas casas habitadas com trapos enfiados nas janelas quebradas e conchas e peixes mortos espalhados na sujeira dos pátios. Uma ou duas vezes vi pessoas desanimadas limpando jardins estéreis ou catando mariscos na praia logo abaixo, e grupos de crianças imundas e de aspecto simiesco brincando em frente a soleiras tomadas pelas ervas daninhas. Por algum motivo essas pessoas pareciam mais inquietantes do que as construções abandonadas, pois quase todas apresentavam certas peculiaridades na fisionomia e nos gestos que despertavam uma aversão instintiva sem que eu fosse capaz de defini-las ou compreendê-las. Por um instante imaginei que a constituição física característica da região pudesse sugerir uma imagem vista em algum outro lugar — talvez num livro — em circunstâncias de particular horror e melancolia; mas essa falsa lembrança dissipou-se muito depressa.

Quando o ônibus chegava ao fim da descida, escutei o som constante de uma cachoeira em meio ao silêncio sobrenatural.

As casas fora de prumo e com a pintura descascada torna-ram-se ainda mais numerosas nos dois lados da estrada e começaram a exibir mais tendências urbanas do que as cons-truções que deixávamos para trás. O panorama à frente havia se reduzido a uma rua, e em certos pontos eu conseguia ver os resquícios de uma estrada de paralelepípedos com calçamento de tijolo. Todas as casas pareciam estar abandonadas, e havia falhas ocasionais onde chaminés desmanteladas e paredes de porão indicavam o desabamento de antigas construções. Toda a cena vinha mergulhada no odor de peixe mais nau-seabundo que se pode conceber.

Logo começaram a aparecer cruzamentos e entroncamen-tos; na esquerda, os que conduziam aos reinos não pavimen-tados de sordidez e ruína, enquanto os da direita ofereciam panoramas da opulência passada. Até então eu não tinha visto ninguém no vilarejo, mas logo surgiram indícios de habita-ção esparsa — janelas acortinadas aqui e ali e uns poucos automóveis estropiados junto à calçada. Aos poucos, as ruas e calçamentos começaram a apresentar uma demarcação mais nítida, e, embora a maioria das casas fosse um tanto antiga — construções de madeira e alvenaria do início do século XIX —, estavam em plenas condições de habitação. Como antiquário diletante, quase esqueci da náusea olfativa e da sensação de ameaça e repulsa em meio àquela rica e intocada herança do passado.

Porém eu não chegaria ao meu destino sem uma fortíssima impressão de desagrado pungente. O ônibus tinha alcançado uma confluência de pontos radiais com igrejas nos dois lados e as ruínas de um deplorável jardim circular no centro, e eu observava um enorme templo guarnecido com pilastras no cruzamento à direita. A pintura outrora branca da construção havia se tornado cinza e estava descascando, e a placa preta e dourada no frontão estava tão desgastada que tive de me esforçar para distinguir as palavras "Ordem Esotérica de Dagon". Descobri que aquele era o antigo templo maçônico transformado em sede do culto depravado. Enquanto eu me esforçava para decifrar a inscrição, minha atenção foi distraída pelas notas estridentes de um sino rachado na calçada oposta, e virei-me depressa a fim de olhar para fora da janela no meu lado do ônibus.

O som vinha de uma igreja de cantaria com uma torre baixa, erguida mais tarde do que a maioria das casas, construída com uma canhestra inspiração gótica e dotada de um porão desproporcionalmente alto com janelas cobertas por venezianas. Embora os ponteiros do relógio estivessem ausentes no lado que vislumbrei, eu sabia que aquelas ríspidas badaladas estavam dando onze horas. De repente, toda a noção de tempo deu lugar a uma imagem de intensa nitidez e de horror inexplicável que se apoderou de mim antes que eu pudesse compreendê-la. O acesso ao porão estava aberto, revelando um retângulo de escuridão no interior da igreja. E enquanto eu olhava, alguma coisa atravessou ou pareceu atravessar aquele retângulo escuro, marcando a ferro em minha lembrança a concepção momentânea de um pesadelo que pareceu ainda mais enlouquecedor porque uma análise não era capaz de apontar um único motivo de inquietação.

Era um ser vivo — além do motorista, o primeiro que eu via desde a nossa entrada na parte mais compacta da cidade —, e se porventura o meu ânimo se mostrasse mais firme eu não teria percebido terror algum naquilo. Conforme notei no instante seguinte, era o pastor, trajando vestes peculiares sem dúvida introduzidas pela Ordem de Dagon desde a mudança nos rituais eclesiásticos da região. O que provavelmente mais chamou a atenção do meu olhar subconsciente e conferiu-lhe um toque de horror grotesco foi a tiara que o sacerdote ostentava na cabeça; uma réplica quase exata do objeto que a srta. Tilton me havia mostrado na noite anterior. O efeito dessa duplicata sobre a minha fantasia conferiu qualidades inefavelmente sinistras ao rosto difuso e à trôpega forma envolta em um manto. Logo percebi que não havia motivo para a horripilante sensação causada pela minha pseudomemória maligna. Não seria natural que o misterioso culto da região tivesse adotado um estilo único de ornamento de cabeça tornado familiar à comunidade graças a algum estranho contato — talvez através de um baú do tesouro?

Jovens de aspecto repelente surgiram a intervalos esparsos nas calçadas — indivíduos solitários e grupos silenciosos de dois ou três. Os térreos das decrépitas construções por vezes abrigavam lojinhas com placas sórdidas, e percebi um ou dois caminhões estacionados enquanto avançávamos aos solavancos. O som de cachoeiras tornou-se cada vez mais distinto, até que percebi um rio bastante profundo à minha frente, atravessado por uma ampla ponte com balaustrada de ferro depois da qual se descortinava uma enorme praça. Enquanto sacolejávamos pela ponte, olhei para os dois lados e observei algumas construções industriais na margem verdejante ou um pouco mais para baixo. A água lá embaixo era muito abundante, e pude ver dois conjuntos de cascatas acima da correnteza, à minha direita, e pelo menos abaixo da correnteza, à minha esquerda. Naquele ponto o fragor das águas era quase ensurdecedor. Logo avançamos até uma grande praça semicircular do outro lado do rio e paramos à direita de um alto prédio rematado por uma cúpula, com resquícios de tinta amarela e uma placa desbotada onde se lia o nome Gilman House.

Senti-me aliviado ao sair do ônibus e fui direto ao desgastado saguão do hotel deixar a minha valise. Havia apenas uma pessoa à vista — um senhor com a típica "aparência de Innsmouth" —, mas, ao lembrar das estranhas coisas que já haviam acontecido no hotel, preferi não aborrecê-lo com as dúvidas que me inquietavam. Em vez disso, caminhei até a praça, de onde o ônibus já havia partido, e comecei a observar o cenário com atenção minuciosa.

Um dos lados da esplanada consistia na linha reta do rio; o outro era um semicírculo de casas de alvenaria com telhados fora de prumo que remontavam ao século XIX, de onde várias ruas seguiam rumo ao sudeste, ao sul e ao sudoeste. Os postes de iluminação pública eram poucos e pequenos — todos com luzes incandescentes de baixa potência —, e alegrei-me por ter planejado minha partida antes do anoitecer, embora soubesse que a lua estaria radiante. Todas as construções estavam razoavelmente bem conservadas, e dentre elas havia talvez uma dúzia de lojas em pleno funcionamento; uma das quais era uma mercearia da rede First National e as outras um restaurante, uma farmácia, um escritório de venda de peixe no atacado e por último, na extremidade leste da esplanada, junto ao rio, um escritório da única indústria local — a Refinaria Marsh. Talvez houvesse mais umas dez pessoas à vista, e quatro ou cinco automóveis e caminhões espalhados ao redor. Deduzi que aquele fosse o centro da vida cívica em Innsmouth. Em direção ao leste eu tive vislumbres do porto, e em primeiro plano erguiam-se as ruínas decrépitas de três coruchéus georgianos outrora belos. E na direção do rio, na margem oposta, vi o campanário branco encimando o que imaginei ser a Refinaria Marsh.

Por um ou outro motivo preferi fazer as primeiras perguntas na mercearia pertencente à rede, pois os funcionários teriam maiores chances de não serem nativos. Lá encontrei um garoto solitário de dezessete anos e congratulei-me ao notar sua disposição e afabilidade, que prometiam uma acolhida calorosa. O jovem parecia excepcionalmente ávido por uma conversa, e não tardei a concluir que não gostava de Innsmouth nem do odor de peixe ou dos furtivos habitantes do vilarejo. Qualquer palavra trocada com um forasteiro era-lhe um alívio. Ele vinha de Arkham, estava hospedado na residência de uma família de Ipswich e voltava para casa sempre que tinha oportunidade. A família não gostava que trabalhasse em Innsmouth, mas a empresa o havia transferido para lá e ele não queria abandonar o emprego.

Segundo me disse, não havia biblioteca pública nem câmara de comércio em Innsmouth, mas eu provavelmente não teria dificuldades para me orientar. A rua de onde eu tinha vindo era a Federal. Rumo ao oeste ficavam as antigas ruas dos bairros residenciais mais abastados — a Broad, a Washington, a Lafayette e a Adams —, e para o outro lado ficavam os cortiços à beira d'água. Era nesses cortiços — ao longo da Main Street — que eu encontraria as antigas igrejas georgianas, porém estavam todas abandonadas desde muito tempo. Seria aconselhável não dar muito na vista nesses arrabaldes — em especial ao norte do rio —, uma vez que os habitantes eram rabugentos e hostis. Alguns forasteiros haviam até mesmo desaparecido.

Certos lugares eram território proibido, como ele mesmo havia aprendido a um custo nada desprezível. Não se podia, por exemplo, vagar por muito tempo ao redor da Refinaria Marsh, nem ao redor das igrejas ainda em atividade, nem ao redor do Templo da Ordem de Dagon em New Church Green. Essas igrejas eram muito estranhas — todas rejeitadas com veemência pelas respectivas denominações em outras localidades e, ao que tudo indicava, adeptas dos mais esdrúxulos cerimoniais e paramentos eclesiásticos. As crenças eram misteriosas e heterodoxas e aludiam a certas transformações milagrosas que culminariam em uma espécie de imortalidade do corpo ainda na terra. O pároco do garoto — o pastor Wallace da Igreja Metodista Episcopal em Arkham — já havia feito um apelo para que não se juntasse a nenhuma congregação em Innsmouth.

Quanto aos habitantes de Innsmouth — o jovem mal sabia o que pensar deles. Eram tão furtivos e espantadiços quanto os animais que moram entocados, e mal se podia imaginar como passavam o tempo quando não estavam pescando. Talvez — a dizer pela quantidade de bebida ilegal que consumiam — passassem a maior parte do dia em um estupor etílico. Todos pareciam estar juntos em uma espécie de fraternidade taciturna — desprezando o mundo como se tivessem acesso a outras esferas mais interessantes do ser. A aparência da maioria — em especial aqueles olhos arregalados que pareciam não piscar jamais — era sem dúvida chocante; e suas vozes tinham timbres odiosos. Era terrível ouvir os cânticos que entoavam na igreja à noite, em especial durante as principais festividades e assembleias, realizadas duas vezes por ano nos dias 30 de abril e 31 de outubro.

Gostavam muito da água e nadavam um bocado, tanto no rio como no porto. Competições de nado até o Recife do Diabo eram muito comuns, e todos pareciam suficientemente treinados para competir nesse árduo esporte. Pensando melhor, em geral só se viam jovens em público, e dentre estes os mais velhos eram os mais propensos a terem uma aparência maculada. A maior parte das exceções ficava por conta das pessoas sem nenhum traço aberrante, como o velho balconista do hotel. Era curioso pensar no que teria acontecido à população mais velha, e também se a "aparência de Innsmouth" não seria um estranho e insidioso fenômeno mórbido que se tornava mais grave à medida que a idade avançava.

É claro que apenas uma moléstia rara poderia desencadear alterações anatômicas tão profundas e radicais em um indivíduo adulto — alterações que envolviam características ósseas básicas como o formato do crânio —, porém nem mesmo esse aspecto se apresentava de forma mais assombrosa e inaudita do que as manifestações visíveis da moléstia como um todo. O garoto deu a entender que seria difícil tirar conclusões sólidas a respeito do assunto, uma vez que era impossível a um forasteiro ter contato pessoal com os nativos, independentemente do tempo que morasse em Innsmouth.

Ele também afirmou ter certeza de que vários espécimes muito piores do que os piores à vista permaneciam trancafiados em outros lugares. Às vezes ouviam-se os mais estranhos sons. Os casebres caindo aos pedaços no porto, ao norte do rio, supostamente eram conectados uns aos outros por túneis secretos, constituindo assim uma verdadeira galeria de aberrações ocultas. Que tipo de sangue estrangeiro corria na veia daqueles seres — se é que tinham algum — era impossível dizer. Às vezes eles escondiam certas figuras particularmente repugnantes quando agentes do governo ou outras pessoas de fora visitavam o vilarejo.

Questionar os nativos a respeito do lugar, segundo ouvi de meu informante, seria inútil. O único disposto a falar era um senhor de idade muito avançada, mas de aparência normal, que morava em um casebre no extremo norte da cidade e passava o tempo fazendo caminhadas ou vagando nas proximidades do quartel dos bombeiros. Essa figura grisalha, Zadok Allen, tinha noventa e seis anos e parecia ter um parafuso solto, além de ser o notório bêbado do vilarejo. Era uma criatura estranha e furtiva, que o tempo inteiro olhava para trás como se temesse alguma coisa e, quando sóbrio, recusava-se a falar com estranhos. No entanto, também era incapaz de resistir a uma oferta de seu veneno favorito; e, uma vez bêbado, dispunha-se a sussurrar fragmentos surpreendentes de suas memórias.

Mas a verdade é que muito pouco do que se arrancava do homem poderia ser útil; pois todas as histórias traziam sugestões insanas e incompletas de portentos e horrores impossíveis, que não poderiam ter outra origem que não os próprios desatinos de sua fantasia. Ninguém lhe dava crédito, porém os nativos não gostavam que bebesse e falasse com forasteiros; e nem sempre era seguro ser visto às voltas com aquele homem. O sujeito era a origem mais provável de certos boatos e histórias delirantes.

Muitos residentes nascidos em outros lugares relatavam visões monstruosas de tempos em tempos, mas, levando-se em conta as histórias do velho Zadok e a deformação dos nativos, não surpreende que essas ilusões fossem corriqueiras. Esses residentes jamais permaneciam na rua durante a madrugada, pois havia um entendimento tácito de que seria pouco sensato fazê-lo. Além do mais, as ruas eram pavorosamente escuras.

Quanto aos negócios — a abundância de pescado era quase sobrenatural, mas os nativos tiravam-lhe cada vez menos proveito. Para piorar, os preços estavam caindo e a concorrência ganhava força. É claro que o principal negócio do vilarejo era a refinaria, que tinha um escritório comercial situado na praça a poucos metros de onde estávamos, em direção ao Leste. O Velho Marsh nunca era visto, embora às vezes fosse até a firma em um carro fechado e acortinado.

Ouviam-se inúmeros rumores sobre o aspecto físico de Marsh. Em priscas eras, Marsh tinha sido um dândi notório, e diziam que ainda trajava os elegantes casacos da época eduardiana, embora adaptados a certas deformidades físicas. Antes, seus filhos cuidavam da administração do escritório na praça, mas nos últimos tempos evitavam aparecer em público e preferiam deixar o grosso dos negócios para a nova geração. Os filhos e as irmãs tinham assumido um aspecto muito esquisito, em especial os mais velhos; e corriam boatos de que a saúde de todos estava em risco.

Uma das filhas era uma mulher repugnante, de aspecto reptiliano, que ostentava uma profusão de joias sem dúvida pertencentes à mesma tradição exótica que dera origem à tiara. Meu informante já tinha visto o adorno por diversas vezes e escutado histórias sobre um tesouro secreto de piratas ou demônios. Os sacerdotes — ou padres, ou como quer que se chamassem — também usavam ornamentos semelhantes na cabeça; mas vê-los era uma ocorrência rara. O jovem nunca tinha visto outro espécime, embora corressem boatos sobre um grande número deles nos arredores de Innsmouth.

Os Marsh, bem como as três outras famílias aristocráticas do vilarejo — os Waite, os Gilman e os Eliot — eram todos muito reservados. Viviam em enormes casas na Washington Street, nas quais supostamente ocultavam parentes ainda vivos cuja aparência impedia aparições em público e cujas mortes já haviam sido devidamente comunicadas e registradas.

Quando me avisou de que muitas ruas já não tinham mais identificação, o jovem desenhou-me um mapa rústico, porém abrangente e detalhado, dos principais pontos da cidade. Ao ver o esboço, percebi que seria de grande serventia e guardei-o no bolso com profusos agradecimentos. Insatisfeito com a sordidez do único restaurante que eu havia encontrado, comprei um suprimento razoável de biscoitos de queijo e *wafers* de gengibre para que me servissem de almoço mais tarde. O meu programa, decidi então, seria galgar as ruas principais, conversar com quaisquer outros forasteiros que cruzassem o meu caminho e tomar o ônibus das oito para Arkham. O vilarejo, a meu ver, ilustrava a decadência pungente e exagerada de toda uma comunidade; mas, na falta de uma formação sólida em sociologia, decidi limitar-me a observações no campo da arquitetura.

Assim comecei minhas andanças sistemáticas, embora algo confusas, pelos becos estreitos e ensombrecidos de Innsmouth. Depois de cruzar a ponte e dobrar uma esquina em direção ao rumor das corredeiras mais baixas, passei perto da refinaria dos Marsh, que pareceu estranhamente silenciosa para uma indústria. A construção erguia-se na margem elevada do rio, próxima a uma ponte e a uma confluência de ruas que tomei por um antigo centro cívico, que após a Revolução teria dado lugar à praça central.

Ao reatravessar o rio pela ponte da Main Street, deparei-me com uma região de absoluta desolação que por algum motivo pôs-me a tremer. Pilhas de mansardas desabadas formavam um panorama irregular e fantástico, acima do qual se erguia o coruchéu decapitado e tétrico de uma antiga igreja. Algumas casas na Main Street eram habitadas, mas a maioria tinha as portas e as janelas pregadas com tábuas. Pelas ruelas com chão de terra, vi as janelas negras e escancaradas de casebres abandonados, muitos dos quais se inclinavam em ângulos perigosos e inacreditáveis sobre as ruínas de suas fundações. As janelas pareciam lançar-me um olhar tão espectral que precisei tomar coragem para voltar-me ao leste, em direção ao porto. Sem dúvida, o terror despertado por uma casa deserta aumenta em progressão geométrica, e não aritmética, à medida que as casas multiplicam-se para formar um panorama da mais absoluta desolação. A visão de intermináveis avenidas à mercê de espaços vazios e da morte e a ideia de infinitos compartimentos negros e ameaçadores interligados, entregues às teias de aranha e às memórias do verme conquistador, despertam aversões e pavores primitivos que nem mesmo a mais robusta filosofia é capaz de dissipar.

A Fish Street estava tão deserta quanto a Main, embora tivesse muitos depósitos construídos com pedras e tijolos ainda em excelente estado. O cenário na Water Street era quase o mesmo, salvo pelas grandes falhas em direção ao mar que outrora haviam sido atracadouros. Não vi um único ser vivo afora os pescadores no quebra-mar longínquo e não ouvi um único som afora o chapinhar das marés no porto e o rumor das corredeiras do Manuxet. O vilarejo exercia uma influência cada vez mais poderosa sobre os meus nervos, e assim olhei para trás desconfiado enquanto eu fazia o trajeto de volta pela ponte balouçante da Water Street. A ponte da Fish Bridge, segundo o meu mapa, estava em ruínas.

Ao norte da cidade havia resquícios de uma existência sórdida — fornecedores de peixe na Water Street, chaminés fumarentas e telhados remendados aqui e acolá, sons intermitentes de origem indeterminada e por vezes vultos trôpegos em ruas lúgubres e becos de chão batido — mas por algum motivo achei tudo aquilo ainda mais opressivo do que o abandono ao sul. Para começar, lá as pessoas eram ainda mais repugnantes e disformes do que os habitantes do centro; de maneira que por inúmeras vezes vi-me assolado por impressões ameaçadoras de algo absolutamente fantástico que eu não conseguia definir. Sem dúvida as características dos nativos de Innsmouth eram mais evidentes à beira-mar do que em terra — a não ser que a "aparência de Innsmouth" fosse uma doença em vez de uma herança sanguínea, sendo que nesse caso o porto abrigaria os casos mais avançados.

Um detalhe bastante perturbador foi a *distribuição* dos poucos sons que ouvi. O mais natural seria que viessem apenas das casas habitadas, mas a verdade é que quase sempre pareciam mais fortes justamente atrás das tábuas pregadas às portas e janelas de certas fachadas. Ouvi rangidos, estrépitos e ruídos ásperos e duvidosos; e pensei com alguma inquietação nas galerias secretas mencionadas pelo garoto da mercearia. De repente, flagrei-me imaginando como seriam as vozes dos nativos. Eu não tinha ouvido uma única palavra nos arredores do porto e, por algum motivo, a ideia de que o silêncio pudesse ser perturbado enchia-me de temores.

Após deter-me apenas tempo suficiente para observar duas belas igrejas em ruínas na Main e na Church Street, apressei-me em deixar para trás os casebres abjetos da zona portuária. Em termos lógicos, a minha próxima parada seria New Church Green, mas por algum motivo eu relutava em passar mais uma vez pela igreja onde tinha vislumbrado o vulto inexplicavelmente horripilante daquele estranho padre ou pastor com o diadema. Ademais, o jovem da mercearia havia me dito que as igrejas, bem como o Templo da Ordem de Dagon, não eram locais recomendáveis aos forasteiros.

Assim, segui pela Main Street até chegar à Martin, quando fiz uma curva em direção ao continente, atravessei a Federal Street a norte de New Church Green e entrei no decadente bairro aristocrático entre a Broad, a Washington, a Lafayette e a Adams Street. Embora essas antigas avenidas opulentas sofressem com a deterioração e o abandono, aquela dignidade à sombra dos ulmeiros não havia desaparecido por completo. As diferentes mansões chamavam-me a atenção uma atrás da outra, a maioria delas em ruínas, com tábuas a tapar portas e janelas e pátios abandonados, embora uma ou duas por quarteirão dessem sinais de estar ocupadas. Na Washington Street havia uma série de quatro ou cinco em excelentes condições, com jardins e quintais bem cuidados. A mais suntuosa — com *parterres* que avançavam até a Lafayette Street — eu imaginei que fosse a residência do Velho Marsh, o inválido proprietário da refinaria.

Nestas ruas não se avistava nenhum ser vivo, e fiquei meditando sobre a ausência de cães e gatos em Innsmouth. Outra coisa que me intrigou e me perturbou, até mesmo em algumas das mansões mais conservadas, foram as venezianas completamente fechadas em muitas janelas de sótão e de terceiro andar. A furtividade e a discrição pareciam ser atributos universais naquela cidade silente de estranheza e morte, e não consegui livrar-me da sensação de estar sendo observado de todos os lados por olhos arregalados, eternamente abertos.

Estremeci quando o campanário à minha esquerda fez soar três horas. Eu lembrava muito bem da igreja que dava origem àquelas notas. Seguindo pela Washington Street em direção ao rio, cheguei a um antigo distrito industrial e comercial; percebi as ruínas de uma fábrica mais adiante e logo a seguir vi outras, bem com os resquícios de uma velha estação de trem e de uma ponte ferroviária coberta mais além, sobre o rio à minha esquerda.

Havia uma placa de aviso na instável ponte à minha frente, mas resolvi correr o risco e atravessá-la em direção à margem sul, onde havia mais sinais de vida. Criaturas furtivas e trôpegas lançaram olhares crípticos na minha direção, e rostos um pouco mais normais me observaram com modos distantes e curiosos. Innsmouth estava se tornando mais insuportável a cada instante que passava, e assim desci a Paine Street em direção à praça central na esperança de arranjar alguma condução que me levasse até Arkham antes do horário de partida ainda longínquo de meu ônibus sinistro.

Foi então que vi o decrépito quartel dos bombeiros à minha esquerda e percebi um velho de rosto esbraseado, barba cerrada e olhos aquosos envolto em farrapos, sentado na frente da construção, conversando com dois bombeiros desleixados, porém de aspecto normal. Aquele homem, claro, só poderia ser Zadok Allen, o nonagenário meio louco e alcoólatra cujas histórias sobre o passado e as sombras de Innsmouth eram tão horripilantes e incríveis.

III.

Deve ter sido algum demônio da obstinação — ou o fascínio sardônico exercido por fontes obscuras e recônditas — que me levou a mudar de planos da maneira como fiz. Eu já havia resolvido limitar minhas observações estritamente à arquitetura e estava caminhando depressa em direção à praça central em busca de um meio de transporte que me tirasse o mais rápido possível daquela cidade de ruína e de morte;

mas a visão de Zadok Allen suscitou novos pensamentos e fez-me diminuir o passo, sem saber o que fazer.

Haviam me assegurado de que o velho era incapaz de fazer outra coisa que não discorrer sobre lendas fantasiosas, desconexas e inacreditáveis, e também haviam me advertido de que os nativos ofereciam certo perigo a quem fosse visto em sua companhia; mesmo assim, uma antiga testemunha da decadência do vilarejo, com memórias que remontavam ao tempo dos navios e das fábricas, era uma tentação à qual razão nenhuma me faria resistir. Afinal de contas, os mais estranhos e loucos mitos muitas vezes são apenas alegorias baseadas na verdade — e o velho Zadok devia ter presenciado todos os acontecimentos nos arredores de Innsmouth pelos últimos noventa anos. A curiosidade venceu a sensatez e a cautela e, em meu egotismo juvenil, imaginei ser possível peneirar um núcleo de história factual a partir da torrente confusa e extravagante que eu provavelmente obteria graças à ajuda de um uísque.

Eu sabia que não poderia abordá-lo naquele momento, pois os bombeiros perceberiam meu intento e fariam objeções. Assim, resolvi me preparar buscando destilado de alambique em um local onde o garoto da mercearia informou-me que haveria bebida em grande quantidade. Em seguida eu ficaria vagando nas cercanias do quartel dos bombeiros e puxaria conversa com o Velho Zadok assim que ele saísse para um de seus frequentes passeios errantes. Segundo o jovem, o homem era muito inquieto e raras vezes permanecia no entorno do quartel por mais de uma ou duas horas.

Embora não tenha sido barato, tampouco foi difícil obter uma garrafa de uísque nos fundos de uma repugnante loja de conveniências próxima à praça central, na Eliot Street.

O sujeito imundo que me atendeu tinha alguns traços típicos da "aparência de Innsmouth", mas tratou-me com cortesia; talvez por estar mais habituado a lidar com os forasteiros — caminhoneiros, negociantes de ouro e outros — que por vezes apareciam no vilarejo.

Ao retornar para a praça, notei que a sorte estava a meu favor; pois — ao sair da Paine Street pela esquina do Gilman House — vislumbrei nada menos do que o vulto alto, esquálido e maltrapilho do velho Zadok Allen. Pondo o meu plano em prática, chamei-lhe a atenção brandindo a garrafa recém-comprada; e logo percebi que o homem estava arrastando os pés na minha direção quando dobrei na Waite Street, em direção à zona mais deserta que eu conseguia imaginar.

Eu me orientava segundo o mapa desenhado pelo garoto da mercearia enquanto tentava chegar ao trecho totalmente deserto da zona portuária onde eu já havia estado. As únicas pessoas à vista eram os pescadores no quebra-mar longínquo; e, depois de andar uns poucos quarteirões em direção ao sul, eu os deixei para trás e logo adiante descobri dois assentos em um trapiche abandonado, quando me vi livre para questionar o velho Zadok longe de todos os olhares por tempo indeterminado. Antes de chegar à Main Street eu ouvi um débil e ofegante chamado de "Senhor!" às minhas costas e deixei que o homem me alcançasse e tomasse goles copiosos da garrafa.

Comecei a sondá-lo enquanto caminhávamos em direção à Water Street e fazíamos uma curva ao sul, em meio à desolação onipresente e às ruínas em ângulos insanos; mas logo descobri que aquela língua provecta não se soltaria tão depressa quanto eu imaginara a princípio. Por fim divisei um terreno entre dois muros desabados em direção ao mar, com a extensão de um atracadouro coberto de algas marinhas que se projetava adiante. Amontoados de pedras musguentas à beira-mar serviriam como assentos razoáveis, e o local ficava totalmente oculto pelas ruínas de um armazém ao norte. Pensei que aquele seria o cenário ideal para um longo colóquio secreto; e assim conduzi meu companheiro até lá e escolhi um lugar para sentar em meio às pedras cobertas de musgo. A atmosfera de morte e abandono era tétrica, e o odor de peixe, quase intolerável; mas eu estava decidido a não permitir que nada me detivesse.

Ainda me restariam cerca de quatro horas de conversa se eu pegasse o ônibus das oito horas para Arkham, e assim comecei a oferecer mais bebida para o velho beberrão enquanto eu consumia o meu frugal almoço. Tomei cuidado para não exagerar na generosidade, pois eu não queria que a verborragia etílica de Zadok evoluísse para um quadro de estupor. Uma hora depois, seu silêncio furtivo deu sinais de desaparecer, mas para minha grande decepção o velho ainda evitava as minhas perguntas sobre Innsmouth e as sombras do passado. Dispôs-se apenas a discutir os assuntos do momento, revelando grande intimidade com os jornais e uma forte tendência a filosofar por meio de máximas interioranas.

No fim da segunda hora eu comecei a temer que o litro de uísque pudesse não ser o bastante para obter resultados, e imaginei se não seria melhor deixar o velho Zadok a fim de providenciar mais bebida. Nesse exato instante, porém, a sorte ofereceu a abertura que as minhas perguntas não haviam logrado; e as novas divagações ofegantes do velho fizeram com que eu me inclinasse para a frente e escutasse com muita atenção. Minhas costas estavam voltadas para o mar, que tresandava a peixe, e alguma coisa desviou o olhar do velho beberrão para a silhueta baixa e distante do Recife do

Diabo, que se erguia nítida e fascinante por cima das ondas. A visão pareceu desagradá-lo, pois logo ele começou a desfiar uma série de leves imprecações que terminaram com um sussurro confidencial e um misterioso sorriso. O homem se inclinou em direção a mim, puxou-me pela lapela do casaco e, por entre os dentes, fez insinuações que não teriam como passar despercebidas.

"Foi lá que tudo começô — naquele lugar maldito onde as água afundo de repente. Aquilo é o portão do inferno... nenhuma sonda bate no fundo. Foi tudo culpa do velho capitão Obed — ele que descobriu mais do que devia nas ilha do Mar do Sul.

"Todo mundo tava passano apuro na época. O comércio ia mal, os moinho trabalhavo cada dia menos, até os mais novo, e os melhor homem daqui tinho morrido na pirataria da Guerra de 1812 ou sumido co'os brigue *Elizy* e *Ranger*, as duas empresa de Gilman. Obed Marsh tinha três navio — o patacho *Columby*, o brigue *Hetty* e a barca *Sumatry Queen*. Ele era o único que ainda fazia negócio nas Índia Oriental e no Pacífico, apesar que o lugre-patacho *Malay Pride*, de Esdras Martin, resistiu até 1828.

"Nunca existiu outro sujeito que nem o capitão Obed — aquele homem era o demo! He, he! Eu lembro dele falano sobre os país do estrangeiro, e chamano todos os negro de cretino porque eles io nos culto cristão e carregavo cada um o seu fardo de cabeça baixa. Dizeno que eles devio tratá de arrumá uns deus melhor, que nem o pessoal lá das Índia... uns deus que oferecesse mais pescado em troca de sacrifício, que realmente escutasse as oração.

"Matt Eliot, o imediato, tamém falava um bocado, mas era contra essas heresia. Ele contava uma história sobre uma ilha a leste do Taiti, onde tinha umas ruína de pedra muito antiga que ninguém sabia nada a respeito delas, que nem as de Ponape, nas Carolina, só que com uns rosto entalhado que mais parecio as estátua da Ilha de Páscoa. Tamém tinha uma ilha vulcânica por perto, onde tinha mais umas ruína diferente — umas ruína totalmente desgastada, como se tivesse passado muito tempo debaixo d'água, co'os desenho de uns monstro terrível.

"Ah, senhor, e Matt dizia que por lá tinha mais peixe do que os nativo conseguio pescá, e as pessoa andavo co'umas pulseira e uns bracelete e uns adorno de cabeça feito dum tipo estranho de ouro e coberto co'umas figura de monstro que nem os das pedra na ilhota — parecido com uns sapo-peixe ou uns peixe-sapo desenhado em tudo quanto era pose como se fosse gente. Ninguém nunca conseguiu descobri de onde eles tiravo aquilo, e os outros nativo ficavo espantado com a quantidade de peixe que eles pegavo até quando faltava peixe nas ilha mais próxima. E Matt tamém começô a ficá encucado, e o capitão Obed tamém. Além do mais o capitão Obed notô que muitos jovem de boa figura desaparecio pra sempre ano após ano, e que não tinha muitos velho por lá. Ele tamém achava que o pessoal era pra lá de esquisito, mesmo pra um bando de canaca.

"Só Obed conseguiu arrancá a verdade daqueles pagão. Eu não sei o que ele fez, mas sei que começô ofereceno umas coisa em troca pelos objeto dourado dos nativo. Depois perguntô de onde vinha aquilo, se eles conseguio mais, e no fim fez o velho chefe Walakea soltá a língua. Só Obed mesmo pra acreditá no que aquele velho demônio disse, mas o capitão conseguia lê as pessoa como quem lê um livro. He, he! Ninguém acredita hoje quando eu digo, e não acho que o senhor vá acreditá — mas quem diria, o senhor tamém tem umas vista aguçada que nem o capitão!"

O sussurro do velho começou a ficar cada vez mais indistinto, e percebi que eu tremia com os terríveis e sinceros presságios da entonação, mesmo sabendo que a história não poderia ser mais do que a fantasia de um bêbado.

"Depois Obed aprendeu que existe coisas na terra que a maioria das pessoa nem imagina — e tamém nem acreditaria se ouvisse falá. Parece que os canaca tavo sacrificano um bando de moço e moça pra algum deus do fundo do mar, e em troca eles conseguio tudo quanto era tipo de favor. Eles encontravo as criatura na tal ilhota das ruína esquisita, e parece que os desenho dos monstro em formato de peixe-sapo ero pra ser as figura delas. Talvez essas criatura tenho dado origem às história das sereia e a outras parecida. Elas tinho várias cidade no fundo do mar, e a ilha tamém tinha vindo lá de baixo. Parece que algumas dessas criatura ainda tavo viva nas construção de pedra quando a ilha subiu de repente. Foi aí que os canaca descobriro que elas vivio no fundo do mar. Eles começaro a se comunicá por gesto, e não demorô muito até que começaro as negociação.

"Aquelas coisa gostavo mesmo de sacrifício humano. Esses ritual ero muito antigo, mas as criatura perdero contato co'o mundo da superfície depois de um tempo. Eu não tenho a menor ideia do que eles fazio co'as vítima, e acho que o capitão Obed não teve muita curiosidade de perguntá. Mas pros pagão ia tudo muito bem, porque pra eles era uma época difícil e eles tavo desesperado. Aí eles oferecio uns moço e umas moça em sacrifício aos bicho do mar duas vez por ano — na Noite de Walpurgis e no Dia das Bruxa — sem falhá nunca. E tamém davo algumas das traquitana de madeira que eles fazio. O que as criatura prometero foi pesca farta — a peixarada ia de tudo quanto era canto do oceano pra lá — e tamém de tempo em tempo uns objeto que parecio de ouro.

"Ora, como eu tava dizeno, os nativo encontraro essas coisa na ilha do vulcão — eles io até lá de canoa pros sacrifício e coisa e tal, e trazio de volta as joia dourada que conseguio em troca. No início as criatura não chegavo nem perto da ilha principal, mas depois de um tempo elas começaro a querê i. Parece que insistiro depois de se misturá co'os nativo e de começá a festejá junto as data importante — a Noite de Walpurgis e o Dia das Bruxa. O senhor tá entendeno? Eles conseguio vivê tanto na água quanto fora — acho que é isso que chamo de anfíbio. Os canaca explicaro pras criatura que os habitante das ilha vizinha poderio querê acabá com a raça delas se ficasse sabeno que elas tavo por lá, mas os bicho dissero que não se importavo, porque eles podio acabá com toda a humanidade se quisesse — qué dizê, com todos que não tivesse o sinal secreto que dize que os Grande Ancião tinho. Mas, como não querio se dá o trabalho, as criatura davo um jeito de sumi quando alguém visitava a ilha.

"Quando chegô a hora de tê filho com aqueles peixe com cara de sapo, os canaca parece que ficaro um pouco receoso, mas no fim descobriro uma coisa que mudô tudo. Parece que os humano têm alguma relação co'as fera do mar — que tudo quanto é ser vivo que existe veio do mar, e só precisa de uma pequena mudança pra voltá pra lá. Aquelas coisa dissero pros canaca que misturano os dois sangue diferente eles terio uns filho com jeito de gente, que depois ficario cada vez mais parecido com as criatura até chegá a hora de pulá na água e se juntá aos outro no fundo do mar. E essa é a parte mais importante, filho — os que viravo peixe e mergulhavo no mar *não morrio nunca mais.* Aquelas coisa não morrio nunca, só se alguém matasse elas com violência.

"Ah, e parece que quando Obed descobriu tudo isso o sangue daqueles peixe já corria nas veia dos ilhéu. Quando ficavo mais velho e começavo a dá na vista, eles se escondio até podê entrá na água e sumi de uma vez por todas. Uns ero mais afetado que os outro, e tamém tinha os que nunca se transformavo o suficiente pra entrá na água; mas quase sempre a coisa funcionava do jeito que as criatura tinho dito. Os que nascio mais parecido com peixe se transformavo mais depressa, mas os que ero quase totalmente humano às vez ficavo na ilha até depois dos setenta ano, mesmo que desse uns mergulho antes disso pra experimentá. As gente que tinho ido pra água em geral fazio visita aos parente em terra, então era comum que alguém pudesse conversá com o bisavô de seu próprio avô, que já tinha ido pra água vários século atrás.

"Ninguém nem pensava em morrê — a não sê nas guerra contra os outro ilhéu, ou então nos sacrifício pros deus marinho lá embaixo, ou de mordida de cobra ou de peste ou de doença repentina ou de alguma outra coisa antes que eles pudesse i pra água — todo mundo simplesmente esperava por uma mudança que nem parecia tão ruim depois de um tempo. Os ilhéu achavo que tudo que eles recebio em troca valia a pena comparado ao que davo — e eu acho que Obed deve tê achado a mesma coisa depois de pensá mais um pouco sobre a história do velho Walakea. Mas acontece que Walakea era um dos que não tinho nenhum sangue de peixe — ele era de uma linhagem real que casava co'os nobre de outras ilha.

"Walakea mostrô pra Obed muitos dos rito e dos encantamento que tinho que ver co'as criatura marinha, e também deixô ele vê os habitante do vilarejo que já tinho perdido a forma humana. Mas, por um que outro motivo, ele nunca deixô o capitão vê um dos bicho que saío da água. No fim Walakea deu pro capitão um cacareco estranho feito de chumbo ou algo assim, que servia pra atraí as criatura de qualquer lugar na água onde pudesse existi um ninho. A ideia era atirá aquilo na água co'as oração certa e não sei o que mais. Walakea imaginava que aquelas coisa tavo espalhada pelo mundo inteiro, então qualquer um podia olhá ao redor e invocá eles tudo se quisesse.

"Matt não gostô nem um pouco dessa história toda e quis que Obed ficasse longe da ilha; mas o capitão tinha sede de lucro e descobriu que podia consegui as joia dourada a uns preço tão baixo que valeria a pena se especializá naquilo. As coisa ficaro assim por muitos anos, e Obed juntô o suficiente daquele ouro pra começá a refinaria na antiga oficina de pisoagem de Waite. Ele não se arriscô a vendê as peça como elas ero, porque as pessoa não io pará com as pergunta. Mesmo assim os homem dele de vez em quando pegavo uma daquelas joia e sumio com ela, mesmo que tivesse jurado ficá quieto; e o capitão deixava as mulher da família usá algumas das peça que parecio mais humana que as outra.

"Ah, em 38 — quando eu tinha sete ano — Obed descobriu que todos os ilhéu tinho sumido entre uma viagem e a outra. Parece que os otro ilhéu descobriro o que tava acconteceno e resolvero os problema co'as próprias mão. Eles devio tê os tal símbolo mágico que ero a única coisa que fazia medo às criatura do mar. Não tem como sabê o que aqueles canaca pode tê aprontado depois que uma ilha apareceu de repente, vinda do fundo do mar e cheia de umas ruína mais velha que o dilúvio. Ero uns homem muito temente a Deus — não deixaro pedra sobre pedra na ilha principal nem na ilhota vulcânica, a não sê os pedaço de ruína grande demais pra derrubá. Em alguns lugar tinha umas pedrinha espalhada ao redor — como que uns amuleto — e nelas tava desenhado o que chamam por aí de suástica. Aquilo devia sê o símbolo dos Grande Ancião. As pessoa sumida, nenhuma pista dos objeto dourado e os canaca das ilha vizinha não falavo uma palavra a respeito. Nem ao menos admitio que um povo tinha morado naquela ilha.

"Foi um golpe duro pro capitão Obed, porque os negócio dele tavo indo de mal a pior. Innsmouth tamém sofreu, porque nessa época o que era bom pro capitão de um navio em geral tamém era bom pra tripulação. A maioria das pessoa no vilarejo passô essa época de penúria igual a uns cordeirinho resignado, mas a coisa era séria mesmo porque o pescado tava escasso e a coisa tamém não tava boa pras indústria.

"Foi aí que o capitão Obed começô a amaldiçoá as pessoa por elas serem um bando de cordeirinho cristão que ficavo orano pra um deus que não ajudava em nada. Ele disse que tinha conhecido um povo que orava pra uns deus que davo tudo que eles precisavo de verdade, e que se alguns homem de coragem ficasse do lado dele, ele podia consegui poderes suficiente pra trazê muito peixe e um bocado de ouro. Claro que os antigo tripulante do *Sumatry Queen* que tinho visto a ilha sabio do que o capitão tava falano e não tavo muito interessado em se misturá às criatura do mar que eles tinho ouvido falá, mas os que não sabio de nada se deixaro levá pelas palavra do capitão e começaro a perguntá pra ele o que poderio fazê pra abraçá essa fé que dava resultado."

Nesse ponto o velho hesitou, balbuciou alguma coisa e sucumbiu a um silêncio agourento e nervoso; começou a olhar para trás e logo se virou por completo a fim de observar os distantes contornos negros do recife. O velho Zadok não respondeu quando lhe dirigi a palavra, e assim precisei deixar que terminasse a garrafa. O insano causo que eu estava escutando despertava o meu profundo interesse, pois eu imaginava que nele estivesse contida alguma alegoria rústica baseada na estranheza de Innsmouth e trabalhada por uma imaginação a um só tempo criativa e repleta de fragmentos de lendas exóticas. Nem por um instante acreditei que a história tivesse qualquer fundamento na realidade; mas ainda assim o relato encerrava um terror genuíno, embora apenas em função das referências às estranhas joias sem dúvida alguma semelhantes à tiara maligna que eu vira em Newburyport. Talvez os ornamentos tivessem mesmo vindo de alguma ilha estranha; e não é impossível que as histórias fantasiosas fossem invenções do finado Obed, e não do velho beberrão.

Entreguei a garrafa a Zadok, que sorveu até a última gota da bebida. Era curioso notar sua resistência ao uísque, pois seguia falando com uma voz aguda e rouca, sem enrolar a língua. O homem lambeu o gargalo e pôs a garrafa no bolso, quando então começou a menear a cabeça e a cochichar para si mesmo. Inclinei-me para a frente na tentativa de captar as palavras e imaginei ter percebido um sorriso sardônico por trás da barba cerrada. De fato, Zadok estava formando palavras — e eu pude apreender algumas delas.

"Pobre Matt — Matt sempre foi contra — tentô trazê mais gente pro lado dele e teve longas conversa co'os pregador — mas não deu em nada — eles mandaro o pastor congregacional embora do vilarejo, e o metodista acabou desistino — nunca mais viro Resolved Babcok, o pastor batista — Ira Divina — eu era uma criaturinha de nada, mas ouvi o que eu ouvi e vi o que eu vi — Dagon e Ashtoreth — Belial e Belzebu — o Bezerro de Ouro e os ídolo de Canaã e dos filisteu — as abominação da Babilônia — *Mene, mene, tekel, upharsin...*"

Mais uma vez Zadok deteve-se, e pela expressão de seus olhos azul-aquosos temi que ele pudesse cair em um estupor a qualquer momento. Mas quando gentilmente eu lhe sacudi o ombro, o homem voltou-se em minha direção com uma lucidez surpreendente e proferiu mais algumas frases obscuras.

"Não acredita em mim, hein? He, he, he — pois então me diga, filho, por que é que o capitão Obed e outras vinte e poucas pessoa costumavo remá em volta do Recife do Diabo na calada da noite e entoá uns cântico tão alto que dava pra ouvi as cantoria por todo o vilarejo quando o vento soprava? Por quê, hein? E por que o capitão Obed volta e meio jogava umas coisa pesada nas profundeza do mar lá do outro lado do recife, onde o fundo despenca num abismo que nenhuma sonda alcança? O que o capitão fez com aquele cacareco engraçado que Walakea deu pra ele? O quê, filho? E pra que eles ficavo uivano na Noite de Walpurgis, e depois de novo no Dia das Bruxa? E por que os novo pastor da igreja — uns homem que antes ero marinheiro — usavo aqueles manto esquisito e se enfeitavo co'os adereço dourado que o capitão tinha trazido? Hein?"

Nesse ponto, os olhos azul-aquosos tinham assumido uma aparência selvagem que beirava a paranoia, e a barba branca eriçou-se como se um impulso elétrico a houvesse atravessado. É provável que o velho Zadok tenha notado quando eu me afastei, pois começou a dar gargalhadas malignas.

"He, he, he, he! Começano a se dá conta, é? Talvez o senhor pudesse tê gostado de está na minha pele naquele época, veno as criatura indo pro mar do alto da cúpula da minha casa, à noite. Ah, pois saiba que as criança não têm nada de boba, e eu não perdi um ai do que as pessoa falavo sobre o capitão Obed e as gente que io até o recife! He, he, he! Imagine que uma noite eu levei a luneta do meu pai até o alto da cúpula e vi o recife formigano com uns vulto que mergulharo assim que a lua apareceu? Obed e as gente dele tavo num barquinho a remo, mas as outra figura mergulharo na parte mais funda do oceano e nunca mais aparecero... Como o senhor acha que se sente um moleque sozinho numa cúpula veno um bando de criatura *que não são humana...?* Hein...? He, he, he, he..."

O velho estava às raias da histeria, e eu comecei a tremer com uma apreensão indescritível. Zadok aferrou-me pelo ombro com uma garra disforme, e tive a impressão de que os movimentos que fazia não eram de alegria.

"Já imaginô numa noite o senhor vê uma coisa pesada seno içada pra fora do barco de Obed, e no dia seguinte descobri que um jovem tinha desaparecido? Hein? Ninguém nunca mais teve notícia de Hiram Gilman. Sabia? E Nick Pierce, e Luelly Waite, e Adoniram Southwick, e Henry Garrison? Hein? He, he, he, he... Uns vulto conversano com uns gesto de mão... isso os que tinho mão de verdade...

"Ah, foi nessa época que Obed começô a se recuperá um pouco. As pessoa viro as três filha dele usano uns enfeite dourado que ninguém nunca tinha visto nada parecido antes e logo a fumaça começô a corrê pelas chaminé da refinaria outra vez. Outros tamém prosperavo... o porto de repente ficô coalhado de peixe e só Deus sabe quantas tonelada foro levada pra Newburyport, Arkham e Boston. Foi aí que Obed fez que construísse o velho ramal da ferrovia. Uns pescador de Kingsport ouviro falá da fartura e viero pra cá numas chalupa, mas todos eles desaparecero. Ninguém nunca mais teve notícia. E bem nessa época fundaro aqui a Ordem Esotérica de Dagon e compraro o Templo Maçônico da Loja do Calvário pra usá como sede... he, he, he! Matt Eliot era maçom e foi contra a venda, mas bem por essa época ele também sumiu.

"Cuide bem, eu não tô dizeno que Obed queria fazê as coisa igual eles fazio na ilha dos canaca. No início eu acho que ele não queria sabê de misturá as raça nem de criá um bando de jovem pra sê transformado em peixe imortal. Ele só queria o ouro, e tava disposto a pagá qualquer preço, e eu acho que os *outro* se dero por satisfeito por um tempo...

"Só que em 64 os morador da cidade resolvero abri os olho e aí tiraro as própria conclusão deles. Era muita gente sumida — muita pregação maluca nas missa de domingo — muita conversa sobre o recife. Acho que eu fiz a minha parte contano pra Selectman Mowry o que eu tinha visto do alto da cúpula. Uma noite teve um grupo que seguiu o pessoal de Obed até o recife, e eu ouvi os barco trocano tiro. No dia seguinte Obed e outras vinte e duas pessoa tavo no xadrez, com todo mundo se perguntano afinal o que tinha acontecido e que acusação poderio fazê contra eles. Deus do Céu, se alguém imaginasse... algumas semana mais tarde, quando passô um tempo sem que ninguém jogasse nada ao mar..."

Zadok começava a dar sinais de medo e exaustão, e assim permiti que se mantivesse calado por alguns instantes, embora eu não conseguisse tirar os olhos do relógio. A maré havia começado a subir, e o som das ondas parecia exaltá-lo. Alegrei-me com a mudança, pois na maré alta o odor de peixe poderia diminuir um pouco. Mais uma vez tive de me esforçar para captar os sussurros do velho.

"Naquela noite terrível... Eu vi eles... Eu tava na cúpula... ero hordas e mais hordas por todo o recife, tudo nadano pelo porto em direção ao Manuxet... Meu Deus, o que aconteceu naquela noite... eles chacoalharo a nossa porta, mas o meu pai não abria... até que ele resolveu saí pela janela da cozinha com o mosquete pra i atrás de Selectman Mowry e decidi o que fazê... Pilhas de gente morta e ferida... tiros... gritaria... um alarido dos inferno no antigo mercado e na praça central e em New Church Green... arrombaro o portão da cadeia... proclamação... traição... depois viero dizê que a peste tinha levado metade das pessoa no vilarejo... não sobrô ninguém além dos que se dispunho a ficá do lado de Obed e daquelas criatura ou ao menos a ficá quieto... eu nunca mais fiquei sabeno do meu pai...”

O velho estava ofegante e suava muito. Ele apertou o meu ombro com mais força.

“Pela manhã já tinho limpado tudo — mas ficaro alguns *resquício*... O capitão Obed assumiu o comando, por assim dizê, e disse que as coisa io mudá... que *outros* tamém io participá dos culto com a gente, e certas casa tivero que recebê os *hóspede*... *eles* querio se misturá, que nem já tinho feito co’os canaca, e o capitão é que não ia tentá impedi. Obed foi além da conta... mais parecia um louco. Ele disse que os bicho io nos trazê pescado se a gente desse o que eles querio...

“Por fora nada ia mudá, mas era pra gente evitá falá co’os forasteiro se não quisesse tê problema. Todo mundo teve que fazê o Juramento de Dagon, e mais tarde teve um segundo e um terceiro juramento que alguns de nós fizemo. Quem mais ajudasse, mais ganhava — ouro e outras coisa assim — e não resolvia nada fazê cara feia, porque tinha milhares das criatura no fundo do mar. Elas preferio não tê que saí da água pra acabá com a humanidade, mas se alguém entregasse o segredo e esse fosse o único jeito, tampouco terio muito trabalho pra dá cabo de tudo. A gente não tinha os amuleto pra afastá eles que nem os ilhéu dos Mar do Sul, e os canaca se negavo a revelá o segredo deles.

"Era só não se descuidá dos sacrifício e oferecê umas tralha e abrigo no vilarejo quando as criatura quisesse que tudo ia ficá em paz. Os peixe não se importavo que contasse essas história longe de Innsmouth — desde que ninguém se metesse a xeretá por aqui. E aí um bando de convertido da Ordem de Dagon — as criança, em vez de morrê, voltavo pra Mãe Hidra e pro Pai Dagon de onde todos nós viemo — *Iä! Iä! Cthulhu fhtagn! Ph'nglui mglw'nafh Cthulhu R'lyeh wgah-nagl fhtagn —*"

O velho Zadok sucumbia depressa à loucura total enquanto eu esperava com a respiração suspensa. Pobre alma atormentada — a que profundezas delirantes o álcool, somado ao ressentimento que ele sentia em relação à decadência, à estranheza e à doença que o rodeavam havia precipitado sua fantasia! A seguir o homem começou a gemer, e lágrimas correram pelos sulcos de sua face para se perder no emaranhado da barba.

"Meu Deus, tudo o que eu vi desde os meus quinze ano — *Mene, mene, tekel, upharsin!* — as pessoa desaparecida, mais as que se mataro — as que contavo histórias em Arkham e Ipswich e outros lugar como esses ero tudo tida por louca, que nem o senhor tá me achano agora — mas por Deus, tudo que eu vi — Eles terio me matado há muito tempo por tudo que eu sei, só que eu fiz o primeiro e o segundo juramento de Dagon perante o capitão Obed, então eu tava protegido a não ser que um júri provasse que eu tava falano a respeito por aí... mas eu me recusei a fazê o terceiro juramento — prefiro morrê do que fazê uma coisa dessas —

"E piorô ainda mais na época da Guerra Civil, *quando as criança nascida em 64 já tavo crescida* — ou melhor, nem todas.

Eu tinha medo — nunca mais espiei coisa nenhuma depois daquela noite e nunca mais vi uma daquelas criatura de perto em toda a minha vida. Qué dizê, nenhuma de sangue puro. Eu fui pra guerra e, se tivesse coragem ou a cabeça no lugar, eu nunca ia tê voltado pra cá. Mas na minha correspondência dizio que as coisa não tavo tão ruim assim. Acho que era porque os homem do alistamento tavo na cidade depois de 63. Depois da guerra tudo voltô a ficá ruim. As pessoa começaro a empobrecê — foi um monte de firma e de loja fechano — o porto ficô cheio de navio parado — desistiro da ferrovia — mas aquelas coisa — aquelas coisa nunca pararo de nadá de lá pra cá no rio vindo daquele maldito recife dos inferno — e cada vez mais janelas de sótão ero pregada com tábua, e cada vez mais barulhos vinho das casa onde não devia tê ninguém...

"As pessoa de fora conto cada história a respeito da gente — eu imagino que o senhor tenha ouvido algumas, a dizê pelas coisa que me pergunta — umas história sobre o que eles vio de vez em quando, e sobre as joia esquisita que ainda aparece de tempo em tempo vinda não se sabe de onde e que ainda não derretero todas — mas nunca é nada definitivo. E também ninguém acredita. Dize que é um tesouro pirata e acho que as pessoa de Innsmouth têm sangue estrangeiro ou são destemperada ou alguma coisa assim. Além do mais, quem mora aqui evita falá co'os forasteiro a todo custo e faz o quanto pode pra não despertá a curiosidade alheia, ainda mais à noite. Os bicho fico apavorado quando vee aquelas criatura — os cavalo mais até do que as mula — mas quando eles começaro a andá de carro tudo ficô bem.

"Em 46 o capitão Obed casô co'uma segunda esposa *que ninguém nunca viu* — tem quem dissesse que ele nem queria, mas que as criatura obrigaro — e teve três filho com ela — dois desaparecero ainda na meninice, mas a moça que sobrô parecia normal e estudô na Europa. No fim Obed usô de alguma artimanha pra casá a filha co'um sujeito de Arkham que não suspeitava de nada. Mas agora ninguém qué tê nada que vê com o pessoal aqui de Innsmouth. Barnabas Marsh, que hoje é o encarregado da refinaria, é neto de Obed pela família da primeira esposa — filho de Onesiphorus, o primeiro filho do capitão, *mas a mãe era outra que nunca aparecia na rua.*

"Hoje Barnabas é um homem muito mudado. Não consegue mais fechá os olho e tá todo deformado. Dize que ainda usa roupa de gente, mas parece que logo deve entrá na água. Talvez ele já tenha experimentado — às vezes essas coisa passo um tempo mergulhada antes de i de vez pro mar. Ninguém vê ele em público já vai fazê dez ano. Nem imagino como a coitada da esposa dele deve se senti — ela é de Ipswich, e quase lincharo Barnabas por lá quando ele cortejô a moça já há uns cinquenta ano atrás. O capitão Obed morreu em 78, e a geração seguinte tamém já se foi a essas altura — os filho da primeira esposa morrero, e o resto... só Deus sabe..."

O som da maré tornava-se cada vez mais insistente, e aos poucos pareceu transformar o sentimentalismo lacrimoso do velho em um temor vigilante. De vez em quando ele fazia pausas para repetir as espiadelas nervosas por cima do ombro ou em direção ao recife, e em seguida, apesar do caráter absurdo da história, também me vi tomado por um vago sentimento de apreensão. Zadok começou a falar em um tom mais estridente e pareceu decidido a instigar a própria coragem elevando o tom da voz.

"Ah, mas então, por que o senhor não diz nada? Que tal morá numa cidade que nem essa, com tudo apodreceno, morreno, cheia de monstro se arrastano dentro das casa fechada e balino e latino e saltitano pelos porão escuro e pelos sótão em cada esquina? Hein? Que tal escutá os uivo que noite atrás de noite sae das igreja e do Tempo da Ordem de Dagon e *sabê pelo menos em parte de onde vem os uivo*? Que tal escutá os som que sempre vêm daquele recife infernal toda Noite de Walpurgis e todo Dia das Bruxa? Hein? O senhor acha que eu sô um velho maluco, é? Bem, pois fique sabeno que *existe coisa pior!*"

Nesse ponto Zadok estava gritando, e o desvario frenético em sua voz me perturbava mais do que eu gostaria de admitir.

"Maldito seja, não fique aí só me olhano com essa cara — o capitão Obed Marsh tá no inferno, onde é o lugar dele! He, he... no inferno, cuide bem! Não tem mais como me pegá — eu não fiz nada nem disse nada pra ninguém —

"Ah, você, filho? Ora, mesmo que eu ainda nunca tenha dito nada pra ninguém, agora eu vô! Fique aí bem quietinho e ouça, garoto — ouça o que eu nunca disse pra ninguém... Eu disse que eu não xeretei mais depois daquela noite — *mas eu descobri mais coisa assim mesmo!*

"Qué sabê qual é o maior horror de todos, qué? Pois bem — não é o que os peixe-demônio *fizero*, mas o que eles *ainda vão fazê!* Eles tão trazeno uma coisa lá de onde eles vêm aqui pro vilarejo — já faz anos, e de um tempo pra cá vêm diminuino o passo. As casa a norte do rio entre a Water e a Main Street estão apinhada — apinhada co'os demônio e com *tudo que eles trouxero* — e quando eles estivere pronto... Isso mesmo, *quando eles estivere pronto* — o senhor sabe o que é um *shoggoth*...?

"Ei, tá me ouvino? Eu vô lhe contá o que são aquelas coisa — *eu vi uma delas na noite que eu*... EH — AHHHH! — AH! E'YA-AHHHH —"

O terror inesperado e o desespero sobrenatural no grito do velho quase me fizeram desmaiar. Seus olhos, fixos no mar de odor fétido, pareciam prestes a saltar das órbitas; enquanto o rosto estava fixo em uma máscara digna da tragédia grega. A garra descarnada apertou meu ombro com uma intensidade monstruosa, e o velho não esboçou nenhuma reação quando virei a cabeça para ver o que havia lhe chamado a atenção.

Não consegui ver nada. Apenas a maré crescente, com ondas talvez um pouco mais próximas do que a distante linha da rebentação. Mas a essa altura Zadok estava me sacudindo, e virei-me para trás a fim de testemunhar o derretimento daquela expressão congelada pelo medo, que logo revelou um caos de pálpebras palpitantes e lábios balbuciantes. Então ele recobrou a voz — embora apenas como um débil sussurro.

"*Saia daqui!* Saia daqui! *Eles nos viro* — saia daqui e salve a sua vida! Não espere mais um instante — *eles descobriro* — Corra — depressa — *pra longe daqui* —"

Mais uma onda quebrou com força na estrutura do que outrora havia sido um cais e transformou o sussurro do velho lunático em mais um grito inumano de gelar o sangue. "E-YAAHHHH...! YHAAAAAAA...!" Antes que eu pudesse organizar a confusão de meus pensamentos, o velho havia largado o meu ombro e corrido para o interior do continente rua afora, cambaleando rumo ao norte enquanto dava a volta no muro do armazém. Olhei mais uma vez para o mar, porém não havia nada lá. Quando cheguei à Water Street e olhei em direção ao norte, não havia mais nenhum sinal de Zadok Allen.

IV.

Mal posso descrever o efeito desse horripilante episódio sobre o meu estado de espírito — um episódio a um só tempo desvairado e lamuriante, pavoroso e grotesco. O garoto da mercearia havia me dado o alerta, mas ainda assim a realidade deixou-me confuso e perturbado. Por mais pueril que a história parecesse, a sinceridade e o horror insanos do velho Zadok haviam me inspirado uma crescente inquietude que se juntara ao meu sentimento anterior de asco pelo vilarejo e pela maldição das sombras intangíveis.

Mais tarde eu teria ocasião para peneirar o relato e dele extrair um núcleo de alegoria histórica; mas naquele momento eu queria apenas tirá-lo da cabeça. O avançado da hora começava a se tornar perigoso — meu relógio marcava 19h15, e o ônibus para Arkham saía da praça central às oito —, então tentei organizar os pensamentos da maneira mais neutra e objetiva possível enquanto eu caminhava depressa pelas ruas desertas com telhados esburacados e casas desmanteladas na direção do hotel onde eu havia deixado a minha valise e de onde o ônibus partiria.

Embora a luz dourada do entardecer conferisse aos antigos telhados e às chaminés decrépitas um ar de beleza mística e tranquilidade, eu não conseguia resistir ao impulso de olhar para trás de vez em quando. Com certeza seria uma grande alegria deixar o fétido e ensombrecido vilarejo de Innsmouth, mas desejei que houvesse algum outro meio de transporte além do ônibus dirigido pelo sinistro Sargent. Porém, não me afastei com excessiva pressa, pois havia detalhes arquitetônicos dignos de observação a cada esquina silenciosa; e calculei que eu poderia, sem dificuldade, percorrer o trajeto necessário em meia hora.

Após examinar o mapa desenhado pelo garoto da mercearia em busca de uma rota que eu ainda não houvesse percorrido, segui pela Marsh Street até a praça central. Perto da esquina com a Fall Street eu comecei a ver grupos esparsos cochichando às furtadelas, e, quando finalmente cheguei à praça, percebi que quase todos aqueles desocupados estavam reunidos junto à porta do Gilman House. Era como se inúmeros olhos arregalados e aquosos, que não piscavam jamais, estivessem a me vigiar enquanto eu pegava a minha valise do saguão, e torci para que nenhuma daquelas criaturas desagradáveis me fizesse companhia durante a viagem.

O ônibus, um tanto adiantado, chegou com três passageiros antes das oito, e na calçada um sujeito de ar maligno balbuciou certas palavras incompreensíveis ao motorista. Sargent pegou um malote postal e um fardo de jornais e adentrou o hotel; enquanto os passageiros — os mesmos homens que eu vira chegar a Newburyport pela manhã — arrastaram-se pela calçada e trocaram sons guturais com um dos ociosos em uma língua que eu teria jurado não ser inglês. Embarquei no ônibus vazio e sentei-me no mesmo assento de antes, porém eu mal havia me acomodado quando Sargent reapareceu e começou a emitir certos balbucios produzidos no fundo da garganta que me inspiraram uma singular repulsa.

De fato, a sorte não parecia estar ao meu lado. O motor apresentara problemas, apesar da viagem sem contratempos desde Newburyport, e o ônibus não poderia seguir até Arkham. Não seria possível realizar o conserto à noite e tampouco haveria outra maneira de conseguir um transporte para sair de Innsmouth, fosse para ir a Arkham ou a qualquer outro lugar. Sargent pediu desculpas, mas informou que eu não teria alternativa senão hospedar-me no Gilman. Provavelmente o recepcionista conseguiria um desconto, mas não havia mais nada a fazer. Perplexo ante o obstáculo inesperado e temendo com todas as minhas forças a chegada da noite no vilarejo decadente e escuro, desci do ônibus e fui até o saguão do hotel, onde o recepcionista estranho e rabugento informou-me de que eu poderia ocupar o quarto 428 no último andar — um quarto amplo, mas sem água corrente — por um dólar.

Apesar das histórias que haviam me contado a respeito do lugar em Newburyport, assinei o livro de registro, paguei pela estadia, deixei que o recepcionista carregasse a minha mala e segui o funcionário amargurado e solitário por três lances de escada em meio a corredores empoeirados que pareciam entregues ao mais completo abandono. Meu aposento, um quarto de fundos com duas janelas e mobília parca e barata, dava para um pátio sórdido, ladeado por blocos baixos de tijolo, e comandava a vista de uma fileira de telhados decrépitos no ocidente com um cenário pantanoso mais além. No fim do corredor havia um banheiro — uma desanimadora relíquia com um antigo vaso de mármore, uma banheira de estanho, uma lâmpada elétrica de brilho tênue e painéis de madeira bolorenta envolvendo os canos.

Aproveitando que o dia ainda estava claro, desci à praça central e olhei ao redor em busca de um restaurante; e então percebi os estranhos olhares que as vis criaturas ociosas lançavam em minha direção. Como a mercearia estava fechada, vi-me obrigado a jantar no restaurante que antes eu havia refugado; fui atendido por um homem corcunda, de cabeça estreita e olhos vigilantes e por uma garota de nariz achatado, com mãos inacreditavelmente grossas e desajeitadas. A comida era servida no balcão, e fiquei aliviado ao perceber que a maioria dos alimentos vinha de latas e pacotes. Uma sopa de legumes com biscoitos foi o quanto me bastou, e logo retornei ao meu lúgubre quarto no Gilman; ao chegar, peguei com o recepcionista de olhar maléfico um jornal vespertino e uma revista manchada que estavam no frágil suporte ao lado do balcão.

Como as trevas se adensavam, liguei a débil lâmpada elétrica acima da cama de ferro barata e fiz todo o possível para retomar a leitura que eu havia começado. Achei que seria aconselhável providenciar uma distração sadia para os meus pensamentos, pois de nada adiantaria ficar ruminando as aberrações do antigo vilarejo assolado pelas sombras enquanto eu ainda estivesse em seus confins. A história absurda que o velho bêbado havia me contado não prometia sonhos muito tranquilos, e senti que eu deveria manter a imagem daqueles olhos desvairados e aquosos o mais longe possível da minha imaginação.

Ademais, eu não poderia ficar pensando no que o inspetor da fábrica havia dito ao agente de Newburyport sobre o Gilman House e as vozes dos hóspedes noturnos — tampouco no rosto sob a tiara no vão da porta da igreja; um rosto cujo horror permanecia insondável aos meus pensamentos conscientes. Talvez fosse mais fácil evitar pensamentos inquietantes em um quarto menos bolorento. Da maneira como foi, o bolor letal misturava-se pavorosamente ao odor de peixe e despertava em minha fantasia pensamentos sórdidos e funestos.

Outra coisa que me perturbou foi a ausência de um ferrolho na porta do quarto. Certas marcas evidenciavam a presença recente de um, porém havia indícios de uma retirada feita pouco tempo atrás. Sem dúvida havia apresentado algum problema, como tantas outras coisas no edifício decrépito. Tomado pelo nervosismo, olhei ao redor e descobri um ferrolho no roupeiro que, a julgar pelas marcas, parecia ter o mesmo tamanho da antiga tranca na porta. Para amenizar a tensão, embora apenas em parte, ocupei-me transferindo o mecanismo para o lugar vazio na porta com a ajuda de uma prática ferramenta três em um, que incluía uma chave de fenda e que eu trazia presa ao chaveiro. O ferrolho ajustou-se à perfeição, e senti certo alívio ao saber que eu poderia trancá-lo quando fosse deitar. Não que eu esperasse precisar do mecanismo, mas qualquer símbolo de segurança seria bem-vindo em um ambiente daqueles. Havia ferrolhos em boas condições nas duas portas laterais que davam acesso aos quartos adjacentes, e a seguir também os fechei.

Não me despi, mas resolvi ler até ficar sonolento para só então me deitar, tirando apenas o casaco, o colarinho e os sapatos. Peguei uma lanterna portátil da minha valise e guardei-a no bolso da calça, para que pudesse ler durante a vigília caso mais tarde eu acordasse no escuro. O sono, entretanto, não veio; e quando enfim resolvi analisar os meus pensamentos inquietei-me ao descobrir que, inconscientemente, eu vinha prestando atenção a algum ruído — ao ruído de alguma coisa que me enchia de horror, embora eu fosse incapaz de nomeá-la. A história do inspetor devia ter instigado a minha imaginação mais do que eu suspeitava. Mais uma vez tentei ler, mas não consegui me concentrar.

Passado algum tempo, tive a impressão de ouvir as escadas e os corredores rangerem, e imaginei se os outros quartos estariam ocupados. Contudo, não havia vozes, e ocorreu-me que os rangidos tinham um certo caráter furtivo. Aquilo não me agradou em nada, e pensei se não seria melhor passar a noite acordado. O vilarejo era repleto de pessoas estranhas e havia sido o palco de vários desaparecimentos. Será que eu estava em uma daquelas pousadas onde os viajantes são mortos por ladrões? Com certeza eu não parecia um homem de posses. Ou será que os nativos eram mesmo tão ressentidos em relação a forasteiros curiosos? Será que o evidente caráter turístico de minha viagem, somado às repetidas consultas ao mapa, havia despertado atenção indesejada? Ocorreu-me que os meus nervos deveriam estar muito alterados para que simples rangidos dessem origem a especulações dessa ordem — mas ainda assim lamentei não estar armado.

Por fim, sentindo o peso de uma fadiga sem sono, tranquei a porta recém-guarnecida do corredor, apaguei a luz e atirei-me no colchão duro e irregular — de casaco, sapatos, colarinho e tudo mais. Na escuridão, até os menores ruídos da noite pareciam amplificados, e uma torrente de pensamentos inquietantes tomou conta de mim. Lamentei ter apagado a luz, e no entanto eu estava demasiadamente cansado para levantar-me e acendê-la outra vez. Então, após um longo intervalo de angústia iniciado por um novo ranger nas escadas e no corredor, percebi o leve e inconfundível som que parecia ser a concretização macabra de todas as minhas apreensões. Sem a menor sombra de dúvida, alguém estava tentando abrir a porta do meu quarto — de maneira cautelosa e furtiva — com uma chave. Quando notei o perigo iminente, a intensidade dos meus sentimentos talvez tenha diminuído em vez de aumentar, tendo em vista os meus vagos temores prévios. Embora sem nenhum motivo palpável, eu estava instintivamente em alerta — o que me serviria de vantagem naquele momento de crise real, qualquer que fosse sua natureza. Mesmo assim, a transformação de um pressentimento vago em uma realidade imediata foi um choque profundo, que me acertou com todo o impacto de uma pancada genuína.

Nem passou pela minha cabeça que os movimentos na porta pudessem ser algum engano. Eu só conseguia pensar em desígnios maléficos, e mantive-me em silêncio sepulcral, aguardando os movimentos seguintes do invasor.

Passados alguns momentos os ruídos cessaram, e ouvi alguém abrindo o quarto ao norte com uma chave mestra. Logo alguém tentou abrir a porta que dava acesso ao meu quarto. O ferrolho impediu, é claro, e então escutei o assoalho ranger enquanto o gatuno deixava o aposento. Depois de mais alguns instantes escutei outros ruídos e soube que alguém estava adentrando o quarto ao sul. Mais uma discreta tentativa de abrir a porta entre os quartos, e mais rangidos de passos que se afastavam. Dessa vez os rangidos seguiram pelo corredor até o lance de escadas, e assim eu soube que o invasor havia percebido não haver meio de ingresso ao meu quarto e abandonado as tentativas, pelo menos até que o futuro trouxesse novidades.

A presteza com que tracei um plano de ação demonstra que meu subconsciente deve ter passado horas atento a alguma ameaça enquanto cogitava possíveis meios de fuga. Desde o primeiro instante eu soube que aquela presença estranha não representava um problema a ser confrontado, mas um perigo do qual eu devia fugir a qualquer custo. A única coisa a fazer era sair do hotel o mais rápido possível por algum outro acesso que não as escadas e o saguão de entrada.

Pondo-me de pé com cuidado e apontando o facho da lanterna em direção ao interruptor, tentei acender a lâmpada acima da cama a fim de escolher os pertences necessários a uma fuga inesperada, deixando a minha valise para trás. Contudo, nada aconteceu; e percebi que a eletricidade fora cortada. Sem dúvida, algum complô maligno e enigmático de grandes proporções estava em andamento — mas eu não saberia dizer em que consistia. Enquanto fiquei pensando no que fazer, com a mão no interruptor inútil, escutei um rangido abafado no andar de baixo e imaginei ouvir vozes conversando. No instante seguinte tive dúvidas de que os sons mais graves fossem vozes, pois os ríspidos latidos e os coaxados de sílabas incompreensíveis não guardavam quase nenhuma semelhança com a fala humana. Então voltei a pensar com força renovada nas coisas que o inspetor da fábrica tinha ouvido à noite naquele prédio tomado pelo bolor e pela peste.

Depois de encher os bolsos à luz da lanterna, pus o chapéu na cabeça e andei na ponta dos pés até as janelas para considerar a possibilidade de uma descida. Apesar das leis de segurança vigentes no estado, não havia escadas de incêndio naquele lado do hotel, e percebi que as janelas do quarto não ofereciam nada além de uma queda de três andares até o calçamento do pátio. À esquerda e à direita, no entanto, o hotel era ladeado por blocos comerciais, cujos telhados ficavam a uma distância razoável da minha janela no quarto andar. Para alcançar uma dessas construções eu teria de estar em um quarto a duas portas do meu — fosse a norte ou a sul —, e assim meus pensamentos instantaneamente se puseram a calcular minhas chances de sucesso na empreitada.

Decidi que eu não poderia arriscar uma saída ao corredor, onde os meus passos sem dúvida seriam ouvidos e as dificuldades para chegar a um dos quartos desejados seriam insuperáveis. Meu progresso, se eu pretendesse fazer algum, só poderia dar-se através das portas menos robustas entre os quartos adjacentes; cujos ferrolhos e fechaduras eu teria de vencer usando o ombro como aríete sempre que oferecessem resistência. O plano seria viável graças ao péssimo estado de conservação do hotel e das instalações; mas percebi que seria impossível pô-lo em prática sem fazer barulho. Assim, eu teria de contar apenas com a velocidade e a chance de chegar a uma janela antes que as forças hostis se organizassem o suficiente para abrir a porta certa com uma chave mestra. Reforcei a porta do quarto com a cômoda — devagar, para fazer o menor barulho possível.

Notei que minhas chances eram ínfimas e preparei-me para o pior. Mesmo que eu chegasse a outro telhado, o problema não estaria resolvido, pois ainda me restaria a tarefa de chegar até o chão e fugir do vilarejo. Uma coisa a meu favor era o estado de abandono e decrepitude das construções vizinhas, bem como a quantidade de claraboias escuras que se abriam em ambos os lados.

Depois de consultar o mapa feito pelo garoto da mercearia e concluir que a melhor rota para deixar a cidade seria o sul, lancei um olhar para a porta que dava para essa direção. A porta abria para dentro, e assim — depois de soltar o ferrolho e descobrir a existência de outras seguranças — notei que seria mais difícil forçá-la. Levado pela cautela a abandonar a rota, arrastei a cama de encontro à porta a fim de evitar qualquer investida feita mais tarde a partir do quarto vizinho. A porta ao norte abria para fora, e então — ainda que estivesse chaveada ou trancada pelo outro lado — eu soube que aquela seria a minha rota. Se conseguisse alcançar os telhados das construções na Paine Street e descer até o nível da calçada, talvez eu pudesse correr pelo pátio em frente aos prédios vizinhos ou pelo outro lado da rua até a Washington ou a Bates — ou ainda sair na Paine e avançar em direção ao sul até chegar à Washington. De qualquer modo, eu tentaria chegar à Washington de alguma forma e sair depressa da região da praça central. Se possível, evitaria a Paine, uma vez que o quartel dos bombeiros provavelmente estaria aberto a noite inteira.

Enquanto pensava nessas coisas, olhei para baixo, em direção ao mar decrépito de telhados em ruínas iluminado pelos raios de uma lua quase cheia. À direita, as águas negras do rio fendiam o panorama; fábricas abandonadas e a estação ferroviária prendiam-se ao leito como cracas. Mais além, a ferrovia enferrujada e a estrada para Rowley atravessavam o terreno plano e pantanoso salpicado por ilhotas de terra alta e seca cobertas por vegetação rasteira. À esquerda, a paisagem cortada por córregos era mais próxima, e a brancura da estrada em direção a Ipswich cintilava ao luar. Do meu lado do hotel não se via a rota sul em direção a Arkham que eu estava decidido a tomar.

Eu ainda estava distraído com especulações indecisas sobre o melhor momento de forçar a porta norte e sobre como chamar a menor atenção possível quando notei que os ruídos vagos no andar de baixo haviam dado lugar a rangidos mais fortes nas escadas. Uma luz oscilante apareceu na claraboia do meu quarto, e as tábuas do corredor começaram a estremecer sob um peso vultoso. Sons abafados de possível origem vocal se aproximaram, e por fim uma batida firme soou na porta do corredor.

Por um instante eu simplesmente prendi a respiração e aguardei. Tive a impressão de que passaram eternidades, e o nauseante odor de peixe ao meu redor pareceu intensificar-se de maneira repentina e espetacular. A batida repetiu-se — por diversas vezes, com insistência cada vez maior. Eu sabia que havia chegado o momento de agir, e de imediato abri o ferrolho da porta que dava para o quarto ao norte, preparando-me para golpeá-la. As batidas na porta do corredor ficaram mais altas, e nutri esperanças de que os rumores pudessem encobrir o barulho de meus esforços. Pondo enfim o meu plano em prática, investi repetidas vezes contra o fino painel usando o meu ombro esquerdo, alheio aos impactos e à dor. A porta resistiu mais do que eu havia imaginado, porém não desisti. E durante todo esse tempo o clamor à porta só fazia aumentar.

Por fim a porta que dava acesso ao quarto vizinho cedeu, mas com tamanho estrépito que eu sabia que aqueles lá fora teriam me ouvido. No mesmo instante as batidas deram lugar a pancadas frenéticas, enquanto chaves tilintavam augúrios na porta de entrada dos dois quartos ao lado. Depois de atravessar a passagem recém-aberta, consegui barricar a porta de entrada do quarto ao norte antes que a fechadura fosse aberta; porém nesse mesmo instante ouvi a porta do terceiro quarto — de onde eu pretendia alcançar o telhado lá embaixo — sendo aberta com uma chave mestra.

Por um instante fui arrebatado pelo mais absoluto desespero, já que eu parecia estar encurralado em um aposento sem via de egresso pela janela. Uma onda de horror quase sobrenatural tomou conta de mim e conferiu uma singularidade terrível e inexplicável às marcas na poeira, vistas de relance à luz da lanterna, deixadas pelo intruso que pouco tempo atrás havia tentado abrir a porta a partir daquele quarto. Então, graças a um automatismo que persistiu mesmo ao defrontar-se com a ausência de esperança, avancei até a outra porta de acesso entre os quartos e, sem dar por mim, executei os movimentos necessários à tentativa de forçá-la e — se as trancas estivessem intactas como no segundo quarto —

trancar a porta do corredor no terceiro quarto antes que a fechadura fosse aberta pelo lado de fora.

Um golpe de sorte veio em meu auxílio — pois a porta que separava os quartos à frente não só estava destrancada, como também entreaberta. Em um instante eu a havia transposto e estava com o joelho e o ombro direitos na porta do corredor, que visivelmente começava a se abrir para dentro. Meu esforço deve ter surpreendido o intruso, pois a porta fechou com o baque e assim consegui trancar o ferrolho, como eu havia feito na outra porta. Um pouco aliviado, escutei as batidas nas duas outras portas diminuírem quando um rumor confuso começou junto à porta que eu havia barricado com a cama. Ficou evidente que os meus atacantes haviam ganhado o quarto ao sul e estavam se reunindo para um ataque lateral. Porém, no mesmo instante ouvi o som de uma chave mestra na porta do quarto adjacente ao norte e soube estar diante de um perigo ainda mais iminente.

A porta entre os dois quartos estava escancarada, mas não houve tempo sequer de pensar em impedir a entrada pela porta do corredor. Tudo o que pude fazer foi fechar e trancar as portas internas de ambos os lados — empurrando uma cama contra uma, uma cômoda contra a outra e arrastando um lavatório até a porta do corredor. Notei que seria necessário lançar mão dessas barreiras improvisadas até que eu pudesse sair pela janela e alcançar o telhado no bloco comercial da Paine Street. Porém, mesmo nesse momento crucial o meu maior horror era de todo alheio à precariedade das minhas defesas. Eu tremia porque os meus algozes, afora certos estertores, grunhidos e latidos abafados a intervalos irregulares, não emitiam nenhum som vocal humano puro ou inteligível.

A SOMBRA DE INNSMOUTH   413

Enquanto eu rearranjava a mobília e corria em direção às janelas, escutei um rumor terrível ao longo do corredor que dava para o quarto ao norte e percebi que as pancadas no aposento ao sul haviam cessado. Ficou claro que meus oponentes estavam prestes a concentrar esforços na débil porta interna que levaria diretamente a mim. Na rua, o luar brincava na cumeeira do bloco lá embaixo, e percebi que o salto envolveria um risco desesperado em vista da superfície íngreme onde eu haveria de pousar.

Depois de examinar as condições, escolhi a janela mais ao sul como via de escape; planejando aterrissar na elevação interna do telhado e de lá correr até a claraboia mais próxima. Uma vez no interior das decrépitas estruturas de tijolo eu teria de estar pronto para uma perseguição; mas ainda me restava a esperança de descer e correr para dentro e para fora das portas escancaradas ao longo do pátio ensombrecido para enfim chegar até a Washington Street e deixar o vilarejo para trás rumo ao sul.

O estrépito na porta interna ao norte havia atingido níveis pavorosos, e notei que o painel de madeira começava a rachar. Era evidente que os atacantes haviam trazido algum objeto pesado para fazer as vezes de aríete. A cama, no entanto, seguia firme no lugar; de modo que ainda me restava uma chance de sucesso na fuga. Ao abrir a janela, percebi que estava flanqueada por pesadas cortinas de veludo que pendiam de argolas douradas enfiadas em um varão, e também que havia um prendedor para as venezianas no lado externo da parede. Vendo aí um possível meio de evitar os perigos de um salto, puxei o tecido com força e derrubei as cortinas com varão e tudo; e logo enfiei duas argolas no prendedor da veneziana e joguei todo o veludo para a rua. Os drapeados chegavam até o telhado vizinho, e percebi que as argolas e o prendedor provavelmente aguentariam o meu peso. Então, saindo pela janela e descendo pela corda improvisada, deixei para trás de uma vez por todas o ambiente mórbido e tenebroso do Gilman House.

Cheguei em segurança às telhas soltas do telhado íngreme e consegui ganhar a escuridão da claraboia sem um único resvalo. Ao olhar para cima, em direção à janela por onde eu havia saído, notei que ainda estava escura, embora além das chaminés decrépitas ao norte eu pudesse ver luzes agourentas ardendo no Templo da Ordem de Dagon, na igreja batista e na igreja congregacional que me haviam inspirado tanto horror. Não parecia haver ninguém no pátio logo abaixo, e torci para que eu tivesse uma chance de escapar antes que soassem o alarme geral. Ao apontar o facho da lanterna para o interior da claraboia, notei que não havia degraus no interior. Contudo, a distância era curta, e assim me arrastei até a borda e deixei-me cair; o chão estava muito empoeirado e cheio de caixas e barris arrebentados.

O lugar tinha um aspecto lúgubre, mas naquela altura eu não me importava mais com essas impressões e logo avancei rumo à escadaria de lanterna em punho — depois de um breve lance de olhos em direção ao meu relógio de pulso, que marcava duas horas da manhã. Os degraus estalaram, mas pareceram sólidos o bastante; e, passando por um segundo andar que fazia as vezes de celeiro, desci correndo até o térreo. A desolação era completa, e só o que se ouvia além dos meus passos era o som do eco. Por fim alcancei o saguão do térreo, em cuja extremidade percebi um tênue retângulo luminoso que indicava a localização da porta arruinada que se abria para a Paine Street. Andando na direção contrária, descobri que a porta dos fundos também estava aberta; e desci correndo os cinco degraus de pedra que levavam ao calçamento abandonado do pátio.

Os raios do luar não chegavam até lá embaixo, mas eu conseguia enxergar o caminho sem o auxílio da lanterna. Algumas das janelas no Gilman House cintilavam no escuro, e imaginei ter ouvido sons confusos lá dentro. Caminhando com passos leves até o lado que dava para a Washington Street, percebi diversas portas abertas e resolvi sair pela mais próxima. O corredor interno estava escuro como breu, e ao chegar à outra extremidade vi que a porta para a rua estava bloqueada e não seria possível abri-la. Decidido a tentar outro prédio, voltei tateando até o pátio, mas precisei deter-me quando cheguei perto do vão de entrada.

Uma multidão de vultos indefinidos estava saindo por uma porta do Gilman House — lanternas balançavam na escuridão e terríveis vozes coaxantes trocavam lamúrias graves em uma língua que com certeza não era inglês. As figuras moviam-se indecisas, e percebi, para o meu alívio, que não sabiam para onde eu tinha ido; porém assim mesmo senti um calafrio varar-me o corpo dos pés à cabeça. À distância, não era possível distinguir os traços das criaturas, mas a postura recurvada e os passos trôpegos inspiravam-me uma repulsa abominável. O pior de tudo foi quando notei uma figura que trajava um manto e ostentava de maneira inconfundível uma tiara de desenho terrivelmente familiar. Enquanto as figuras dispersavam-se pelo pátio, senti meus temores aumentarem. E se eu não conseguisse encontrar via de egresso para sair à rua? O odor de peixe era nauseante, e não sei como o suportei sem perder os sentidos. Mais uma vez seguindo às apalpadelas em direção à rua, abri uma porta do corredor e descobri um aposento vazio de janelas fechadas, mas sem caixilhos. Movimentando o facho da lanterna, descobri que eu poderia abrir as venezianas; e em mais um instante eu havia me esgueirado para fora e estava cuidadosamente fechando o acesso.

Logo me encontrei na Washington Street e não percebi nenhuma criatura viva nem luz alguma além dos raios do luar. Em várias direções ao longe, no entanto, eu escutava vozes ríspidas, passos e um curioso movimento rítmico que não soava exatamente como passos. Era evidente que eu não tinha tempo a perder. Eu estava bem orientado em relação aos pontos cardeais e regozijei-me ao ver que todos os postes de iluminação pública estavam desligados, como em geral se vê nas noites de luar em regiões rurais pouco prósperas. Alguns dos sons vinham do sul, porém mantive-me firme na decisão de fugir por essa direção. Eu tinha certeza de que não faltariam portas desertas para me abrigar caso eu encontrasse uma ou mais pessoas em meu encalço.

Pus-me a caminhar depressa, com passos leves e próximo às casas em ruínas. Apesar de estar com a cabeça a descoberto e com os trajes em desalinho após minha árdua escalada, não se poderia dizer que eu chamasse a atenção; e assim teria uma boa chance de passar despercebido caso encontrasse um transeunte qualquer. Na Bates Street, recolhi-me a um vestíbulo vazio enquanto duas figuras trôpegas passavam à minha frente, mas logo voltei ao caminho e aproximei-me do espaço aberto onde a Eliot Street passa em sentido oblíquo pela Washington no cruzamento com a South. Embora eu nunca o tivesse visto, o local parecia perigoso no mapa desenhado pelo garoto da mercearia; pois naquele ponto o luar iluminaria todo o cenário ao redor. Mesmo assim, seria inútil tentar evitá-lo, pois uma vez que qualquer rota alternativa envolveria desvios que resultariam em mais demora e em uma visibilidade possivelmente desastrosa. A única coisa a fazer era atravessar o trecho com coragem e à vista de todos; imitando o andar trôpego dos nativos da melhor maneira possível, torcendo para que ninguém — ou pelo menos nenhum de meus perseguidores — estivesse nos arredores.

Eu não fazia a menor ideia da maneira como a perseguição estava organizada — tampouco em relação ao propósito daquilo. Parecia haver uma comoção anormal no vilarejo, mas imaginei que a notícia da minha fuga do Gilman ainda não se teria espalhado. Logo eu teria de sair da Washington em direção a outra rua ao sul; pois a multidão do hotel sem dúvida estaria atrás de mim. Na última construção antiga eu devia ter deixado rastros revelando como havia ganhado a rua.

O espaço aberto, conforme eu imaginara, estava mergulhado no intenso brilho do luar; e percebi os destroços de um parque no interior de uma cerca de ferro no centro. Por sorte não havia ninguém por perto, embora singulares zunidos ou rugidos parecessem ganhar intensidade na direção da praça central. A South Street era muito larga e apresentava um leve declive que descia até a zona portuária, comandando assim uma ampla visão do oceano; e nesse momento desejei que ninguém estivesse olhando para cima enquanto eu a cruzava em meio aos raios luminosos do luar.

Nada impediu meu progresso, e não se fez nenhum som capaz de indicar que eu fora avistado. Olhando ao redor, sem querer diminuí o passo por um instante a fim de contemplar o belo panorama marítimo que resplendia sob o luar no fim da rua. Muito além do quebra-mar estava a silhueta difusa e escura do Recife do Diabo, e ao vislumbrá-la não pude deixar de pensar em todas as terríveis lendas que eu havia descoberto nas últimas 34 horas — lendas que retratavam aquela rocha irregular como um verdadeiro portão de acesso a reinos de horror insondável e aberrações inconcebíveis.

Então, sem nenhum aviso, percebi clarões intermitentes no recife longínquo. As luzes eram bem definidas e inconfundíveis e despertaram em meus pensamentos um horror cego além de qualquer medida racional. Os músculos em meu corpo contraíram-se, prontos para fugir em pânico, e só foram vencidos por uma cautela inconsciente e um fascínio quase hipnótico. Para piorar ainda mais a situação, no alto da cúpula do Gilman House, que assomava no nordeste às minhas costas, começou uma série de clarões análogos, porém a intervalos diferentes, que não poderia ser nada além de um sinal em resposta.

Após dominar meus músculos e perceber mais uma vez a situação vulnerável em que me encontrava, retomei as passadas lépidas e trôpegas; embora eu tenha mantido o olhar fixo no agourento recife infernal por todo o trecho em que a South Street me oferecia uma vista do mar. Eu era incapaz de imaginar o significado de todo aquele procedimento; a não ser que envolvesse algum estranho ritual ligado ao Recife do Diabo, ou então que um navio tivesse atracado naquela rocha sinistra. Segui pela esquerda, contornando o jardim em ruínas; e o tempo inteiro eu contemplei o esplendor do oceano sob o luar espectral do verão e observei os clarões crípticos daqueles fachos de luz inomináveis e inexplicáveis.

Foi então que a mais terrível impressão se abateu sobre mim — a impressão que destruiu meus últimos vestígios de autocontrole e me pôs em uma marcha frenética em direção ao sul, conduzindo-me para além da escuridão de portas

A SOMBRA DE INNSMOUTH 419

escancaradas e de janelas à espreita com olhos de peixe naquela rua deserta saída de um pesadelo. Pois um olhar mais atento revelou que as águas iluminadas entre o recife e a orla não estavam vazias. O mar revolvia-se com uma horda fervilhante de vultos que nadavam em direção ao vilarejo; e mesmo à enorme distância em que eu me encontrava, um único relance bastou para revelar que as cabeças balouçantes e os apêndices convulsos eram estranhos e aberrantes a ponto de desafiar qualquer expressão ou formulação consciente.

Minha corrida frenética cessou antes que eu tivesse percorrido um único quarteirão, uma vez que à minha esquerda comecei a ouvir algo como o clamor de uma perseguição organizada. Havia passos e sons guturais, e um veículo motor passou estrondeando pela Federal Street em direção ao sul. Em um segundo todos os meus planos mudaram — pois se a estrada ao sul estivesse bloqueada, a única maneira seria encontrar outra rota de fuga para sair de Innsmouth. Parei e me escondi no vão escuro de uma porta, refletindo sobre a sorte que me fizera sair do espaço aberto ao luar antes que os meus perseguidores chegassem à rua paralela.

A reflexão seguinte foi menos reconfortante. Como a perseguição estava em curso em outra rua, ficou claro que o grupo não estava no meu encalço direto. Ninguém tinha me visto, mas havia um plano para impedir a minha fuga. A consequência natural do fato, portanto, era que todas as estradas que saíam de Innsmouth deveriam estar sujeitas a uma vigilância semelhante; pois ninguém sabia que rota eu pretendia tomar. Se fosse assim, eu teria de fugir afastado de qualquer estrada; mas como, tendo em vista a natureza pantanosa e salpicada de córregos na região? Por um instante fui tomado pela vertigem — tanto em consequência do desespero como também do aumento na intensidade do onipresente odor de peixe.

Então pensei na ferrovia abandonada em direção a Rowley, com uma linha sólida de terra coberta de cascalho e de grama que ainda avançava em direção ao nordeste a partir da estação arruinada nos arredores do rio. Havia uma chance de que os nativos não pensassem nessa possibilidade; uma vez que a desolada vegetação espinhosa tornava o terreno quase intransponível e, portanto, a mais improvável rota de um fugitivo. Eu havia observado a paisagem em detalhe a partir da minha janela no hotel e sabia que rumo tomar. O trecho inicial era visível a partir da estrada para Rowley e também de outros lugares altos no vilarejo; mas talvez fosse possível arrastar-me sem ser visto em meio aos arbustos. Fosse como fosse, essa seria a minha única chance de escapar e não havia mais nada a fazer senão correr o risco. Recolhendo-me ao corredor de meu abrigo deserto, novamente consultei o mapa desenhado pelo garoto da mercearia com a ajuda da lanterna. O problema imediato era como chegar à antiga estação de trem; e não tardei a perceber que a opção mais segura seria avançar até a Babson Street, dobrar a oeste na Lafayette — dando a volta em um espaço aberto semelhante ao que eu já havia atravessado, porém sem cruzá-lo — para depois voltar ao norte e ao oeste em uma linha ziguezagueante que passaria pela Lafayette, pela Bates, pela Adams e pela Bank Street — esta última ladeando o córrego — para enfim chegar à estação deserta e dilapidada que eu tinha avistado da janela. Meu motivo para avançar até a Babson era que eu não queria cruzar o espaço aberto outra vez nem começar minha jornada em direção ao oeste por uma via tão larga quanto a South Street.

Pondo-me mais uma vez a caminhar, atravessei para o lado direito da rua a fim de chegar à Babson do modo mais discreto possível. Os barulhos continuavam na Federal Street e, quando olhei para trás, imaginei ter visto um clarão perto da construção por onde eu havia escapado. Ansioso para sair da Washington Street, pus-me a correr, contando com a sorte para não encontrar nenhum olhar vigilante. Na esquina com a Babson Street alarmei-me ao perceber que uma das casas ainda era habitada, conforme atestavam as cortinas penduradas na janela; mas não havia luzes no interior, e assim passei sem nenhum percalço.

Na Babson Street, que atravessava a Federal e assim poderia revelar minha presença, mantive-me o mais próximo possível às construções desabadas e irregulares, parando duas vezes no vão de uma porta quando os barulhos às minhas costas aumentaram por alguns instantes. O espaço desolado à minha frente reluzia ao luar, porém minha rota não me obrigaria a cruzá-lo. Durante a segunda pausa, comecei a perceber uma nova distribuição dos sons vagos; e ao espiar de meu esconderijo percebi um automóvel avançando em alta velocidade pelo espaço aberto, seguindo pela Eliot Street, que naquele ponto cruza a Babson e a Lafayette.

Enquanto eu olhava — com um nó na garganta devido ao súbito aumento na intensidade do odor de peixe, ocorrido após um breve período de alívio —, notei um bando de formas rústicas e corcundas arrastando-se na mesma direção; e soube que aquele devia ser o grupo responsável por vigiar a saída a Ipswich, uma vez que essa estrada é uma extensão da Eliot Street. Duas das figuras que vislumbrei trajavam mantos volumosos, e uma trazia sobre a cabeça um diadema pontiagudo que emanava reflexos brancos ao luar. O andar dessa figura era tão peculiar que cheguei a sentir um calafrio — pois tive a impressão de que a criatura estava quase saltitando.

Quando o último integrante do bando sumiu de vista, continuei avançando; dobrei correndo a esquina da Lafayette Street e atravessei a Eliot o mais rápido possível, por medo de que os mais atrasados do grupo ainda estivessem naquele trecho. Escutei alguns sons coaxantes e estrepitosos ao longe, na direção da praça central, mas completei o trajeto a salvo de qualquer desastre. O meu maior temor era cruzar mais uma vez a amplitude enluarada da South Street — com sua vista para o mar —, e precisei tomar coragem para esse suplício. As chances de alguém estar à espreita eram grandes, e eventuais criaturas ainda na Eliot Street poderiam ver-me de dois pontos diferentes. No último instante decidi que seria melhor diminuir o passo e fazer a travessia como antes, imitando o andar trôpego dos nativos de Innsmouth.

Quando o panorama marítimo mais uma vez descortinou-se — dessa vez à minha direita —, eu estava quase determinado a não lhe dar atenção. Contudo, não pude resistir; e lancei um olhar de soslaio enquanto me arrastava em direção às sombras protetoras logo adiante. Contrariamente à minha expectativa, não havia nenhum navio à vista. A primeira coisa que me chamou a atenção foi um pequeno barco a remo que se aproximou dos velhos atracadouros trazendo um objeto volumoso e coberto com lona. Os remadores, embora distantes e indefiníveis, tinham um aspecto particularmente repugnante. Também percebi inúmeros nadadores; ao mesmo tempo que, no longínquo recife negro, notei uma cintilação tênue e contínua, diferente dos clarões intermitentes e tingida por um matiz singular que eu não saberia identificar com precisão. Acima dos telhados inclinados à esquerda assomava a cúpula do Gilman House, completamente às escuras. O odor de peixe, antes dissipado por uma brisa piedosa, retornou mais uma vez com uma intensidade enlouquecedora.

Eu mal havia atravessado a rua quando escutei um grupo balbuciante avançando pela Washington Street, vindo do norte. Quando chegaram ao amplo espaço aberto de onde tive o primeiro vislumbre inquietante das águas ao luar eu pude vê-los claramente um quarteirão adiante — e fiquei abismado com a anormalidade bestial dos rostos e com a sub-humanidade canina do caminhar agachado. Havia um homem que se deslocava com movimentos simiescos, muitas vezes arrastando os longos braços pelo chão; enquanto uma outra figura — de manto e tiara — parecia avançar quase aos saltos. Imaginei que o grupo seria o mesmo avistado no pátio do Gilman's — e, portanto, aquele que me seguia mais de perto. Quando algumas figuras voltaram o rosto em minha direção, fui transfixado pelo pavor, mas consegui manter o passo trôpego e casual que eu havia adotado. Até hoje não sei se fui visto ou não. Se fui, meu estratagema deve tê-los ludibriado, pois todos cruzaram o espaço enluarado sem desviar do percurso — enquanto coaxavam e vociferavam em um odioso patoá gutural que não fui capaz de identificar.

De volta à sombra, retomei minha corrida até passar pelas casas desabadas e decrépitas que contemplavam a noite com olhos vazios. Depois de atravessar para a calçada oeste, dobrei a primeira esquina que dava para a Bates Street, onde me mantive próximo às construções ao sul. Passei por duas casas com indícios de habitação, uma das quais tinha luzes nos andares superiores, porém não me deparei com nenhum obstáculo. Quando dobrei na Adams Street senti-me um tanto mais seguro, mas levei um choque quando um homem saiu se arrastando de uma porta escura bem à minha frente. Mas ele estava demasiado bêbado para constituir ameaça; e assim cheguei às ruínas desoladas dos armazéns na Bank Street em segurança.

Nada se mexia na rua deserta às margens do córrego, e o rumor das cachoeiras abafava as minhas passadas. Foi uma longa corrida até a estação em ruínas, e as paredes do enorme armazém de tijolos à minha volta por algum motivo pareciam mais aterradoras do que as demais casas. Por fim vi o arco da antiga estação — ou o que restava dele — e apressei-me em direção à ferrovia que começava na extremidade mais distante.

Os trilhos estavam enferrujados, porém em boa parte intactos, e não mais do que a metade dos dormentes havia apodrecido. Andar ou correr naquela superfície era muito difícil; mas fiz o melhor que pude e consegui manter uma velocidade razoável. Por um bom pedaço os trilhos ficavam à beira do rio, e por fim cheguei à longa ponte coberta no ponto em que atravessava o abismo a uma altura vertiginosa. As condições da ponte determinariam o passo a seguir. Se fosse possível, eu haveria de atravessá-la; senão, teria de me arriscar em mais andanças pelas ruas até conseguir acesso a uma ponte rodoviária em boas condições.

O enorme comprimento da antiga ponte reluzia com um brilho espectral ao luar, e notei que pelo menos nos primeiros metros os dormentes estavam em condições razoáveis. Acendi minha lanterna ao entrar e quase fui derrubado pela nuvem de morcegos que saiu voando do interior do túnel. Pelo meio do caminho havia uma falha perigosa nos dormentes que por um instante ameaçou deter o meu progresso; mas no fim arrisquei um salto desesperado, que por sorte obteve êxito.

Fiquei feliz quando tornei a ver o luar ao sair do túnel macabro. Os velhos trilhos atravessavam a River Street em uma passagem de nível e então seguiam para uma região mais rural de Innsmouth onde o detestável odor de peixe era menos pungente. A densa vegetação espinhosa dificultava o meu progresso e rasgava impiedosamente as minhas roupas, mas ainda assim me dei por satisfeito ao perceber que estaria protegido em caso de perigo. Eu sabia que boa parte da minha rota era visível a partir da estrada em direção a Rowley.

A região pantanosa começava logo a seguir, e o trilho solitário avançava por um trecho baixo e coberto de grama onde as ervas daninhas eram um pouco mais escassas. A seguir vinha uma espécie de ilha em terreno elevado, onde a ferrovia cruzava um desmonte raso tomado por arbustos e espinheiros. Senti um grande alívio ao encontrar esse abrigo parcial, pois a estrada para Rowley deveria estar a uma distância inquietantemente curta segundo a observação que eu havia feito de minha janela. No fim do desmonte, a estrada atravessaria os trilhos e afastar-se-ia rumo a uma distância segura; mas nesse meio-tempo eu precisaria tomar todo o cuidado possível. A essa altura eu tinha certeza de que a ferrovia não estava sendo observada.

Logo antes de adentrar o desmonte eu olhei para trás, mas não vi ninguém em meu encalço. Os vetustos telhados e coruchéus da decadente Innsmouth cintilavam com um brilho encantador e etéreo sob o brilho pardacento do luar, e imaginei o aspecto que teriam apresentado nos velhos tempos, antes que as sombras se abatessem sobre o vilarejo. A seguir, enquanto o meu olhar se dirigia para o interior do continente, uma visão menos pacata chamou a minha atenção e paralisou-me por um instante.

O que eu vi — ou imaginei ter visto — foi a perturbadora sugestão de um movimento ondulante no sul longínquo; e essa sugestão levou-me a concluir que uma enorme horda de criaturas deveria estar saindo da cidade em direção à estrada de Ipswich. A distância era grande, e eu não conseguia distinguir os detalhes; mas a maneira como aquela coluna se deslocava não me agradou nem um pouco. O contorno ondulava demais e cintilava com demasiada intensidade sob os raios da lua que naquele instante deslizava rumo ao ocidente. Também havia a sugestão de um som, embora o vento estivesse soprando no sentido contrário — a sugestão de estrépitos e mugidos bestiais ainda piores do que os balbucios que eu havia escutado antes.

Toda sorte de conjecturas desagradáveis passava pela minha cabeça. Pensei nas criaturas de Innsmouth que, segundo rumores, habitariam antigas galerias em ruínas próximas ao porto. Também pensei nos nadadores inomináveis que eu tinha visto. Somando os grupos avistados até então, bem como os que eu imaginava estarem de tocaia nas outras estradas, o número dos meus perseguidores era estranhamente elevado para uma cidade tão despopulada como Innsmouth.

De onde teriam vindo todos os integrantes da densa coluna que naquele instante eu contemplava? Será que as antigas galerias inexploradas estariam fervilhando com seres disformes e ignotos, de existência até então inconcebida? Ou algum navio teria transportado uma legião de intrusos desconhecidos até o recife infernal? Quem eram aquelas criaturas? Por que estavam lá? E se avançavam em colunas pela estrada em direção a Ipswich, será que as patrulhas do outro lado também teriam recebido reforços?

Eu havia adentrado o desmonte tomado pelos arbustos e avançava com dificuldade, a um passo lento, quando mais uma vez um repugnante odor de peixe dominou o panorama. Será que o vento teria mudado para o leste, de modo a soprar do oceano em direção ao vilarejo? Concluí que essa seria a única explicação, pois comecei a ouvir terríveis murmúrios guturais vindos de um ponto até então silencioso. Mas havia outro som — de batidas ou pancadas colossais que, por algum motivo, conjuravam imagens de caráter absolutamente odioso. O ruído levou-me a abandonar a lógica enquanto pensava na repelente coluna ondulante na longínqua estrada que levava a Ipswich.

Logo a intensidade do fedor e dos sons aumentou e, tremendo, senti-me grato pela proteção oferecida pelo desmonte. Lembrei-me de que naquele ponto a estrada para Rowley passava muito perto da antiga ferrovia antes de guinar para o oeste e afastar-se. Algo estava vindo por aquela estrada, e precisei abaixar-me até que passasse e desaparecesse por completo na distância. Graças a Deus as criaturas não usavam cães na perseguição — embora talvez fosse impossível em vista do odor que infestava toda a região. Agachado em meio aos arbustos da fenda arenosa eu me sentia razoavelmente seguro, embora soubesse que os meus perseguidores cruzariam os trilhos à minha frente pouco mais de cem metros adiante. Eu poderia vê-los, mas eles, salvo no caso de algum milagre maligno, não me veriam.

De repente fui tomado por uma forte aversão à ideia de observar a travessia. Vi o espaço enluarado por onde o cortejo passaria e tive pensamentos curiosos sobre a conspurcação irremediável do lugar. Talvez fossem as piores criaturas de Innsmouth — uma visão que ninguém faria questão de recordar.

O fedor tornou-se ainda mais insuportável, e os barulhos transformaram-se em uma babel de coaxados, uivos e latidos que não tinham sequer a mais remota semelhança com a fala humana. Seriam aquelas as vozes dos meus perseguidores? Será que tinham cães, afinal de contas? Até então eu não tinha visto nenhum dos habitantes mais degradados de Innsmouth. As batidas ou pancadas eram monstruosas — eu não poderia olhar para as criaturas degeneradas que as provocavam. Tinha de manter os olhos fechados até que os sons desaparecessem no oeste. A horda estava muito próxima — o ar vinha contaminado pelos rosnados brutais, e o chão quase estremecia no ritmo daquelas passadas inconcebíveis. Por pouco não prendi a respiração, e concentrei toda a minha força de vontade em manter os olhos fechados.

Ainda não sei dizer se o que veio a seguir foi uma realidade horrenda ou apenas um pesadelo alucinatório. As medidas governamentais em resposta aos meus apelos frenéticos parecem confirmar a existência de uma realidade monstruosa; mas será que podemos descartar a hipótese de uma alucinação recorrente na atmosfera quase hipnótica daquele vilarejo ancestral, obscuro e tomado pelas sombras? Lugares assim são dotados de estranhas propriedades, e o legado de lendas insanas pode muito bem ter agido sobre mais de uma imaginação humana em meio às ruas desertas e malcheirosas e aos escombros de telhados apodrecidos e coruchéus arruinados. Não seria possível que o germe de uma loucura contagiosa estivesse à espreita nas profundezas da sombra que paira sobre Innsmouth? Quem pode ter certeza da realidade depois de ouvir histórias como aquelas contadas pelo velho Zadok Allen? A polícia jamais encontrou o corpo do velho Zadok, e ninguém sabe que fim o levou. Onde acaba a loucura e onde começa a realidade? Será possível que até os meus temores mais recentes sejam meras ilusões?

Seja como for, preciso tentar explicar o que eu acredito ter visto à noite, sob a luz zombeteira da lua amarela — o que eu acredito ter visto andar pela estrada que levava a Rowley bem diante dos meus olhos enquanto eu permanecia agachado em meio aos arbustos daquele inóspito desmonte na ferrovia. É claro que fracassei na tentativa de manter os olhos fechados. A decisão estava fadada ao fracasso — pois quem poderia manter-se agachado de olhos fechados enquanto uma legião de entidades coaxantes e uivantes de origem desconhecida se debate com grande estrépito ao passar pouco mais de cem metros adiante?

Eu me julgava preparado para o pior, e de fato deveria estar em virtude de tudo o que tinha visto antes. Afinal, se os meus outros perseguidores eram de uma anormalidade abominável, eu não deveria estar pronto para vislumbrar o elemento anormal *em grau mais elevado* — ou mesmo para defrontar-me com formas em que o normal não desempenhava parte alguma? Não abri os olhos até que o clamor atingisse um ponto diretamente à minha frente. Nesse momento eu soube que uma longa fileira de criaturas deveria estar bem à vista no ponto em que as laterais do desmonte se achatavam e a estrada atravessava a ferrovia — e não pude resistir a uma amostra dos horrores que a zombeteira lua amarela tinha a oferecer.

Para mim, por todo o tempo de vida que ainda me resta sobre a terra, aquela visão enterrou de vez qualquer vestígio de paz de espírito e de confiança na integridade da Natureza e da mente humana. Nada do que eu pudesse ter imaginado — nada sequer do que eu poderia ter concebido ainda que levasse ao pé da letra a história maluca contada pelo velho

Zadok — chegaria aos pés da realidade demoníaca e blasfema que presenciei — ou acredito ter presenciado. Tentei insinuar o que vi para postergar o horror de uma descrição direta. Será possível que nosso planeta tenha de fato engendrado tais criaturas? Que olhos humanos possam mesmo ter visto, na substância da carne, o que até então o homem só havia conhecido em devaneios febris e lendas fantasiosas?

E no entanto eu os vi em fileiras intermináveis — debatendo-se, saltando, coaxando, balindo — uma bestialidade crescente sob o brilho espectral do luar, na sarabanda grotesca e maligna de um pesadelo aterrador. Alguns ostentavam tiaras daquele inominável minério dourado... outros trajavam mantos... e um outro, que seguia à frente, estava vestido com um funéreo manto preto e calças listradas e trazia um chapéu de feltro sobre o apêndice disforme que fazia as vezes de cabeça...

Acho que a cor predominante era um verde-acinzentado, embora as criaturas tivessem barrigas brancas. A maioria tinha corpos brilhosos e escorregadios, mas a protuberância nas costas era escamosa. As silhuetas eram vagamente antropoides, enquanto as cabeças eram como as dos peixes, dotadas de prodigiosos olhos arregalados que não se fechavam jamais. Nas laterais do pescoço tinham guelras palpitantes, e os dedos na extremidade das patas eram ligados por uma membrana. Todos se deslocavam com saltos irregulares — ora sobre duas patas, ora sobre quatro. Por algum motivo fiquei aliviado ao perceber que não tinham mais de quatro membros. As vozes coaxantes e uivantes, sem dúvida usadas para a comunicação articulada, sugeriam todas as nuances expressivas de que os rostos de olhar vidrado careciam.

Mas, apesar de toda a monstruosidade, a cena não deixava de ser familiar. Eu sabia muito bem o que aquelas criaturas deviam ser — afinal, a memória da maligna tiara em Newburyport ainda não estava fresca? Aqueles eram os sapos-peixes blasfemos de origem inominável — vivos e horripilantes —, e ao vê-los eu também soube por que o padre corcunda no escuro porão da igreja havia me inspirado tamanho terror. O número das criaturas era incalculável. Tive a impressão de ver hordas infindáveis — e com certeza o vislumbre momentâneo que tive só poderia ter revelado uma fração ínfima do total. No instante seguinte tudo foi obscurecido por um piedoso desmaio; o primeiro em minha vida.

V.

Foi uma suave chuva diurna que me acordou do estupor em que eu me encontrava no desmonte da ferrovia, e quando me arrastei em direção à estrada mais à frente não percebi nenhum rastro no barro recém-formado. O odor de peixe também havia desaparecido. Os telhados em ruínas e os coruchéus desabados de Innsmouth assomavam no horizonte cinza a sudeste, mas não percebi uma só criatura viva na desolação dos pântanos salgados ao redor. Meu relógio indicava que já era mais de meio-dia.

A realidade dos eventos recentes era um tanto incerta em meus pensamentos, mas eu sentia que algo horripilante permanecia em segundo plano. Eu precisava sair do vilarejo assolado pelas sombras — e para tanto comecei a testar meus músculos exaustos. Apesar do cansaço, da fome, da perturbação e do horror prolongados, descobri que eu era capaz de caminhar; e assim comecei a deslocar-me lentamente ao longo da estrada lamacenta que conduzia a Rowley. Antes que a noite caísse eu já havia chegado à cidade, feito uma refeição e vestido roupas apresentáveis. Tomei o trem noturno até Arkham e no dia seguinte tive uma longa e séria conversa com representantes do governo; um procedimento mais tarde repetido em Boston. O resultado desses colóquios é de conhecimento público — e, pelo bem da normalidade, eu gostaria que não houvesse mais nada a acrescentar. Talvez eu esteja sucumbindo à loucura — mas talvez um horror ainda maior — ou um portento ainda maior — esteja próximo.

Como se pode imaginar, desisti de quase todos os planos da minha viagem — as distrações cênicas, arquitetônicas e antiquárias que tanto me enchiam de expectativa. Tampouco me atrevi a examinar a estranha joia que supostamente integra o acervo do Museu da Universidade do Miskatonic. Contudo, aproveitei minha estada em Arkham para reunir apontamentos genealógicos que eu buscava havia muito tempo; anotações muito superficiais e apressadas, que no entanto seriam de grande serventia mais tarde, quando eu tivesse tempo de compará-las e codificá-las. O curador da sociedade histórica na cidade — o sr. E. Lapham Peabody — recebeu-me com grande cortesia e manifestou um raro interesse quando mencionei ser neto de Eliza Orne, que havia nascido em Arkham no ano de 1867 e casado com James Williamson, de Ohio, aos dezessete anos.

Parece que um de meus tios maternos havia visitado a cidade muitos anos atrás em uma busca muito semelhante à minha; e que a família da minha avó despertava uma certa curiosidade nos nativos. O sr. Peabody explicou-me que houve muita discussão acerca do casamento de meu bisavô, Benjamin Orne, logo após a Guerra Civil; uma vez que a linhagem da noiva era um tanto enigmática. Segundo o entendimento mais comum, a moça era uma órfã da família Marsh de New

Hampshire — prima dos Marsh do condado de Essex —, que no entanto havia estudado na França e sabia muito pouco sobre a família. Um tutor havia depositado dinheiro em um banco de Boston a fim de prover o sustento da menina e de sua governanta francesa; mas ninguém em Arkham conhecia seu nome, e assim, quando ele desapareceu, a governanta assumiu o posto graças a uma nomeação judicial. A francesa — falecida há tempos — era muito reservada, e algumas pessoas diziam que poderia ter falado mais do que falou.

Porém o mais surpreendente era que ninguém conseguia localizar os pais da jovem — Enoch e Lydia (Meserve) Marsh — entre as famílias conhecidas de New Hampshire. Muitos achavam que a moça talvez fosse filha de algum Marsh proeminente — sem dúvida ela tinha os olhos dos Marsh. O enigma se complicou ainda mais com seu falecimento prematuro, durante o parto da minha avó — sua única filha. Como eu tivesse impressões desfavoráveis acerca da família Marsh, não recebi de bom grado a notícia de que esse nome pertencia à minha própria genealogia; nem tomei como elogio a insinuação feita pelo sr. Peabody de que eu também tinha os olhos dos Marsh. Entretanto, agradeci-lhe pelas informações, que sem dúvida seriam valiosas; e fiz copiosas anotações e listas bibliográficas referentes à bem documentada família Orne.

De Boston voltei direto a Toledo, e mais tarde passei um mês inteiro em Maumee recuperando-me do meu suplício. Em setembro matriculei-me em Oberlin para o meu ano final, e até junho ocupei-me com os estudos e outras atividades saudáveis — lembrado dos terrores passados somente pelas visitas ocasionais de funcionários do governo envolvidos na campanha lançada após os apelos que eu havia feito e as provas que eu havia apresentado. Em meados de julho — apenas um ano após os acontecimentos em Innsmouth — passei uma semana com a família da minha finada mãe em Cleveland, confrontando parte dos meus dados genealógicos com as várias notas, tradições e heranças que subsistiam e tentando organizar os dados de maneira coerente.

A tarefa não era exatamente agradável, pois a atmosfera na casa dos Williamson sempre me deprimia. Havia algo de mórbido no ar, e minha mãe jamais me encorajava a fazer visitas aos meus avós durante a minha infância, embora sempre recebesse o pai com alegria nas vezes em que ele nos visitava em Toledo. Minha avó nascida em Arkham sempre me parecera estranha e assustadora, e não me lembro de ter sentido tristeza alguma quando ela desapareceu. Eu tinha oito anos na época, e diziam que ela tinha saído sem rumo, arrasada com o suicídio de meu tio Douglas, seu filho mais velho. Ele havia se matado com um tiro após uma viagem à Nova Inglaterra — sem dúvida a mesma viagem que motivara a breve menção a seu nome na Sociedade Histórica de Arkham.

Meu tio guardava certa semelhança física com a mãe, e eu também nunca gostei muito dele. Algo em relação ao olhar arregalado e fixo de ambos despertava em mim uma perturbação inexplicável. Minha mãe e meu tio Walter não eram assim. Os dois haviam puxado mais ao pai, embora o meu desafortunado primo Lawrence — filho de Walter — tenha sido quase uma duplicata perfeita da minha avó antes que a doença o confinasse à segregação permanente de um sanatório em Canton. Eu não o tinha visto em quatro anos, mas certa vez meu tio deu a entender que o estado dele, tanto mental como físico, era muito precário. Essa preocupação sem dúvida havia contribuído em boa parte para a morte da mãe de Lawrence dois anos antes.

Juntos, meu avô e seu filho Walter, que era viúvo, eram os únicos remanescentes da família em Cleveland, mas a memória dos velhos tempos fazia-se notar com grande intensidade. Eu ainda me sentia pouco à vontade por lá e tentei concluir minhas pesquisas no menor tempo possível. Inúmeros registros e tradições dos Williamson foram-me repassados pelo meu avô; mas para o material relativo aos Orne eu tive de contar com meu tio Walter, que pôs à minha disposição todos os seus arquivos, que incluíam bilhetes, cartas, recortes, heranças, fotografias e miniaturas.

Foi ao examinar as cartas e fotografias desse lado da família que comecei a sentir um certo terror relativo à minha própria genealogia. Como eu disse, o aspecto de minha avó e de meu tio Douglas sempre havia sido motivo de inquietação para mim. Mesmo anos depois do falecimento de ambos, contemplei os rostos nas fotografias tomado por um sentimento de estranheza e repulsa ainda mais intenso. A princípio, fui incapaz de compreender meus sentimentos, mas aos poucos uma espécie de *comparação* começou a penetrar meu inconsciente, apesar da recusa de meu consciente em admitir qualquer sugestão relacionada. Estava claro que os traços característicos daqueles rostos sugeriam algo que antes não haviam sugerido — algo que resultaria em um pânico descontrolado caso assumisse a forma de um pensamento consciente.

Porém o choque mais violento veio quando o meu tio mostrou-me as joias dos Orne, guardadas em um cofre no centro da cidade. Algumas das peças eram delicadas e inspiradoras, mas havia uma caixa de estranhas joias antigas, legadas pela misteriosa bisavó, que meu tio relutou em mostrar-me. Segundo me disse, as peças tinham um aspecto grotesco, que beirava o repulsivo, e possivelmente jamais haviam sido usadas em público; embora a minha avó gostasse de admirá-las. Havia histórias vagas que atribuíam maus agouros àquelas joias, e a governanta francesa da minha bisavó havia dito que seria arriscado usá-las na Nova Inglaterra, mesmo que não houvesse problema algum em exibi-las na Europa.

Enquanto desembrulhava o pacote devagar e meio a contragosto, meu tio insistiu para que eu não me espantasse com a estranheza e o caráter com frequência horrendo daqueles objetos. Artistas e arqueólogos haviam notado a maestria do ourives e a absoluta excentricidade da execução, mas ninguém fora capaz de definir a natureza exata do material nem de atribuí-los a uma tradição artística específica. Havia dois braceletes, uma tiara e uma espécie de peitoral, sendo este último ornado com figuras de extravagância quase insuportável em alto-relevo.

Durante a descrição eu havia mantido estrita vigilância sobre os meus sentimentos, porém meu rosto deve ter traído a escalada de meus temores. Meu tio adotou uma expressão preocupada e deteve as mãos para melhor examinar o meu semblante. Fiz um gesto indicando que continuasse a desembrulhar o pacote, o que fez com visível relutância. Ele parecia estar à espera de uma reação quando a primeira peça — a tiara — foi revelada, mas duvido que esperasse pelo que de fato aconteceu. Nem eu mesmo esperava, pois já me imaginava preparado para a revelação que as joias trariam consigo. O que fiz foi desmaiar em silêncio, tal como eu havia feito em meio aos arbustos no desmonte à beira da ferrovia no ano anterior.

Desse dia em diante a minha vida tem sido um pesadelo de maus augúrios e apreensão, e já não sei mais quanto é uma verdade horrenda e quanto é loucura. A minha bisavó tinha sido uma Marsh de linhagem desconhecida casada com um homem de Arkham — e Zadok não havia dito que a filha de Obed Marsh com uma esposa monstruosa tinha se casado com um homem de Arkham graças a alguma artimanha? O velho beberrão não havia balbuciado alguma coisa sobre a semelhança dos meus olhos e os do capitão Obed? Em Arkham, o curador também me havia dito que eu tinha os olhos dos Marsh. Então Obed Marsh era o meu próprio trisavô? Quem — ou *o quê* — era então a minha trisavó? Mas talvez tudo não passe de loucura. Não seria nada estranho se os ornamentos de ouro esbranquiçado tivessem sido comprados de algum marinheiro de Innsmouth pelo pai da minha bisavó, quem quer que tenha sido. E talvez os olhos arregalados no rosto da minha avó e do meu tio suicida não passem de fantasias da minha imaginação — a mais pura fantasia exacerbada pela sombra de Innsmouth, que pinta meus devaneios em cores tão escuras. Mas por que o meu tio haveria cometido suicídio após uma viagem de cunho genealógico à Nova Inglaterra?

Por mais de dois anos evitei essas reflexões com algum sucesso. Meu pai conseguiu um emprego para mim em um escritório de seguros, e eu me enterrei na rotina o mais fundo que pude. No inverno de 1930-1, contudo, vieram os sonhos. No início eram esparsos e insidiosos, porém aumentaram em frequência e nitidez à medida que as semanas passavam. Grandes panoramas líquidos descortinavam-se à minha frente, e eu parecia vagar por titânicos pórticos submersos e labirintos de muralhas ciclópicas tendo apenas peixes grotescos por companhia. Então *outros vultos* começavam a aparecer, enchendo-me de um horror inefável no momento em que eu despertava. Mas durante o sonho eu não sentia pavor algum — eu me sentia como um deles; usava as mesmas vestes inumanas, andava pelos mesmos caminhos aquáticos e fazia orações monstruosas em templos malignos no fundo do mar.

Havia muitas outras coisas das quais não me recordo, mas as lembranças que eu tinha toda manhã ao acordar bastariam para conferir-me o estigma do louco ou do gênio se eu ousasse confiá-las ao papel. Eu sentia que uma terrível influência aos poucos tentava arrastar-me para longe do mundo da sanidade em direção a abismos inomináveis de escuridão e estranheza; e o processo teve consequências nefastas. Minha saúde e minha aparência pioravam dia após dia, até o ponto em que fui obrigado a abandonar meu emprego para abraçar a vida monótona e reclusa de um inválido. Alguma moléstia nervosa me afligia, e por vezes eu mal conseguia fechar os olhos.

Foi então que comecei a estudar meu reflexo no espelho com crescente espanto. A lenta deterioração imposta pela doença não era uma visão agradável, mas no meu caso havia algo mais sutil e mais enigmático em segundo plano. Meu pai também pareceu notar, pois começou a me lançar olhares curiosos e quase temerosos. O que estava acontecendo comigo? Será que aos poucos eu estava ficando parecido com a minha avó e o meu tio Douglas?

Certa noite eu sonhei que encontrava a minha avó no fundo do mar. Ela morava em um palácio fosforescente de vários terraços, com jardins de estranhos corais leprosos e grotescas florescências ondulantes, e me recebeu com uma demonstração de afeto que talvez tenha sido sarcástica. Ela estava mudada — como todos os que vão para a água — e me disse que não havia morrido. Na verdade, tinha ido até um lugar descoberto pelo filho suicida e mergulhado em direção a um reino cujos prodígios — igualmente reservados ao primogênito — meu tio havia desprezado com uma pistola fumegante. Aquele também seria o meu reino — não havia escapatória. Eu não morreria jamais e estava destinado a viver com todos aqueles que desde antes da humanidade caminham sobre a terra. Também encontrei aquela que havia sido a avó dela. Por oitenta mil anos Pth'thya-l'yi tinha vivido em Y'ha-nthlei, para onde voltou depois que Obed Marsh morreu. Y'ha-nthlei não fora destruída quando os homens da superfície lançaram a morte contra o mar. Foi apenas ferida, mas não destruída. As Criaturas Abissais jamais seriam destruídas, ainda que a magia paleogênea dos Anciões esquecidos às vezes pudesse barrá-los. Por ora, apenas descansariam; mas um dia, se ainda lembrarem, hão de erguer-se mais uma vez e prestar o tributo exigido pelo Grande Cthulhu. Da próxima vez seria uma cidade maior do que Innsmouth. O plano era dispersar a raça, e para tanto haviam criado os meios necessários; mas agora ficariam à espera uma vez mais. Por ter trazido a morte da superfície eu precisaria fazer uma penitência, mas não seria pesada. Foi nesse sonho que eu vi um *shoggoth* pela primeira vez, e a visão despertou-me em meio a gritos atrozes. Naquela manhã o espelho não deixou mais dúvidas de que *eu havia adquirido a aparência de Innsmouth.*

Ainda não me dei um tiro, como fez meu tio Douglas. Comprei uma automática e por pouco já não puxei o gatilho, mas certos sonhos me impediram. Os paroxismos de horror estão diminuindo, e em vez de medo eu sinto uma atração inexplicável pelas profundezas oceânicas. Ouço e faço coisas estranhas durante o sono e acordo em uma espécie de exaltação que assumiu o lugar antes ocupado pelo horror. Não acho que eu precise esperar pela transformação completa como a maioria. Se eu procedesse assim, meu pai provavelmente me trancaria em um sanatório, como aconteceu ao meu desafortunado primo. Esplendores magníficos e inauditos me aguardam nas profundezas, e em breve hei de encontrá-los. *Iä-R'lyeh! Cthulhu fhtagn! Iä! Iä!* Não, não devo puxar o gatilho — nada me fará puxá-lo!

Pretendo ajudar meu primo a escapar do hospício em Canton para juntos seguirmos rumo às prodigiosas sombras de Innsmouth. Nadaremos até o infausto recife para mergulhar nos abismos negros até avistar as inúmeras colunas da ciclópica Y'ha-nthlei, e no covil das Criaturas Abissais habitaremos em meio a glórias e maravilhas por toda a eternidade.

FONTES DOS TEXTOS

DAGON. Escrito em julho de 1917. Originalmente publicado em novembro de 1919 na *Vagrant*.

COOL AIR. Escrito provavelmente em fevereiro de 1926. Originalmente publicado em março de 1928 na *Tales of Magic and Mystery*.

PICKMAN'S MODEL. Escrito provavelmente no início de setembro de 1926. Originalmente publicado em outubro de 1927 na *Weird Tales*.

THE CALL OF CTHULHU. Escrito provavelmente em agosto ou setembro de 1926. Originalmente publicado em fevereiro de 1928 na *Weird Tales*.

THE HAUNTER OF THE DARK. Escrito em novembro de 1935. Originalmente publicado em dezembro de 1936 na *Weird Tales*.

THE MUSIC OF ERICH ZANN. Escrito provavelmente em dezembro de 1921. Originalmente publicado em março de 1922 na *The National Amateur.*

THE SHUNNED HOUSE. Escrito em outubro de 1924. Impresso pela primeira vez pela Recluse Press em 1928, embora os exemplares não tenham sido encadernados nem distribuídos na época. Originalmente publicado em outubro de 1937 na *Weird Tales.*

THE DUNWICH HORROR. Escrito em agosto de 1928. Originalmente publicado em abril de 1929 na *Weird Tales.*

THE SHADOW OUT OF TIME. Escrito entre novembro de 1934 e fevereiro de 1935. Originalmente publicado em junho de 1936 na *Astounding Stories.*

THE SHADOW OVER INNSMOUTH. Escrito entre novembro e dezembro de 1931. Originalmente publicado em 1936 pela Visionary Publishing Company.

SOBRE O AUTOR

Howard Phillips Lovecraft nasceu em 20 de agosto de 1890 em Providence, Rhode Island. Em 1893, seu pai sofre um colapso nervoso que o mantém durante cinco anos em um hospital, onde vem a falecer em 1898. Com a morte do pai, a educação do jovem recai sobre a mãe, duas tias e o avô. A saúde frágil e a solidão levam-no desde cedo a se interessar por poesia, ciência e mitologia, e os primeiros textos de Lovecraft de que se tem notícia, "The Noble Eavesdropper" e "The Poem of Ulysses", foram escritos quando tinha sete anos.

Em 1904, a morte do avô acarreta graves dificuldades financeiras à família, e Lovecraft e a mãe se mudam do casarão vitoriano em que moravam para aposentos mais modestos. Quatro anos depois, é Lovecraft quem sofre um colapso nervoso, que o obriga a deixar a escola sem um diploma e impossibilita seu ingresso na faculdade que escolhera — motivos constantes de desgosto para o autor ao longo da vida.

Até 1914, Lovecraft leva uma vida nômade e sua relação com a mãe torna-se cada vez mais problemática. Dedica-se a escrever ficção para revistas *pulp* como *Weird Tales* e

Astounding Stories e faz pequenos trabalhos de datilografia e revisão para se sustentar.

Em 1919, sua mãe adoece e permanece internada até falecer em 1921, no mesmo hospital em que o marido havia sido tratado. Logo após a morte dela, Lovecraft conhece Sonia Haft Greene, que se tornará sua esposa em 1924. As duas tias que dividiam com a mãe de Lovecraft a criação do garoto desaprovam o casamento, principalmente porque a noiva vem de uma família pouco nobre de comerciantes judeus.

O casal logo começa a enfrentar problemas financeiros. Sonia se muda para Cleveland a fim de encontrar emprego, deixando Lovecraft em um pequeno apartamento no Brooklyn, na área de Red Hook — local que inspiraria um de seus textos mais famosos, "O horror em Red Hook" (1925). Seu comportamento frente aos estrangeiros, sempre conturbado, se agrava nessa época: diversos de seus escritos possuem passagens preconceituosas contra negros, mexicanos, poloneses, portugueses e judeus.

Em 1926, Lovecraft volta a morar em Providence, perto das tias, mas Sonia não o acompanha — uma proibição expressa por elas, que não desejam ter um sobrinho casado com uma comerciante. Em 1929, os dois se divorciam.

O período de 1926 a 1937 é o mais prolífico em sua carreira de escritor, durante o qual escreve seus contos mais conhecidos: "O chamado de Cthulhu" (1926), "Nas montanhas da loucura" (1931) e "A sombra de Innsmouth" (1936).

Tido como um dos maiores escritores de terror do século xx e frequentemente comparado a Edgar Allan Poe pela influência que exerceu na cultura popular, Lovecraft nunca teve sua obra reconhecida em vida. Autor de poemas, ensaios e vasta correspondência — estima-se que tenha redigido quase cem mil cartas em vida —, ele morreu em 1937, aos quarenta e seis anos, vítima de câncer.

ESTA OBRA FOI COMPOSTA EM LYON TEXT E PILAR PRO
POR OSMANE GARCIA FILHO E IMPRESSA EM OFSETE PELA
GEOGRÁFICA SOBRE PAPEL PÓLEN SOFT DA SUZANO S.A.
PARA A EDITORA SCHWARCZ EM OUTUBRO DE 2019

A marca FSC® é a garantia de que a madeira utilizada na fabricação do papel deste livro provém de florestas que foram gerenciadas de maneira ambientalmente correta, socialmente justa e economicamente viável, além de outras fontes de origem controlada.